Nord-
atlantischer
Ozean
NORDIRLAND
IRLAND
Lambay
Island
Twelve
Bens
Letterfrack
Malahide
Lough Corrib
Howth
Connemara-
Nationalpark
Galway
Dublin
Moycullen
Bogs
Mountshannon
Lough Derg
Burren-
Nationalpark
Cliffs of Moher
Irische
See
Limerick
Dingle-
Halbinsel
Milltown
St.-Georgs-Kanal

Sandra Grauer

Flame & Arrow

Drachenprinz

SANDRA GRAUER

Flame & Arrow

Drachenprinz

Band 1

Ravensburger

MIX
Papier aus verantwortungsvollen Quellen
FSC® C111262
www.fsc.org

3 5 4 2

Originalausgabe

Dieses Werk wurde vermittelt durch die
litmedia.agency, Germany.

Lektorat: Franziska Jaekel
Umschlaggestaltung: Zero Werbeagentur, München
Verwendete Bilder von © Dmitriy Rybin,
© k_yu, © Jojo Textures, alle von Shutterstock
Vorsatzkarte: Carolin Liepins, München
Verwendete Bilder von © ALXR, © abeadev, © Lee Charlie, © PGMart,
© Aleks Melnik, © AWK07, © Vectorfair.com, © Andrijamil,
© urnifine Creative, alle von Shutterstock

Printed in Germany

ISBN 978-3-473-40206-9

www.ravensburger.de

Für Christian, der immer an meiner Seite ist

Für Niklas und Betty

Und für alle »Clans of London«-Fans

Prolog

Nur langsam erwachte Merlin aus seinem tranceähnlichen Zustand. Schon lange hatte er nicht mehr so klare Bilder vor seinem inneren Auge vorbeiziehen sehen – Ereignisse, die noch gar nicht geschehen waren. Es fröstelte ihn, und das lag nicht nur an der Kälte, die sich mit Einbruch der Dunkelheit in seinem Turmzimmer ausgebreitet hatte. Der Wind heulte um das alte Gemäuer, pfiff durch die Risse in den Wänden. Heftiger Regen peitschte gegen das kleine Turmfenster. Trotzdem hörte er draußen die Reiter auf ihren Pferden.

Merlin erhob sich aus seinem Scherenstuhl. Vor dem Kamin nahm er sich die Zeit und rieb seine Hände aneinander. Funken bildeten sich zwischen den Handflächen, mit denen er im nächsten Moment ein Feuer entfachte. Er holte eine Pergamentrolle, setzte sich zurück an den Tisch und griff nach einer Feder, die er in ein Tintenfass tauchte. Ein erneuter Schauer lief ihm über den Rücken, als er die zukünftigen Ereignisse niederschrieb, die er gerade gesehen hatte – die Prophezeiung, die seinen eigenen Hexenclan betraf.

Seine Finger schmerzten, als er die Feder schließlich beiseitelegte. Dennoch stand er erneut auf, um eine zweite Pergamentrolle zu holen. Er hatte mehr als die Zukunft seines eigenen Clans gesehen. Ihm war bewusst, dass seine niedergeschriebenen Worte einst das Todesurteil für das Mädchen bedeuten könnten, das noch nicht einmal geboren worden war. Und doch durften diese Worte nicht ungehört bleiben. Zu viel stand auf dem Spiel – das Mädchen sorgte in der

Zukunft für gewaltige Verwerfungen, die Angst auslösen würden, denn dank des Mädchens bestünde am Ende nur ein Hexenclan fort. Doch das war noch nicht alles: Es bedeutete auch den Untergang des Drachenthrons. Die Drachen waren Merlins Verbündete; er durfte ihnen sein Wissen über ihre eigene Zukunft keinesfalls vorenthalten, damit sie rechtzeitig reagieren konnten.

Mühsam ging Merlin in die Knie, um nach der zweiten Pergamentrolle zu greifen – er wurde allmählich gebrechlich, das Alter ging selbst an ihm nicht spurlos vorbei –, als er Schritte hinter sich vernahm.

»Wer stört mich in meinem kreativen Schaffensprozess?«, fragte er. Doch bevor er sich erheben oder nach dem Störenfried umdrehen konnte, spürte er den Luftzug eines Schwerthiebes in seinem Nacken.

Kapitel 1

Kailey

Den Drachen mit den blauen Schuppen bemerkte ich viel zu spät, weil er ohne jede Vorwarnung aus dem Meer schoss und direkt auf mich zuhielt. Tja, das war's dann wohl mit meinem freien Tag in der Sonne. Noch im Aufspringen riss ich meine Messer aus beiden Seiten meines Hüftgürtels, die sich sofort in Schwerter verwandelten, und blieb an Ort und Stelle stehen, um den Drachen so nah wie möglich Richtung Boden zu zwingen – und weil ich für weitere Manöver ohnehin keine Zeit mehr hatte. Als er nahezu über mir war und sein Maul mit den Reißzähnen aufriss, warf ich die Arme in die Luft. Mit dem einen Schwert drang ich in die Mundhöhle des Drachen ein, mit dem anderen in seine empfindliche Bauchgegend. Warmes Blut tropfte auf mich herab, doch das war nicht der Grund, warum ich die Schwerter ruckartig zurückzog und mich zur Seite rollte. Der Drache prallte fast auf dem Boden auf, brüllte vor Schmerzen. Ich stieß mich von der Wiese ab und sprang auf seinen Rücken. Zwar war die Schuppenschicht dort härter, doch das Ungetüm konnte sich so schlechter zur Wehr setzen. Außerdem kannte ich seine Schwachstellen. Ich rammte ihm eines der Schwerter in den Nacken, während ich das andere wie einen Wurfstern Richtung Flanke schleuderte, wo es stecken blieb. Inzwischen waren die Schmerzensschreie des Drachen ohrenbetäubend – und sie lockten einen weiteren an.

Das Vieh mit den roten Schuppen war nur unbedeutend kleiner als der Drache mit den blauen Schuppen, der nun endgültig auf den Boden krachte und dort einen Kampf um sein Leben ausfocht, den er zweifelsohne verlieren würde.

Ich rutschte den Rücken des Biests hinunter und befreite mein Schwert aus dessen Flanke. Lautlos kam ich auf dem weichen Gras auf. Derweil schoss der rot geschuppte Drache auf mich zu und riss sein Maul auf, um mich mit seinem Feuer zu attackieren. Ich schnaubte. Also bitte, mehr hatte er nicht zu bieten? Für mich als Feuerwandlerin war es ein Leichtes, die Flammen in Rauch zu verwandeln, der dem Drachen den Blick vernebelte. Er versuchte, sich stattdessen auf seine anderen Sinnesorgane zu konzentrieren, doch im Gegensatz zu ihm hatte ich keinerlei Probleme, durch den Rauch hindurchzusehen. Schon durchbohrte mein Schwert sein Auge, das andere drang in seinen Rachen ein. Der Drache brüllte, schlug blind mit Krallen und Schwanz um sich. Fast hätte er mich erwischt, doch ich sprang gerade noch rechtzeitig darüber hinweg, bevor ich ihm beide Schwerter in die Flanke rammte, während ich zurück auf den Boden segelte. Die Schmerzen ließen den Drachen seine letzten Kräfte mobilisieren, aber er war bereits zu schwach, um mir noch gefährlich zu werden. Es war eine meiner leichtesten Übungen, ihn immer wieder zielgenau zu attackieren, bis er den Kampf schließlich aufgab. Ich blieb in Angriffsposition und suchte den Himmel nach weiteren Ungetümen ab. Es kamen keine.

Der blau geschuppte Drache löste sich vor meinen Augen in Luft auf, kurz darauf folgte sein rot geschuppter Gefährte. Die Wiese, die eben noch blutdurchtränkt gewesen war, zeigte sich wieder in einem saftigen Grün. Nichts erinnerte mehr an den Kampf, der hier vor wenigen Minuten stattgefunden hatte.

Okay, so gut wie nichts, denn mein eng anliegendes grünes Kleid hatte einen Riss rechts an der Taille, wo mich offensichtlich eine der Klauen erwischt hatte. Außerdem war ich pitschnass von dem Tropfwasser des blauen Drachen, das er mitgebracht hatte, als er aus dem Meer direkt über mich hinweggeflogen war. Aber ich wollte mich nicht beschweren. Im Grunde musste ich schon froh sein, dass wenigstens das Blut verschwunden war, Drachenblut ließ sich nämlich nur sehr schwer herauswaschen. Es hatte mir bereits das eine oder andere Kleid ruiniert.

Mein Onkel Damian tauchte wie aus dem Nichts mitten auf der Wiese auf und nickte mir beeindruckt zu. Unter der offenen Lederjacke, auf der das Wappen von Fairyland eingestickt war – ein in einem Bogen eingespanntes Schwert –, konnte ich seinen magisch verkleinerten Bogen hervorblitzen sehen; er schien auf dem Sprung zu sein.

»Du willst noch weg?«

Er nickte. »Eine Mission im Auftrag der Königin.«

Ich hätte gern mehr erfahren, denn es kam nicht oft vor, dass mein Onkel Fairyland verließ, auch wenn es in letzter Zeit häufiger der Fall war als sonst. Er diente der Königin als Berater, und genau deshalb würde ich nicht mehr aus ihm herausbekommen. Er sprach niemals über seine Arbeit, das durfte er auch gar nicht. Ich griff nach meinem Buch, in dem ich gelesen hatte, bevor mich der erste Drache angegriffen hatte.

»Du hättest mich ruhig vorwarnen können, was heute auf mich zukommt«, sagte ich und versuchte, die Stelle in *Sturmhöhe* wiederzufinden, an der ich unterbrochen worden war.

»Dann wäre es kein spontanes Training mehr.« Damian kam näher. »Es ist wirklich erstaunlich. Ich habe nur selten eine Fae so schnell zwei Drachen besiegen sehen, noch dazu völlig unvorbereitet und mit nichts als Schwertern bewaffnet.«

Ich konnte mir ein Grinsen nicht verkneifen. Damian hielt nicht viel von Schwertern, er hatte sich damals während seines Kampfunterrichts für Pfeil und Bogen entschieden. Tatsächlich präferierten viele Fae diese Waffe, weil man sich den Gegner damit besser vom Hals halten konnte. Ich hingegen liebte das Schwert. Wie es in der Hand lag; wie ich den Gegner damit aus seiner Komfortzone locken konnte, um ihn aus nächster Nähe anzugreifen … Natürlich konnte ich auch mit Pfeil und Bogen einen Drachen erlegen. Während unserer Ausbildung lernten wir, beides zu beherrschen. Doch die Elfenkrieger, die Talent und Instinkt besaßen, spezialisierten sich auf eine Waffe. Damit unterschieden wir uns von all den anderen Drachenjägern, die in Fairyland ausgebildet wurden.

Die Tatsache, dass Damian lange genug in der Nähe gewesen war, um mir beim Training zuzuschauen, erfüllte mich mit Stolz, immerhin war das einer meiner besseren Kämpfe gewesen, und mein Onkel nahm sich nicht oft die Zeit dafür. Durch seine Beratertätigkeit war er viel zu eingespannt. Trotzdem trainierten wir seit meinem fünften Geburtstag jeden Sonntagmorgen bei Wind und Wetter zusammen auf der Wiese vor dem Haus, und er verriet mir dabei seine Tricks. Dieser Termin war uns beiden heilig.

»Tja, man muss nur wissen, wo sich die Schwachstellen der Biester befinden«, sagte ich jetzt.

Mein Onkel schüttelte den Kopf. »Über dieses Wissen verfügen wir alle, werden wir doch von klein an auf Kämpfe dieser Art vorbereitet.«

Das stimmte natürlich. Neben dem Kampftraining mit Damian hatte ich auch noch anderen Unterricht. Die Lehrer brachten uns vieles bei, allerdings keine profanen Dinge wie Rechnen und Schreiben. Das war Grundwissen, was wir Fae bereits beherrschten, ehe wir überhaupt laufen konnten. In der »Schule« lernten wir alles über die Erde und das Universum, über die Natur, welche Kräuter und Pflanzen nützlich waren, welche Krankheiten es gab und wie man sie heilte. Uns wurde aber nicht nur beigebracht, was wir als naturverbundenes Volk wissen mussten, sondern auch, wie wir uns verteidigen und gegen Drachen kämpfen. Aufgrund meiner guten Kampffähigkeiten hatte ich im vergangenen Jahr noch weitere Fächer dazubekommen: Beobachtung, Infiltration, Aufklärung. Ich konnte inzwischen verschiedene Fragetechniken anwenden und mich problemlos an Menschen und verschiedene Gegebenheiten anpassen.

»War's das heute mit dem Training?«, fragte ich und steckte die Schwerter in meinen Gürtel, wo sie sich in Messer zurückverwandelten.

Mein Onkel grinste, dabei zeigte sich ein Grübchen in seiner linken Wange. »Du versuchst es immer wieder, was? Das spontane Training heißt so, weil es vor allem eins ist: spontan. Man weiß nie, wann und wo man angegriffen wird. Es ist die letzte Stufe deiner Ausbildung, danach bist du bereit, um in die weite Welt hinauszugehen. Wobei du das meiner Meinung nach jetzt schon könntest.« Die letzten Worte sagte er nicht ohne Stolz, was mich unwillkürlich lächeln ließ.

Damian war eine meiner wichtigsten Bezugspersonen, denn meine Eltern waren vor acht Jahren gestorben. Wer nicht wusste, dass Damian mein Onkel war, hielt ihn stets für meinen leiblichen Vater, denn wir hatten unübersehbare Ähnlichkeiten: blonde Haare, grüne Augen, ein Grübchen in der Wange. Wir waren beide groß gewachsen, was an sich gar nicht so ungewöhnlich war für Fae –

jedoch waren weder meine Mutter noch mein Vater besonders groß gewesen –, und ich war genauso durchtrainiert wie Damian. Allerdings war meine Figur trotz allem sehr weiblich. Manchmal fragte ich mich, wo das herkam. Ich aß zwar nicht wenig, aber ich verbrauchte auch eine Menge Kalorien, weil ich viel Sport trieb. In meiner Altersstufe war ich die beste Elfenkriegerin, und ich wollte, dass das so blieb. Wie sich unter diesen Umständen meine Kurven halten konnten, blieb mir allerdings schleierhaft.

Jedenfalls war mein Onkel immer für mich und meinen Bruder Sloan da gewesen. Nachdem meine Eltern durch einen Drachenangriff gestorben waren, hatte er die Vaterrolle und in gewisser Weise auch die Mutterrolle übernommen. Damian war zwar alles andere als der mütterliche Typ, aber er gab heute noch sein Bestes, damit mein Bruder und ich zumindest einmal am Tag eine vernünftige Mahlzeit bekamen. Das rechnete ich ihm hoch an. Und er hatte immer dafür gesorgt, dass wir die bestmögliche Ausbildung bekamen.

»Danke, Onkel Damian. Du weißt aber schon, dass du maßgeblich an meinem Können beteiligt bist?«

Wieder schüttelte er den Kopf. »Ich habe dich zwar gegossen und dir den Dünger gegeben, den du zum Wachsen brauchtest, aber du bist inzwischen über dich hinausgewachsen, und das ist dein eigenes Verdienst. Darauf kannst du stolz sein.« Er schloss die Knöpfe seiner Lederjacke und zwinkerte mir zu. »Entschuldige mich jetzt bitte, ich muss mich auf den Weg machen. Trainier noch schön.«

»Viel Erfolg!«, rief ich ihm über die Wiese hinterher. Er hob die Hand zum Gruß, ohne sich noch einmal umzudrehen.

Neidisch blickte ich ihm nach. Es war eine Ehre, von der Königin auf eine Mission geschickt zu werden – und das war auch mein Ziel. Eines Tages würde ich es schaffen, daran glaubte ich ganz fest.

Kapitel 2

AIDEN

»Was denkst du, was Vater so dringend von uns will?«, fragte Aiden, während er zusammen mit Sharni durch die Gänge hastete.

»Es geht sicher mal wieder um die Fae«, antwortete seine Schwester. »Dieses verfluchte Elfenvolk. Wenn wir nur endlich …«

»Wenn wir nur endlich *was?*« Aiden warf ihr einen Seitenblick zu.

Im Gegensatz zu ihm sah sie nicht aus, als wäre sie gerade erst aus dem Bett geholt worden, zumindest standen ihre rotblonden Haare im Vergleich zu seinen dunklen nicht in sämtliche Richtungen ab. Überhaupt gab sie ein hübsches Mädchen ab: die langen Haare in einer für Menschen eher seltenen Farbe, die Größe und die Figur. Auf Menschenjungen in ihrem Alter wirkte sie stets sehr anziehend, was keinesfalls selbstverständlich war, denn in ihrer menschlichen Gestalt lagen die Drachen meist im Durchschnitt, was das Aussehen anging. Sie waren weder besonders attraktiv noch unansehnlich, um nicht aufzufallen.

Sharni seufzte. »Keine Ahnung. Die Fae gehen mir einfach auf die Nerven.«

Ganz unrecht hatte seine Schwester nicht, auch wenn Aiden sich anders ausgedrückt hätte. Er war bedachter als Sharni, ruhiger und nicht so aufbrausend. Innerhalb der Familie hatten sie schon immer diese Rollenverteilung eingenommen, und ihre Positionen taten ihr Übriges dazu. Aiden konnte es sich nicht leisten, so schnell in die Luft zu gehen, wie seine Schwester es für gewöhnlich tat, auch wenn dies nicht bedeutete, dass er keinerlei Gefühle besaß. Wenn man ihn nur genug reizte … Und die Fae waren definitiv ein Reizthema.

Nun eilten die Geschwister an den links und rechts neben dem Eingang zum Thronsaal postierten Wachen vorbei. Aiden verspürte ein ungutes Gefühl, als er seinen Vater erblickte, der in seiner Königsrobe samt Insignien auf dem Thron saß.

»Die Fae?«, fragte Sharni.

Ihr Vater nickte.

»Was ist passiert?«

»Das kann ich euch noch nicht sagen«, antwortete der König, während er aufstand. »Ich weiß nur, dass ein Abgesandter der Fae auf dem Weg ist und jeden Moment hier sein müsste. Legt eure Umhänge an.«

Aiden und Sharni wechselten einen kurzen Blick und ließen sich von den Bediensteten helfen. Sharni schlüpfte in einen smaragdgrünen Umhang mit Kapuze, die sie allerdings nicht aufsetzte. Aidens Umhang war bordeauxrot.

Aus dem Gang vor dem Thronsaal waren bereits schwere Schritte zu hören, während sich Aiden und seine Schwester an jeweils eine Seite ihres Vaters stellten. Aidens Herz schlug ein wenig schneller. Er mochte die Fae genauso wenig wie Sharni, sein Vater oder sonst jemand seines Volkes. Vielen Fae war er zwar bisher nicht begegnet, doch die Abneigung lag in der Natur des Drachenvolkes, außerdem … Aber daran wollte er jetzt lieber nicht denken.

Acht Jahrhunderte waren seit dem letzten Krieg zwischen den

Draconis und Fae vergangen, richtiger Frieden herrschte jedoch bis heute nicht. Beide Völker konnten sich nicht ausstehen und machten sich gegenseitig das Leben schwer, auch wenn sie einander nur selten angriffen. In letzter Zeit hatte sich die Situation allerdings verändert. Nach wie vor wandte kaum jemand Gewalt an, dennoch fühlte es sich anders an. Die Feindseligkeiten der Fae hatten zugenommen. Wann immer es möglich war, gingen sie auf Konfrontationskurs. Etwas Bedrohliches lag in der Luft, und dass nun auch noch ein Abgesandter der Fae persönlich vorsprach, konnte nichts Gutes heißen. Ganz und gar nichts Gutes.

Eine der Wachen trat vor und verbeugte sich vor dem König. »Eure Majestät, der Abgesandte der Fae, Damian Ainsley, bittet um eine Audienz.«

»Führt ihn herein«, befahl der König.

»Wie Ihr befehlt, Eure Majestät.« Der Wachmann verbeugte sich erneut und ging mit gesenktem Haupt drei Schritte rückwärts, bevor er sich umdrehte und zu den schweren Doppeltüren des Thronsaals schritt, um einen der vier Meter hohen bronzenen Türflügel zu öffnen. Mit lauter Stimme verkündete er: »Der König empfängt Euch nun.«

Er stellte sich zurück auf seinen Posten, und ein erstaunlich großer Mann betrat den Thronsaal. Unter seiner Kleidung – Stiefel, Hose, Lederjacke, alles in verschiedenen Brauntönen – zeichneten sich mehr Muskeln ab, als man bei einem einfachen Abgesandten vermutet hätte. Aidens Blick blieb einen Moment an den spitzen Ohren hängen, die von den blonden Haaren kaum verdeckt wurden. Mit großen, schnellen Schritten durchquerte der Fae den Saal, blieb schließlich vor Aiden, Sharni und ihrem Vater stehen und deutete eine Verbeugung an.

»König Roarke. Danke, dass Ihr mich so rasch empfangt.«

Die Geschwister erwiderten die Geste, wobei Sharnis Verbeugung noch dezenter ausfiel als Aidens. Ihre Abneigung hing in der Luft wie ein schweres Parfüm.

»Was gibt es denn so Dringendes?«, wollte der König wissen, nachdem er sich auf dem Thron niedergelassen hatte. Auch Aiden und Sharni setzten sich.

»Wenn Ihr erlaubt, mache ich es kurz: Mein Volk hat vor einer Weile Drachenaktivitäten in der britischen Hauptstadt festgestellt.«

Aiden schluckte und zwang sich, regungslos sitzen zu bleiben, was seinem Vater mühelos gelang, seiner Schwester jedoch ganz und gar nicht.

»Drachenaktivitäten in London?«, platzte sie heraus. »Das kann nicht sein, wir sind doch nicht lebensmüde.«

»Nichts stünde mir ferner, als das zu behaupten, aber die Fakten sprechen leider für sich.«

Damian holte etwas aus seiner Hosentasche, das wie eine Fernbedienung aussah, und drückte auf einen der Knöpfe, woraufhin neben ihm Bilder mitten in der Luft erschienen – ein japanisch anmutender Park mit einem Teich und einem Wasserfall. Allzu viel war allerdings nicht mehr übrig von dem Park. Die meisten Bäume waren kahl und verkohlt, auf dem Weg und der größtenteils verbrannten Wiese lagen Äste, Blätter und Asche verstreut, Büsche waren entwurzelt. Der Steg, der über den Teich führte, war beschädigt, ebenso die Steinskulpturen im Wasser. Es sah tatsächlich so aus, als hätte dort ein Drache gewütet und hemmungslos Feuer gespuckt. Aber wer? Und warum? Aiden konnte sich beim besten Willen nicht vorstellen, dass es einer der Draconis gewesen sein sollte. Natürlich bestand noch die Möglichkeit, dass einer der autonomen Drachen dafür verantwortlich war. Es gab einige Drachen, die sich nicht der Linie des Königs unterwerfen wollten und den Connemara-Nationalpark, in dem das Volk der Draconis lebte, hinter sich gelassen hatten. Im Norden Irlands hatten sie sich angesiedelt, um genau zu sein nördlich von Galway, in anderen menschenleeren Gebieten. Sie hielten sich nicht immer an die Regeln, so hassten sie es etwa, den ganzen Tag in Menschengestalt zu verbringen – einer der häufigsten Gründe, warum sie dem Königreich den Rücken kehrten. Trotzdem war es bisher nie vorgekommen, dass ein Drache den Norden Irlands verlassen hatte – den Bereich, der ihnen nach dem Krieg mit den Fae zugesprochen worden war. Und warum hätte einer von ihnen nach London fliegen und sich dort wie die Axt im Walde aufführen sollen? Um den Draconis Ärger zu bereiten?

»Das ist der Holland Park in London«, fuhr Damian fort. »Wie gesagt, die Fakten sprechen für sich.« Er drückte erneut auf einen Knopf, woraufhin die Bilder wieder verschwanden und er die Fernbedienung wegsteckte.

Aidens Vater zuckte mit den Schultern. »Es könnte genauso gut ein natürliches Feuer gewesen sein, das im Park ausgebrochen ist.«

Damian schüttelte den Kopf, ein bedauerndes Lächeln auf den Lippen, wobei sich ein Grübchen auf seiner linken Wange zeigte. »Leider unmöglich, das haben wir überprüft. Es war weder Brandstiftung im Spiel, noch gab es ein Gewitter. Die Londoner Feuerwehr und die Polizei stehen vor einem Rätsel. Aber wir wissen es besser, nicht wahr? Außerdem hat ein Augenzeuge berichtet, in jener Nacht über dem Holland Park einen Drachen gesehen zu haben.«

»Verstehe«, antwortete der König. »Und wann war dieser Vorfall?«

»Ende Juni.«

»Ende Juni?«, ging Sharni dazwischen.

Der König forderte sie mit einer Handbewegung zum Schweigen auf. »Warum kommt Ihr erst jetzt, wenn das Ganze bereits vor zwei Monaten geschehen ist?«, fragte er Damian.

»Nun, Ihr werdet verstehen, dass wir uns zuerst absolut sicher sein wollten, bevor wir Euch gegenüber solche Anschuldigungen erheben.«

Sharni schnaubte. Sie glaubte diesem Damian kein Wort, und das tat auch Aiden nicht. Die Fae hatten ihre Gründe, warum sie erst jetzt einen Abgesandten schickten. Gute Gründe. Kriegsgründe. Das war mehr als offensichtlich, doch wie immer hielt der König mit seiner Meinung hinter dem Berg.

»Natürlich verstehe ich das«, sagte er, »aber ich versichere Euch, dass niemand aus meinem Volk für diese Verwüstung verantwortlich ist. Trotzdem werde ich dem nachgehen, und sollte ich mich irren, werde ich Euch informieren, damit wir uns gemeinsam über die Konsequenzen Gedanken machen können.«

Damian rührte sich nicht vom Fleck. »Was ist mit den autonomen Drachen? Wenn es keiner der Draconis war, kann es nur einer von ihnen gewesen sein. Sehe ich das richtig?«

Dieses Mal spannte sich der König kaum merklich an, aber Aiden bekam es dennoch mit. Die ganze Atmosphäre veränderte sich. »Die autonomen Drachen gehören nicht länger zu meinem Volk, daher bin ich weder für sie noch für ihre Taten verantwortlich.«

Damian atmete hörbar aus. »Diese Diskussion hatten wir bereits des Öfteren, und Ihr wisst, wie die Fae-Königin dazu steht. Auch wenn Ihr Euresgleichen nicht mehr unter Kontrolle habt, könnt Ihr Euch nicht so einfach aus der Affäre ziehen.«

Der König biss die Zähne zusammen. »Na schön, ich werde den

für diese Verwüstung zuständigen Drachen finden und Euch benachrichtigen.«

»Ich fürchte, das wird nicht reichen, König Roarke. Glaubt mir, wenn es nach mir ginge ... Aber die anderen Berater der Fae-Königin sprechen von Vertragsbruch und Grenzüberschreitung. Und damit haben sie leider nicht ganz unrecht, weshalb mir die Hände gebunden sind. Ich wurde überstimmt, so leid es mir tut.«

»Verstehe«, murmelte der König erneut, dieses Mal sichtlich bemüht, die Haltung zu wahren. »Was fordert Eure Königin?«

»Da gibt es einige Dinge, unter anderem eine jährliche Zahlung in Höhe von zwanzig Millionen Kronen. Darüber hinaus erklärt Ihr Euch damit einverstanden, dass mein Volk sowohl das neutrale Gebiet zwischen unseren Territorien hier in Irland als auch London annektiert, und Ihr tretet den südlichen Teil des Connemara-Nationalparks bis zum Lough Nahillion ab. Sämtliche Gesetze, die von Euch neu verabschiedet werden sollen, müssen außerdem ab sofort der Fae-Königin zur Prüfung vorgelegt werden. Ich war so frei und habe alles schriftlich festgehalten.«

Bevor er das Dokument aus seiner Jackentasche ziehen konnte, sprang Sharni auf und schnaubte gefährlich, wobei Rauch aus ihrer Nase stieg. Es war absolut unvernünftig – und würde hoffentlich keinerlei Konsequenzen haben –, dennoch konnte Aiden sie verstehen. Er selbst musste sich schwer zusammenreißen, um keine Reaktion zu zeigen, und seinem Vater ging es mit Sicherheit genauso. Aber als König beziehungsweise erster Thronfolger erwartete man das von ihnen. Sie mussten ruhig bleiben.

»Sonst noch was?«, fauchte Aidens Schwester. »Der südliche Teil bis zum Lough Nahillion? Das ist ein Drittel des Parks. Warum erklärt Ihr uns nicht gleich den Krieg?«

»Sharni.« Die Stimme ihres Vaters klang überraschend sachlich, und er zog sie zurück auf den Thron. »Entschuldigt bitte das Verhalten meiner Tochter.«

Damian hob abwehrend die Hände. »Ich verstehe diese Reaktion durchaus, aber ich bin lediglich der Überbringer. Bedenkt das bitte.«

Der König nickte. »Kann ich das haben?«, fragte er mit einem Blick auf das Dokument, das der Abgesandte der Fae inzwischen aus der Tasche gezogen hatte und nun dem König reichte. »Ich würde die Forderungen zuerst gern mit meinen Beratern durchgehen, wenn Ihr erlaubt.«

»Natürlich, das ist das Mindeste, was ich für Euch tun kann«, erklärte Damian. »Ich spreche mit der Königin und werde dafür sorgen, dass Ihr eine Woche Bedenkzeit bekommt. Eine Woche, um zu entscheiden, ob Ihr die Forderungen annehmt oder uns den Krieg erklärt. Das scheint mir angebracht in dieser Situation.«

»Einverstanden«, sagte der König. Er blieb sitzen, während Damian sich kurz verbeugte und anschließend den Thronsaal schnellen Schrittes in Richtung Ausgang durchquerte.

»Du willst doch nicht ernsthaft auf diese Forderungen eingehen, oder?«, fragte Sharni.

Ihr Vater gab keine Antwort, stattdessen bat er einen der Bediensteten, unverzüglich den Beraterstab einzuberufen.

Aiden beobachtete, wie der Bedienstete mit gesenktem Kopf drei Schritte rückwärtsging, bevor er sich umdrehte und den Raum ebenfalls verließ. Es galt als schwere Beleidigung, dem König den Rücken zuzukehren. Noch in der Zeit, als Aidens Großvater regiert hatte, war jeder dazu verpflichtet gewesen, sich in tiefer Verbeugung durch den gesamten Thronsaal rückwärts zur Tür zu bewegen. Dies hatte selbst für die Königin, Aidens Großmutter, gegolten. Aidens

Vater hatte diese Verpflichtung bei seiner Krönung immerhin auf drei Schritte begrenzt, doch weder Aiden noch Sharni konnten dem ganzen Pomp der Monarchie viel abgewinnen.

Ihr Vater war da völlig anderer Ansicht und erklärte seinen Kindern immer wieder: »Der König ist nicht irgendein Drache, er symbolisiert unser Volk. Viele meiner Untertanen sind stärker oder klüger als ich, dennoch sehen sie alle zu mir auf und erwarten, dass ich sie führe. Daher brauchen wir die Symbole, die Insignien und die Rituale. Wir können sie verändern oder abschwächen, aber wir dürfen sie niemals gänzlich abschaffen, denn dann sieht jeder, dass wir auch nur ganz gewöhnliche Draconis sind. Und das, meine Kinder, wäre das Ende der Monarchie. Unser Volk würde aufbegehren und uns stürzen, aber die Macht der Herrschaft verschwindet nicht einfach. Sie muss weiterhin ausgeübt werden, irgendjemand muss regieren. Und so würde sich der Stärkste und Brutalste unseres Volkes durchsetzen und alle anderen unterjochen. Dies zu verhindern, ist unsere Aufgabe. Zu diesem Zweck sitzt unsere Familie auf dem Thron.«

Bei dem Gedanken an die Worte seines Vaters, die er schon so oft gehört hatte, verdrehte Aiden die Augen. Und was brachte all das Gehabe, um sich gegen die Fae zu behaupten? Nichts, rein gar nichts.

Kapitel 3

Aiden

»Das kann nicht deren Ernst sein«, polterte Callahan, der engste Berater des Königs, wenig später im Besprechungsraum. »Mit diesen Forderungen demütigen uns die Fae bis aufs Äußerste.«

»Und sie zwingen uns, etwas zuzugeben, was wir nicht getan haben«, fügte Braxton hinzu. »Ich werde nicht für etwas einstehen, was nicht unser Verschulden ist.«

»Das sehe ich ebenso. Wenn es die autonomen Drachen waren, sollen sie gefälligst dafür büßen, nicht wir.«

Der König strich sich über den Bart. »Das ist auch meine Meinung, wie ihr wisst. Die Fae-Königin ist allerdings anderer Ansicht.«

»Dann müssen wir diese Diskussion immer und immer wieder führen, bis die Fae-Königin es einsieht«, sagte Callahan. »Sie selbst wird auch nicht für etwas bestraft, was eine autonome Fae-Gruppe verbrochen hat.«

»Von denen gibt es deutlich weniger als von uns«, bemerkte der König.

Sharni schnaubte. »Ja, weil die Fae mit Ausnahme der Ohren aussehen wie Menschen. Ein bisschen Glamour, und sie haben sich problemlos angepasst. Bei uns gestaltet sich das etwas schwieriger. Vater, wir können nicht ein Drittel des Parks hergeben. Der Norden des Nationalparks ist schon wegen der vielen Touristen unbrauchbar. Wo sollen wir denn dann noch fliegen?«

»Die Prinzessin hat recht«, stimmte Braxton zu. »Wir dürfen nicht auf sämtliche Forderungen der Fae eingehen. Das Geld können wir entbehren, doch dem Rest werde ich nicht zustimmen. Wir können nicht jedes Mal dafür büßen, wenn einer der autonomen Drachen gegen die Regeln verstößt. Was bleibt uns am Ende noch?«

»Also wollt ihr lieber den Krieg?«, fragte der König, der immer noch ruhig klang. Doch Aiden konnte sich vorstellen, wie es in seinem Vater aussah. Er musste eine schwere Entscheidung treffen, die das ganze Volk betraf, und hatte dafür nur eine Woche Bedenkzeit.

»Auf jeden Fall«, antwortete Callahan. Er stand auf und stützte die Hände auf dem Tisch ab, um seinen Worten mehr Nachdruck zu verleihen. »Es reicht, wenn uns die Menschen in dieses vermaledeite Höhlensystem zurückdrängen. Ich werde mich nicht auch noch von den Fae in meinem Leben beschränken lassen.«

»Und schon gar nicht für etwas, was wir nicht getan haben«, beharrte Braxton und erntete dafür zustimmendes Gemurmel von den anderen Beratern.

»Ich bin auch für den Krieg, Vater«, mischte sich Sharni erneut ein. »Die Fae behandeln uns wie ungezogene Kinder. Wenn wir uns das gefallen lassen, werden sie uns immer weiter demütigen.«

»Was meinst du, Aiden?«, fragte ihn sein Vater.

Aiden seufzte leise. Als zukünftiger König musste er die Entscheidung mittragen, denn niemand wusste, wie lange sein Vater einen möglichen Krieg überleben würde.

»Wir sollten zuerst verhandeln«, schlug er vor. »Wir können weder auf die Forderungen eingehen noch ihnen den Krieg erklären, und das wissen die Fae. Sie müssen uns entgegenkommen.«

»Das müssen sie nicht, und das werden sie auch nicht«, erwiderte Sharni. »Du hast diesen Damian gehört.«

»Außerdem wollen die Fae doch den Krieg«, sagte Callahan. »Warum sonst haben sie zwei Monate gewartet, bis sie uns aufgesucht haben? Zwei Monate!«

»Was soll es denn für einen Vorteil bringen, zu warten?«, fragte Sharni. »So hatten sie mehr Zeit, sich zu überlegen, wie sie uns am besten demütigen können, aber sonst ...«

»Zeit ist das richtige Stichwort«, antwortete Aiden, der als erster Thronfolger schon früh in der Kriegsführung unterrichtet worden war und gelernt hatte, wie man strategisch vorging. Sharni war davon bisher verschont worden. Vielleicht ein Fehler, wie sich jetzt herausstellte.

»Zeit ist ein überaus wertvolles Gut«, erklärte Braxton, »vor allem in Kriegszeiten.«

»Aber sie haben doch noch gar keinen Krieg angezettelt«, fiel Sharni ihm ins Wort.

Braxton lächelte nachsichtig. »Weil sie *uns* dazu bringen wollen, den Krieg zu beginnen. Sie haben alles so arrangiert, dass sie uns keine Wahl lassen, wenn wir unser Gesicht nicht verlieren wollen.«

»Dann tun wir ihnen doch den Gefallen.«

Der König schüttelte den Kopf. »Wir sind nicht auf einen Krieg vorbereitet. Wir haben keine Armee, keinen Schlachtplan ...«

»Natürlich haben wir eine Armee«, widersprach Sharni erneut.

»Du verstehst das nicht. Im Gegensatz zu uns konnten die Fae die vergangenen zwei Monate nutzen, um sich zu rüsten«, erklärte Aiden. »Deshalb ist Zeit so wertvoll. Wir haben vielleicht eine Armee, aber die Mobilmachung dauert. Bis unsere volle Truppenstärke einsatzbereit ist, brauchen wir ein paar Wochen.«

Sharni verschränkte die Arme vor der Brust. »Das hättet ihr mir schon längst alles erklären können, anstatt mich wie ein Mädchen zu behandeln.«

»Ja, das wäre vielleicht besser gewesen.« Der König seufzte. »Wie dem auch sei, wir können diesen Krieg nicht beginnen. Die Geschichte der Menschen hat uns gelehrt, dass derjenige, der den Krieg beginnt, ihn auch verlieren wird. Das ist seit der Industrialisierung so.«

»Und was machen wir dann?«, fragte Callahan. »Sollen wir wirklich auf die Forderungen der Fae eingehen?«

»Nein, wir verhandeln«, antwortete der König. »Aidens Idee ist gut, denn auf diese Weise können wir uns zumindest etwas Zeit verschaffen. Callahan, Braxton, überlegt euch bitte, was wir den Fae statt ihrer Forderungen anbieten können. Sammelt außerdem Argumente, warum die Fae uns nicht für die Taten der Autonomen zur Rechenschaft ziehen können. Ihr anderen befragt jeden einzelnen Draconi in diesem Nationalpark. Wenn wirklich einer von uns in London aktiv war, will ich das wissen. Und dann gnade ihm Voldragor«, fügte er murmelnd hinzu.

Widerwillig löste sich die Runde auf, nur Aiden und Sharni blieben bei ihrem Vater. Aiden sah sich um. Der Besprechungsraum mit dem langen Tisch und den Karten von Irland an den Wänden erinnerte ihn viel zu sehr an ein menschliches Büro, wie er es auf Bildern gesehen hatte. Manchmal hasste er es, nicht einfach das sein zu können, was er war: ein Drache.

Sharni hatte damit sogar noch größere Probleme. Und auch ihre Abneigung den Fae gegenüber ließ ihr keine Ruhe.

»Willst du das den Fae wirklich durchgehen lassen?«, bohrte sie nach.

»Und willst *du* wirklich Krieg?«, stöhnte Aiden, der allmählich die Geduld verlor. »Krieg bedeutet Verlust, Sharni, auf beiden Seiten. Ist dir das eigentlich bewusst?«

»Was denkst du?«, fauchte sie ihren Bruder an. »Ich habe Mutter ebenso verloren wie du.«

»Ganz ruhig, ihr beiden«, ging der König dazwischen und stand auf, um sich Drachenwein nachzuschenken, eine Mischung aus rotem Wein und Anisschnaps. »Ich selbst will weder Krieg noch die Forderungen der Fae erfüllen, denn ich habe nicht vor, mich für etwas zur Rechenschaft ziehen zu lassen, was unser Volk nicht getan hat. Braxton und Callahan haben damit vollkommen recht.«

Sharni runzelte die Stirn. »Und was bezweckst du dann? Auf fadenscheinige Verhandlungen werden sich die Fae nicht einlassen, das weißt du genauso gut wie ich.«

»Ich will Zeit gewinnen, denn die werden wir brauchen. Zum einen müssen wir uns vorbereiten, falls es doch zum Krieg kommt. Zum anderen sollten wir schleunigst herausfinden, was in London wirklich vorgefallen ist. Ich kann mir einfach nicht vorstellen, dass tatsächlich einer von uns im Holland Park aktiv war. So dumm ist niemand aus unserem Volk, auch keiner der Autonomen.«

»Bist du dir da sicher?«, fragte Aiden. »Vielleicht wollen sie uns schaden.«

Die meisten Drachen, die den Connemara-Nationalpark verlassen hatten, hegten keinen Groll gegen die Draconis, sie waren lediglich anderer Meinung als der König. Aber natürlich gab es Ausnahmen.

Der König seufzte. »Ich hoffe nicht, denn dann hätten wir ein echtes Problem. So oder so müssen wir herausfinden, was in London passiert ist. Für mich klingt es fast so, als wollten die Fae diesen Vorfall einzig und allein dazu nutzen, um uns endlich zu einem Krieg zwingen zu können. Wir müssen Beweise für diese Theorie finden; Beweise für unsere Unschuld.«

»Falls es überhaupt noch welche gibt.« Aiden fuhr sich durch die Haare. »Wenn deine Theorie stimmt, Vater, könnten sämtliche Beweise längst vernichtet worden sein. Die Fae hatten immerhin genügend Zeit, um alles aus dem Weg zu räumen, was uns entlasten würde.« Er wandte sich an seine Schwester. »Verstehst du jetzt, warum Zeit in einer Situation wie dieser ein Vorteil ist?«

»Ich bin ja nicht blöd«, erwiderte Sharni pampig. »Ihr habt mich nur immer von dem ganzen Regierungskram ferngehalten.«

Der König legte die Finger aneinander. »Nun, du wirst jetzt die Gelegenheit dazu bekommen, dich näher mit diesem *Kram* zu befassen. Sollte es noch Beweise geben, müssen wir sie finden. Sharni, du wirst nach England reisen, um dich im Holland Park umzusehen. Hör dich auch nach merkwürdigen Vorfällen um, die sich im Juni in London ereignet haben. Gleich morgen geht es los.«

»Wirklich?« Sharnis grüne Augen wirkten noch größer als sonst.

»Wirklich, und du wirst Niall mitnehmen.«

Aiden stieß einen Pfiff durch die Zähne aus. Wenn seine Schwester Niall mitnehmen sollte, rechnete sein Vater wahrscheinlich damit, dass es brenzlig werden könnte, denn gerade jetzt wurde Niall eigentlich vor Ort dringend gebraucht. Er war nicht nur Sharnis bester Freund, sondern auch Teil des Elitegeschwaders und damit bestens auf einen Kampf gegen die Fae vorbereitet. Besser als Sharni und Aiden zusammen, obwohl die beiden ebenfalls gut ausgebildet waren. Als Thronfolger der Draconis hatte ihr Vater gewollt, dass sie sich im Falle eines Falles selbst verteidigen konnten. Wie sich jetzt herausstellte, war das sehr vorausschauend gewesen.

»Niall?« Sharni verschränkte die Arme vor der Brust. »Also traust du mir die Mission allein nicht zu.«

Der König rieb sich die Schläfen. »Darum geht es nicht, mein Kind. Ich will nur auf Nummer sicher gehen, du bist immerhin die Prinzessin. Wenn ich es für lebensgefährlich hielte, würde ich dich nicht schicken, aber im Moment wissen wir nicht, von welcher Seite aus die Gefahr droht. Die Autonomen könnten dich womöglich angreifen, sollten tatsächlich sie für die Drachenaktivität in London verantwortlich sein. Und man weiß nie, wie groß ihr Hass auf uns Draconis im Allgemeinen beziehungsweise die Königsfamilie im Speziellen ist. Zudem sind da nach wie vor die Fae, die unter Umständen jeden unserer Schritte beobachten.«

»Hältst du einen Krieg für unausweichlich?«, fragte Sharni, die inzwischen nicht mehr allzu begeistert klang.

»Die Fae sind nicht dumm. Sie wissen, dass wir niemals auf ihre Forderungen eingehen werden, wenn wir unseren Stolz nicht verlieren wollen. Callahan hat recht, sie scheinen diesen Krieg zu wollen. Deshalb ist deine Mission auch so wichtig, Sharni. Nur wenn wir herausfinden, was im Holland Park geschehen ist, können wir verhindern, dass sich die Lage weiter zuspitzt. Wenn wir den Fae Beweise dafür vorlegen, dass wir Draconis nicht in London aktiv waren, haben sie nichts mehr gegen unser Volk in der Hand. Und sollte tatsächlich einer der Autonomen in London dahinterstecken, liefern wir den Schuldigen den Fae aus. Das ist dann hoffentlich auch gleich eine Lehre für alle anderen Autonomen, die vorhaben, etwas Unrechtes zu tun.«

»Niall brauche ich trotzdem nicht«, beharrte Sharni. »Ich kann auf mich allein aufpassen, Dad. Und du brauchst ihn doch sicher hier.«

»Niall wird dich begleiten, keine Widerrede. Außerdem kann er dich vielleicht dazu bringen, vorsichtiger zu sein. Sharni, ich möchte nicht, dass du dich in London – oder wohin auch immer dich deine Recherchen führen werden – absichtlich in gefährliche Situationen begibst. Dein Auftrag lautet lediglich, Beweise für unsere Unschuld zu finden.«

»Als ob ich mich absichtlich in Gefahr bringen würde«, murmelte Sharni, musste aber grinsen.

»Das ist mein Ernst! Du bist die Nummer zwei in der Thronfolge, also sei bitte nicht leichtsinnig. Ich kenne dich, du ziehst den Ärger förmlich an.«

»Wo er recht hat …«, murmelte Aiden und fing sich dafür von seiner Schwester einen Hieb mit dem Ellenbogen ein. Er lachte. »Was ist denn mit mir, Vater? Was kann ich machen?«

»Nimm es mir nicht übel, Sohn, aber du bist mein direkter Thronfolger. Deshalb werde ich dich auf ein Menschencollege in Dublin schicken. Wie es der Zufall will, startet das nächste Semester bereits am Montag. Auch du wirst morgen aufbrechen.«

Aiden zog die Augenbrauen hoch. »Ein College? Was soll ich denn da? Denkst du etwa, dass ich dort besser aufgehoben wäre als hier?«

»Das denke ich. Sollte es zum Krieg kommen, ist es am besten, wenn du so weit wie möglich von deiner Heimat entfernt bist. Hier werden die Fae dich vermuten, auf einem College in Dublin sicher nicht. Außerdem …« Der König sprach den Gedanken nicht aus, aber das musste er auch nicht.

»Ich weiß.« Aiden seufzte. Im Falle eines Krieges durften sich der König und seine Thronfolger keinesfalls an ein und demselben Ort aufhalten. Wenn keiner von ihnen den Kampf überlebte, wäre die ganze Linie mit einem Schlag ausgelöscht. Dieses Risiko durften sie niemals eingehen. Deshalb war es auch keine Option für Aiden, seine Schwester zu begleiten. »Kannst du mich denn so ohne Weiteres auf dieses College schicken? Dublin liegt auf neutralem Gebiet, Vater. Das könnte die Fae zusätzlich gegen uns aufbringen, falls sie davon erfahren.«

»Du wirst ja nicht nach Dublin gehen, um die Hauptstadt zu annektieren, und es spricht nichts dagegen, ein College zu besuchen, um die Menschen zu studieren. So wird zumindest die offizielle Begründung lauten, sollte jemand nach deinem Verbleib fragen.«

Aiden stieß die Luft aus. Für gewöhnlich ließ sich sein Vater nicht umstimmen, wenn er einmal einen Entschluss gefasst hatte, doch Aiden fühlte sich nutzlos. Das war eine ernste Situation, und als zukünftiger König wollte er dazu beitragen, die Lage zu entspannen.

»Lass mich doch helfen«, bat er. »Es ist nicht nötig, dass du mich zum Nichtstun verdammst.« Auch wenn er Sharni nicht begleiten durfte, gab es genügend andere Aufgaben. Er konnte sich zum Beispiel bei den autonomen Drachen umhören.

Doch bevor er seinem Vater diesen Vorschlag unterbreiten konnte, meinte dieser: »Um ehrlich zu sein, habe ich einen Spezialauftrag für dich, Aiden. Lässt du uns bitte kurz allein, Sharni?«

Die Drachenprinzessin zögerte, stand dann jedoch auf und ging zur Tür.

»Ach, Sharni? Vorerst zu niemandem ein Wort über deine Mission, ist das klar?«

»Natürlich, Vater«, sagte sie kühl und verließ mit wehenden Haaren den Besprechungsraum.

»Sie ist sauer«, stellte Aiden fest.

»Sie beruhigt sich auch wieder.«

Da war Aiden sich nicht so sicher. Jetzt war er allerdings viel zu neugierig, um sich über seine Schwester Gedanken zu machen. Es kam nicht oft vor, dass sein Vater mit einem von ihnen unter vier Augen sprechen wollte.

»Was ist denn los?«, fragte er.

Sein Vater nahm noch einen Schluck von seinem Drachenwein. »Seit einer Weile bin ich unsicher, wem ich noch trauen kann. Du musst mir dabei helfen herauszufinden, wer auf unserer Seite steht und wer nicht.«

Aiden schluckte. Das war nicht gut, das war gar nicht gut. Wenn sie jemanden in ihren eigenen Reihen hatten, der den Fae oder den Autonomen geheime Informationen zuspielte, und es tatsächlich zum Krieg kam ... Sie würden unausweichlich verlieren, da der Feind über jeden ihrer Schritte informiert wäre. Und das wiederum würde den Untergang des Drachenkönigreichs bedeuten.

»Ein Verräter, hier bei uns? Bist du sicher?«

Der König zuckte mit den Schultern. »Sicher bin ich nicht, aber für gewöhnlich kann ich mich auf mein Gefühl verlassen. Es kam nun schon mehrfach vor, dass die Papiere in meinem Privatbüro nicht so lagen, wie ich sie hinterlassen hatte. Und meine Berater sind viel zu sehr für diesen Krieg, obwohl sie genau wissen, wie unvernünftig es wäre, sich von den Fae zu diesem Schritt zwingen zu lassen.«

»Sie waren aufgebracht. Auch Sharni hat ziemlich laut für einen Krieg plädiert.«

»Sharni weiß es nicht besser. Vielleicht hätte ich euch damals nicht so in Watte packen dürfen, nachdem eure Mutter gestorben ist.«

»Du hast uns nicht in Watte gepackt«, begann Aiden, aber sein Vater ließ ihn nicht ausreden.

»Doch, das habe ich, vor allem Sharni. Ich habe euch zwar das Kämpfen beigebracht, aber ich habe euch nicht so hart trainiert wie beispielsweise Niall. Sharni ist doch mein kleines Mädchen, meine Prinzessin. Ich hatte schon immer Angst um sie. Sieh sie dir an. Sie ist so furchtlos, dabei hat sie keine Ahnung davon, was ein Krieg wirklich bedeutet, worauf es ankommt. Es ist meine Schuld, ich weiß. Ich dachte, es sei nicht nötig, sie in diesen Dingen zu unterrichten. Wenn sich das mal nicht rächt.«

»Mach dir nicht so viele Sorgen, Vater, es ist noch Zeit. Niall kann Sharni die wichtigsten Grundlagen der Kriegsführung erklären. Ihm können wir vertrauen, da bin ich mir sicher. Außerdem gibt es im Moment für Sharni keinen Grund, selbstständig Entscheidungen in Sachen Krieg zu fällen.«

Der König fuhr sich mit der Hand über das Gesicht und lächelte seinem Sohn zu, doch das Lächeln erreichte seine Augen nicht. Besorgt betrachtete Aiden seinen Vater. Er wirkte müde, müder als sonst, und älter. Seine dunklen Haare und der Bart hatten in den vergangenen Wochen mehr graue Stellen bekommen, um die Augen hatten sich tiefere Fältchen gebildet, und seine Wangen wirkten eingefallen. Er war ein guter König, daran bestand kein Zweifel, aber die Krone zu tragen, war auch eine Bürde. Eine Bürde, die ihm niemals hätte auferlegt werden sollen. Aidens Onkel Darragh war der ältere der beiden Brüder und somit der eigentliche Thronfolger gewesen, doch er hatte auf den Thron verzichtet. Nur deshalb war die Aufgabe, die Draconis zu führen, auf Aidens Vater übergegangen. Er hatte sein Amt stets gut ausgeführt, und das tat er auch heute noch, obwohl Aidens und Sharnis Mutter vor acht Jahren gestorben war. Eines Abends hatte sie einen Ausflug gemacht – und war nie zurückgekehrt. Zwei Tage später hatte man ihre Leiche gefunden. Auf neutralem Gebiet, jedoch an der Grenze zum Territorium der Fae. Offenbar war sie Opfer eines Fae-Angriffs geworden, denn mehrere Pfeile hatten sie vom Himmel geholt – die meisten davon waren direkt durch ihr Herz gegangen. Weil die Draconis aber nicht beweisen konnten, dass tatsächlich die Fae für die grauenvolle Tat verantwortlich waren, wurde nie jemand zur Rechenschaft gezogen. Einen Schuldigen zu haben, hätte die Königin nicht zurückgebracht, doch so schwelte der Hass auf die Fae immer weiter. König Roarke hatte diesem Hass niemals nachgegeben. Von jenem Tag an hatte er das Volk allein geführt und seine Kinder so gut es ging auf den Thron vorbereitet, obwohl er ihnen all die Verpflichtungen gern erspart hätte und sie keiner Gefahr aussetzen wollte. Und er hatte stets zum Wohle seines Volkes gehandelt.

Aiden bewunderte seinen Vater für seine Ruhe und seine Besonnenheit. Er selbst hatte zwar nicht wie Sharni das aufbrausende Temperament ihrer Mutter geerbt, aber Aiden fragte sich, ob er in dieser Situation so ruhig geblieben wäre. Sich abweichend von der allgemeinen Meinung vehement gegen einen Krieg mit den Fae auszusprechen, nur weil es das Vernünftigste war – würde er das auch schaffen, wenn es eines Tages in seiner Hand lag, die Draconis zu führen?

»Ich weiß, dass ich mich auf euch verlassen kann, Aiden«, sagte der König nun. »Es gefällt mir zwar überhaupt nicht, euch dieser Gefahr auszusetzen, aber ihr seid die Einzigen, denen ich blind vertraue. Ich weiß nicht, wen ich sonst auf diese Missionen schicken sollte.«

»Was ist eigentlich mit Onkel Darragh?«, fragte Aiden. »Er lebt doch in London, oder? Kann es vielleicht sein, dass er …?«

»… einen Ausflug über dem Holland Park gemacht hat?« Der König schüttelte den Kopf. »Nie im Leben. So etwas würde er nicht tun. Außerdem hat sich mein Bruder vermutlich seit über dreißig Jahren nicht verwandelt.«

Aiden fiel es schwer, sich das auch nur vorzustellen. Er fand es schon schlimm genug, sich nicht nach Lust und Laune verwandeln zu können, auch wenn er es seit seiner Geburt nicht anders kannte. Aber sich überhaupt nicht mehr zu verwandeln? Das überstieg seine Vorstellungskraft.

»Darauf wollte ich gar nicht hinaus, Dad. Onkel Darragh ist und bleibt ein Drache. Möglicherweise hat er etwas mitbekommen und kann uns helfen.«

»Das geht nicht, Aiden.« Der König seufzte, was eher traurig als gereizt klang. »Wir können ihn nicht um Hilfe bitten. Er ist nach wie vor mein Bruder und mir jederzeit willkommen, doch er gehört nicht mehr zu uns Draconis.«

Aiden runzelte die Stirn. »Vertraust du ihm nicht?«

»Darum geht es nicht, ich würde ihm mein Leben anvertrauen. Er darf sich jedoch nicht einmischen. Es gab einen Grund, wieso er seinerzeit auf den Thron verzichtet hat.«

»Ich verstehe nicht ...«, erwiderte Aiden. »Ich dachte, er wollte die Verantwortung nicht übernehmen.«

Der König schüttelte den Kopf. »Euer Onkel hat sich während seiner Collegezeit Ende der Achtzigerjahre in eine Hexe verliebt. Ihretwegen hat er damals auf den Thron verzichtet. Und Isla hat seinetwegen ihren Clan verlassen. Sie war ein Mitglied der Murphys.«

»Isla *Murphy*? Tante Isla war ein Mitglied des Murphy-Clans?«

»Ganz genau.«

Aiden spürte, wie er blass wurde.

Der letzte Krieg zwischen den Drachen und Fae, der inzwischen acht Jahrhunderte zurücklag, hatte viele Jahre gedauert und viele Leben gefordert. Nicht nur das Leben von Drachen und Fae, sondern auch von Menschen und Magiern.

Der Morgan- und der Merlin-Clan – heute zwei der mächtigsten Hexenclans Londons – standen damals noch in ihren Anfängen. Der Morgan-Clan stammte von Morgan le Fay ab, Artus' Halbschwester, in deren Adern ein winziger Teil Elfenblut floss. Um den Vorfahren Tribut zu zollen und sich in der Hexenwelt zu etablieren, schloss sich der Morgan-Clan in dem herrschenden Krieg den Fae an. Der Merlin-Clan, der auf den großen Zauberer Merlin zurückging, hatte ebenfalls große Ambitionen und unterstützte die Drachen. Als Merlin seinerzeit das himmlische Zeichen in Gestalt eines Drachen erblickte, sagte er nicht nur das Schicksal von Uther Pendragon und dessen späterem Sohn Arthur voraus, der zu König Artus werden sollte – er prophezeite auch das Schicksal der Merlins: *Schließt euch den Drachen an, und ihr werdet ein mächtiger Clan werden.* Doch der Krieg dauerte zu lange und forderte zu viele Leben. Die Clans waren sich damals schon recht ebenbürtig, ebenso wie die Drachen und die Fae, und ein Sieg einer der beiden Parteien war nicht absehbar. Schließlich mischte sich der Murphy-Clan ein, damals wie heute der mächtigste Hexenclan Irlands, und beendete den Krieg. Um zu verhindern, dass sich die Drachen und Fae je wieder bekriegen würden, und um sie gleichzeitig von ihren Verbündeten zu trennen, holte der Murphy-Clan die Völker nach Irland. Den Fae wurde der Süden Irlands zugesprochen, nachdem die Murphys in England den Zugang zur Fae-Welt versiegelt hatten. Die Drachen erhielten den Norden. Das Gebiet dazwischen, wo auch die Murphys seit jeher ihren Sitz rund um Dublin hatten, wurde für neutral erklärt. Noch heute wachte der Murphy-Clan über den Frieden der magischen Völker in Irland und galt als unparteiisch. Bisher hatten die Murphys keinen Grund gehabt, sich noch einmal in die Belange der Drachen und Fae einzumischen. Und Aidens Wissen nach hatten sie sich seitdem auch aus den Angelegenheiten der britischen Hexenclans herausgehalten, obwohl bis heute eine große Rivalität zwischen den Morgans und Merlins herrschte. Nicht lange, nachdem die Murphys den Krieg zwischen den Drachen und Fae beendet hatten, waren die beiden Hexenclans aufgrund einer Prophezeiung Merlins erneut aufeinander losgegangen. Niemand wusste, warum die Murphys damals nicht eingegriffen hatten. Vielleicht, weil sie beim Schlichten des Konflikts zwischen den Drachen und Fae selbst genug Clanmitglieder verloren hatten und sich nicht erneut einer Auseinandersetzung stellen wollten. Vielleicht aber auch, weil die Kämpfe zwischen den Morgans und Merlins hauptsächlich die Leben der eigenen Clanmitglieder gefordert hatten.

»Warum erzählst du mir das erst jetzt?«, fragte Aiden. »Das ist immerhin keine Kleinigkeit.«

Der König strich sich über den Bart. »Zum einen war dein Großvater bis zu seinem Tod nicht gut auf seinen Erstgeborenen zu sprechen. Er hat es Darragh nie verziehen, dass er sich in einer Silvesternacht ohne ein Wort einfach davongeschlichen hat. Zum anderen kennst du deinen Onkel so gut wie gar nicht, was natürlich auch für Sharni gilt. Mein Bruder und ich wollten euch aus der Sache heraushalten. Ihr solltet alt genug sein, um euch ein eigenes Bild zu machen.«

»Deshalb also dürfen wir Darragh nicht um Hilfe bitten.«

Aiden hatte sich schon immer gefragt, was damals zwischen den Brüdern vorgefallen war. Sein Vater schien zwar ein gutes Verhältnis zu Darragh zu haben, denn er sprach nie schlecht über ihn, aber im

Grunde wusste Aiden kaum etwas über seinen Onkel; und seiner Tante war er kein einziges Mal begegnet. Als sein Großvater noch gelebt hatte, war Darragh in dessen Gegenwart nie erwähnt worden. Jetzt verstand Aiden auch, warum.

Der König nickte. »Darragh und Isla müssen sich aus allem heraushalten, was uns Drachen, die Fae oder die Murphys angeht. Wenn wir sie einbeziehen, könnten die Fae das als Kriegserklärung betrachten. Ich traue Darragh und Isla, aber wir dürfen uns zum jetzigen Zeitpunkt keine Fehler erlauben.«

Seufzend lehnte Aiden sich zurück. Mit dieser Offenbarung hatte er nicht gerechnet. »Was ist denn mit den Murphys? Können wir sie nicht um Hilfe bitten? Sie sind schließlich dazu da, den Frieden zu wahren.«

Aidens Vater strich sich zum wiederholten Male über den Bart. »Das schon, aber es ist zu früh, sich an die Magier zu wenden. Sie mischen sich nur ein, wenn es wirklich nicht anders geht, und wir würden zudem wie Verlierer dastehen. Wir müssen Stärke beweisen und handlungsfähig wirken.« Er schüttelte den Kopf. »Wir sind auf uns allein gestellt, Aiden, zumindest vorerst. Bevor wir den Murphy-Clan um Beistand bitten können, brauchen wir mehr Informationen. Und wir sollten unbedingt etwas in Bezug auf den Verräter unternehmen. Wenn es tatsächlich einen Verräter unter uns gibt, müssen wir ihn enttarnen, denn wir brauchen absolute Gewissheit, wem wir trauen können und wem nicht, sollte es wirklich zum Krieg kommen. Und glaub mir, wenn die Fae diesen Krieg wollen, werden ihn auch die Murphys nicht so einfach verhindern können. Die Zeiten haben sich geändert.«

Aiden schluckte. »Hast du denn einen Verdacht? Und was genau soll ich eigentlich machen?«

»Ich möchte niemanden zu Unrecht beschuldigen. Zuerst einmal muss ich wissen, ob ich meinem Beraterstab absolut vertrauen kann. Dazu habe ich mir Folgendes überlegt.« Der König beugte sich nach vorn zu seinem Sohn. »Ich selbst werde niemanden darüber in Kenntnis setzen, dass du nach Dublin gehst, nicht einmal die Murphys. Eigentlich wäre das meine Pflicht, aber unter diesen Umständen werden sie es uns nachsehen. Du hingegen erzählst noch heute jedem meiner fünf Berater – aber bitte einzeln und im Vertrauen – von unserem Plan und nennst dabei jedem ein anderes College, auf das ich dich angeblich schicke. Und vergiss nicht zu erwähnen, dass ich dich zu äußerster Diskretion und Geheimhaltung verdonnert habe.«

»Was versprichst du dir davon?«, fragte Aiden.

Der König trank den letzten Schluck Drachenwein. »Sagen wir mal so: Sollte ein Fae in einem der Colleges auftauchen, die du meinen Beratern nennst, oder sollte sonst etwas Seltsames vorfallen, wissen wir, dass tatsächlich einer von ihnen ein Verräter ist. Und vor allem wissen wir dann, wer es ist.«

Kapitel 4

Kailey

Ich riss das Schwert aus der Flanke des Drachen und sah dabei zu, wie er seine verbliebenen Atemzüge tat, während sich mein eigener Atem langsam wieder beruhigte. Das war jetzt schon der siebte Drache, den ich heute erledigt hatte. Immer wieder waren sie im wahrsten Sinne des Wortes aus heiterem Himmel aufgetaucht und hatten mich angegriffen. Meine Augen suchten den Horizont ab, doch es war kein weiteres Ungetüm zu sehen. Zumindest für den Moment schien ich meine Ruhe zu haben. Ich steckte meine Schwerter weg. Sieben Drachen an einem Tag und kein einziger Misserfolg; das war eine gute Quote.

Der vor wenigen Sekunden erlegte Drache löste sich in Luft auf, das Blut jedoch blieb zurück. Ich stieß ein genervtes Seufzen aus. Na super, beim vermutlich letzten Drachen des Tages musste etwas mit dem Glamour schiefgegangen sein. Mein Kleid war vollkommen hinüber. Es hatte noch mehr Risse abbekommen, und das Drachenblut klebte überall, sogar in meinen Haaren. Es war eine ziemliche Sauerei gewesen, das siebte Biest zu erledigen. Mit dem Handrücken wischte ich mir eine Haarsträhne aus der Stirn, die sich aus meinem Pferdeschwanz gelöst hatte.

»Na, wie viele Drachen hast du geschafft?«

Ich wirbelte zu meinem Onkel herum, der mich amüsiert betrachtete. Er trug dieselben Sachen wie heute Morgen, als er aufgebrochen war, hatte jedoch die Lederjacke sowie Pfeile und Bogen abgelegt. Vermutlich war er schon eine Weile zurück und hatte der Königin längst Bericht erstattet.

»Wie ist es gelaufen? Bist du zufrieden?« Ich war neugierig, auch wenn ich wusste, dass er mir keine Details verraten durfte.

»Das kann man so sagen. Und du hast den ganzen Tag trainiert?«

»Sieht man mir das nicht an?« Ich grinste. »Sieben Drachen weniger auf dieser Erde.« Wobei das so nicht ganz stimmte, immerhin waren die Viecher nicht echt gewesen, sondern mit Glamour erzeugte Übungsobjekte. Mit Glamour konnten wir Fae perfekte Illusionen erschaffen. Auf diese Weise täuschten wir beispielsweise auch die Menschen, damit sie unsere spitzen Ohren nicht wahrnahmen.

Damian lachte und griff nach meinem Ellenbogen. »Na komm, die Königin möchte dich sehen.«

»Die Königin möchte mich sehen?« Mein Herz schlug schneller. Es kam nicht oft vor, dass die Königin minderjährige, gerade erst ausgebildete Fae zu sich zitierte. Was sie wohl von mir wollte?

»Keine Sorge, ich bin mir sicher, dass du nichts falsch gemacht hast.« Damians Augen funkelten vor Vergnügen.

»Und ich bin mir sicher, dass du genau weißt, warum sie mich sehen will.« Als königlicher Berater hatte mein Onkel Einblick in sämtliche Angelegenheiten der Krone, aber selbst jetzt, wo es um mich ging, verriet er mir nichts.

»Netter Versuch, Kailey. Ich sag nur so viel: Dein Training heute war nicht umsonst.« Er zog mich weiter.

Damians Worte verstärkten meine Aufregung, trotzdem sagte ich: »Warte, darf ich mich schnell umziehen? Ich kann doch nicht so unter die Augen der Königin treten.«

»Natürlich kannst du das. Sie weiß, dass du gerade dein Training absolviert hast, und jetzt komm.«

Die Königin hielt sich unter einem Pavillon mitten im Freien auf. Im Hintergrund plätscherte ein Bach, und es roch nach süßen Blumen. Sie saß mit ausgestreckten Beinen auf einer Chaiselongue und ließ sich Luft zufächeln wie eine Göttin. Fehlte nur noch, dass jemand sie mit Weintrauben fütterte, doch die steckte sie sich selbst in den Mund – bis sie mich erblickte. Sie hielt inne, musterte mich von oben bis unten, und ich fragte mich, warum ich mich von Damian hatte überreden lassen, in diesem Aufzug herzukommen. Ich hätte duschen und mich umziehen sollen.

Die Königin selbst war eine Schönheit. Sie trug ein cremefarbenes Kleid aus Spitze, Taft und Tüll. In ihr lockiges blondes Haar hatten ihre Zofen Blumen eingeflochten. Ihr lieblicher Eindruck wurde noch verstärkt, weil sie sehr jung wirkte. Doch der Schein trog, denn die Königin war eine mindestens ebenso gute Elfenkriegerin wie ich. Das erzählte man sich jedenfalls. In Sachen Manipulation und Täuschung waren wir Fae echte Meister.

Ich machte einen Knicks. »Eure Majestät.«

Wie konnte es sein, dass ich geradezu gelassen mit einem Drachen kämpfen konnte, mich in Gegenwart der Königin aber kaum traute, den Blick zu heben? Eigentlich lächerlich.

»Kailey Ainsley.« Die Königin rutschte an die Vorderkante der Chaiselongue, den Blick immer noch auf mich gerichtet. »Ich habe mir sagen lassen, du seist die beste Elfenkriegerin, die Fairyland derzeit vorzuweisen hat.«

»Das ist richtig, Eure Majestät.« Falsche Bescheidenheit gehörte nicht zu den Eigenschaften der Fae, dabei hatte ich im Vergleich zu den meisten meiner Artgenossen inzwischen gelernt, wie man log, was alles andere als leicht gewesen war. Nicht einmal die Königin oder mein Onkel beherrschten diese Fähigkeit, die sich einfache Menschen unbewusst mehrfach am Tag zunutze machten.

Die Königin lächelte. »Ich habe einen Auftrag für dich, außerhalb von Fairyland. Bist du bereit, ihn anzunehmen?«

»Selbstverständlich, Eure Majestät«, erwiderte ich, ohne darüber nachzudenken. Dabei war ihre Frage rein rhetorisch, denn der Fae-Königin widersprach man nicht.

Mein Herz schlug schneller. Endlich war es so weit, und das sogar früher als erwartet, da ich noch nicht achtzehn war – die Königin schickte mich auf eine geheime Mission. Ich konnte es kaum glauben. Mein Blick huschte zu Damian, der mir kaum merklich zunickte. Ich hatte mein Ziel tatsächlich erreicht und durfte Fairyland zum ersten Mal verlassen. Wie es wohl in der Menschenwelt sein würde? Mein Onkel erzählte mir immer, dass unsere Welt nicht viel anders aussah, aber ich wollte es mit eigenen Augen sehen.

Fairyland befand sich auf der Dingle-Halbinsel im Südwesten Irlands. Wie unsere Landschaft bestand die der Menschen hauptsächlich aus Sandstränden und zerklüfteten Felsen, so hatte ich es zumindest gelernt. Wir mussten uns jedoch keine Gedanken darüber machen, von Menschen überrascht zu werden. Wir hatten unser eigenes Reich, denn unsere Welt befand sich parallel zur Menschenwelt.

»Möchtest du gar nicht wissen, was das für ein Auftrag ist?«, fragte die Königin schmunzelnd.

»Natürlich, Eure Majestät.« Ich war neugierig, dabei war es im Prinzip egal, worum es sich handelte – ich würde die Mission auf jeden Fall annehmen.

»Meinen Beratern ist zu Ohren gekommen, dass der Thronfolger der Draconis auf ein Menschencollege in Dublin geschickt wird, das Trinity College. Wir werden dich ebenfalls dorthin schicken. Du sollst das Vertrauen des Thronfolgers gewinnen.«

Ich schluckte, damit hatte ich nicht gerechnet. Ich sollte eine Beziehung zum Thronfolger der Drachen aufbauen? Wozu das Ganze? Die Frage lag mir auf der Zunge, doch ich stellte sie nicht. Man hinterfragte die Befehle der Königin nicht, man tat, was sie sagte. »Das werde ich. Kann ich sonst noch etwas tun, Eure Majestät?«

»Behalte ihn im Auge. Falls er irgendetwas plant oder vorhat, will ich das wissen. Informiere deinen Onkel, wenn dir etwas seltsam vorkommt, und sollte es noch so banal aussehen.«

»Natürlich, Eure Majestät.«

»Du bleibst in deiner Rolle, bis du einen gegenteiligen Auftrag oder weitere Befehle erhältst. Mach dir den Thronfolger gefügig. Das Wichtigste ist, dass er dir blind vertraut. Er darf niemals erfahren, dass du eine Fae mit einem Auftrag bist. Hast du das verstanden?«

Ich nickte. »Ja, Mylady.«

»Gut, dann regele deine Angelegenheiten, denn bereits morgen geht es los. Dein Onkel wird dir weitere Instruktionen geben.«

»Ja, Eure Majestät«, sagte ich noch einmal und knickste, bevor ich mich entfernte.

Mein Bruder Sloan und ich saßen nebeneinander auf einer Wiese direkt an der Klippe und sahen hinaus auf die glitzernden Wellen. Die Sonne war noch nicht untergegangen, stand aber tief am Horizont. Der Wind hatte aufgefrischt und zerrte an meinen Haaren, was mich nicht störte. Der Geruch des Salzwassers stieg mir in die

Nase – der Duft meiner Heimat. Ich stützte mich hinter meinem Rücken mit den Händen ab und blickte mich um. Dieses Fleckchen Erde erschien mir wie ein Paradies. Die Landschaft an den Klippen war hauptsächlich in drei Farben getaucht: Grün, Blau und Türkis. Sanfte Hügel, weite Wiesen, das Meer und der Himmel – mehr gab es hier nicht. Und mehr brauchte ich auch nicht. Weiter landeinwärts wurde es dann bunter und prachtvoller. Die Blumen, unsere Häuser, selbst die Kleidung – wir Fae liebten Farben fast noch mehr als unsere Unabhängigkeit. Unsere Häuser – kleine Holzhütten mit rundem Dach – sahen allesamt anders aus und bildeten selbst bei tristem Wetter und im Winter Farbtupfer in der Landschaft. Das Haus, in dem ich zusammen mit Onkel Damian und Sloan lebte, war zum Beispiel froschgrün. Damian hatte es in dieser Farbe gestrichen, nachdem meine Eltern von Drachen getötet worden waren. Grün war meine Lieblingsfarbe, weil sie mich an meine Heimat erinnerte, und Damian hatte mich aufmuntern wollen. Zwar hatte ich meinen Schmerz über den Verlust meiner Eltern damals nicht nach außen getragen, aber Damian kannte mich gut genug, um zu wissen, wie es in meinem Inneren aussah. Das konnte ich von Sloan nicht behaupten. Ich hatte oft das Gefühl, dass wir einander eigentlich gar nicht richtig kannten. Auch er und Damian hatten nicht das beste Verhältnis. Dabei wusste ich gar nicht so genau, woran das lag. Es hatte keinen Vorfall gegeben, der das Ganze erklären würde. Damian war aus meiner Sicht ein guter Onkel und tat sein Bestes, um uns sowohl Mutter als auch Vater zu ersetzen. Natürlich war es nicht immer einfach. Als Berater der Königin war er oft sehr eingespannt. Außerdem durfte er nie über seine Arbeit reden, was es nicht leichter machte. Wenn er nach Hause kam, konnte er uns nicht von seinem Tag erzählen. Sloan und ich berichteten entweder von unseren

Erlebnissen, oder wir griffen auf Small Talk zurück, und mein Bruder tat beides nicht gern. Überhaupt war er nicht der große Redner. Ob es wohl anders wäre, wenn unsere Eltern noch leben würden? Würde er sich ihnen anvertrauen?

Jedenfalls wusste ich, dass ich die Dingle-Halbinsel vermissen würde, auch wenn ich mich sehr auf die bevorstehende Mission freute. Endlich machte sich mein Ehrgeiz bezahlt, endlich betraute mich die Königin mit einem wichtigen Dienst. Auf Dublin hingegen freute ich mich nicht. Ich war noch nie in der Hauptstadt gewesen, weil ich Fairyland noch nie verlassen hatte, aber ich stellte mir Dublin laut und voll und dreckig vor. Demnach war es kein Ort, an dem sich eine Fae wohlfühlen konnte.

»Und du hast wirklich einen Auftrag von der Königin bekommen?«, fragte Sloan.

Sein Tonfall versetzte mir einen Stich, denn seine Stimme klang nicht nur neidisch, sondern auch skeptisch, als würde er mir nicht zutrauen, dieser Aufgabe gewachsen zu sein. Dabei wusste er nicht einmal, worum es ging, und ich durfte ihn nicht einweihen.

Mein Bruder war ebenso ambitioniert und ehrgeizig wie ich. Sein Ziel war es seit jeher, bei den *Queen's Arrows* aufgenommen zu werden, der Elitetruppe der Königin. Damian war dort Krieger gewesen, bevor meine Eltern gestorben waren und er Berater der Königin wurde. Man erkannte die Truppe an einem olivgrünen Lederwams, auf dem auf Höhe der linken Brust das Wappen von Fairyland aufgestickt war. Die *Queen's Arrows* kamen bei besonders gefährlichen Aufträgen zum Einsatz und hatten noch nie versagt. Bevor man allerdings auch nur die Chance erhielt, dort aufgenommen zu werden, musste man einige Bedingungen erfüllen: Man musste achtzehn Jahre alt sein, mindestens zwanzig Pfeile pro Minute abfeuern können und sich vorher bei wenigstens drei Einzeleinsätzen bewiesen haben. Sloan erfüllte zwei der drei Bedingungen, doch nun wurde ich von der Königin auf eine Mission geschickt, obwohl ich noch nicht einmal volljährig war. Und zu allem Überfluss war ich im Nahkampf nun mal die Bessere von uns beiden. Mit Pfeil und Bogen war ich zwar nicht so versiert wie mein Bruder, doch fünfzehn Pfeile pro Minute schaffte selbst ich, und ich könnte mich noch verbessern. Aber wofür? Im Gegensatz zu Sloan hatte ich keine Ambitionen, zu den *Queen's Arrows* gesteckt zu werden. Außerdem vollbrachte ich mit dem Schwert Dinge, von denen andere Fae nur träumen konnten. Manchmal wurde ich das Gefühl nicht los, dass ihm das zu schaffen machte. Immerhin war ich *nur ein Mädchen* und ein Jahr jünger als er; so dachte Sloan zumindest. Alter und Geschlecht sagten allerdings überhaupt nichts aus.

Eigentlich war ich nicht auf den Mund gefallen und hielt mit meiner Meinung nie hinter dem Berg, aber ich hatte keine Lust, so kurz vor meiner Abreise einen Streit mit meinem Bruder vom Zaun zu brechen, deshalb antwortete ich bloß: »Morgen geht es los.«

»Und wie lautet dein Auftrag?«

Sloans Frage klang beiläufig, aber mir machte er nichts vor. Er war neugierig, auch wenn er das mir gegenüber niemals zugegeben hätte. Ich warf ihm einen Seitenblick zu, aber er sah starr aufs Meer hinaus. Genau wie ich hatte er blonde Haare, die er relativ lang trug, dafür waren seine Augen blau und nicht grün wie meine. Er war noch größer als ich und fast ein bisschen schlaksig, dabei trainierten wir beide viel, und er aß auch nicht gerade wenig. Eigentlich müsste er von oben bis unten muskelbepackt sein, und ich nahm an, dass er das auch gern wäre. Was seine Gefühle anging, war Sloan noch schweigsamer als ich.

Ich schaute ebenfalls hinaus aufs Meer, das trotz des windigen Wetters relativ ruhig war.

»Das darf ich leider nicht sagen. Du weißt ja …«

»Klar, ich versteh schon.« Er klang eingeschnappt, auch wenn er es vermutlich nicht einmal sein wollte.

»Sloan …«

»Nein, schon gut. Ich verstehe das.« Er nickte mir kurz zu, hatte aber nicht mal ein Lächeln für mich übrig. Wann hatte er zuletzt so richtig gelacht? Ich konnte mich nicht daran erinnern.

Ich unterdrückte ein Seufzen. »Werdet ihr zurechtkommen?«, fragte ich.

Auf Sloans Stirn erschien eine steile Falte, wie immer, wenn er mich skeptisch anblickte. »Natürlich kommen wir zurecht. Viel wird sich ja nicht ändern. Mal ehrlich, als würden wir tagsüber so viel Zeit zusammen verbringen.«

Er meinte es sicher nicht böse, trotzdem versetzte mir seine Bemerkung erneut einen Stich. Ich schluckte den bissigen Kommentar, der mir auf der Zunge lag, hinunter.

»Geht in Kampfposition!«, schrie jemand hinter uns.

Ich drehte mich um, obwohl ich mir denken konnte, was los war. Auf der weiten Wiese hinter uns erschienen Soldaten, die sich in Reihen aufstellten, wobei sich immer zwei von ihnen gegenüberstanden. Eine Weile sah ich dabei zu, wie sie sich gegenseitig bekämpften. Zuerst trainierten sie ohne Waffen, dann wurden Köcher und Bogen ausgeteilt. Schon erfüllte das Geräusch fliegender Pfeile die Abendluft.

Ohne den Blick von den Soldaten zu nehmen, fragte ich Sloan: »Sag mal, kommt es dir auch so vor, als hätten wir in den vergangenen Wochen deutlich mehr trainiert als sonst?«

»Wir haben immer viel trainiert.«

Auch in diesem Satz schwang seine Verbitterung deutlich mit. *Was sollten wir sonst tun? Wir trainieren jeden Tag, opfern quasi unser Leben für die Krone. Und wofür das Ganze? Am Ende werden nur einige wenige auserwählt und von der Königin auf eine Mission geschickt.* Er sprach es nicht laut aus, und obwohl ich oftmals das Gefühl hatte, meinen Bruder kaum zu kennen, wusste ich genau, was er in diesem Moment dachte.

Ganz unrecht hatte er nicht, denn die wenigsten von uns erreichten am Ende ihr Ziel, aber vielleicht würde sich das in naher Zukunft ändern. Ich war gut im Beobachten, darauf war ich getrimmt worden, und die Königin hatte mich nicht umsonst für ihre Mission auserwählt. Ich bildete mir definitiv nicht nur ein, dass sich in Fairyland etwas tat. Das Training hatte zugenommen, und es wurden immer mehr Soldaten ausgebildet. So viele verirrte Pfeile wie im Moment hatten noch nie im Dach unseres Hauses gesteckt. Normalerweise trainierten wir in kleineren Gruppen. Das war effizienter, und man konnte besser auf einzelne Schwächen eingehen. So große Gruppen wie auf der Wiese hinter uns waren nicht der Regelfall, kamen in letzter Zeit aber häufiger vor. Auch die Schmiede hatten mehr Arbeit als sonst. Wann immer ich an einer Werkstatt vorbeikam, wurde geklopft und gehämmert. Damian hatte Fairyland in den letzten Wochen regelmäßig verlassen, und die Berater der Königin trafen sich öfter und länger. Hier ging ganz sicher etwas vor sich. Wenn ich raten müsste, würde ich sagen, die Königin rüstete sich für einen Krieg. Und als Gegner kam nur ein Volk infrage: die Drachen.

Ich stutzte. Mein Auftrag, dem Drachenprinzen auf den Zahn zu fühlen und sein Vertrauen zu gewinnen, erschien mir plötzlich in einem völlig neuen Licht.

Ich drehte mich zu meinem Bruder und betrachtete sein Profil. Er hatte meine Frage nicht eindeutig beantwortet, und da er das Lügen bisher nicht erlernt hatte, bestand durchaus die Möglichkeit, dass er mehr wusste, aber wie ich zur Verschwiegenheit verpflichtet worden war.

»Ich bilde mir das nicht nur ein, Sloan«, sagte ich, doch bevor ich weiter darauf eingehen konnte, näherte sich uns ein großer Schatten. Es war Liam, ein Freund meines Bruders. Obwohl ich Liam nicht besonders gut kannte, mochte ich ihn nicht sonderlich, und das beruhte auf Gegenseitigkeit. Er grüßte mich nicht einmal.

»Wollen wir?«, fragte er meinen Bruder.

»Klar.« Sloan sprang auf. »Wie dem auch sei, Kailey«, sagte er zu mir, »ich muss los. Vielleicht sehen wir uns ja noch mal, bevor du morgen abreist. Ansonsten wünsche ich dir viel Erfolg.« Damit wandte er sich ab.

Ich hatte gewiss nicht erwartet, dass er mich in den Arm nahm, so ein gutes Verhältnis hatten wir nicht, aber er lächelte mir nicht einmal zu oder sah mich richtig an.

»Du hättest mir ruhig gratulieren können«, rief ich Sloan hinterher, plötzlich ziemlich wütend, doch mein Bruder drehte sich nicht zu mir um.

Fluchend ließ ich mich nach hinten ins Gras fallen und blickte in den Himmel, an dem ein paar Schleierwolken vorbeizogen. Dann musste ich wohl allein feiern, dass mich die Königin für einen geheimen Auftrag ausgewählt hatte. Damian arbeitete leider noch, mein Bruder hatte Besseres vor, als mit mir anzustoßen und mich zu verabschieden, und Freunde gab es nicht wirklich in meinem Leben. Meistens hatte ich ohnehin zu viel zu tun, um Zeit mit Gleichaltrigen zu verbringen, und außerdem waren wir allesamt Konkurrenten.

So gut wie jeder wollte auf eine Mission geschickt werden, aber die Königin suchte nur die Besten dafür aus. Ich gehörte dazu und war mit knapp achtzehn Jahren die jüngste Fae, die je in die Menschenwelt durfte. Endlich hatte ich mein Ziel erreicht.

Ich holte Schwung und sprang auf die Beine, während die Soldaten hinter mir fast gleichzeitig ihre Pfeile abschossen. Das war ein besonderer Tag, den ich mir nicht von meinem Bruder verderben lassen würde.

Kapitel 5

Aiden

Die Landschaft raste unter Aiden vorbei wie Bäume an einem Zugfenster. Heideland ging in Berge über, Wiesen wurden zu Mooren. Er fühlte sich ruhelos, was nur selten der Fall war, gleichzeitig aber auch frei. Wenn er fliegen konnte, fühlte er sich immer frei. Den Gedanken, dass er in Dublin eine Weile auf das Fliegen würde verzichten müssen, schob er beiseite. Das war momentan sein geringstes Problem, und hier im Nationalpark war es ja auch nicht so viel anders. Die Tage verbrachten sie in Menschengestalt, eingepfercht in Höhlen, in die niemals Sonnenlicht hereindrang. Das Höhlensystem war im Inneren eines Felsens angelegt worden, wobei ein Teil bis tief unter die Erde reichte. Oberhalb befanden sich Lager für Lebensmittel und Hallen für die Diamantenproduktion, außerdem die repräsentativen Räumlichkeiten wie das Büro seines Vaters oder der Thronsaal. In den unteren Geschossen waren die Schlafhöhlen der Königsfamilie sowie der Dienerschaft untergebracht, aber auch Schutzbunker. Man konnte schließlich nie wissen. Die anderen Drachen lebten in weiteren Höhlen, die zusammen mit dem Palast und den Werkshallen ein riesiges, verbundenes System bildeten. Es war erstaunlich hell und warm im Inneren der Felsen, da überall Feuerstellen verteilt waren, doch Aiden kam es oft so vor, als wäre er in der Hölle. Sie lebten inmitten unberührter Natur – majestätische Berge, klare Flüsse, weite Moor- und Heidelandschaften – und durften sich trotzdem tagsüber nicht zeigen, wie sie wirklich waren. Sobald die Sonne in einem goldenen Streifen am Horizont auftauchte, mussten sie in das teils unterirdische Labyrinth und zu Menschen werden. Erst nach Mitternacht verwandelten sie sich und drehten ihre Runden, denn am Tag war es zu riskant, sich in ihrer wahren Gestalt zu zeigen, geschweige denn zu fliegen. Wenn auch nur ein Mensch glaubte, einen Drachen gesehen zu haben, würden sie jeden Stein im Connemara-Nationalpark umdrehen, und die Draconis wären nicht mehr sicher. Es gab einfach zu viele Menschen, die immer und überall waren, und daran würde sich nichts ändern, selbst wenn die Drachen ihr Territorium eines Tages auf den Burren-Nationalpark ausdehnen könnten. Auch dort tauchten immer wieder Wanderer auf, und mit den neuen Forderungen der Fae war diese Diskussion sowieso erst einmal weit in den Hintergrund gerückt. Wenn die Draconis den Burren-Nationalpark ihrem Herrschaftsgebiet hinzufügen wollten, müssten sie ihn sich schon mit Gewalt holen. So wie die Dinge lagen, war ihr Gebiet jedenfalls viel zu klein, vor allem, wenn sie nun auch noch ein Drittel ihrer Heimat verlieren würden. Die Fae verstanden das nicht. Sie brauchten nicht so viel Platz wie die Drachen, außerdem lebten sie in einer Art Parallelwelt und mussten sich wegen der Menschen keine Sorgen machen. Für Aiden und seine Artgenossen war Vorsicht hingegen das oberste Gebot.

Vielleicht verwirrte der Plan seines Vaters ihn auch deshalb derart, denn er war riskant. Unwillkürlich dachte er an das Gespräch mit ihm zurück.

»Und was, wenn wirklich ein Fae auf dem Trinity College auftaucht?«, hatte Aiden zweifelnd gefragt. »Wird er oder sie nicht versuchen, mich zu töten?«

Er hatte keine Angst, denn er konnte sich verteidigen, und er war froh, doch noch eine wichtige Aufgabe bekommen zu haben und helfen zu können. Dennoch hinterließ die ganze Sache einen seltsamen Beigeschmack. Das Argument seines Vaters, ihn im Falle eines Krieges in Sicherheit wissen zu wollen, war damit jedenfalls hinfällig. Unter Umständen tappte er direkt in eine Falle.

»Ich lasse dich selbstverständlich nicht ohne Schutz gehen«, hatte sein Vater erwidert. »Du bekommst einen Bodyguard an die Seite gestellt, für alle Fälle, auch wenn ich nicht denke, dass die Fae dich angreifen würden. Und dann sehen wir weiter. Du hältst die Augen offen und informierst mich über alles, was dir irgendwie verdächtig vorkommt.«

Nun rauschte Aiden so nah über einen See hinweg, dass seine Bauchschuppen fast das Wasser berührten. Selten ließ er sich dazu hinreißen, so tief zu fliegen, doch heute wollte er seine Heimat noch einmal mit allen Sinnen erleben.

»Ein Verräter?«, fragte Sharni, die mit ihm flog und ihn inzwischen eingeholt hatte. »Unter Vaters Beratern?«

Sie unterhielten sich auf Dracon, ihrer Muttersprache. Drachen beherrschten sie von dem Tag an, an dem sie schlüpften, ohne sie jemals erlernen zu müssen.

»Er nimmt es zumindest an.«

Aiden sah zu seiner Schwester hinüber, und obwohl sie sich nur nachts verwandeln durften, hatte sich ihm ihr Drachenäußeres bis ins kleinste Detail eingeprägt. Als Drache war sie noch schöner als in ihrer Menschengestalt. Ihre Schuppen leuchteten smaragdgrün, nur die empfindlichen Stellen an Hals, Bauch und der Innenseite des Schwanzes hatten einen helleren Grünton. Ein stachelartiger Kamm zog sich von der Stirn über ihren Kopf und Rumpf bis hin zum Schwanz. Sie hatte zwei kleine Hörner auf dem Kopf, direkt über den Ohren, und unterhalb der Ohren begann eine Schuppenschicht, die aussah wie Kiemen. Ihre Flügel waren groß, jedoch nicht riesig, und mit Einkerbungen versehen. Aiden gab einen ähnlichen Drachen ab, nur dass seine Flügel deutlich größer waren. Seine Schuppen glänzten in einem tiefen Bordeauxrot, und seine Hörner waren schwarz, genau wie der stachelartige Kamm, der sich über seinen Rücken bis hin zum Schwanz zog.

»Wie kommt er nur darauf?«, wollte Sharni wissen.

»Ein Gefühl, außerdem …«

Sie schnaubte. »Ein Gefühl. Wenn ich das sagen würde.«

»Lass mich doch ausreden. Im Übrigen bist du auch nicht die Königin der Draconis«, frotzelte Aiden.

Und du wirst es hoffentlich auch niemals werden, dachte er insgeheim. Aiden traute diese Aufgabe seiner Schwester zwar zu, auch wenn sie in Sachen Kriegskunst definitiv noch Defizite hatte. Aber wenn sie Königin wäre, würde das gleichzeitig bedeuten, dass sein Vater und er tot wären.

»Irgendjemand scheint Vaters Papiere durchsucht zu haben«, fuhr er fort.

»Verstehe. Denkst du …« Sie hielt inne.

»Was?«

»Sollten wir vielleicht umkehren?«

Aiden war so in seine Gedanken vertieft gewesen, dass ihm gar nicht aufgefallen war, wie weit sie bereits in den Norden des Nationalparks vorgedrungen waren, wo sie sich grundsätzlich nicht aufhielten, egal zu welcher Tages- oder Nachtzeit. Aber heute … Heute wollte er es noch einmal so richtig genießen.

»Hast du vielleicht Lust, eine kleine Pause einzulegen?«

Sharni lächelte. »Oh, der Thronfolger wird in seiner letzten Nacht zu Hause noch leichtsinnig. Gern, Bruderherz.«

Sie verringerten die Flughöhe und landeten schließlich auf dem Gipfel des Diamond Hill, wo es um diese Uhrzeit ruhig und menschenleer war. Der Boden fühlte sich kühl und uneben an, aber das störte die beiden nicht. Eine Weile genossen sie schweigend die Aussicht, und Aiden versuchte, sich jedes Detail einzuprägen: die grüne, hügelige Landschaft, die Seen und das Meer, das in der Ferne im Mondlicht glitzerte. Im Licht des Mondes und der Sterne hatte die Szenerie fast etwas Gespenstisches, trotzdem war der Anblick wunderschön. Und nun stand wirklich ein Drittel ihres Zuhauses auf dem Spiel? Aiden wollte keinen Krieg, aber das war seine Heimat. Erneut ließ er den Blick umherschweifen.

Im Norden des Connemara-Nationalparks befanden sich kleine Ortschaften, mehrere Hotels und Kylemore Abbey, ein viktorianisches Nonnenkloster, außerdem das Touristenzentrum und die Wanderwege am Diamond Hill, weshalb sie dieses Gebiet stets mieden. Nur der Süden gehörte für gewöhnlich ihnen allein, und nun wollten ihnen die Fae ausgerechnet einen Teil des Südens streitig machen. Dabei konnten die Fae mit diesem Gebiet überhaupt nichts anfangen. Der Norden Irlands gehörte den Drachen, verflucht! Doch Aiden machte sich keine große Hoffnung, dass die Verhandlung mit den Fae etwas bringen würde. Die einzige Hoffnung der Draconis bestand darin, Zeit zu gewinnen und dass Sharni in England Beweise für ihre Unschuld fand. Und währenddessen sollte Aiden auf ein College gehen. Er tröstete sich damit, dass er von seinem Vater immerhin auch einen Auftrag bekommen hatte, und er musste zugeben, dass er neugierig war. Aiden war bisher nur selten unter Menschen gewesen. Sein Vater hatte sich manchmal mit ihm und seiner Schwester unter die Wanderer hier am Diamond Hill gemischt, damit sie die Menschen studieren konnten, doch das letzte Mal war schon eine Weile her. Wie es wohl sein würde, bei den Menschen zu leben, an der Oberfläche und nicht im Verborgenen, eingepfercht in Höhlen?

Neben ihm atmete Sharni die kühle, frische Luft ein. Aiden überlegte einen Moment, ob er ihr von Darragh und Isla Murphy erzählen sollte. Seine Schwester würde immerhin nach London reisen und käme vielleicht auf die Idee, ihrem Onkel einen Besuch abzustatten. Allerdings war Sharni nie gut auf Darragh zu sprechen gewesen, und Aiden wollte keinesfalls schlafende Hunde wecken. Womöglich würde er Sharni nur auf dumme Gedanken bringen, deshalb entschied er sich dagegen. Wenn es ihr Vater für richtig gehalten hätte, auch Sharni einzuweihen, hätte er sie vorhin sicher nicht aus dem Raum gebeten.

»Sag mal, bin ich eigentlich die Einzige, die Vaters Plan mit dir und dem College ganz schön riskant findet? Das ist doch sonst nicht seine Art.«

»Ganz und gar nicht«, stimmte Aiden ihr zu.

»Hast du etwa Angst?«, feixte Sharni.

»Ich habe niemals Angst, wie du weißt. Und ich glaube auch nicht, dass der Feind ausgerechnet am Trinity College auftauchen wird. Deine Mission ist viel wichtiger als meine, immerhin hast *du* die Möglichkeit, den ganzen Schlamassel noch abzuwenden.«

»Nur kein Druck, Bruder. Mal sehen, ob Niall und ich etwas herausfinden können.«

»Das wird schon.« Er warf seiner Schwester einen Seitenblick zu. Sie wirkte nicht so entspannt wie sonst; irgendetwas machte ihr zu schaffen, und es war nicht das erste Mal, dass er das in dieser Nacht dachte. »Darf ich dich auch etwas fragen?«

Sharni runzelte die Stirn. »Seit wann bittest du dafür um Erlaubnis?«

»Entschuldige, das ist mir so rausgerutscht.« Er grinste, wurde aber gleich wieder ernst. »Als du gefragt hast, ob wir umkehren sollen, hattest du doch eigentlich etwas ganz anderes auf dem Herzen, stimmt's?«

Sharni seufzte. »Du kennst mich einfach zu gut.«

Aiden war überrascht, dass sie es nicht abstritt. Das zeigte ihm, dass sich seine Schwester tatsächlich über irgendetwas Gedanken machte. Weil er aber auch wusste, dass es nichts brachte, weiter nachzuhaken, wartete er ab, bis sie von sich aus erzählte, was los war.

»Glaubst du, ich wäre eine gute Königin?«, platzte es schließlich aus ihr heraus.

»Ob ich …« Aiden schluckte. So offen und ehrlich war Sharni nur selten, und er wollte keinesfalls etwas Falsches sagen, um sie nicht noch mehr zu verunsichern. »Natürlich wärst du eine gute Königin. Wie kommst du darauf? Machst du dir Sorgen, dass Vater oder mir etwas zustoßen könnte? Noch haben wir keinen Krieg, und mir wird sicher nichts auf dem College passieren. Wie hoch ist schon die Wahrscheinlichkeit, dass –«

»Darum geht es nicht«, unterbrach Sharni ihn. »Du warst doch vorhin dabei. Was Kriegsführung angeht, habe ich keine Ahnung und …« Sie brach ab und seufzte. »Außerdem bin ich im Gegensatz zu dir und Dad ein wenig … sagen wir …«

»Unbeherrscht?«, half Aiden ihr lächelnd auf die Sprünge. »Das bist du, und genau deshalb mag ich dich so.«

Sie erwiderte sein Lächeln. »Diese Eigenschaft ist aber nicht unbedingt geeignet, um ein Volk zu führen. Dazu muss man besonnen sein und überlegt handeln, so wie Vater. So wie du.«

Aiden rutschte etwas näher an seine Schwester heran und umschlang sie mit einem seiner Flügel. Sie kuschelte sich an seinen Hals, was sie ewig nicht getan hatte.

»Wenn es darauf ankommt, wirst du das Richtige tun, glaub mir. Im Moment ist es völlig egal, wie du dich benimmst. Ich hätte diesem Damian auch am liebsten gesagt, wo er sich seine Forderungen hinstecken kann.«

»Hast du aber nicht, Aiden.«

»Du auch nicht, Sharni.«

»Ja, weil –«

»Nein«, unterbrach er sie. »Nicht wegen Vater und nicht meinetwegen. Du hättest dich auch ohne uns beherrscht. Und was die Kunst des Krieges angeht – du hast noch genug Zeit, um alles zu lernen, was wichtig ist. *Ich* kann es dir beibringen, Niall kann es dir beibringen, und du kannst Vater jederzeit fragen. Er macht sich sogar Vorwürfe, dass er deine Ausbildung in dieser Hinsicht hat schleifen lassen.«

»Glaubst du? Also das mit der Zeit? Das sagt sich so leicht, aber wenn es wirklich bald zum Krieg kommen sollte … Du weißt, wie schnell das gehen kann.«

Aiden schwieg einen Moment. Gern hätte er seiner Schwester die Angst vor dem eventuellen Verlust genommen, aber das konnte er nicht. Es wäre nicht richtig, denn er wusste genauso wenig wie sie, was passieren würde. Wenn sie in England keinen Erfolg hatte, musste ihr Vater entweder die Forderungen der Fae akzeptieren oder in den Krieg ziehen. Wobei es keine echte Option war, auf die Forderungen einzugehen, denn wenn die Fae diesen Krieg wollten, würden sie sich immer mehr einfallen lassen, um die Drachen zu demütigen und ihr Ziel zu erreichen.

»Pass auf dich auf, ja?«, bat er.

Sie nickte. »Du auch auf dich, Brüderchen.«

Eine ganze Weile saßen sie schweigend da und prägten sich jedes Detail ihrer Heimat ein. Würden sie je wieder zusammen die Aussicht und Ruhe genießen können? Aiden wollte sich diese Frage nicht stellen, aber er konnte sie nicht unterdrücken.

»Ich glaube, wir sollten langsam umkehren«, sagte er, als sich ein Silberstreif am Horizont zeigte und den Morgen ankündigte.

»Das war sie dann wohl, unsere vorerst letzte gemeinsame Nacht.« Sharni klang ungewohnt melancholisch, doch schon im nächsten Moment sprang sie auf und erhob sich mit einem Satz in die Luft. Während sie Aiden umkreiste, rief sie: »Wer zuerst zu Hause ist!« Dann sauste sie davon.

So gefällst du mir schon viel besser, dachte Aiden lächelnd und stieg ebenfalls in den Himmel auf.

Kapitel 6

Kailey

»Du kannst kommen, die Luft ist rein«, hörte ich meinen Onkel wie durch Nebel sagen.

Ich straffte die Schultern und trat durch die tief hängenden Triebe der Trauerweide, den Übergang zwischen Fairyland und Menschenwelt. Sofort sah ich mich neugierig um. Menschen erblickte ich keine, ansonsten sah es hier im Prinzip genauso aus wie auf unserer Seite – mit einer Ausnahme. Schon auf den ersten Blick erkannte ich, dass die Bäume und Wiesen in meiner Heimat grüner waren als in der Menschenwelt. Das Meer wirkte blauer, das Rot, Gelb oder Orange der Blumen war in Fairyland intensiver, die Artenvielfalt ausgeprägter. Nirgends konnte ich den Feenkelch entdecken, eine Blume mit kelchförmiger Blüte, die bei uns an jeder Ecke in den prächtigsten Farben wuchs. Hier flogen auch deutlich weniger Bienen, Hummeln oder Marienkäfer umher. Außerdem hatte die Luft nicht so ein intensives Aroma. Das Meer roch weniger salzig, die Blumen weniger süß und die Bäume weniger würzig. Etwas enttäuscht wandte ich mich meinem Onkel zu.

»Du hast mehr erwartet«, sagte er.

Ich nickte. »Ehrlich gesagt schon. Alle Fae, die in der Menschenwelt unterwegs waren, schwärmen immer davon. Ich frage mich, warum. Hier sieht es genauso aus wie daheim, nur langweiliger.«

Mein Onkel schmunzelte. »Warte es ab. Fairyland ist begrenzt, die Menschenwelt hingegen ist riesig und hat viel mehr zu bieten als die Dingle-Halbinsel.« Er warf einen Blick in den Himmel, wo die Sonne wegen der vielen Wolken kaum zu sehen war. »Dann wollen wir mal, wir haben einen weiten Weg vor uns.«

Die kurze Enttäuschung verflog sofort, denn Damian wollte mich mit auf den *Basar* nehmen. Kein gewöhnlicher Markt, wo man Obst oder Blumen kaufen konnte, sondern ein Basar für magische Artefakte. Ich hatte schon viel davon gehört. Mein Bruder Sloan hatte unseren Onkel letztes Jahr nach seinem achtzehnten Geburtstag dorthin begleitet und tagelang von nichts anderem geredet, obwohl er ja sonst von der schweigsamen Sorte war. Für mich war heute schon der große Moment, auch wenn ich erst in ein paar Tagen achtzehn wurde. Zuerst wollten Damian und ich noch einige Dinge besorgen, die ich für die Mission benötigte, anschließend würde es direkt nach Dublin gehen.

Damian holte zwei Einmachgläser aus seinem Rucksack und reichte mir eines davon. Darin schwebte eine blau schimmernde Libelle. Mein Herz machte einen Satz, und ich betrachtete das Insekt genauer. Natürlich hatte ich schon unzählige Libellen gesehen, doch das hier war eine Königinnenlibelle.

Damian öffnete sein Einmachglas, und das possierliche Tierchen schoss hoch in die Luft. Obwohl ich wusste, was jetzt kommen würde, und ich überhaupt nicht schreckhaft veranlagt war, zuckte ich zusammen, als sich die Libelle plötzlich um mehr als das Hundertfache vergrößerte, bis sie so groß wie ein Pferd vor uns auf dem Boden landete. Damian war mein Zusammenzucken nicht entgangen. Nur mit Mühe unterdrückte er ein Schmunzeln. Peinlich berührt öffnete ich mein eigenes Glas und beobachtete, wie meine

Libelle sich ebenfalls befreite und vergrößerte. Wahnsinn! Was für ein schönes Tier.

»Soll ich dir beim Aufsteigen helfen?«, fragte Damian, dessen Mundwinkel nun doch verräterisch nach oben wanderten.

Ich gab keine Antwort, sondern sprang geschmeidig auf. Kurz darauf waren wir in der Luft und flogen hinaus aufs Meer und dann in Richtung Norden. Obwohl das Libellenfliegen zu den üblichen Fortbewegungsmöglichkeiten der Fae gehörte, war ich bisher noch nicht geflogen. In Fairyland war das wegen der kürzeren Strecken nicht nötig, und ansonsten standen uns immer und überall Hasen zur Verfügung, die sich wie die Libellen vergrößern konnten.

Es war ein Wahnsinnsgefühl, auf der Königinnenlibelle durch die Luft zu gleiten. Ich hatte noch nichts Vergleichbares erlebt. Warum flogen wir nicht öfter in Fairyland, einfach nur aus Spaß? Ich kannte die Antwort leider viel zu gut: Es war wichtiger, für den Ernstfall zu trainieren, falls es wieder zu einem Krieg mit den Drachen kommen sollte. Und so unwahrscheinlich erschien mir das nicht mehr. Die Drachen behandelten uns seit jeher von oben herab, als wären sie mächtiger und etwas Besseres als wir. Lange würde sich mein Volk das nicht mehr gefallen lassen.

Mein einziger Trost war, dass ich vielleicht in Dublin die eine oder andere Gelegenheit für einen Libellenflug haben würde, denn mein Onkel hatte angedeutet, dass ich von der Königin hin und wieder einen weiteren Auftrag außerhalb der irischen Hauptstadt bekommen könnte. Problematisch war dabei nur, dass die Menschen uns niemals am Himmel entdecken durften, weshalb ich entweder nur im Dunkeln fliegen konnte oder wenn es extrem bewölkt war. Wie es wohl den Drachen damit gehen mochte, für die dieselbe Regel galt?

Der Basar für magische Artefakte fand einmal wöchentlich in Mountshannon statt, am Westufer des Lough Derg auf neutralem Gebiet zwischen Limerick und Galway. Dort hatten weder wir Fae noch die Draconis beziehungsweise autonome Gruppen das Sagen oder besaßen irgendeine Macht. Mountshannon wiederum lag ziemlich genau auf halbem Weg zwischen der Dingle-Halbinsel, wo wir Fae lebten, und dem Connemara-Nationalpark, wo die Draconis herrschten.

Im Dorfzentrum von Mountshannon gab es einen Park mit Labyrinth, wo regelmäßig ein Markt für Menschen veranstaltet wurde. Neben Gemüse, Fisch und Obst wurden auch Tischdecken, Strickwaren oder Schmuck feilgeboten. Neugierig blickte ich mich um und nahm dankend ein Stück Käse an, das mir ein Standbetreiber entgegenhielt. Enttäuscht musste ich jedoch feststellen, dass es nicht annähernd so geschmacksintensiv war wie das Essen in Fairyland. Trotzdem hätte ich gern mehr probiert, zumal ich Hunger hatte, aber wir durften keine Zeit verlieren, und so scheuchte mein Onkel mich weiter.

Der Basar öffnete zur selben Zeit seine Pforten wie der Markt für Menschen, jedoch in einer Parallelwelt. Man musste nur durch einen Baum hindurchgehen. Also folgte ich meinem Onkel und lief direkt auf den dicken Stamm zu, der uns beide nacheinander verschluckte und quasi auf der anderen Seite wieder ausspuckte. Fasziniert sah ich mich um. Hier war es so viel bunter und voller als auf der Menschenseite, und auch der Geräuschpegel war um einiges lauter. An einem Stand wurde über das Für und Wider von Spinnenbeinen in Heiltränken diskutiert, an einem anderen wurden Drachentränen angepriesen. Der Wind trug Gelächter und Wortfetzen über den Basar, begleitet von klangvoller Harfenmusik. Direkt neben der Eiche, die als Portal zum Basar diente, saß eine rothaarige Frau, recht klein, schmal, dreckig und barfuß. Sie trug ein zerschlissenes Kleid – und sie spielte Harfe. Zu ihren Füßen auf dem Boden lag eine umgedrehte Kappe, in der sich neben einigen Münzen auch etwas befand, das verdächtig nach einem Froschschenkel aussah. Mein Onkel ließ eine Münze in die Kappe fallen und lief weiter; ich folgte ihm.

»Wer ist die Frau?«, fragte ich. Sie war definitiv keine Fae und gehörte auch nicht zu den Draconis. Unsere Völker erkannten einander sofort an der Aura, und wir Fae hatten zudem spitze Ohren, die uns verrieten. Genau aus diesem Grund waren wir hier. Menschen konnten wir problemlos täuschen, sodass sie unsere Ohren als ganz normal ansahen, bei anderen übernatürlichen Wesen funktionierte dieser Glamour jedoch nicht. Ich brauchte etwas, damit mich der Drachenprinz für ein ganz normales Mädchen hielt.

»Eine Hexe«, antwortete mein Onkel. »Sie wurde von ihrem Clan verstoßen. Ich kann dir nur raten, dich vor den Bettlern auf diesem Basar in Acht zu nehmen, denn in der Not werden sie schnell zu Dieben.«

Ich nickte, sah mich genauer um und entdeckte tatsächlich weitere Gestalten mit dreckiger Kleidung und harten Gesichtszügen, die sich als Bettler entpuppten. Ein Mann bat vorbeigehende Basarbesucher fast schon aggressiv um Almosen, während eine Frau sich an einem Essensstand sofort auf die Reste stürzte, sobald ein Gast den Stehtisch verließ.

»Hier entlang«, sagte mein Onkel, weil ich für einen Moment vom Anblick der Frau abgelenkt war. Sie war nicht nur irgendeine Frau, sie war eine Fae. »Alles okay, Kailey?«

»Natürlich.« Ich nickte, wandte den Blick von der Fae ab und straffte die Schultern.

Unsere Königin mochte vielleicht hart durchgreifen, aber sie war auch gerecht. Wer sich an die Regeln hielt, musste niemals befürchten, an Hunger oder Armut zu leiden. Die Fae hier war selbst dafür verantwortlich, dass sie zur Ausgestoßenen geworden war. Entweder hatte sie die Regeln missachtet oder sich aus freien Stücken dafür entschieden, Fairyland zu verlassen. Nun musste sie die Konsequenzen ihres Handelns tragen. Das Mitleid, das kurz in mir aufgeflammt war, verschwand wieder.

Mein Onkel blieb an einem Stand stehen, an dem es Schmuck zu kaufen gab: Ketten, Ringe, Ohrringe, Uhren und Armbänder. Ich nahm ein dreigliedriges Armband aus braunem, geflochtenem Leder in die Hand, in das drei verschiedene Anhänger eingearbeitet waren: das Unendlichkeitszeichen, zwei Tauben und in der Mitte ein Lebensbaum.

»Gefällt es dir?«, fragte Damian.

»Ganz hübsch«, erwiderte ich und legte es wieder zurück. Ich besaß nicht viel Schmuck und brauchte ihn auch nicht, denn im Kampf gegen Drachen war er weder praktisch noch nützlich.

Mein Onkel reichte dem Verkäufer, einem Mann mittleren Alters, der weder Fae noch Drache war, einige Münzen. »Wir nehmen das«, sagte er und ließ sich das Armand geben.

Nachdem wir uns ein Stück vom Stand entfernt hatten, wandte ich mich meinem Onkel zu. »Wozu hast du es gekauft? Doch nicht als Glücksbringer?« Das hätte mich gewundert, denn Gegenstände brachten uns eigentlich kein Glück. Dem Glauben der Fae nach konnten das eher geflochtene Haare, grün lackierte Fingernägel oder Zitronen auf der Fensterbank.

»Es soll dazu dienen, deinen Tarnzauber zu verstärken, sodass Drachen dich nicht als Fae erkennen.«

»Ein magisches Armband also?«

»Nicht direkt, dazu müssen wir es erst zu einem Magier bringen, und das tun wir jetzt.«

Wir drangen weiter ins Innere des Basars vor, wo Weihrauch in der Luft hing und es herrlich nach den unterschiedlichsten Gewürzen duftete. Mein Magen knurrte, doch ich bat meinen Onkel um keine Pause. Er hatte selbst nur gefrühstückt und würde uns schon etwas zu essen besorgen.

Wir blieben vor einem Stand stehen, an dem einiges los war und der von einem Mann und einer Frau betrieben wurde. Hinter ihnen war ein großes Zelt aufgebaut, aus dem Rauch drang und in das sie hin und wieder kurz verschwanden. Die Auslage bestand aus Tränken, Tinkturen, Steinen und Behältern in unterschiedlichen Größen und Formen. Während wir darauf warteten, bis wir an der Reihe waren, betrachtete ich die Schilder, die genau beschrieben, was man hier kaufen konnte. Es gab Liebestränke, Essenzen, die Übelkeit oder Kopfschmerzen auslösen oder vertreiben konnten, eine Salbe gegen Brandwunden durch Drachenfeuer und Pralinen, die angeblich einen Zauber enttarnen sollten.

»Was darf's sein?«, fragte die Frau hinter dem Stand an uns gewandt. Sie wirkte normal, nahezu gewöhnlich, war aber vermutlich eine Hexe.

Damian holte das Armband aus seiner Jackentasche und reichte es der Frau. »Dieser Gegenstand soll dazu dienen, die wahre Identität dieser jungen Dame vor übernatürlichen Wesen zu verschleiern.« Er deutete auf mich.

»Das macht hundert Kronen«, erwiderte die Hexe trocken. Sie nahm die Münzen von meinem Onkel entgegen und verschwand kurz im Zelt. »In ungefähr einer Stunde könnt ihr das Armband wieder abholen«, sagte sie, nachdem sie mit leeren Händen zurückgekehrt war. »Darf's sonst noch was sein? Vielleicht ein Stein zur Vertreibung von bösen Geistern? Oder ein Liebestrank?«

Mein Onkel blickte mich fragend an, und ich schnaubte.

»Vielen Dank für dein Vertrauen. Ich komme sehr gut ohne Liebestrank zurecht, wie du wissen solltest.«

Schulterzuckend wandte sich die Hexe dem nächsten Kunden zu, während mich jemand mit voller Wucht anstieß, sodass ich ins Stolpern geriet.

»Du hältst dich wohl für unwiderstehlich, kleine Fae-Schlampe, was?«, sagte der Typ verächtlich, der mich angerempelt hatte.

Ich holte tief Luft, um mich zu beruhigen, und drehte mich zu dem Kerl um. Er war jung, kaum älter als ich, groß und muskulös, und er war in Begleitung. Neben ihm stand ein ebenso großer und muskulöser Kerl. Beide waren eindeutig Drachen, und wenn ich richtig vermutete, gehörten sie nicht den Draconis an, sondern hatten sich – aus welchem Grund auch immer – von ihrem Volk abgewandt. Zumindest trugen sie keinen Ring, das Erkennungszeichen der Draconis. Mit jeder Faser ihres Seins strahlten sie Brutalität aus, doch da waren sie bei mir an der falschen Adresse. Solche Typen verspeiste ich zum Frühstück.

Ich verschränkte die Arme vor der Brust und hielt dem stahlharten Blick des einen Drachen stand. »Sag das noch mal.«

Lachend stieß der Drache seinen Kumpel an. »Sieh dir die Kleine an. Da ist wohl jemand auf Krawall aus.« Er blickte wieder zu mir, und seine Augen wurden eisig. »Den kannst du haben, Miststück. Vielleicht solltest du dich vorher noch mit der Salbe gegen Brandwunden eindecken. Die wirst du brauchen.«

Meine Finger tasteten nach meinem Gürtel, wo sich versteckt

unter der Jeansjacke wie immer meine Messer befanden. Ich zog sie heraus und hielt in der nächsten Sekunde Schwerter in den Händen. »Komm mir nicht blöd, oder du wirst es bereuen! Kleiner Tipp: Mit deinem Feuer kannst du mir gar nichts anhaben.«

Der Drache und ich funkelten einander an, beide in Angriffsposition. Wir warteten darauf, dass der jeweils andere den Anfang machte, um sofort zurückzuschlagen. Aus den Augenwinkeln nahm ich wahr, wie die Besucher um uns herum in Deckung gingen.

»Hey!« Die Hexe, die uns bedient hatte, pfiff auf zwei Fingern. »Keine Kämpfe vor meinem Stand, ist das klar? Ansonsten gibt es nicht nur eine saftige Geldstrafe und Standverbot, sondern ich belege euch auch mit einem Fluch.«

Ich rührte mich erst, als mein Onkel mich am Ellenbogen packte und wegzog. »Beruhige dich, Kailey. Riskier nicht deine Zukunft für ein paar Halbwüchsige. Lass uns lieber etwas essen gehen. Das Einhornfleisch ist ausgezeichnet. Und danach bringe ich dich nach Dublin.«

Kapitel 7

Aiden

Aiden öffnete die Zimmertür im Wohnheim, das vom Trinity College angeboten wurde. Die meisten Studentenwohnheime befanden sich außerhalb, doch Aiden hatte eines der wenigen Zimmer auf dem riesigen Campus ergattert.

Skeptisch blickte er sich um. Das Zimmer war winzig. In seiner Drachengestalt hätte er sich kaum umdrehen können, ohne mit seinem Schwanz das Bett zu zertrümmern.

»Mach mal Platz.« Celmar schob sich an Aiden vorbei. Achtlos ließ er die Reisetaschen auf den Boden fallen und fläzte sich auf das Bett an der linken Wand.

»Du nimmst dann wohl diese Seite«, murmelte Aiden und schob mit dem Fuß die Tür hinter sich zu. Ein wenig unbeholfen blieb er an Ort und Stelle stehen.

»Ich kann auch das andere Bett nehmen, ganz wie Ihr wollt, Eure Königliche Hoheit.« Celmar grinste.

»Nenn mich nicht so«, knurrte Aiden und wuchtete seine Tasche auf das noch freie Bett, um seine Sachen in den Schrank zu räumen, wozu er nicht lange brauchte. Nachdem er die leere Tasche unter das Bett geschoben hatte, fragte er unschlüssig: »Und nun?«

»Nun«, meinte Celmar, der bis jetzt herumgelegen hatte, »besorgen wir uns ein paar Vorräte. Alkohol, Chips, Kondome.«

»Kondome?« Aiden zog die Augenbrauen hoch.

Celmar grinste erneut. »Unbedingt. Die sind mindestens so wichtig wie der Alkohol. Du willst doch dazugehören und nicht auffallen, oder?«

Aiden schnappte sich seine schwarze Lederjacke und folgte Celmar hinaus auf den Gang, der sich allmählich füllte. Sie waren nicht die Einzigen, die heute anreisten. Es wimmelte nur so von jungen Kerlen mit Koffern und Reisetaschen, die sich auf die Zimmer verteilten. Einige schleppten sogar Bierkästen. Celmar lag wohl nicht ganz daneben mit seiner Einschätzung, trotzdem fragte Aiden sich, ob er wirklich der richtige Bodyguard für ihn war. Im Grunde brauchte er nicht einmal einen, denn er konnte gut auf sich allein aufpassen. Doch sein Vater hatte in diesem Punkt nicht mit sich reden lassen, und Aiden wusste auch, dass er Celmar unrecht tat. Er nahm das Leben nur nicht so schwer und machte gern mal einen Scherz, und vermutlich gefiel es ihm, zumindest so zu tun, als könne er mal über die Stränge schlagen. Aber das würde er nicht. Niemals würde er sich auf einer Party betrinken und Aiden aus den Augen lassen. Dafür war er zu loyal, vertrauenswürdig und eigentlich doch vernünftig. Deshalb hatte der König Celmar als Bodyguard für seinen Sohn ausgewählt. Nicht nur, weil er das passende Alter hatte und sich in der Menschenwelt bestens auskannte, sondern auch, weil er sein eigenes Leben opfern würde, um Aiden zu beschützen. Aber das würde Aiden wiederum niemals zulassen. Dafür waren sie zu gut miteinander befreundet. Sie waren zusammen aufgewachsen, vertrauten einander.

Vielleicht ist Celmar in diesem Fall doch nicht der beste Bodyguard, dachte Aiden und schüttelte amüsiert den Kopf.

Das Stadtbild Dublins war geprägt von Brücken. Viel hatte Aiden bisher leider noch nicht von der irischen Hauptstadt gesehen, aber zumindest das war ihm sofort aufgefallen. Überall Brücken, um die Liffey zu überqueren, die den ärmeren Norden der Stadt vom wohlhabenderen Süden trennte.

Aiden und Celmar hatten tatsächlich Alkohol, Chips und Kondome besorgt und rasten nun auf ihren Motorrädern durch Dublins Straßen zurück zum Campus. In Aidens Magengegend breitete sich ein leichtes Kribbeln aus. Das Gefühl, auf einem Motorrad zu sitzen, war ansatzweise vergleichbar mit dem Gefühl, als Drache durch die Luft zu gleiten. Natürlich konnte er mitten in Dublins Zentrum nicht so schnell fahren, wie er gern gewollt hätte, und natürlich war es etwas ganz anderes, seine Flügel zu benutzen. Aber es war besser als gar nichts, nachdem er wohl eine Weile auf das Fliegen würde verzichten müssen.

Sein Vater hatte ihm vor der Abreise noch einmal eingebläut, keinesfalls Aufsehen zu erregen. Aiden sollte sich anpassen, die Gelegenheit nutzen, um die Menschen zu studieren, und vor allem die Augen offen halten. In einen Drachen durfte er sich nur im äußersten Notfall verwandeln, und das auch nur bei Nacht und wenn er völlig ungestört war. Und was seine einzigartige Fähigkeit anging … Nun, der König war sehr deutlich geworden. Kein Fae sollte je davon erfahren.

Mit Schwung hielt Aiden in der Parklücke neben Celmar, stellte den Motor aus, nahm den Helm ab und setzte sich stattdessen eine Pilotensonnenbrille mit goldenem Gestell auf, die sein Vater ihm gegeben hatte. Er selbst hätte niemals dieses Modell gewählt, da die getönten Gläser die ganze Umgebung in ein grässliches Grün tauchten. Da aber seine Augen das Licht der Sonne, die momentan zugegebenermaßen gar nicht so grell schien, nicht gewohnt waren, kam die Brille nicht ungelegen.

Inzwischen war es rund um den Campus wirklich voll geworden. Vereinzelt waren noch Studenten mit Gepäck unterwegs, doch die meisten hatten wie er und Celmar nur Einkaufstaschen dabei oder waren losgezogen, um möglichst schnell Anschluss zu finden.

Aiden mochte das Trinity College. Es bot einen schönen grünen Anblick, der Campus war selbst für ihn als Drache groß genug, und die Gebäude hatten etwas Majestätisches an sich. Sie wirkten wie Herrenhäuser oder Parlamentsgebäude.

Unauffällig sah Aiden sich um. Einen weiteren Drachen konnte er auf den ersten Blick nicht ausfindig machen, und er registrierte auch keine spitzen Ohren. Übernatürliche Wesen erkannten sich normalerweise sofort an der Aura, allerdings gab es die Möglichkeit, mithilfe von Magie die Tarnung zu verstärken, mit der man sonst nur Menschen täuschen konnte. Das funktionierte gut gegenüber anderen Spezies, aber nicht gegenüber der eigenen. Und das war auch einer der Gründe, warum Aiden im Gegensatz zu Celmar darauf verzichtet hatte. Als Thronfolger war er nicht nur unter den Draconis bekannt wie ein bunter Hund.

Theoretisch war es also durchaus möglich, dass sich jemand von den Fae auf den Campus eingeschlichen und den Glamour, mit dem sie sich üblicherweise vor Menschen tarnten, verstärkt hatte, um auch die Drachen zu hintergehen. Praktischerweise hob die Sonnenbrille die Glamour-Verstärkung wieder auf. Sie war mit einem komplizierten Zauber belegt worden, den nur ein äußerst mächtiger Magier wirken konnte. Auf diese Weise hatten sich Darragh und Isla damals kennengelernt. Aidens Onkel hatte die Hexe aufgesucht und darum gebeten, die Sonnenbrille für ihn zu manipulieren, und obwohl sie das nicht hätte tun dürfen, hatte sie sich schließlich dafür entschieden, dem Drachen zu helfen. Der König hatte Aiden zu verstehen gegeben, sehr gut auf die Brille aufzupassen.

Nun sah er sich noch einmal um, erblickte aber weiterhin nur Menschen. Funktionierte die Brille wirklich? Was, wenn sie ihn in falscher Sicherheit wog?

In diesem Moment fuhr ein Taxi vor, und ein Mädchen stieg aus. Sie bezahlte den Fahrer, nahm ihren Koffer und ihre Tasche und blickte sich um. Aiden hatte inzwischen schon einige hübsche Studentinnen auf dem Campus gesichtet, und dieses Mädchen bildete keine Ausnahme. Dabei war sie gewiss keine klassische Schönheit, denn dafür war sie fast schon zu groß und zu schlank. Ihre weiblichen Rundungen wirkten dadurch sogar ein bisschen unecht. Dazu kamen noch die langen blonden Haare, die sie zu einem Pferdeschwanz zusammengebunden hatte, der ihr weit über den Rücken reichte. Und sie trug das kürzeste grüne Kleid, das er je gesehen hatte. Nicht einmal Sharni besaß so enge Kleider, und seine Schwester geizte nun wirklich nicht mit ihren Reizen. Aber das war noch nicht alles, was Aiden an diesem Mädchen auffiel.

Zähneknirschend stieß er Celmar an. »Siehst du die Blondine, die gerade aus dem Taxi gestiegen ist?«

Celmar grinste. »Ja, ganz hübsch. Nicht mein Geschmack, aber –«

»Sie ist kein Mädchen, sie ist eine verdammte Fae.«

Celmar starrte ihn an. »Eine Elfe?«

Aiden nickte. Die spitzen Ohren und die grüne Aura, die perfekt zu ihrem Kleid passte, ließen keinen Zweifel zu. Er zwang sich, nicht erneut mit den Zähnen zu knirschen. Damit stand auch fest, dass Callahan der Verräter sein musste, denn es konnte unmöglich Zufall sein, dass ausgerechnet am Trinity College, das Aiden Callahan im Vertrauen genannt hatte, eine Fae auftauchte. Was sein Vater wohl dazu sagen würde?

»Auch das noch«, stöhnte Celmar. »Das fängt ja gut an. Am besten, wir kontaktieren deinen Vater, und dann nichts wie weg von hier.«

»Kommt gar nicht infrage«, sagte Aiden, während er seinen Helm verstaute. »Dafür bin ich viel zu gespannt, was die Fae vorhat. Auch Vater wird wollen, dass wir sie im Auge behalten.«

»Aiden, ich weiß nicht …«

»Aber ich.«

»Aiden, Aiden, Aiden. Seit wann bist du so versessen auf Abenteuer?«

»Seit mein Vater niemandem mehr trauen kann und die Fae unbedingt einen neuen Krieg heraufbeschwören wollen.«

Celmar seufzte. »Na schön, wir bleiben, aber sei vorsichtig. Wenn du dir einen Pfeil durchs Herz einfängst, kriege ich nie wieder einen Job als Bodyguard.«

Aiden lachte. »Verstehe, dir geht es also nur um dich. Aber was soll sie mir schon antun? Sieh sie dir doch an.«

»Sie ist eine Fae, Aiden.«

»Na und? Ich bin ein Drache.«

Kapitel 8

Kailey

Hier war es voller als auf dem magischen Basar, dabei hatte ich das Collegegelände noch nicht mal betreten. Wie sollte ich auf diese Weise den Überblick behalten? Außerdem war ich so viele Leute um mich herum nicht gewohnt. Wir Fae waren zwar nicht zwingend Einzelgänger, aber wir waren viel allein, und wir hatten gern Platz für uns.

Ich ließ meinen Blick über die Studenten schweifen, die sich durch das Tor im Regent House Richtung Campus drängten, wobei ich mir keine großen Hoffnungen machte, den Thronfolger der Drachen zu entdecken.

Mein Onkel hatte mir ein Bild von seiner Menschengestalt gezeigt, bevor ich abgereist war. Er hatte es heimlich aufgenommen, als er vor Kurzem dem König der Draconis und seinen Sprösslingen einen Besuch abgestattet hatte. Sollte sich hier ein zweiter Drache herumtreiben, was ziemlich unwahrscheinlich war, bestand keine Verwechslungsgefahr.

Na, wen hatten wir denn da? Nur ein paar Meter weiter stand tatsächlich ein Drache – der Thronfolger der Draconis höchstselbst, Aiden O'Rourke. Anhand seiner weinrot schimmernden Aura hätte ich ihn so oder so gleich als Drachen identifiziert, durch das Foto war ich mir nun absolut sicher. Er sah genauso aus wie auf dem

Bild: dunkle Haare, die für meinen Geschmack etwas zu lang und ungekämmt waren, ein Grübchen am Kinn, durchtrainiert. Er saß auf einer schweren Maschine, eine hässliche Sonnenbrille auf der Nase, obwohl die Sonne gar nicht mehr so grell schien. Wollte er die Studentinnen etwa mit dem Ding dazu bringen, ihn zu beachten? Mit meinem Kleid hatte ich auf jeden Fall mehr Erfolg; nun sah sogar Aiden zu mir herüber.

Er schien bereits Anschluss gefunden zu haben. Neben ihm fläzte ein dunkelblonder Typ lässig auf einem Motorrad. Die beiden wechselten ein paar Worte, bevor Aiden noch einmal zu mir blickte. Den dunkelblonden Typ umgab zwar keine Drachenaura, trotzdem musste ich auch ihn im Auge behalten. Damian hatte mich darauf vorbereitet, dass der König der Draconis seinen Sohn vermutlich nicht ohne Bodyguard fortschicken würde.

Plötzliche Wut ergriff mich. Biester dieser Art hatten meine Eltern umgebracht. Mein Kampfinstinkt meldete sich, doch ich hielt mich zurück, denn es war nicht meine Mission, mich mit dem Drachenprinzen anzulegen. Ich musste ruhig bleiben und klug vorgehen.

Demonstrativ sah ich weg, warf meinen blonden Pferdeschwanz über die Schulter und bahnte mir einen Weg durch die Menge, um mich auf die Suche nach meinem Zimmer zu machen. Desinteresse war eine der besten Methoden, um einen Jungen auf sich aufmerksam zu machen – sei er nun ein Fae, ein Mensch oder eben ein verfluchter Drache.

Zimmernummer 207 stand auf dem Zettel, den Damian mir gegeben hatte. Ich stieß die nur angelehnte Tür auf und fand mich in einem Doppelzimmer wieder. Auch das noch, das konnte ich gar nicht gebrauchen. Zu allem Übel hatte sich meine Zimmernachbarin innerhalb der vier Wände ziemlich ausgebreitet. Überall lagen Klamotten herum, es roch unerträglich nach süßem Parfüm, und im Hintergrund lief viel zu laute Musik. Nun kam sie aus dem Badezimmer und lächelte ein wenig verlegen, als sie mich sah. Sie war ziemlich klein und hatte vielleicht ein oder zwei Kilo zu viel auf den Rippen, was ich nicht schlimm fand. Nur das enge Top, das sie in die Jeans gestopft hatte, saß etwas unvorteilhaft. Aber ich mochte ihre Rundungen und vor allem ihr sehr hübsches Gesicht, das mich an eine Puppe erinnerte. Ihre Haare waren rot und ihre Augen extrem blau.

»Oh, hi! Ich bin Cassandra, aber du kannst mich Cassie nennen. Wurde dir auch dieses Zimmer zugeteilt?«

Offensichtlich, sonst wäre ich nicht hier, oder? »Sieht so aus. Ich bin Kailey.«

»Hi, Kailey. Tut mir leid, ich bin ein bisschen unordentlich, aber ich räume das sofort weg.« Sie hob ein paar Tops von einer der Matratzen auf und hängte sie sich über den Arm. »Welche Seite möchtest du haben? Ich hätte die rechte genommen, aber es ist mir eigentlich egal. Wenn du sie lieber möchtest …«

»Das linke Bett ist okay«, sagte ich und stellte meine Tasche und den Koffer demonstrativ davor ab. Wie zum Geier konnte man gleich am ersten Tag solch ein Chaos anrichten? Cassandra konnte doch auch noch nicht lange hier sein.

»Kommst du aus Irland?«, fragte sie, während sie die Tops in eine Ecke ihres Kleiderschranks warf.

O Mann, ich hatte auch noch eine Quasselstrippe als Zimmernachbarin erwischt. Mein Onkel hatte mich vorgewarnt. »Die meisten Menschenmädchen in deinem Alter plappern gern und viel, auch wenn sie eigentlich schon als volljährig gelten«, hatte er mir mit aufden Weg gegeben. »Und vergiss das Kichern nicht. Wenn du nicht auffallen willst, solltest du dich anpassen, Kailey.«

»Jaha«, hatte ich etwas genervt erwidert. Ich hatte zwar nicht so viel Erfahrung mit Menschen wie er, aber das bedeutete nicht, dass ich völlig unwissend war. Natürlich war ich längst auf eine Mission dieser Art vorbereitet worden, ich durfte mir schließlich keine Fehler erlauben. Ich kannte mich mit den neuesten Mode- und Make-up-Trends, den wichtigsten Begriffen der Jugendsprache und beliebten Themen unter jungen Menschen aus.

Jetzt unterdrückte ich ein Seufzen. Also quasseln und kichern. Das würde ich schon hinkriegen. Zu Hause kämpfte ich gegen Drachen, da konnte das nicht so schwer sein.

»Ich bin von der Dingle-Halbinsel«, sagte ich, während ich begann, meine Sachen auszupacken, und überlegte, wo ich am besten meine Königinnenlibelle verstecken sollte. Puck, so hatte ich sie inzwischen getauft, saß in ihrem Einmachglas unter den ganzen Kleidern im Koffer.

»Dingle-Halbinsel?«, fragte Cassandra.

»Liegt im Südwesten Irlands. Was ist mit dir?«

»England, um genauer zu sein Ipswich. Das liegt im Osten der Insel.«

Deshalb hatte sie diesen merkwürdigen Akzent. Und ich hatte schon befürchtet, die Menschen würden alle so sprechen.

»Kannst du die Musik etwas leiser machen?« Das Gedudel ging mir langsam auf die Nerven. Wir Fae mochten Musik zwar sehr gern, aber andere Art von Musik – mit Geigen und Flöten und natürlich Harfen. »Wer singt das eigentlich?«

Cassandra sah mich an, als hätte sie einen Drachen gesehen. »O mein Gott, du kennst Ed Sheeran und Justin Bieber nicht? Das sind zwei der angesagtesten Sänger unserer Zeit. Wohnst du auf deiner Halbinsel etwa hinter dem Mond?«

»Oh, na klar, der Bieber. Ich hab nur nicht richtig hingehört.« Dabei erinnerte ich mich genau an die Musikstunde, in der wir die bekanntesten Popkünstler durchgenommen hatten: »Ed Sheeran und Justin Bieber müsst ihr kennen. Prägt euch diese Namen gut ein.«

»Und, hast du schon ein paar süße Jungs getroffen?«, fragte Cassandra.

»Da draußen laufen haufenweise süße Kerle herum«, erwiderte ich, obwohl ich keine Ahnung hatte, ob das stimmte. So genau hatte ich mich ehrlich gesagt nicht umgesehen, und irgendwelche Jungs interessierten mich auch nicht. Es ging hier nur um *einen* Jungen, der genau genommen nicht mal einer war.

»Ich habe schon ein oder zwei süße Typen entdeckt, die mich interessieren würden. Hoffentlich sind sie nachher auf der Party.«

»Welche Party?«, fragte ich, während ich ein Kleid nach dem anderen in den Schrank hängte.

»Hast du noch nichts davon gehört? Die große Willkommensparty für alle Neuen. Die ist legendär; meine Eltern haben sich so kennengelernt.«

»Ach ja?«, meinte ich nur, weil ich nicht wusste, was ich sonst dazu sagen sollte. Außerdem beschäftigte sich mein Gehirn bereits mit anderen Dingen, diese Party schien nämlich perfekt zu sein, um Aiden auf mich aufmerksam zu machen.

»Ja, genau«, plapperte Cassandra fröhlich weiter. »Krass, oder? Und sie sind immer noch glücklich verheiratet. Ist das nicht cool?«

»Total cool. Meine Eltern leben leider nicht mehr.«

Cassandra hielt bestürzt inne. »Echt?«, sagte sie dann. »Oh, Kailey, das tut mir leid.«

»Ist schon in Ordnung«, erwiderte ich. Dabei war nichts in Ordnung. Es lag nicht an Damian, er war ein guter Ersatz – liebevoll und streng, allerdings nicht zu streng, weil er nichts falsch machen wollte. Aber dass meine Eltern von Drachen umgebracht worden waren, nagte bis heute an mir. Seit jener Nacht vor acht Jahren schwor ich mir, es diesen Biestern heimzuzahlen. Und nachdem ich zur besten Elfenkriegerin meines Jahrgangs geworden war, hatte ich nun endlich die Chance dazu.

Cassandra beschloss, das Gespräch zurück auf die Party zu lenken. »Was ziehe ich heute Abend bloß an? Im Vergleich zu deinen Klamotten machen meine nicht viel her. Du hast wirklich schöne Kleider dabei.« Bewundernd betrachtete sie meinen offenen Schrank.

»Findest du? Wie wäre es damit: Ich leihe dir ein Kleid, und du hilfst mir beim Schminken.« Auch wenn ich mich theoretisch mit Make-up auskannte, war ich mir ziemlich sicher, dass ich das allein nicht gut hinbekommen würde. Die vielen Stifte und Döschen, die in meiner Tasche steckten, überforderten mich schon beim bloßen Anblick. Cassandra hingegen schien Ahnung zu haben, auf jeden Fall sah sie nicht aus wie ein bunter Clown.

»Wirklich?«, freute sich meine Zimmergenossin. »Du hast es ja eigentlich gar nicht nötig, weil du so schon hübsch genug bist, und ich helfe dir auch ohne Gegenleistung gern beim Make-up. Trotzdem sage ich nicht Nein, wenn du mir ein Kleid leihst. Deal?« Sie streckte mir die Hand entgegen, und ich schüttelte sie.

»Du musst schon stillhalten«, ermahnte mich Cassandra, während sie mir mit einem weißen Stift fast in die Augen stach.

»Du hast gut reden«, murmelte ich. Normalerweise ließ ich niemanden so nah an mich heran, geschweige denn an meinen Augen herumfummeln.

»Wer schön sein will, muss leiden«, sagte sie nur und machte unbeirrt weiter.

Wer schön sein will, muss leiden? Was war das denn für ein dämlicher Spruch? Entweder man war schön oder eben nicht. Ein bisschen Farbe konnte daran nichts ändern, zumindest war das bei uns in Fairyland so. Schnell musste ich jedoch feststellen, dass in der Menschenwelt andere Gesetze galten. Nachdem Cassandra mich bestimmt eine halbe Stunde lang gequält hatte, stand ich vom Bett auf und ging ins Bad, um mich im Spiegel zu betrachten. Es war wirklich erstaunlich. Meine grünen Augen wirkten jetzt noch größer, mein Mund noch herzförmiger, und meine Haare fielen mir in leichten Wellen über die Schultern. In Fairyland trug ich meistens einen Pferdeschwanz, weil das beim Training praktischer war. Es konnte schließlich fatal enden, wenn ich gegen einen Drachen kämpfte und mir dabei ständig die Haare aus dem Gesicht streichen musste. Cassandra hatte mir das Haargummi jedoch nahezu entrissen und einen Lockenstab benutzt, der einen leicht angekokelten Geruch verströmte. Im ersten Moment hätte ich ihr das Ding am liebsten um die Ohren gehauen; jetzt musste ich allerdings zugeben, dass die Wellen in meinem Haar gar nicht mal so schlecht aussahen.

»Und, was sagst du?« Meine Zimmergenossin lehnte sich mit verschränkten Armen an den Türrahmen.

»Das sieht gut aus, vielen Dank.« Ich drehte mich zu ihr um. »Jetzt bist du an der Reihe. Such dir am besten selbst ein Kleid aus.«

Zehn Minuten später hatten wir uns beide umgezogen. »Und, was sagst du?«, wiederholte Cassandra ihre Frage von vorher.

Ich hatte mich für die Signalfarbe Rot entschieden, sodass ich dem Drachenprinzen, sofern er überhaupt auf der Party war, hoffentlich direkt auffallen würde. Cassandra hingegen hatte ein roséfarbenes Kleid gewählt. Oje! Stoisch behielt ich meinen Gesichtsausdruck bei, auch wenn es mir schwerfiel. Wir hatten nicht einmal ansatzweise die gleiche Figur, denn ich war deutlich größer als sie und auch ein wenig schmaler. Die Länge spielte zwar keine Rolle, da meine Kleider alle recht knapp waren – der Saum reichte Cassandra bis zu den Knien, was völlig okay war –, aber abgesehen davon saß das Kleid ziemlich eng. Ihr schien es jedoch zu gefallen, und ich bezweifelte, dass sie es gut finden würde, wenn ich ihr meine ehrliche Meinung mitteilte.

»Die Farbe steht dir«, sagte ich deshalb. »Und die Schuhe sind toll.« Das waren sie wirklich. Sie glänzten silbern, hatten hohe Absätze und wirkten sehr elegant. Ich kannte High Heels von diversen Bildern, aber bei uns in Fairyland gab es so etwas nicht. Am liebsten gingen wir barfuß, ansonsten trugen wir selbst im Winter Sandalen. Und beim Kampf gegen Drachen bevorzugten wir festes Schuhwerk, obwohl man spitze Absätze sicher gut als Waffen einsetzen konnte.

Cassandra sah an sich hinab. »Du meinst die Heels? Ich liebe sie auch, und sie sind sogar bequem. Welche Schuhe wirst du denn tragen?«

Bisher war ich barfuß, und in Ermangelung einer Alternative wollte ich meine flachen Sandalen anziehen. Ich hatte zwar unzählige Kleider im Koffer gefunden, aber ansonsten war den Menschenbeauftragten Schminke offensichtlich wichtiger erschienen als eine Auswahl an High Heels oder Sneakern.

Cassandra folgte meinem Blick zu den Schuhen, die unter meinem Bett standen, und verzog den Mund. »Ernsthaft?«, fragte sie.

»Versteh mich nicht falsch, ich trage im Sommer auch gern Sandalen, aber nicht zu Partys. Sie ruinieren das komplette Outfit. Hast du nichts Besseres dabei?«

Ich schüttelte den Kopf. »Ich komme vom Land.«

Cassandra verdrehte die Augen. »Das ist doch keine Ausrede. Hast du noch nie was von Onlineshopping gehört?«

»Unsere Internetverbindung ist leider nicht die beste, aber wir könnten morgen einkaufen gehen«, schlug ich vor. Neben Schuhen brauchte ich vor allem ein paar hörsaaltaugliche Klamotten.

Mein Onkel hatte mir bei der Abreise eine Kreditkarte in die Hand gedrückt und mir ausdrücklich befohlen, mich gründlich auszustatten. Ich fand es äußerst merkwürdig, dass man mit einer Plastikkarte bezahlen konnte, hinterfragte das jedoch nicht weiter. Die Menschenwelt funktionierte gänzlich anders als meine Welt.

Cassandras Mund verzog sich zu einem Lächeln. »Total gern. Und bis dahin leihe ich dir ein Paar von meinen Heels. Die müssten dir sogar passen. Auf jeden Fall kannst du unmöglich mit Sandalen auf der Party aufkreuzen.«

Sie ging zu ihrem Schrank, kramte ein Paar heraus und reichte es mir. Die schwarzen Absatzschuhe waren mit Riemchen versehen und vorn geschlossen, hatten jedoch an der Seite eine Aussparung und an der Ferse eine Schleife. Vorsichtig schlüpfte ich hinein – sie passten tatsächlich mehr oder weniger – und drehte ein paar Runden durchs Zimmer, bevor ich mich erneut im Spiegel betrachtete. Kaum zu glauben, aber in den Schuhen wirkten meine Beine noch länger, als sie ohnehin schon waren.

Cassandra runzelte die Stirn. »Und du läufst echt zum ersten Mal auf hohen Absätzen?«

Ich warf ihr einen Seitenblick zu. »Ja, warum?«

»Weil man ohne Übung normalerweise aussieht wie ein Storch im Salat.«

Ich stellte mir das Ganze bildlich vor und hätte beinahe gelacht. »Tja, was soll ich sagen? Ich habe einen guten Gleichgewichtssinn.« Den hatten wir Fae tatsächlich, und ich war wirklich froh darüber, denn auf so hohen Schuhen zu laufen, wäre sonst eine ziemlich wackelige Angelegenheit gewesen. Ich warf meine Haare über die Schulter. »Sollen wir?«

Cassandras skeptischer Gesichtsausdruck verschwand. »Klar. Verdrehen wir ein paar Jungs den Kopf.«

Kapitel 9

AIDEN

Die Musik schien mit jeder Minute lauter zu werden, doch obwohl sie bestimmt seit mindestens einer Stunde blöd herumstanden – und die Fae nirgends zu sehen war –, weigerte Aiden sich, die Party wieder zu verlassen. Er war sich sicher, dass sie früher oder später auftauchen würde. Das war die Gelegenheit, und die würde sie sich garantiert nicht entgehen lassen.

»Lass uns abhauen«, versuchte Celmar ihn trotzdem zum Gehen zu überreden.

Aiden schüttelte den Kopf. »*Du* wolltest doch unbedingt auf diese Party«, erinnerte er seinen Freund.

Celmar verdrehte die Augen. »Das war, bevor ich wusste, dass wir es mit einer Fae zu tun bekommen würden. Aiden, mir ist echt nicht wohl bei der ganzen Sache.«

»Du hast doch meinen Vater gehört, oder nicht?«, erwiderte Aiden. Der König hatte den Auftrag erteilt, an Ort und Stelle zu bleiben und herauszufinden, was der Plan der Fae war. »Diese Party ist die beste Gelegenheit, um sich unauffällig einen Überblick zu verschaffen und erste Kontakte zu knüpfen. Sowohl für die Fae als auch für uns.«

»Und du glaubst wirklich, dass sie noch kommt?«

»Natürlich, du etwa nicht?«

»Doch«, grummelte Celmar. »Das ist ja das Problem.«

Aiden stieß ihn in die Seite. »Jetzt mach dich mal locker. Du warst derjenige, der bei unserer Ankunft direkt Kondome und Alkohol gekauft hat. Also entspann dich und genieß die Party.«

»Aiden, der König hat dich nicht auf dieses College geschickt, damit du dich in Gefahr begibst. Du bist immerhin der Thronfolger der Draconis. Du glaubst doch nicht, dass er wirklich will, dass du dich auf diese Fae einlässt. Du hast einen Auftrag bekommen, ja, aber das ist kein Grund, leichtsinnig zu werden.«

»Wer wird denn hier leichtsinnig?«, erwiderte Aiden stirnrunzelnd.

Natürlich hatte Celmar in gewisser Weise recht. Ein erneuter Krieg mit den Fae war wahrscheinlicher als jemals zuvor, und sollte es tatsächlich dazu kommen, wollte der König vor allem eines: seinen Thronfolger in Sicherheit wissen. In erster Linie aus diesem Grund hatte er Aiden und Sharni aus dem Connemara-Nationalpark weggeschickt und ihnen je einen Bodyguard an die Seite gestellt. Und nur deshalb hatte sein Vater die Geschwister getrennt. Niemand, am allerwenigsten der König selbst, hatte damit gerechnet, dass tatsächlich eine Fae am Trinity College auftauchen würde, aber jetzt war es nun einmal so.

»Wir sind auf einer Party, hier wird mir schon nichts passieren«, fuhr Aiden fort. »Oder glaubst du, die Fae wird mich vor all den Menschen erledigen? Wenn sie das vorhätte, hätte sie es längst getan. Stattdessen hat sie mich kaum eines Blickes gewürdigt, als sie auf dem Campus ankam. Sie hat etwas vor, Celmar. Und es ist meine Aufgabe, herauszufinden, was es ist.«

Celmar stöhnte. »Und ich bin hier, um dich zu beschützen, schon vergessen?«

»Wie könnte ich, wenn du mich immerzu daran erinnerst?«

Aiden wandte sich seinem Freund zu. »Ich verstehe dich ja, okay? Aber du kannst mir die Verantwortung nun einmal nicht abnehmen. Ich bin der Thronfolger der Drachen, und die Fae will mich, nicht dich. Ich kann auf mich allein aufpassen, und außerdem bin ich im Vorteil. Sie weiß, dass ich ein Drache bin, aber sie denkt, ich habe keine Ahnung, wer sie ist.«

Celmar stieß hörbar die Luft aus. »Und was soll *ich* dann machen?«

»Amüsier dich endlich. Hiermit befreie ich dich von deinen Pflichten.«

»Ich soll dich allein lassen?«

Aiden stöhnte. »Ja, früher oder später wirst du mich allein lassen müssen. Wer weiß, ob die Fae mich anspricht, wenn wir die ganze Zeit nebeneinanderstehen. Sie könnte dich für meinen Bodyguard halten, und das wollen wir doch nicht, oder?« Während Celmar sich nach wie vor nicht von der Stelle rührte, trank Aiden einen Schluck von seinem Ale und schaute sich um. Er fing den Blick eines braunhaarigen Mädchens auf, das gar nicht schlecht aussah. Sie trug eine Jeans, ein bauchfreies Top und verdammt hohe Schuhe – und sie kam direkt auf ihn zu.

»Hey, hast du Lust zu tanzen?«, fragte sie.

Aiden lächelte. »Total gern, aber ich hab schon eine Freundin. Vielleicht probierst du es mal bei meinem Kumpel hier.«

Die Brünette wandte sich daraufhin mit einem koketten Augenaufschlag an Celmar. »Na, wie sieht's aus? Du und ich?«

Celmar räusperte sich. »Oh, ähm. Also weißt du, ich tanze eigentlich nicht.«

Die Brünette unterdrückte nur mit Mühe einen skeptischen Blick und verschwand wieder in der Menge.

Stöhnend schüttelte Aiden den Kopf. »Was sollte das denn?«

»Mir ist wirklich nicht nach Tanzen zumute.«

»Das spielt keine Rolle. Du musst schon mitmachen, oder ich rufe meinen Vater an und sage ihm, er soll dich abziehen, weil du die Mission gefährdest.« Natürlich würde Aiden das niemals tun, und das wusste Celmar. Trotzdem knickte er ein.

»Also gut. Die Nächste, die mich zum Tanzen auffordert, werde ich nicht abweisen. Ehrenwort. Aber versprich mir bitte, dass du trotz allem vorsichtig sein wirst. Wir wissen nicht, wie viele Fae sich hier noch herumtreiben.«

»Stimmt. Das ist der Nachteil einer Sonnenbrille.«

»Möchtest du lieber den ganzen Tag mit einer normalen Brille auf der Nase herumlaufen?«

Aiden zuckte mit den Schultern. Da er in seiner Menschengestalt permanent das Gefühl hatte, nicht richtig sehen zu können, wäre es vermutlich keine schlechte Alternative. »Solange sie keine grünen Gläser oder ein goldenes Gestell hat.«

Celmar unterdrückte ein Lachen. »So was nennt man unter den Menschen retro, Aiden. Achtzigerjahre-Modelle sind wieder angesagt.«

»Ich weiß, was retro ist, Celmar. Vielen Dank.«

»Meinst du, dein Vater ist damals wirklich mit dieser Sonnenbrille herumgelaufen?« Celmars Grinsen wurde immer breiter.

Aiden stieß ihn in die Seite. »Hey, du redest hier immerhin vom König, also pass auf, was du sagst.«

Doch er musste ebenfalls schmunzeln, als er sich seinen Vater mit der Pilotensonnenbrille vorstellte. Warum hatten sie damals nicht etwas Neutraleres genommen, wie beispielsweise den Ring der Draconis? Jedes Mitglied der Draconis besaß einen Ring als Symbol der Zugehörigkeit. Aiden blickte auf seinen, den er wie einen Ehering am linken Ringfinger trug. Er war aus massivem Gold, mit Diamanten besetzt, und in der Mitte befand sich eine aus einem Granat geschliffene Drachenfigur. Wer die Gemeinschaft verließ, verlor das Recht, diesen Ring zu tragen, für alle anderen war er ein Erkennungszeichen – weshalb Celmar seinen auch abgenommen hatte. Er durfte keinesfalls als Drache identifiziert werden.

Es war auch nicht so, dass Aiden ihn nicht verstehen konnte. Die Sache war riskant, und der König war alles andere als begeistert, aber Aiden zurück nach Hause zu beordern, war nun mal keine Option. Jetzt nicht mehr. Aiden ließ den Blick durch den riesigen Raum wandern, über die tanzende und flirtende Menge hinweg, doch dann blieben seine Augen an der Bar hängen. Dort stand sie, die Fae. Sie nippte an einem Cocktail und war in Begleitung einer Rothaarigen, die etwas kleiner und kurviger war.

»Na sieh mal einer an, wen haben wir denn da? Es kann losgehen.«

Celmar folgte Aidens Blick.

»Starr sie nicht so an«, murmelte Aiden.

»Warum? Das tun alle männlichen Wesen im näheren Umkreis. Wir würden auffallen, wenn wir sie ignorieren würden.«

»Stimmt auch wieder.«

Also nutzte Aiden die Chance, sie genauer zu betrachten. Für eine Fae war sie wirklich hübsch, auch wenn er das nur ungern zugab. Sie hatte sich umgezogen und trug ein figurbetontes rotes Kleid zu hohen Schuhen, die ihre Beine noch länger erscheinen ließen. Die Haare fielen ihr in Wellen über die Schulter. Flüchtig sah sie in seine Richtung, aber die meiste Zeit ignorierte sie ihn und Celmar. Schnell holte Aiden die Sonnenbrille heraus und setzte sie auf, um zumindest einen kurzen Blick durch das magische Glas zu werfen.

»Was tust du denn da?«, fragte Celmar. »Wenn sie das mitbekommt ...«

»Hat sie aber nicht.« Aiden steckte die Brille schon wieder weg. »Also das rothaarige Mädchen neben ihr ist nichts weiter als ein rothaariges Mädchen. Keine spitzen Ohren, keine farbige Aura.«

»Na, immerhin«, murmelte Celmar. »Und was nun? Wirst du sie ansprechen?«

»Darauf wird es früher oder später hinauslaufen, denke ich. Sie wird mit Sicherheit nicht riskieren, *mich* anzusprechen, weil sie mich nicht misstrauisch machen will. Aber so einfach werde ich es ihr nicht machen. Mal sehen, was sie sich einfallen lässt.« Aiden verschränkte die Arme und lehnte sich an die Wand.

Es widerstrebte ihm, in irgendeiner Form Kontakt zu der Fae aufzunehmen. Obwohl er noch kein Wort mit ihr gewechselt hatte, hasste er sie bereits jetzt. Diese Fae hatte vielleicht noch kein Verbrechen begangen, aber ihr Volk war schuld, dass seine Mutter nicht mehr lebte und dass sein Vater König war. Ohne die Fae wäre es kein Problem gewesen, dass sich sein Onkel seinerzeit in eine Murphy-Hexe verliebt hatte. Darragh hätte niemals auf den Thron verzichten müssen, und Aiden wäre jetzt selbst nicht in dieser Lage. Doch wie so oft im Leben hatte er keine Wahl; er musste tun, was immer nötig war. Und das würde er, auch wenn es ihm dieses Mal besonders schwerfiel.

Kapitel 10

Sharni

Es war mitten in der Nacht, als Niall und ich über Lambay Island kreisten, einer kleinen Insel im Nordosten von Dublin, die in Privatbesitz und außerdem ein Vogelschutzgebiet war. Aber da wir quasi nichts anderes als Vögel waren, nur eben viel größer und ohne Federn, verspürte ich kein schlechtes Gewissen, dass wir hier Rast machen wollten. Niall und ich waren hungrig und müde, denn wir waren schon seit Stunden unterwegs. Wir waren kurz vor Anbruch der Dunkelheit losgeflogen, hatten die romantische Route über den Atlantik genommen und die irische Insel zur Hälfte umkreist, da heute kaum Wolken am Himmel gewesen waren. Morgen hatten wir noch einmal einen weiten Weg vor uns, schließlich hieß unser Ziel London, und dazu mussten wir weiter über das Meer fliegen und Wales sowie Südengland umkreisen.

Trotz meiner Müdigkeit ärgerte es mich, dass wir pausieren mussten, obwohl es noch dunkel war, doch diese Insel hier war unsere letzte Möglichkeit. Ansonsten müssten wir womöglich bis nach England durchfliegen. Unter Umständen wäre zwar auf einer der unbewohnten Scilly-Inseln vor Cornwall eine weitere Pause möglich, aber darauf verlassen konnten wir uns nicht. Es war Spätsommer, viele Touristen waren unterwegs, und Menschen – vor allem verliebte – machten manchmal seltsame Dinge, wie zum Beispiel auf einer einsamen Insel zelten, selbst wenn es verboten war. Ich wollte unser Glück nicht überstrapazieren.

»Sieht gut aus«, meinte Niall und setzte zum Landeanflug an.

Lambay Island schien nur auf einer Seite bewohnt zu sein, zumindest sah ich nur dort neben dem Schloss einige weitere Gebäude. Der Rest der Insel wirkte unberührt. Ich folgte Niall, und wir landeten direkt an der Klippe einer nicht enden wollenden Wiese. Ich wünschte, es wäre hell, um mehr Details von der atemberaubenden Umgebung sehen zu können, denn das war einer der Nachteile, wenn wir als Drachen unterwegs waren. Wir kamen zwar schnell voran, und es war nahezu das schönste Gefühl der Welt, den Wind unter den Flügeln zu spüren, aber selbst wenn wir die Route über das Meer nahmen, durften wir nur bei anbrechender oder vollkommener Dunkelheit fliegen, um nicht von Passagieren eines Flugzeugs oder Schiffes gesehen zu werden. Wie gern würde ich einfach mal drauflosfliegen und die Welt im Hellen erkunden. Es war nicht so, dass wir im Dunkeln nicht gut sehen konnten, ganz im Gegenteil. Wir lebten seit Jahrhunderten in Höhlen und waren im Normalfall nur bei Nacht unterwegs, dadurch hatten sich unsere Augen von Generation zu Generation den Gegebenheiten angepasst. Grelles Sonnenlicht fügte uns fast schon physische Schmerzen zu. Trotzdem hätte ich das Blau des Meeres und das Grün der Wiesen zu gern bei Tageslicht aus der Luft gesehen, zumal wir als Drachen deutlich besser sahen als in unserer Menschengestalt.

Niall verwandelte sich vor meinen Augen in einen Menschen – auch so eine Vorsichtsmaßnahme –, und ich tat es ihm gleich. Er hatte rotblonde Haare, genau wie ich, weshalb wir oft für Geschwister gehalten wurden. Dafür waren seine Augen nicht grün, sondern braun. Er war ein bisschen kleiner als die meisten Drachen, doch das tat seiner Stärke keinen Abbruch. Ich hatte ihn schon oft kämpfen sehen und noch öfter mit ihm zusammen trainiert, und er war wirklich gut. Sein athletischer Körper kam nicht von ungefähr, er tat auch etwas dafür.

Nackt standen wir nun nebeneinander am Rand der Klippe und sahen einen Moment hinaus aufs Meer. Dass wir nackt waren, störte keinen von uns beiden. Wir hatten einander schon oft so gesehen, da wir regelmäßig zusammen ausflogen. Bevor wir uns verwandelten, zogen wir unsere Kleidung für gewöhnlich aus, da sie die Verwandlung nicht überstand. Nacktheit gehörte also dazu, und wir empfanden dabei keinerlei Scham. Immerhin entsprach das menschliche Aussehen nicht unserer wahren Gestalt. Doch obwohl ich mich in diesem Moment weder schämte noch fror, nahm ich schließlich meinen Rucksack und zog mir Jeans und ein Shirt an. Es konnte schließlich sein, dass doch irgendwo Menschen in der Nähe waren – soweit ich wusste, konnte man auf dieser Insel übernachten –, und viele von ihnen gingen mit Nacktheit nicht ansatzweise so gelassen um wie wir Drachen.

Auch Niall zog sich Jeans und T-Shirt über, dann holte er die Sandwiches aus seinem Rucksack. Unser Gepäck konnten wir mithilfe eines speziell entwickelten elastischen Gummis um die Beine schnallen. So überlebte es auch die Verwandlung.

Wir setzten uns ins Gras, und Niall reichte mir meine Ration. Hungrig wickelte ich das Sandwich aus und biss hinein. Fliegen war toll, aber man verbrauchte dabei Unmengen an Kalorien.

»Wie geht's dir?«, fragte er, nachdem der erste Hunger halbwegs gestillt war.

Ich zuckte mit den Schultern, den Blick auf das Meer gerichtet. Es wirkte im Mondlicht düster und unberechenbar, doch das machte mir keine Angst. Ich war ein Drache; auch ich konnte düster und unberechenbar sein, wenn ich wollte.

»Ich bin sauer«, antwortete ich nach einer Weile auf Nialls Frage.

»Auf die Fae?«

»Natürlich auf die Fae.«

»Wärst du lieber zu Hause geblieben?«

»Um die Mission geht es mir gar nicht«, unterbrach ich ihn, denn ich war froh, mal etwas anderes zu sehen als den Connemara-Nationalpark. Mein Vater hatte Aiden und vor allem mich normalerweise am liebsten in seiner Nähe. Dass er mich nach England schickte, zeigte mir, wie ernst die Lage wirklich war. Wir brauchten dringend einen Beweis, dass wir Draconis nicht in London aktiv gewesen waren. Hoffentlich würden wir diesen auch finden. »Nervt es dich nicht? Ich meine, die Fae nötigen uns quasi dazu, uns noch weiter einzuschränken, dabei haben wir ohnehin schon kaum Freiheiten. Sieh dich doch mal um.« Ich machte eine ausholende Geste. »Würdest du das nicht auch gern bei Tageslicht sehen?«

»Ich will ja nichts sagen, aber morgen werden wir das bei Tageslicht sehen. Immerhin müssen wir auf dieser Insel bleiben, bis die Sonne untergegangen ist.«

Ich verdrehte die Augen. »Von der Luft aus, meinte ich. Das ist auch so eine Sache. Fast den ganzen Tag in Menschengestalt verbringen zu müssen, ist –«

»Dafür können die Fae ausnahmsweise mal nichts. Und ich fühle mich als Mensch eigentlich ganz wohl.« Niall stieß mich sanft mit seiner Schulter an. »Du gibst übrigens ein sehr hübsches Exemplar ab.«

»Ach, hör auf. Im Prinzip fühle ich mich in meiner Menschenhaut auch wohl, aber ich habe es nun mal lieber, wenn ich frei wählen kann. Ich möchte gern selbst entscheiden, wann ich mich verwandle, und nicht dazu gezwungen sein.«

»Ich weiß, aber so ist es nun mal, Sharni.«

»Und warum sollten wir das nicht ändern? Für unsere Rechte kämpfen? Es war auch mal anders, Niall. Wir sind Drachen, bei Voldragor. Hat das denn gar nichts zu bedeuten?«

Es hatte eine Zeit gegeben, in der wir Drachen gefürchtet waren und uns frei bewegen konnten – bis die Menschen Schießpulver und Feuerwaffen erfunden hatten. Dieser zerstörerischen Kraft hatten wir Drachen nichts entgegenzusetzen und uns zurückgezogen. Im Laufe der Jahrhunderte waren wir so zum Mythos, zur Legende geworden. Dabei waren wir so viel stärker, intelligenter und anpassungsfähiger als die Menschen. Wir waren schon vor ihnen auf dieser Erde gewesen, und wir würden auch nach ihnen noch hier sein.

»Die Menschen sind auf dieser Erde in der Mehrzahl, und solange sie existieren –«

»Seit wann passt du dich allem und jedem an?«, fuhr ich gereizt dazwischen.

Niall schmunzelte. »Seit ich zum Soldaten ausgebildet wurde. Und was machen wir jetzt wegen deiner schlechten Laune?«

Ich zuckte mit den Schultern. »Ich hab nur zu lange nichts gegessen und bin müde.«

»Hier.« Er reichte mir sein letztes Sandwich. »Iss das, ich baue in der Zwischenzeit das Zelt auf.«

Er erhob sich, doch noch während er das tat, verwandelte er sich plötzlich. Mit dem Schwanz schlug er mir dabei das Sandwich aus der Hand. Ich nahm die Signale ebenfalls wahr – das Kribbeln im Nacken, das Adrenalin, das von jetzt auf gleich durch meine Adern gepumpt wurde, die Geräusche, die vorher nicht da gewesen waren. Ich hörte Flügelschlagen, das näher kam, und spürte bereits das Reißen meiner Haut, die Ausdehnung meines Körpers und die unbändige Kraft, die mir zusammen mit dem Adrenalin das Gefühl verlieh, nahezu unbesiegbar zu sein.

Ich wirbelte herum, und ein Knurren stieg meine Kehle hinauf, als uns gegenüber drei Drachen landeten. Autonome Drachen? Zumindest war ihnen deutlich anzusehen, dass sie auf Ärger aus waren. Was auch immer ihr Problem war, sie würden es uns erst nach einem Kampf sagen. Ich blickte nicht zu Niall, um mich mit ihm abzusprechen, denn es war mir egal, was er dachte. Außerdem wollte ich keine Zeit vergeuden. Den Kampf konnten die Drachen haben. Sehr gern sogar, denn ich war gerade genau in der richtigen Stimmung.

Im Gegensatz zu Niall zögerte ich nicht lange und nahm mir das einzige Weibchen vor. Ohne Vorwarnung sprang ich die Drachin an, womit sie nicht gerechnet hatte. So konnte ich ihr ungehindert meine Zähne seitlich in den Hals rammen. Ein metallischer Geschmack machte sich in meinem Mund breit. Das ließ die Drachin nicht auf sich sitzen. Sie schleuderte mich mit voller Wucht von sich. Ich konnte mich gerade noch rechtzeitig in die Luft erheben, sodass ich nicht mit dem Rücken auf dem Boden aufschlug. Aus dem Augenwinkel nahm ich wahr, dass auch Niall längst zum Angriff übergegangen war, konzentrierte mich aber rasch wieder auf meine eigene Gegnerin. Das war die erste Regel: Lass dich niemals ablenken, sonst bezahlst du im schlimmsten Fall mit deinem Leben dafür. Im Sturzflug ging ich auf die Drachin los, während sie gleichzeitig auf mich zuschoss. Wir kollidierten in der Luft, prallten auf dem Boden auf und überschlugen uns ineinander verbissen mehrfach, bevor wir über die Klippen stürzten. Die Drachin wollte sich von meinen Zähnen und Klauen befreien, um davonzufliegen, doch ich hielt sie eisern fest. Ich war eine gute Schwimmerin und hatte im Meer hoffentlich einen Vorteil. Wir krachten ins kalte Wasser und sanken einige Meter tief. Jetzt krallte sich die Drachin regelrecht an mir fest. Was war los? Konnte sie etwa nicht schwimmen? Ich musste mich mit Zähnen und Klauen zur Wehr setzen, um mich endlich befreien zu können. Dann schoss ich nach oben an die Wasseroberfläche. Die Drachin folgte mir nicht, und nur wenige Flügelschläge später war ich wieder auf der Insel, um Niall zu helfen. Der hatte die beiden anderen Drachen jedoch bereits besiegt. In Menschengestalt standen die drei auf der Wiese – ein Zeichen dafür, dass der Kampf beendet war. Und jetzt erkannte ich auch, dass die Männer keinen Ring trugen. Es waren also definitiv Autonome. Noch in der Luft verwandelte ich mich ebenfalls zurück. Fast lautlos kam ich nur eine Sekunde später auf dem Boden auf.

»Alles okay?« Niall warf mir einen kurzen Seitenblick zu.

»Mir geht es gut. Von eurer Freundin kann man das allerdings nicht behaupten.«

Die Männer sahen einander an. Niall stieß geräuschvoll die Luft aus. »Wenn's denn sein muss. Aber einer von euch bleibt hier, ihr habt uns nämlich noch ein paar Fragen zu beantworten.«

Einer der beiden rannte los, verwandelte sich im Sprung über die Klippe und schoss in die Tiefe. Es dauerte nicht lange, bis er mit meiner Kampfpartnerin zurückkam, die längst ihre Frauengestalt angenommen hatte. Der Drache legte sie sanft auf dem Boden ab und verwandelte sich zurück. Angespannt beobachtete ich, wie sich der zweite Mann neben die Frau kniete und ihr auf die Wange klopfte. Sie schien bewusstlos zu sein, denn sie regte sich nicht, doch plötzlich hob sie den Kopf und hustete heftig. Erleichterung durchströmte mich. Töten gehörte im Kampf dazu, doch ich hatte sie gewiss nicht umbringen wollen. Dazu hatte es keinen Grund gegeben, es war ein reines Kräftemessen gewesen. Und Niall und ich hatten gewonnen.

Jetzt, wo ich mich wieder entspannte, betrachtete ich unsere Gegner etwas genauer. Selbst in Menschengestalt sah man ihnen an, dass sie sich von uns Draconis losgesagt hatten. Ihr Äußeres war viel zu auffällig. Die Frau hatte pink gefärbte Haare, Piercings in der Nase und am Bauchnabel, und ihr Körper war mit Tattoos übersät. Auch die Männer hatten überall Tattoos und glatt rasierte Schädel. Sie ließen keinen Kampf aus, das sah man ihnen sowohl in ihrer Menschen- als auch in ihrer Drachengestalt an. Trotzdem wunderte es mich nicht, dass Niall und ich gewonnen hatten. Wir waren nicht so impulsiv und nicht einmal ansatzweise so brutal, und das war auch gut so, denn Impulsivität und Brutalität vernebelten mitunter den Verstand, sodass man zwar ungehemmt, aber auch planlos agierte. Vor allem waren wir besser ausgebildet als diese drei Drachen. Das wusste ich, obwohl ich sie nicht einmal kannte.

Ich verschränkte die Arme vor der Brust. »Was wollt ihr hier?«

»Was wollt *ihr* hier?«, erwiderte einer der Männer. »Das ist unser Revier.«

Meiner Kehle entfuhr ein Knurren, doch Niall ging schnell dazwischen. Ich gab es nicht gern zu, aber er hatte sich definitiv besser unter Kontrolle als ich mich.

»Ihr habt uns schon genug verärgert, denn ihr habt uns im wahrsten Sinne des Wortes das Abendbrot versaut.« Nialls Blick glitt zu dem Sandwich, das im Dreck gelandet war. »Also, was treibt euch nach Lambay Island? Und inwiefern ist das bitte euer Revier?«

»Wir kommen regelmäßig her, um Wallabys zu jagen«, antwortete die Frau patzig.

»Wallabys?«, fragte ich skeptisch. Doch dass es känguruartige Tiere hier in Irland gab, die normalerweise in Australien lebten, war nicht der Grund für meine Skepsis. »Ist das euer Ernst? Ihr könnt doch nicht zum Jagen herkommen.«

Nun verschränkte auch die Frau die Arme vor der Brust. Von dem Schrecken im Meer schien sie sich inzwischen erholt zu haben. »Und warum nicht?«

Ich schüttelte den Kopf. »Warum nicht? Muss ich euch das wirklich erklären?«

Niall holte tief Luft. »Ihr bringt unsere ganze Art in Gefahr, ist euch das nicht klar? Auf dieser Insel leben Menschen. Es mögen vielleicht nicht viele sein, aber diese Insel gehört jemandem, und den Besitzern wird es auffallen, wenn hier regelmäßig irgendwelche wilden Tiere jagen.«

»Na und?«, antwortete einer der Männer. »Als ob sie auf die Idee kommen würden, dass Drachen dafür verantwortlich sind.«

»Das ist eine Insel, bei Voldragor«, fuhr ich die drei an. »Wo sollen die wilden Tiere plötzlich herkommen, wenn sie bisher nicht hier waren? Außerdem gibt es Wildkameras. Die kommen als Erstes zum Einsatz, wenn plötzlich gejagt wird, also denkt bitte mal nach.«

»Ihr Draconis habt uns gar nichts zu sagen«, erwiderte die Frau. »Das ist das Gute, wenn man unabhängig ist. Man ist dem König der Draconis keinerlei Rechenschaft mehr schuldig.«

Ich ballte die Hände zu Fäusten und biss die Kiefer aufeinander, um mich davon abzuhalten, einen weiteren Kampf anzuzetteln. »Habt ihr eigentlich die leiseste Ahnung, wen ihr hier vor euch habt?« Niall warf mir einen scharfen Blick zu, ehe ich fortfahren konnte. Ich biss mir auf die Zunge. Er hatte recht. Es wäre nicht klug, den drei autonomen Drachen zu offenbaren, dass ich die Prinzessin war. »War einer von euch zufällig vor ein paar Wochen in London? Oder habt ihr etwas von einem Drachen dort gehört?«, fragte ich stattdessen. Wenn wir schon die Gelegenheit hatten, die Autonomen selbst zu befragen, sollten wir sie auch nutzen. Die drei wechselten allerdings nur einen irritierten Blick.

»Wir mögen uns von den Draconis losgesagt haben, doch deshalb sind wir noch lange nicht bescheuert«, sagte einer der Männer und fuhr sich über die Glatze.

»Ach nein? Schert euch zum Teufel.«

»Und haltet euch in Zukunft fern von Lambay Island«, fügte Niall hinzu. »Ihr mögt dem König gegenüber vielleicht keine Loyalität mehr empfinden, aber deshalb lässt er euch nicht tun und lassen, was ihr wollt. Und nun verschwindet.«

Die drei blickten einander an und schienen kurz zu überlegen, ob sie uns erneut angreifen sollten, doch dann entschieden sie sich dagegen. Sie verwandelten sich und verschwanden in der Dunkelheit. Seufzend griff ich nach meinem Rucksack und zog eine weitere Jeans samt Top heraus.

»Na super. Ich fürchte, in London muss ich erst mal einkaufen gehen.«

»Warte mal.« Niall stand mir plötzlich gegenüber, bevor ich mich anziehen konnte, und strich sanft über meine Wange. »Tut das weh?«

Ich sah hinab auf seine Finger, an denen Blut klebte. Mein Blut. Ich hatte gar nicht mitbekommen, dass die Klauen der Drachin mich im Gesicht erwischt hatten.

»Alles gut, Niall.« Ich schüttelte seine Hand ab, um mich anzuziehen.

»Das wird eine Narbe geben, Sharni.«

Ich zuckte mit den Schultern. »Na und?«

Nialls Körper war damit übersät – an Armen und Schultern, sogar einige an den Beinen. Viele waren inzwischen verblasst und nur aus der Nähe zu sehen, aber über seinen Rücken zog sich eine lange Narbe von seinem rechten Schulterblatt bis zur Mitte der Wirbelsäule. Dabei hatte er nie im Krieg gekämpft. Viele Soldaten hassten ihre Narben, weil sie angeblich Schwäche symbolisierten, aber ich sah das anders. Um ehrlich zu sein, war ich immer ein wenig neidisch auf Nialls Narben gewesen, denn sie zeugten von einem spannenden Leben.

»Du solltest die Wunde wenigstens reinigen«, meinte Niall, der ebenfalls neue Klamotten aus seinem Rucksack zog.

Ich hielt das zwar für übertrieben, denn es konnte kaum mehr sein als ein Kratzer, aber Niall hatte diesbezüglich mehr Erfahrung. Also beschloss ich, auf ihn zu hören. Ich setzte mich auf die Wiese und kramte die Tasche mit den Verbandssachen aus dem Rucksack, außerdem einen Spiegel. Einen Moment betrachtete ich den rot gezackten Riss, der sich kurz unterhalb meines linken Auges über die Wange zog. Offensichtlich hatte ich ganz schön Glück gehabt. Nicht auszudenken, wenn die Drachin mich am Auge erwischt hätte. Jetzt reichte es hoffentlich aus, die Wunde mit Alkohol zu desinfizieren. Sobald ich das erledigt hatte, riss ich die Packung Kekse auf, die ich dabeihatte.

Niall setzte sich neben mich auf die Wiese und nahm sich einen Keks, als ich ihm die Packung reichte. »Wie sieht's aus? Soll ich gleich das Zelt aufbauen?«, fragte er.

»Hältst du das denn für klug?«

Normalerweise war ein Kampf unter Drachen beendet, wenn einer klar als Sieger hervorgegangen war. Kein Drache würde den anderen direkt erneut herausfordern. Aber die Autonomen hielten sich an keine Regeln, erst recht nicht an Regeln, die der König aufgestellt hatte. Ich traute ihnen zu, dass sie in ein paar Stunden wiederkommen würden, um uns hinterrücks im Schlaf anzugreifen, denn dass wir hier übernachten wollten, hatten sie mitbekommen.

Niall schien das ebenso zu sehen, denn er seufzte. »Ich weiß es nicht, aber was sollen wir sonst machen? Wir brauchen dringend eine Pause, bevor wir weiterfliegen. Einer von uns muss Wache halten. Wenn du willst, übernehme ich die erste Schicht.«

Ich schüttelte den Kopf und stand auf. »Da habe ich eine bessere Idee.«

Kapitel 11

Kailey

Ich blieb cool, während ich meinen Blick wie zufällig Richtung Drachenprinz schickte. Sein dunkelblonder Freund stand neben ihm. Es hatte nicht lange gedauert, die beiden auf der Party ausfindig zu machen, denn weder tanzten sie noch flirteten sie. Stattdessen nippten sie an ihrem Bier und waren in eine Diskussion vertieft, zumindest bis gerade eben. Worum es dabei wohl gegangen war?

Jetzt lehnte sich Aiden gegen die Wand und grinste, dann sah er kurz zu mir. Auch vorher hatte er immer wieder in meine Richtung geblickt. Ob er ahnte, wer ich war? Nein, das war ganz und gar unmöglich. Schließlich trug ich das braune Lederarmband, das meinen Glamour verstärkte. Außerdem hätte er mit Sicherheit anders reagiert, wenn er mir auf die Schliche gekommen wäre. Er war immerhin ein Drache und somit impulsiv. Vielleicht hatte ich auch einfach sein Interesse geweckt. Damit wäre er bei Weitem nicht der einzige Junge in diesem Raum, denn von allen Seiten waren Augenpaare auf mich gerichtet.

Kurz zuvor hatte ich noch beobachtet, wie Aiden und sein Freund eine Brünette weggeschickt hatten. Würde er mich auch abblitzen lassen, wenn ich jetzt einfach zu ihm gehen würde? Ich hatte jedenfalls nicht vor, es auszuprobieren. Das Risiko war zu groß, denn dadurch könnte er früher oder später misstrauisch werden. Aus diesem Grund hatte ich auch den Plan wieder verworfen, zuerst seinen Freund anzusprechen. Ich wollte zwar auffallen, aber nicht als Fae, sondern als Mädchen. Dabei konnte es prinzipiell nicht schaden, Aidens Freund genauer unter die Lupe zu nehmen und herauszufinden, ob er ein Drachenbodyguard oder ein normaler Mensch war, doch das verschob ich auf später. Einer von ihnen musste *mich* ansprechen. Wenn sie den Kontakt erst mal selbst hergestellt hatten, war der Rest halb so wild.

»Die zwei sind süß, oder?«, fragte Cassandra neben mir und sah direkt zu dem Drachen und seinem Freund hinüber.

»Ja, ganz süß«, antwortete ich und warf dabei einen erneuten Blick in Aidens Richtung, dieses Mal deutlich verführerischer. Natürlich ganz zufällig, als würde ich gar nicht zwingend ihn meinen.

»Glaubst du, ich habe eine Chance?« Cassandra klang plötzlich schüchtern.

Erstaunt blickte ich sie an. »Warum denn nicht?«

Sie zuckte mit den Schultern. »Na ja, ich weiß, dass ich nicht so hübsch bin wie du zum Beispiel.«

»Unsinn«, sagte ich. »Du hast tolle Kurven. Darauf stehen Jungs, oder nicht? Und du hast ein wunderschönes Gesicht. Du solltest vielleicht nur nicht …« Ich hielt inne, denn ich wollte sie nicht verletzen, auch wenn mir ihre Gefühle im Prinzip egal sein konnten. Ich hatte eine Mission, und dazu gehörte nicht, eine Freundin zu finden.

»Was?«, fragte Cassandra.

»Diese engen Oberteile und Kleider … Die sind vielleicht nicht ganz so vorteilhaft.«

Sie verzog den Mund. »Dein Kleid steht mir nicht, oder?«

»Das habe ich nicht gesagt.«

Zweifelnd sah sie mich an.

»Okay, es ist vielleicht ein kleines bisschen zu eng, aber die Länge ist gut, und die Farbe steht dir ausgezeichnet.«

»Sehr tröstlich«, murmelte Cassandra. »Wie konnte ich mir auch nur einbilden, deine Kleider würden mir passen? Du bist viel schlanker als ich.«

»Hey, du sieht wirklich toll aus. Und wichtig ist doch, dass du dich gut fühlst. Jetzt misch dich unter die Jungs und hab ein bisschen Spaß.«

Ich lächelte ihr zu und trank noch einmal von meinem Cocktail, bevor ich das Glas wegstellte und mir einen Weg durch die Menge bahnte. Immerhin hatte ich heute Abend noch etwas vor. Ich ging in Richtung der beiden Drachen, zumindest sollte es so aussehen. Im letzten Moment ließ ich sie links liegen und steuerte stattdessen einen Typ an, der nur ein paar Meter neben ihnen stand. Er war zwar nicht umwerfend attraktiv, dafür stand er in der richtigen Entfernung zu den Drachen, sodass Aiden mich weiterhin beobachten konnte.

»Hi. Bist du allein hier?«, fragte ich.

»Mit einem Kumpel, aber der holt sich gerade etwas zu trinken.«

»Wollen wir tanzen?«

»Klar.« Der Kerl stellte seine Flasche Ale weg und folgte mir zur Tanzfläche.

Ich positionierte mich so, dass der Drachenprinz gar nicht anders konnte, als mich im Auge zu behalten, ob nun bewusst oder unbewusst. Aus dem Augenwinkel bekam ich mit, wie er mit hochgezogenen Brauen in meine Richtung blickte. Ich hatte zwar gehofft, er wäre enttäuscht, aber zumindest zeigte er überhaupt eine Reaktion. Das war schon mal ein Anfang.

»Sag mal, wie heißt du eigentlich?«, wandte ich mich an meinen Tanzpartner.

»Bruce.«

»Hi, Bruce. Ich bin Kailey.«

»Du bist neu, oder? Ich hab dich vorher noch nie hier auf dem Campus gesehen, und du wärst mir sicher aufgefallen.«

Moment mal, was sollte das denn? Cassandra marschierte geradewegs auf Aiden und seinen Freund zu. Mann, warum hatte ich ihr das nicht ausgeredet? Wenn sie Aiden jetzt anbaggerte und er sie nicht wegschickte wie zuvor die Brünette, machte sie meinen ganzen Plan zunichte. Wobei ...

»Kailey?« Bruce wedelte mit einer Hand vor meinem Gesicht herum.

»Was? Ja, stimmt, ich bin neu hier. Gerade erst angekommen. Was ist mit dir?«

»Das ist schon mein zweites Jahr.«

Ich lächelte, ohne den Drachen oder besser gesagt Cassandra aus den Augen zu lassen. »Sehr schön, dann kannst du mir ja alles erzählen, was ich wissen muss.«

»Ich kann's dir auch zeigen. Ein Bild sagt mehr als tausend Worte, oder wie war das?«

Sein Blick sprach Bände, und es fiel mir schwer, mein Lächeln aufrechtzuerhalten. Dabei war es mir lieber, wenn jemand direkt sagte, was er wollte, und für mein Vorhaben war Bruce einfach perfekt – auch wenn er so gar nicht meinen Geschmack traf. Immerhin hatte sich Cassandra inzwischen nicht für Aiden entschieden, sondern für dessen Freund. Die beiden flirteten bereits miteinander.

Hm, das war gar nicht mal so ungeschickt. Sollte mein Bestreben fehlschlagen – was ich allerdings nicht glaubte –, konnte ich immer noch über Cassandra den Kontakt zum Drachen herstellen. Auf jeden Fall aber zu dessen Freund, sofern sie es in den nächsten Minuten nicht vermasselte. Jetzt musste ich aber erst mal aufpassen, dass ich es nicht selbst versiebte. Ich schmiegte mich an Bruce, obwohl das Lied dafür eigentlich viel zu schnell war. Er nutzte die Gelegenheit und legte seine Hände auf meine Hüften. Ich ließ es zu, denn es war viel zu früh, um ihn wegzustoßen.

»Hast du einen Freund, da, wo du herkommst?«, wollte er wissen.

»Würde ich dann mit dir tanzen?«, erwiderte ich mit einem koketten Augenaufschlag.

Er zuckte mit den Schultern. »Ich denke, du weißt genau, was du willst, und nimmst es dir einfach.«

»Du hast mich durchschaut.« Ich zwinkerte ihm zu.

Cassandra und Aidens Freund hatten inzwischen ebenfalls die Tanzfläche erreicht. Auch das noch. Cassandra und ich lächelten einander kurz zu, dann konzentrierte ich mich wieder auf Bruce. Wir tanzten einige Lieder eng zusammen. Aiden stand immer noch an der Wand und beobachtete Cassandra und seinen Freund; hin und wieder sah er dabei auch zu mir. Ich sollte allmählich handeln.

»Hast du ein Einzelzimmer?«, fragte mich Bruce in diesem Moment praktischerweise.

»Ach, es gibt Einzelzimmer auf dem Campus?« Ich war ehrlich überrascht. Warum hatte mein Onkel dann nicht dafür gesorgt, dass ich ein eigenes Zimmer bekam? Es wäre um einiges angenehmer gewesen, nicht ständig jemanden um mich zu haben. Aber gut, vielleicht würde sich Cassandra früher oder später noch als nützlich erweisen.

»Einige wenige, aber das ist nicht der Punkt. Ich konnte nämlich leider auch keins ergattern.«

»Sagtest du nicht, dein Freund ist hier auf der Party?«

»Ist er. Worauf willst du hinaus?«

»Na ja, wenn er hier ist ...«

»... ist er nicht in unserem Zimmer?« Bruce lachte, doch es klang alles andere als amüsiert. »Theoretisch schon. Praktisch gehört das Zimmer heute Nacht ihm.«

»Verstehe.« Da war ich ja wirklich an den Richtigen geraten. Waren etwa alle Menschenjungen so primitiv?

»Hast du es schon mal in einem Auto gemacht?«

»In einem Auto?« Den irritierten Gesichtsausdruck musste ich nicht einmal vortäuschen.

»Das interpretiere ich mal als Nein. Wie wäre es dann, wenn wir zwei –«

»Hallo? Hat irgendwer gesagt, dass ich mit dir schlafen will?«, platzte ich heraus.

Nun sah Bruce eindeutig irritiert aus. »Ey, was soll das denn? Du hast mich doch scharf gemacht. Und jetzt willst du mich abblitzen lassen?«

Sehr gut. Er war nicht nur enttäuscht, er war wütend auf mich. »Lass uns doch erst mal schauen, ob das mit uns beiden passt«, sagte ich eine Spur sanfter.

Bruce wirkte wieder ein wenig versöhnter. »Was gibt es denn da zu schauen? Außerdem kenne ich die Antwort: Wenn es auf der Tanzfläche passt, passt es auch im Bett, und wir haben gut zusammen getanzt. Oder etwa nicht?«

Er zog mich erneut an sich, doch ich stieß ihn heftig zurück. »Nein heißt nein. Ich will das nicht!«, rief ich. Meine Reaktion war natürlich völlig überzogen, aber das musste sein. Nur so konnte ich die Aufmerksamkeit der anderen Partygäste erregen. Und es funktionierte. Noch griff zwar niemand ein, aber uns wurden bereits fragende Blicke zugeworfen.

»Sag mal, hast du sie noch alle? Ich glaub, ich spinne!« Seine Stimme war laut und dröhnend.

Ich hingegen ließ meine Stimme zittern. So verstand mich zwar kaum jemand, aber das machte nichts. Wie hatte es Bruce so schön gesagt? Ein Bild sagt mehr als tausend Worte. Wie recht er doch hatte.

»Bitte lass mich in Ruhe, ich will nicht.«

»Auf einmal? Gerade konnte es dir gar nicht schnell genug gehen, mich anzumachen, und jetzt …«

»Lass sie gefälligst zufrieden!« Cassandra trat neben mich und nahm mich am Arm.

Bruce lachte. Offensichtlich war ihm genauso klar wie mir, dass sie keine Gefahr für ihn darstellte. Trotzdem war es wirklich nett von ihr, mir sofort zur Seite zu springen – auch wenn sie damit meinen ganzen Plan zunichte machte.

»Ich glaube, du gehst jetzt lieber.« Das war Aidens Freund. Mit verschränkten Armen baute er sich vor Bruce auf, sein Blick war eiskalt.

Bruce hob abwehrend die Hände. »Schon gut, schon gut, ich verschwinde. Auch wenn ich nichts falsch gemacht habe.« Leise vor sich hin fluchend verschwand er in der Menge.

»Alles okay?«, fragte Cassandra.

Ich nickte. »Danke, alles gut. Er wurde nur etwas zu aufdringlich.«

Die Miene von Aidens Freund blieb undurchdringlich. »Na ja, so, wie du mit ihm getanzt hast, ist es eigentlich kein Wunder, dass er sich Hoffnungen gemacht hat.«

»Moment mal, was willst du damit sagen?«, fragte Cassandra empört.

Hoppla! Ich war überrascht, sowohl von Cassandras Reaktion als auch von der ihres Begleiters. Aber ich konnte nicht riskieren, dass wir den Kontakt zu ihm wieder verloren, deshalb sagte ich schnell: »Nein, nein, du hast ja recht. Ich bin selbst schuld.«

Cassandra schnaubte. »So weit kommt's noch. Du hast das Recht, jederzeit deine Meinung zu ändern. Und wer das nicht akzeptiert, ist ein Idiot. Oder siehst du das etwa anders?« Sie warf Aidens Freund einen herausfordernden Blick zu. Meinte sie das ernst? Sie stellte mich über ihn?

Dieses Mal hob *er* abwehrend die Hände. »Absolut nicht. Ich hole uns mal etwas zu trinken. Ich bin übrigens Celmar.«

»Kailey. Danke, das ist nett von dir.«

Während er Richtung Bar verschwand, führte Cassandra mich von der Tanzfläche zu der Stelle, wo Aiden und Celmar vorher gestanden hatten. Ich ließ sie gewähren und tat so, als hätte mich das alles ziemlich mitgenommen. Stattdessen fragte ich mich, wo Aiden war. Ich sah mich um, doch er war nirgends zu sehen.

Ich stieß ein Seufzen aus. War die ganze Aktion umsonst gewesen? Eigentlich hatte ich gehofft, dass der Drachenprinz dazwischengehen würde, und nun war er weg. Ich hatte nicht einmal mitbekommen, wann er gegangen war. Dabei hatte ich seinen Beschützerinstinkt wecken wollen und gedacht, wir könnten danach ins Gespräch kommen. Tja, offensichtlich hatte ich ihn falsch eingeschätzt. Aber was hatte ich auch erwartet? Er war ein Drache, und Drachen waren unberechenbar.

Kapitel 12

Aiden

»Du hast nicht damit gerechnet, mich so schnell wiederzusehen, was?«, fragte Sharni grinsend.

»Geht es dir gut?« Aiden sprang von seinem Motorrad und lief auf seine Schwester zu. Besorgt betrachtete er die Wunde, die sich über ihre linke Wange direkt unterhalb des Auges zog.

»Es geht mir gut«, sagte sie.

Ihre Stimme klang fest und alles andere als zittrig, aber das musste nichts heißen. Sharni war stark und gab es selbst ihrem Bruder gegenüber nur ungern zu, wenn sie verletzt oder verängstigt war. Dass sie sich ihm in ihrer letzten Nacht im Connemara-Nationalpark geöffnet hatte, war eine absolute Ausnahme. Er hatte gehofft, sie wäre vorsichtiger, nachdem sie eingesehen hatte, wie brenzlig die Lage war. Wenn sie nur etwas mehr Angst oder zumindest Respekt vor manchen Dingen hätte. Das würde sie mit Sicherheit in deutlich weniger Schwierigkeiten manövrieren. Aiden liebte zwar Sharnis unerschrockene Art, aber genau deshalb machte er sich auch Sorgen um sie.

Als während der Party plötzlich sein Handy geklingelt und Sharni am anderen Ende verkündet hatte, sie und Niall seien von Autonomen auf Lambay Island angegriffen worden und bräuchten dringend einen Platz zum Schlafen für diese Nacht, hatte er sich sofort auf den Weg nach Malahide gemacht, wo Sharni und Niall zwischenzeitlich gestrandet waren. Malahide lag im Nordosten von Dublin und hatte einen Hafen, von wo aus man nach Lambay übersetzen konnte. Aiden war bisher noch nicht dort gewesen, aber er hatte schon von dem Seebadeort und Malahide Castle gehört.

Nun seufzte er. »Mensch, Sharni. Wie konnte das passieren? Ich glaube, ihr seid die einzigen Draconis, die jemals auf Lambay Island angegriffen wurden.«

Sharni schnaubte, sie war wieder ganz die Alte. Von ihrer melancholischen Stimmung vom Vortag war nichts mehr übrig. »Kunststück. Es ist ja nicht so, als würden wir Drachen so viel herumkommen.«

Da hatte sie recht, doch das war nicht der Punkt. »Hättet ihr den Kampf nicht verhindern können?«

Sharni stöhnte. »Die waren klar auf Streit aus.«

»Na ja, vielleicht hätten wir schon mit ihnen reden können«, mischte sich Niall in das Gespräch ein.

»So hatten wir immerhin das Überraschungsmoment auf unserer Seite. Außerdem kann es ja wohl nicht sein, dass autonome Drachen auf Lambay Wallabys jagen. Oder seht ihr das anders?«

Aiden schüttelte den Kopf. Wenigstens lag die Insel nicht mehr auf neutralem Gebiet, sondern weit genug im Norden, um offiziell zum Drachen-Territorium zu gehören, sonst hätten die Autonomen die Draconis in noch mehr Schwierigkeiten bringen können. »Ganz und gar nicht, mit der Aktion riskieren sie nicht nur ihren eigenen Kopf. Denkt ihr, sie kommen wieder?«

»Da gehe ich jede Wette ein«, erwiderte Niall. »Wir müssten dort schon Wachen postieren oder zumindest regelmäßig patrouillieren, um sie längerfristig von der Insel fernzuhalten.«

»Ich rede mal mit Vater«, meinte Aiden. »Ich nehme an, er wird ohnehin wissen wollen, was passiert ist.«

Sharni stöhnte erneut und murmelte: »Wie bin ich nur auf die Idee gekommen, meinen Bruder anzurufen?«

Sie sprach leise, aber Aiden verstand sie trotzdem. Er ignorierte ihren Kommentar und sagte stattdessen: »Ich hoffe, euch hat niemand fliegen sehen.«

»Wir waren vorsichtig«, antwortete Niall. »Wir sind am Strand gelandet. Dort ist es zum einen stockdunkel, zum anderen war nirgends eine Menschenseele zu sehen.«

»Na schön, dann wollen wir mal.« Aiden setzte sich seinen Helm auf und griff nach dem zweiten. »Einer von euch wird sich ein Taxi nehmen müssen.«

»Kein Problem, ich mach das. Fahrt ihr voraus«, erwiderte Niall.

»O nein, ich nehme das Taxi.« Sharni drückte Niall den Helm in die Hand. »Ich hab absolut keine Lust, mir die ganze Fahrt über Vorträge von meinem Bruder anzuhören, wie unvernünftig ich sei. Im Übrigen hättest du gleich sagen können, dass wir nicht auf dich warten, sondern ein Taxi nehmen sollen. Was hat es jetzt gebracht, dass du extra hergekommen bist?«

Aiden ersparte sich einen Kommentar darüber, dass sie sich während der Fahrt wohl kaum würden unterhalten können. Stattdessen sah er zu Niall. So streitlustig war seine Schwester nur, wenn sie nicht genug gegessen hatte. »Ist sie hungrig?«

Niall unterdrückte ein Schmunzeln. »Ist sie.«

»Na schön, dann ist sie entschuldigt.«

»*Sie* hört euch zu«, maulte Sharni und zückte ihr Handy, um ein Taxiunternehmen anzurufen.

Weil heute die große Willkommensparty stattfand und auf dem Campus noch lange keine Ruhe herrschte, war es alles andere als schwer gewesen, Sharni und Niall ins Wohnheim zu schmuggeln.

Ob sich die Fae noch auf der Party herumtrieb? Im Nachhinein fragte Aiden sich tatsächlich, warum er Sharni und Niall nicht gleich vorgeschlagen hatte, ein Taxi zu nehmen, dabei kannte er die Antwort: Er hatte sich Sorgen um seine Schwester gemacht, vor allem nach ihrem letzten Gespräch unter vier Augen, doch er hätte es besser wissen müssen. Sharni konnte sehr gut auf sich allein aufpassen, außerdem hatte sie Niall an ihrer Seite, einen der besten Soldaten der Draconis. Aiden hätte stattdessen auf der Party bleiben sollen, denn er hätte zu gern miterlebt, wie sich die Fae den aufdringlichen Typen wieder vom Hals geschafft hatte. Ein bisschen Schadenfreunde empfand er allerdings schon darüber, dass er ihr die Tour vermasselt hatte. Es war mehr als offensichtlich gewesen, dass sie es von vornherein darauf angelegt hatte, ihn zu ihrem Retter zu machen. Hätte er ihr den Gefallen getan und wäre dazwischengegangen? Er war sich unsicher, und es spielte auch keine Rolle mehr.

Als Aiden jetzt die Tür zu seinem Zimmer aufschloss, fand er es leer und dunkel vor. Wo Celmar wohl steckte? Er war ziemlich wütend gewesen, als er mitbekommen hatte, dass Aiden einfach so abgehauen war. Mehrfach hatte er Aiden Nachrichten geschickt und versucht, ihn anzurufen, doch Aiden hatte ihm nur kurz geschrieben, dass alles okay sei und er sich keine Sorgen zu machen bräuchte.

Aiden schaltete das Licht ein und schickte Celmar eine kurze Nachricht: Bin in unserem Zimmer. Brauche deine Hilfe.

»Ist nicht gerade viel Platz hier«, meinte Sharni, nachdem sie einen Blick ins Bad geworfen hatte. »Und wo sollen wir alle schlafen?«

»Uns fällt schon was ein«, antwortete Aiden und holte den Pizza-Flyer vom Schreibtisch, den irgendjemand im Laufe des Tages durch den Türspalt geschoben hatte. »Salami? Thunfisch? Schinken? Welche Pizza hättet ihr gern?«

Sharni machte eine wegwerfende Handbewegung. »Egal, nur groß sollte sie sein. Ist es okay, wenn ich kurz duschen gehe? Meine Haare kleben vom Salzwasser.«

»Klar.« Aiden wählte bereits die Nummer der Pizzeria, die rund um die Uhr geöffnet hatte, und bestellte eine Familienpizza. Er legte gerade auf, als die Tür aufgerissen wurde und Celmar hereinplatzte.

»Du kannst doch nicht einfach abhauen«, fuhr er Aiden an. »Wie soll ich dich so beschützen?« Erst jetzt registrierte er das laufende Wasser im Bad, und sein Blick wanderte zu Niall. »Was ist hier los?«

»Die Kurzfassung: Sharni und Niall haben sich auf einer Insel nicht weit von hier mit autonomen Drachen einen Kampf geliefert.«

»Und verloren?«, fragte Celmar.

Niall grinste. »Sehe ich so aus, als hätten wir verloren?«

»Was wollt ihr dann hier? Nicht, dass ihr nicht willkommen wärt …«

»Klingt aber so«, schrie Sharni aus dem Bad, wo sie das Wasser kurz ausgestellt hatte. »Hallo, Celmar.«

»Hi, Sharni«, rief er zurück. »Also?«, wandte er sich dann wieder an Niall.

»Wir wollten eigentlich auf Lambay Island Rast machen, um in der nächsten Nacht weiter nach England zu fliegen, als die Autonomen aufgetaucht sind. Sie haben sich nach ihrer Niederlage zwar wieder verzogen, werden aber bestimmt nicht so schnell Ruhe geben. Es war Sharnis Idee, herzukommen.«

»Du hast nicht protestiert«, kam es prompt aus dem Bad. Gleich darauf ging die Dusche wieder an.

»Also wollt ihr hier übernachten.« Celmar fuhr sich durch die dunkelblonden Haare.

»Ich habe gesagt, das ist okay«, meinte Aiden und blickte sich im Zimmer um. Natürlich hatte er zugestimmt, Sharni war immerhin seine Schwester, und er würde sie nicht im Stich lassen. Wie genau das funktionieren sollte, wusste er allerdings noch nicht. Zwischen den Betten könnte zwar jemand auf dem Boden schlafen, aber für zwei Personen war dort zu wenig Platz. Sie hatten nicht mal genug Decken oder Kissen zur Verfügung.

»Klar, das kriegen wir schon irgendwie hin«, sagte nun auch Celmar. »Sharni kann ja bei mir im Bett schlafen.«

»Das hättest du wohl gern.« Sie stieß die Badezimmertür auf und lehnte sich gegen den Türrahmen. Ihre Haare waren feucht und hinterließen nasse Abdrücke auf dem Shirt, hinter ihr waberte Dampf. Es roch nach grünem Tee und Zitrone.

Celmar seufzte. »Zumindest hätte ich nichts dagegen, doch bedauerlicherweise fällt mir gerade etwas Besseres ein.«

»Und du glaubst wirklich, dass sie mich einfach bei sich übernachten lässt?«, fragte Sharni, als sie zusammen mit Aiden, Celmar und Niall im Flur des Schlaftraktes stand, in dem die Mädchen untergebracht waren. »Wir kennen uns doch gar nicht.«

»Na und?«, meinte Celmar schulterzuckend. »Wir haben Pizza und Bier dabei, wer kann da schon Nein sagen?« Mit dem Kinn deutete er auf Niall und Aiden, die einen Sixpack Bierdosen und die Familienpizza in einer überdimensionierten Schachtel trugen. »Cassie ist total unkompliziert, glaub mir. Ich kenne zwar ihre Mitbewohnerin nicht, aber die wird schon nichts dagegen haben. Außerdem ist Cassie sehr durchsetzungsfähig.«

»Ist sie das?«, fragte Aiden. Er hatte die Rothaarige zwar kaum kennengelernt, bevor sie mit Celmar auf der Tanzfläche verschwunden war, aber durchsetzungsfähig war trotzdem kein Adjektiv, das er mit ihr verbinden würde. Auf ihn hatte sie eher ein wenig schüchtern gewirkt, aber vielleicht hatte er sich auch getäuscht.

»O ja, das ist sie! Ich hätte es selbst nicht für möglich gehalten, doch wenn sie was will, kann sie ganz anders.«

Celmar klopfte an der Tür, die kurz darauf von Cassandra geöffnet wurde. Sie steckte bereits im Schlafanzug. Im Hintergrund erkannte Aiden ihre Mitbewohnerin, die ebenfalls im Schlafanzug auf ihrem Bett saß – Kailey.

Fast hätte er die Pizza fallen lassen, und er konnte die Fae einen Moment lang nur anstarren. Natürlich, die beiden waren zusammen auf der Party gewesen. Das bedeutete zwar nicht automatisch, dass sie sich auch ein Zimmer teilten, aber die Wahrscheinlichkeit hatte zumindest bestanden. Warum hatte er nicht früher daran gedacht? Doch jetzt war es zu spät. Sie standen mit Pizza und Bier vor ihrer Tür, und weil er seine wahre Identität nicht magisch versteckte, wusste sie ganz genau, wen sie vor sich hatte.

Aiden atmete tief durch. Okay, was machte das schon? Eigentlich hätten sie sich bereits auf der Party kennenlernen sollen. Sein Plan hatte allerdings nicht vorgesehen, dass Sharni dabei war. Er musste sich schleunigst überlegen, wie er ihr die Wahrheit über Kailey sagen konnte, bevor sie auf dumme Gedanken kam. Nie und nimmer würde er seine Schwester hier übernachten lassen.

Kapitel 13

Kailey

Gerade noch hatte ich mich gefragt, was ich meiner Zimmergenossin erzählen sollte, um mich heimlich auf die Suche nach Aiden und Celmar machen zu können, als die beiden auf einmal vor unserer Tür standen. Cassandra war sofort aufgesprungen, als es geklopft hatte, ungeachtet der Tatsache, dass wir beide bereits in unseren Schlafsachen steckten, und da waren sie nun: Aiden und Celmar. Die beiden wirkten entspannt, Aiden hielt sogar eine riesige Pizzaschachtel in den Händen, die jedoch fast zu Boden fiel, als er mich auf dem Bett entdeckte. Warum waren sie hier, und warum reagierte Aiden so seltsam auf meinen Anblick?

Was war los? Das hatte ich mich schon den ganzen Abend gefragt, nachdem Aiden vorhin plötzlich verschwunden war. Den Rest der Party hatte ich zusammen mit Cassandra und Celmar verbracht, die sich glücklicherweise nicht an meiner Gegenwart gestört hatten. Celmar war jedoch irgendwie seltsam gewesen, hatte immer wieder auf sein Smartphone geschaut, Nachrichten verschickt oder jemanden anzurufen versucht. Leider war mir selbst ein zufälliger Blick auf sein Display verwehrt geblieben, und blöderweise hatte er sich zum Telefonieren jedes Mal einige Schritte entfernt. Doch wen auch immer er hatte sprechen wollen, derjenige war nicht zu erreichen gewesen. Es ging mit Sicherheit um Aiden, weil Celmar sich vermutlich – ebenso wie ich – die ganze Zeit gefragt hatte, wohin der Thronfolger der Drachen gegangen war. Einige Zeit später war eine Nachricht eingegangen, und Celmar war sofort abgehauen, als ginge es um Leben und Tod. Aus seiner Reaktion schlussfolgerte ich, dass er entweder ein verdammt guter Freund oder tatsächlich Aidens Drachen-Bodyguard war.

Cassandra hatte von alldem nichts mitbekommen und sich lediglich gesorgt, dass Celmar ihretwegen abgerauscht war. »Was denkst du, wo Celmar so schnell hinmusste? Liegt es an mir? Hab ich was falsch gemacht?«, hatte sie mich gefragt, als wir wieder auf unserem Zimmer waren.

Ich hatte sie beruhigt, konnte jedoch gleichzeitig den Gedanken nicht abschütteln, dass Aiden womöglich in Schwierigkeiten steckte. Und das hatte mich maßlos geärgert. Immerhin hatte ich klare Anweisungen bekommen: Ich sollte den Drachenprinzen im Auge behalten, mehr über ihn und seine Machenschaften herausfinden, – und schon bei der ersten Gelegenheit war ich gescheitert. Ich hatte ihn weder dazu bringen können, mich auf der Party anzusprechen, noch hatte ich mitbekommen, wohin er gegangen war.

Was war in der Zwischenzeit passiert? Warum standen er und Celmar plötzlich vor unserer Tür? Und warum reagierte Aiden so seltsam auf mich? Er konnte nicht wissen, wer ich in Wirklichkeit war, denn ich trug das magische Armband Tag und Nacht am Handgelenk.

Aiden und Celmar wechselten einen flüchtigen Blick, demnach musste auch Aidens Freund irgendwie involviert sein, doch sofort hatten sich beide wieder unter Kontrolle und wirkten so lässig wie auf der Party. Mir konnten sie jedoch nichts vormachen. Nur was hatte ihre Reaktion zu bedeuten?

Erst jetzt bemerkte ich, dass Aiden und Celmar nicht allein waren. Schräg hinter ihnen standen ein Typ und ein Mädchen. Er trug einen Sixpack Bier unter dem Arm, ansonsten war zumindest an ihm nichts Auffälliges. Die beiden hatten keine bunte Aura oder irgendetwas anderes an sich, das sie als Drachen verriet. Über der linken Wange des Mädchens zog sich allerdings eine Wunde, die noch frisch war, als hätte sie einen Unfall gehabt – oder wäre in einen Kampf verwickelt gewesen. Sie hatten beide rotblonde Haare, sodass man sie für Geschwister hätte halten können, doch das waren sie nicht. Das wusste ich, weil ich das Mädchen als Aidens Schwester erkannte: Sharni O'Rourke. Sie war ebenfalls auf einem Bild gewesen, das mein Onkel mir vor der Abreise gezeigt hatte. Sie war eine Draconi, und genau deshalb war ich mir zu neunundneunzig Prozent sicher, dass es sich bei Celmar und dem anderen Typen auch um Drachen handeln musste. Und jetzt standen sie vor unserer Zimmertür, mit Bier und Pizza.

Normalerweise hatte ich mich besser unter Kontrolle, doch nun setzte ich mich kerzengerade hin, mein Herz schlug schneller. Was sollte das? Was ging hier vor sich?

Nur Cassandra war völlig ahnungslos. »Hey, was für eine Überraschung. Was wollt ihr denn hier?«

»Wir dachten, wir laden euch auf eine Pizza ein. Du hast doch vorhin erwähnt, dass du Hunger hast«, antwortete Celmar.

Cassandra runzelte die Stirn. »Habe ich das? Aber du hast recht, ich könnte wirklich einen Happen vertragen, und Pizza ist immer gut. Kommt doch rein.« Sie trat beiseite, um Platz zu machen, während sie unbeirrt weiterplapperte. »Ich bin Cassie, und das ist Kailey.«

»Sharni und Niall«, stellte Celmar die beiden Neuen vor. »Ach, und kennt ihr schon Aiden? Wir teilen uns ein Zimmer.«

»Hi.« Ich hob die Hand zum Gruß und setzte mich in den Schneidersitz, um nicht allzu verkrampft zu wirken. Aiden fing meinen Blick auf, wandte sich dann aber seiner Schwester zu und nahm sie am Handgelenk.

»Können wir kurz reden?«

Sie zog ihre Hand zurück. »Nicht jetzt. Ich habe Hunger, und nichts kann im Moment wichtiger sein als diese Pizza.«

Aiden schien sich ein Augenverdrehen verkneifen zu müssen. Bis auf ihn wirkten die Drachen relaxed, und auch Aiden gab sich Mühe, sich nichts anmerken zu lassen. Aber ich war darauf gedrillt worden, genau diese Dinge wahrzunehmen: unterdrückte Körperreaktionen, ein schnellerer Atem, plötzlich eintretende Unruhe … Irgendetwas störte ihn gewaltig, denn er war völlig entspannt gewesen, bevor er mich entdeckt hatte. Das alles ließ nur eine Schlussfolgerung zu: Er wusste, dass ich eine Fae war. Warum sollte er sonst so reagieren?

Sharni und Niall schienen allerdings keine Ahnung zu haben, denn sie gaben mir nicht einmal ansatzweise das Gefühl, dass sie von meiner Tarnung wussten. Niall verteilte das Bier, während sich Sharni hungrig über die Pizza hermachte. Die beiden setzten sich zu mir, Aiden und Celmar nahmen auf Cassandras Bett Platz. Mein Herzschlag beruhigte sich nur langsam wieder. Das Ganze fühlte sich total surreal an. Wusste Aiden wirklich Bescheid? Warum fielen die Drachen plötzlich hier ein, und was wollte seine Schwester in Dublin? Steckte sie in Schwierigkeiten? War Aiden vielleicht verschwunden, um ihr zu helfen? Die Wunde auf ihrer Wange sprach zumindest für diese Theorie. All diese Fragen ließen mich nicht los, dabei sollte ich eigentlich dankbar sein, dass der Kontakt zwischen Aiden und mir endlich hergestellt war. Ich konnte jedoch nicht aufhören, mich zu fragen, was Aiden hier wollte. Dabei hatte er genauso überrascht gewirkt, mich zu sehen, wie ich es gewesen war. Ob es bloß Zufall war? Wollte Celmar vielleicht was von Cassandra? Aber warum war er dann nicht allein gekommen? Ich überlegte, ob wir ihm gegenüber vorhin erwähnt hatten, dass wir uns ein Zimmer teilten, konnte mich aber nicht mehr genau erinnern.

Okay, war ja auch egal. Die vier waren nun mal hier, und ich sollte das Beste daraus machen. Meine Mission für diesen Abend – oder besser gesagt diese Nacht – lautete also, herauszufinden, was die Schwester des Drachenthronfolgers in Dublin wollte und wer von ihnen tatsächlich von meiner wahren Identität wusste.

Ich nahm mir ebenfalls ein Stück Pizza und fischte die Salamischeibe herunter, bevor ich hineinbiss. Die meisten von uns Fae waren Vegetarier, auch wenn mein Onkel mit seiner Vorliebe für Einhornfleisch eine Ausnahme bildete.

»Woher kennt ihr euch?«, fragte ich beiläufig.

»Sharni und Niall sind Geschwister und entfernt verwandt mit Celmar. Wir sind alle zusammen zur Schule gegangen.« Aidens Antwort kam wie aus der Pistole geschossen.

»Wusste ich doch gleich, dass ihr Geschwister seid«, meinte Cassandra Pizza kauend. »Eure Haare verraten euch. Woher kommt ihr denn? Ich bin aus England. Ipswich.«

»Aus dem Norden Irlands«, antwortete Aiden, ohne die anderen zu Wort kommen zu lassen. »Kennt für gewöhnlich kein Mensch.«

Wie gut, dass ich kein Mensch bin. Genau wie du, Aiden O'Rourke.

»Versuch's doch mal. In Geografie kenne ich mich recht gut aus«, forderte ich ihn heraus.

Er zog die Augenbrauen ein kleines bisschen zusammen. Kaum merklich zwar, aber für mich doch sichtbar.

»Letterfrack.«

»Noch nie gehört«, meinte Cassandra, auf die niemand achtete.

»Kenne ich«, sagte ich. »Liegt das nicht am Rand des Connemara-Nationalparks?«

Aiden nickte. »Stimmt. Warst du schon mal dort?« Seine Stimme klang leicht drohend, als wüsste er genau, dass ich den Norden Irlands nicht ungestraft betreten durfte.

»Leider nicht. Hat sich bisher nicht ergeben, aber ich wollte immer schon mal hin. Die Gegend soll schön sein.«

»Ist sie. Was ist mit dir? Woher kommst du?«

Mir war klar, dass diese Frage früher oder später hatte kommen müssen. Dummerweise kannte Cassandra die Wahrheit, doch daran würde sie sich hoffentlich nicht erinnern. Den Drachen war bekannt, dass wir Fae unseren Hauptsitz auf der Dingle-Halbinsel hatten, allein die Erwähnung würde mich also verdächtig machen.

»Valentia Island«, antwortete ich deshalb. Das war immerhin auch eine Insel, die nur gute einhundert Kilometer von der Dingle-Halbinsel entfernt lag.

»Echt? Hattest du nicht was von einer Halbinsel gesagt?« Cassandra runzelte die Stirn.

Mist, sie hatte ein besseres Gedächtnis, als ich erwartet hatte, aber ich ließ mir nichts anmerken. »Da musst du dich vertan haben.«

Sie zuckte mit den Schultern. »Vermutlich. Ich kann mir so etwas nie gut merken.«

»Valentia ist durch eine Brücke mit dem Festland verbunden. Vielleicht bist du deshalb durcheinandergekommen.«

Cassandra nahm sich noch ein Stück Pizza. »Das wird's sein. Ist mir auf jeden Fall zuzutrauen.« Sie kicherte.

Ich sah zu Aiden. Ob er es schluckte oder nicht, war schwer zu sagen. Seine Miene war unergründlich. Er würde mit Sicherheit einen guten Spion abgeben, obwohl er definitiv noch mehr Übung im Verbergen seiner Körperreaktionen brauchte. Als Thronfolger der Drachen sah seine Zukunft jedoch nur eine Aufgabe für ihn vor – künftig die Draconis zu führen.

»Studiert ihr eigentlich auch hier?«, fragte Cassandra an Sharni und Niall gewandt.

Sharni schüttelte den Kopf und leckte sich das Pizzafett vom Daumen. »Wir sind nur kurz zu Besuch. Mein Bruder hat mir zum Geburtstag einen Trip nach Dublin geschenkt. Dummerweise hat er vergessen, ein Hotelzimmer zu buchen.«

Aiden nahm Blickkontakt zu seiner Schwester auf und schüttelte kaum merklich den Kopf. »Typisch Niall, aber darum haben wir uns inzwischen gekümmert«, sagte er mit Nachdruck.

»Jep, die Jungs haben sich nämlich überlegt, dass Niall bei ihnen auf dem Boden schläft und ich bei euch. Wär das okay?« Sie nahm sich das letzte Stück Pizza.

Wahnsinn, was so eine zierliche Person wie sie verdrücken konnte, aber das war gerade mein geringstes Problem. Ich sah von Sharni zu Aiden, der die Kiefer fest zusammenpresste. Sharni sollte hier übernachten? In einem Zimmer mit mir und Cassandra? Was sollte das Ganze? Hatten Celmar und Aiden mit ihrem Auftauchen nur den Plan verfolgt, Sharni über Nacht bei uns einzuquartieren, nachdem es offenbar Probleme – welcher Art auch immer – gegeben hatte? Wahrscheinlich hatten sie nicht damit gerechnet, dass ausgerechnet ich Cassandras Zimmergenossin war. Und wieder ließen meine Überlegungen nur eine Schlussfolgerung zu: Sie wussten über mich Bescheid. Ansonsten wäre vor allem Aidens Reaktion völlig überzogen. Wir kannten uns schließlich nicht, und dass ich mich auf der Party nicht für ihn, sondern für einen anderen Tanzpartner entschieden hatte, war keine plausible Erklärung für sein seltsames Verhalten.

»Klar«, stimmte Cassandra sofort zu, ohne Rücksprache mit mir zu halten. »Wir könnten die Betten zusammenrücken.«

»Das ist nicht nötig, ich schlafe auf dem Boden, aber vielen Dank. Wirklich nett von dir. Celmar meinte gleich, dass du nichts dagegen haben wirst.« Sharni sah zu mir. »Was ist mit dir? Ist das auch für dich okay? Ich will niemandem zur Last fallen. Notfalls müssen sich die Jungs halt stapeln.«

Mein Verdacht erhärtete sich. Aiden und Celmar hatten tatsächlich nicht gewusst, dass ich mir mit Cassandra das Zimmer teilte, und Sharni schien keinen blassen Schimmer zu haben, dass ich eine Fae war. Dafür war sie viel zu gelassen, wobei das natürlich nur eine Momentaufnahme war. Aiden würde sie mit Sicherheit einweihen, sowie er die Gelegenheit dazu bekam.

Okay, was nun? Ich wollte nicht die Nacht mit Sharni in einem Zimmer verbringen. Es reichte mir schon, dass sich vier Drachen auf dem Campus aufhielten. Doch mit welcher Begründung sollte ich Nein sagen? *Wir kennen uns nicht? Es gibt zu wenig Platz?* Cassandra hatte bereits deutlich gemacht, dass sie keinerlei Problem darin sah, und ich durfte nicht auffallen. Aiden wusste vielleicht über mich Bescheid, aber er konnte sich unmöglich absolut sicher sein, und ich würde den Teufel tun, seinen Verdacht zu bestätigen.

Fieberhaft dachte ich nach. Warum eigentlich nicht? Vielleicht war es eine gute Gelegenheit, mehr über Sharni und die anderen Drachen zu erfahren. Aber würde Aiden seine Schwester wirklich bei einer Fae übernachten lassen? Wenn er versuchen würde, es ihr auszureden, hätte ich zumindest Gewissheit, was ihn anging.

»Ist okay«, sagte ich schließlich, als wäre es keine große Sache.

Aiden leerte sein Bier und stand auf. »Ich hole Nachschub. Begleitest du mich kurz, Sharni?«

Ha! Damit hatte er sich endgültig verraten. Er wusste also, dass ich eine Fae war. Nur wie zum Teufel hatte er es herausgefunden? War die Wirkung des Armbands doch nicht stark genug? Aber das ergab keinen Sinn, denn dann hätte es auch Sharni bemerken müssen.

»Kannst du dein Bier nicht allein tragen?«, fragte Sharni genervt.

Celmar grinste. »Könnte er, aber ich nehme an, das ist nur ein Vorwand. Vielleicht will er dich anbaggern, ohne dass dein Bruder es mitbekommt.«

Sharni stöhnte und rutschte ebenfalls vom Bett. »Na schön, wenn's sein muss.«

Okay, was auch immer hier vor sich ging, es war an Seltsamkeit kaum zu überbieten.

Nachdem die Drachengeschwister das Zimmer verlassen hatten, verschwand ich im Bad, stellte den Wasserhahn an und holte das Handy aus meinem Hosenbund, wo ich es heimlich versteckt hatte, um meinen Onkel anzurufen. Damian hatte uns für diese Mission extra Handys besorgt, denn in Fairyland brauchten wir so etwas nicht. Dort gab es andere Mittel und Wege, um miteinander in Kontakt zu bleiben, zum Beispiel Brieftauben, die in der Menschenwelt so gut wie ausgestorben waren. Ansonsten half stets das altmodische Suchen und Durchfragen. Fairyland war nicht so groß wie die Erde, was durchaus seine Vorteile hatte.

Es war spät, Damian schlief mit Sicherheit, trotzdem nahm er bereits nach dem zweiten Freizeichen ab. »Wie ist der Stand der Dinge?« Er klang nicht einmal verschlafen.

»Ich konnte Kontakt zur Zielperson aufnehmen, die mit einem Bodyguard hier zu sein scheint. Sicher bin ich mir nicht, die Aura ist verhüllt, aber er benimmt sich wie ein Beschützer. Das ist jedoch nicht der Grund, weshalb ich anrufe. Die Schwester der Zielperson ist hier in Dublin aufgetaucht, zusammen mit einem jungen Mann. Ob er auch zu denen gehört, kann ich nicht sagen, aber ich gehe stark davon aus. Damit wären sie zu viert.«

Mein Onkel sog stark die Luft ein. »Und du bist dir ganz sicher, dass es sich um die Prinzessin der Draconis handelt?«

»Zu einhundert Prozent. Sie hat ihre Aura zwar verhüllt, aber ich habe sie von dem Foto wiedererkannt, das du mir gezeigt hast.« Einen Moment herrschte Stille in der Leitung, und ich konnte hören, wie Celmar nebenan laut lachte. Zum Glück schienen die anderen von meinem Telefonat nichts mitzubekommen. Es war mir zu riskant gewesen, nach draußen zu gehen. Zum einen wollte ich niemanden misstrauisch machen, zum anderen trieben sich Aiden und seine Schwester irgendwo herum, und sie durften mich unter keinen Umständen belauschen. Niemand durfte das, weshalb ich es auch vorsichtshalber vermied, Namen zu nennen oder Triggerwörter wie *Drache* und *Thronfolger* zu verwenden.

»Was will sie in Dublin? Warum hat sie ihren Bruder aufgesucht?«, fragte mein Onkel.

»Ich weiß es nicht. Möglicherweise war sie in einen Kampf verwickelt. Sie hat zumindest eine frische Wunde auf der linken Wange, und ihr Bruder ist vorhin plötzlich spurlos verschwunden. Einige Zeit später standen dann alle vier vor meiner Zimmertür. Das ist aber nicht alles. Das Mädchen soll heute in meinem Zimmer übernachten.«

Ich hatte lange überlegt, ob ich Damian davon erzählen sollte. Wenn er dagegen war, wusste ich nicht, wie ich aus der Sache wieder herauskam, aber ich konnte und wollte meine Mission für die Fae-Königin nicht mit einer Lüge beginnen. Sofern es diese Mission überhaupt noch gab, denn das Schlimmste wusste mein Onkel noch gar nicht.

»Was hast du dazu gesagt?«

»Ich habe zugestimmt, weil ich kein Misstrauen erwecken will und weil ich es für eine gute Gelegenheit halte, mehr über sie herauszufinden. Ich habe nur keine Ahnung, was das Ganze soll. Auch ihr Bruder scheint von der Sache nicht besonders angetan zu sein.«

»Warum? Weiß er über dich Bescheid?« Mein Onkel klang sachlich, doch wir wussten beide, dass die Antwort über meine Zukunft entscheiden würde.

»Ich vermute es«, erwiderte ich ehrlich. »Er gibt sich Mühe, sich nichts anmerken zu lassen, sein Verhalten spricht jedoch für sich.«

Damian atmete geräuschvoll aus. »Kailey, deine Mission war klar. Der Drachenthronfolger sollte niemals erfahren, dass du eine Fae bist.«

»Ich weiß, es tut mir leid.«

Jetzt würde mein Onkel vermutlich Ärger bekommen, weil ich versagt hatte. Die Fae-Königin hatte mir klare Anweisungen gegeben: *Mach dir den Thronfolger gefügig. Das Wichtigste ist, dass er dir blind vertraut. Er darf niemals erfahren, dass du eine Fae mit einem Auftrag bist.* Aiden und ich kannten einander keine vierundzwanzig Stunden, und ich war bereits grandios gescheitert.

Ich schluckte. »Wird mich die Königin von der Mission abziehen?«

Damian antwortete nicht sofort, und mein Herz schlug immer schneller. Das durfte sie nicht, denn ich wollte weder die Königin noch meinen Onkel noch mich selbst enttäuschen, und es war längst nicht alles verloren. Aiden wusste zwar Bescheid, doch solange er nicht wusste, dass ich es wusste, war ich im Vorteil.

»Vorerst nicht, vermute ich«, sagte Damian schließlich. »Der Thronfolger ist bereits misstrauisch und gewarnt. Es wird nichts bringen, jemand anderen auf das Trinity College zu schicken. Bleib auf deinem Posten und erstatte mir weiterhin Bericht. Ich sage dir Bescheid, sollte die Königin neue Anweisungen geben.«

»Es tut mir leid«, entschuldigte ich mich erneut. »Ich habe keine Ahnung, wie er hinter meine wahre Identität gekommen sein kann. Das Armband habe ich nicht abgenommen, und ich war äußerst vorsichtig. Ich habe mich nicht verraten oder irgendwie dumm verhalten. Vorhin auf der Party war alles normal, doch als er gerade vor meinem Zimmer stand, um seine Schwester hier einzuquartieren, und mich gesehen hat … schien er es plötzlich zu wissen.«

Mein Onkel seufzte. »Magie, Kailey. Wahrscheinlich ist Magie im Spiel. Du hast deinen Glamour mithilfe des Armbands magisch verstärkt, aber das lässt sich aufheben. Diese Form der Magie ist zwar sehr selten, doch es gibt sie. Ich hätte es dir gleich sagen sollen, habe jedoch nicht damit gerechnet, dass die Drachen über derartige Möglichkeiten verfügen. In dem Fall trägst du keine Schuld, das wird die Königin ebenso sehen.«

Nun gestattete ich mir selbst ein Seufzen, wenn auch kein erleichtertes, denn trotz allem hätte ich nicht versagen dürfen. »Und was nun?«

»Setz die Mission fort. Rette, was zu retten ist. Vertrau dabei auf dein Bauchgefühl, deine Intuition, du wurdest schließlich dazu ausgebildet. Aber du bist auf dich allein gestellt, Kailey. Im Zweifelsfall können wir dir nicht helfen.«

»Das weiß ich. Ich sollte wieder zu den anderen gehen, bevor sie etwas merken.« Inzwischen war ich schon viel zu lange im Bad.

»In Ordnung. Ich höre mich um und melde mich bei dir, sollte sich herausstellen, dass es tatsächlich einen Kampf zwischen Drachen und Fae in der Nähe von Dublin gab. Versuch du derweil, an Informationen zu kommen. Das ist wichtig, Kailey, vor allem jetzt, wo deine Tarnung aufgeflogen ist. Warum ist Sharni O'Rourke in Dublin? Warum hat sie ihren Bruder aufgesucht? Welche Pläne verfolgen die Drachen?«

»Natürlich, ich bleibe dran.«

Ich würde schon herausfinden, was Sharni in Dublin wollte. Vielleicht war Aiden hinter mein Geheimnis gekommen, doch die Mission war noch nicht verloren. Ich musste beweisen, dass ich es wert war, hierhergeschickt worden zu sein.

Kapitel 14

Aiden

»Sie ist eine Fae? Sicher? Sie hat so normal gewirkt. Okay, vielleicht war sie etwas distanzierter als diese Cassie, aber eine Fae? Wirklich?«

Aiden sagte nichts. Stattdessen holte er das Brillenetui aus seiner Tasche, das er immer bei sich trug. Zum einen konnte man nie wissen, zum anderen wollte er kein unnötiges Risiko eingehen. Diese Brille war selten und damit auf dem Schwarzmarkt des Basars für magische Artefakte ein Vermögen wert. Er klappte das Etui auf. »Ich bin mir ganz sicher, okay?«

Sie hatten das Gebäude verlassen, damit niemand sie belauschen konnte. Inzwischen war es ruhig geworden, auch wenn noch vereinzelt Studenten unterwegs waren. Mit dem Mondlicht und den Laternen strahlte der Campus eine behagliche Atmosphäre aus. Wind war aufgekommen und brachte den Duft des Herbstes mit – frisch, erdig und ein wenig feucht. Der Sommer neigte sich dem Ende zu.

»Ich kann dir nicht folgen. Was hat denn die Brille damit zu tun, dass Kailey eine Fae ist?«

Aiden steckte das Etui wieder weg. Richtig, seine Schwester kannte die Geschichte dahinter nicht. Er hatte selbst erst am Vortag von seinem Vater davon erfahren. »Mit der Sonnenbrille kann man verstärkten Fae-Glamour durchschauen. Vater hat sie mir gegeben.«

»Echt? Cool, ich wusste gar nicht, dass das geht. Allerdings ist diese Sonnenbrille ein wenig auffällig und damit alles andere als praktisch, oder?«

Aiden zuckte mit den Schultern. »Das war Darraghs Idee. In den Achtzigern war die Brille der letzte Schrei.«

»Onkel Darragh?«, murmelte Sharni, woraufhin Aiden sich auf die Zunge biss. »Wohnt der nicht in London?«

Mist, er hätte seinen Namen nicht erwähnen dürfen! Wie kam er aus der Nummer wieder raus? »Soweit ich weiß, ist er inzwischen umgezogen.«

»Aber die letzte Postkarte von ihm zu meinem Geburtstag kam aus London, da bin ich sicher. Vielleicht sollte ich –«

»Nein, vergiss das, Sharni.«

»Was ist los?« Sie runzelte die Stirn.

Aiden zögerte, doch er kannte seine Schwester. Sie würde Darragh aufsuchen, wenn er ihr keinen handfesten Grund lieferte, warum sie genau das nicht tun durfte. »Okay, es gibt da etwas, das du wissen solltest.« Und dann erzählte er ihr, warum ihr Onkel damals auf den Thron verzichtet hatte.

Sharni war nicht oft sprachlos, heute schon.

»Verstehst du jetzt, warum du dich von Onkel Darragh fernhalten musst? Wir kriegen nur noch mehr Ärger, wenn die Fae das mitbekommen.«

»Als ob die Fae fair spielen würden.«

»Sharni.«

»Ist ja gut, dann statte ich unserem Onkel keinen Besuch ab. Scharf war ich ohnehin nicht darauf, wobei ich diese Isla gern mal kennenlernen würde. Immerhin ist sie der Grund, warum wir uns jetzt um das Drama mit den Fae kümmern dürfen.«

»Das stimmt nicht, und du solltest auch nicht so über Isla reden. Wir kennen sie nicht. Nachdem Darragh für sie auf den Thron verzichtet hat, ist sie bestimmt sehr nett.«

Sharni verdrehte die Augen. »Das ist nicht der Punkt. Wenn unser Onkel König wäre, wäre das alles sein Problem, aber bitte. Denkst du …?«

»Lass uns zurück zum eigentlichen Thema kommen, okay? Wir sollten nicht so lange fortbleiben.«

Sharni verschränkte die Arme vor der Brust. »Zuerst würde ich gern wissen, woher du plötzlich so viel über unseren Onkel weißt.«

Aiden knirschte mit den Zähnen. »Vater hat es mir erzählt, als er unter vier Augen mit mir reden wollte. Ich hatte die gleiche Idee wie du und wollte unseren Onkel um Hilfe bitten. Nur deshalb hat er es mir anvertraut.«

»Schon gut.« Sie winkte ab, doch er konnte sehen, dass sie verletzt war.

»Sharni …« Er stieß ein Seufzen aus. »Du weißt, dass Vater mich nicht bevorzugt, oder? Er hat dich genauso lieb, und er vertraut dir ebenso wie mir. Zweifle bitte niemals daran.«

»Das tue ich nicht. Es ist nur … Ach, egal.«

»Nein, es ist nicht egal. Sag es mir.«

»Warum hat er mich aus dem Raum geschickt, bevor er dir den Auftrag gegeben und von Onkel Darragh erzählt hat?«

»Na ja, du bist ziemlich impulsiv. Dein Kommentar darüber, dass die Fae auch nicht fair spielen würden, sagt alles, oder? Wenn du ehrlich bist –«

»Ja, mag sein«, fiel Sharni ihm ins Wort und verzog den Mund.

»Und trotzdem hat das nichts mit deinem Verhältnis zu Dad zu tun. Er liebt dich und vertraut dir blind. Das hat er mir gesagt.«

Aiden strich ihr über den Arm, und Sharni nickte. »Alles wieder gut?«

»Alles gut.«

»In Ordnung, dann lass uns noch mal auf Kailey zurückkommen. Ich will nicht –«

»Richtig, die Fae. Warum hast du mir nicht gleich gesagt, wer sie ist?«, unterbrach Sharni ihren Bruder erneut.

»Na, du bist lustig. Ich habe nicht damit gerechnet, dass sich Cassandra und Kailey ein Zimmer teilen, und als es mir klar wurde, war es bereits zu spät. Wir hätten schließlich nicht wieder mit der Pizza und dem Bier abziehen können, ohne total spleenig zu wirken.«

»Warum nicht? Sie ist eine Fae. Ist doch egal, was sie denkt.«

»Eben nicht.«

Dabei wäre Aiden tatsächlich am liebsten gegangen. Es war ihm verdammt schwergefallen, sich seine Gefühle nicht anmerken zu lassen und in aller Seelenruhe zusammen mit Kailey Pizza zu essen. Die Fae hatten seine Mutter auf dem Gewissen, auch wenn das nie bewiesen worden war. Außerdem hatten sie ihnen das Leben schon immer zur Hölle gemacht, und was sie jetzt vorhatten, war an Dreistigkeit kaum zu überbieten. Sie wollten sein Volk unter einem fadenscheinigen Grund zum Krieg zwingen. Wenn er nur wüsste, was wirklich dahintersteckte.

Und genau deshalb hatte er sich zusammengerissen. Im Moment mochte er sich zwar kaum vorstellen, noch mehr Zeit mit Kailey verbringen zu müssen, aber wenn er mit ihrer Hilfe an Informationen kommen konnte, war er zu allem bereit. Das würde allerdings nicht leicht werden. Hatte sie überhaupt Ahnung von den Regierungsgeschäften ihres Volkes? Sie war zwar seinetwegen nach Dublin geschickt worden, könnte aber auch einfach nur eine Marionette der Fae-Königin sein und nach deren Willen handeln, ohne sich der Konsequenzen bewusst zu sein. Auf jeden Fall verabscheute sie seinesgleichen genauso sehr wie er ihresgleichen, das war nicht zu übersehen gewesen, auch wenn sie ihre Gefühle durchaus besser kontrollieren konnte als er seine.

»Du hast gar nichts mitbekommen, oder?«, fragte Aiden seine Schwester nun. »Ich wollte mit dir reden, bevor wir ins Zimmer gegangen sind, und habe später extra betont, dass wir das Schlafproblem inzwischen geklärt hätten.«

»Sorry, ich hatte Hunger.«

Aiden schüttelte den Kopf. »Wie kann man nur so verfressen sein? Egal, was soll's. Zumindest habe ich jetzt den Kontakt zu der Fae hergestellt. Vater will, dass ich sie im Auge behalte und herausfinde, was sie plant.«

»Echt?« Sharni runzelte die Stirn. »Ich hätte schwören können, dass er dich sofort zurück nach Hause holt.«

»Die Lage ist ernst, Sharni. Das ist dir klar, oder? Callahan ist ein Verräter. Vermutlich spielt er den Fae geheime Informationen zu.«

»Callahan?«

Aiden nickte. »Er war neben Vater, dir und Celmar der Einzige, der wusste, dass ich aufs Trinity College gehe.«

Sharni seufzte. »Und du denkst wirklich, du bekommst Informationen von Kailey? Sie weiß doch, wer du bist, nachdem du deine Aura nicht getarnt hast. Übrigens ziemlich dämlich, wenn du mich fragst.«

Aiden zog die Augenbrauen hoch. »Meinst du? Und du glaubst, Kailey bekommt den Auftrag, mir an dieses College zu folgen, ohne zu wissen, wie ich aussehe? Träum weiter.«

»Stimmt auch wieder.«

»Außerdem bin ich trotzdem im Vorteil, denn sie hat keine Ahnung, dass ich weiß, wer sie wirklich ist.«

Sharni verdrehte die Augen. »Zu kompliziert. Und was nun? Wie kann ich helfen?«

»Du, meine liebe Schwester, überlegst dir, wie wir aus dieser Nummer wieder herauskommen. Du kannst nicht bei Kailey übernachten. Auf gar keinen Fall.«

»Warum nicht? Das ist die Gelegenheit –«

»Auf keinen Fall!«, wiederholte Aiden scharf, woraufhin sich eine Gruppe Studentinnen, die gerade an ihnen vorbeilief, neugierig zu ihnen umdrehte. »Vater würde mir den Kopf abreißen, wenn er davon wüsste.«

»Er muss es ja nicht wissen.«

»Sharni!«

»Aiden, das ist mein Ernst.« Sie verschränkte die Arme vor der Brust. »Ich will etwas beitragen. Du bekommst diese wichtige Aufgabe zugeschustert, und ich soll einfach nach England weiterreisen, um langweilige Beweise zu sammeln? Vertrau mir, das ist die Gelegenheit, etwas über die Absichten der Fae herauszufinden. Mädchen unter sich erzählen sich gern Geheimnisse. Wir machen eine Pyjamaparty, das wird lustig. Vielleicht erfahre ich auch mehr durch Cassie. Sie scheint mir vertrauenswürdig und ein bisschen naiv zu sein.«

»Mir gefällt das nicht, Sharni. Ich habe keine Ahnung, ob die Fae weiß, wer du bist, aber sie weiß, wer ich bin, und das reicht, um sie misstrauisch zu machen. Hast du nicht mitbekommen, wie sie reagiert hat? Zugegeben, sie hat ihre Reaktion sehr gut überspielt, aber ich bin auch nicht auf den Kopf gefallen.«

»Ich hatte Hunger«, verteidigte Sharni sich erneut, »und ich bin müde.«

»Ein weiterer Grund, dich nicht mit der Fae allein zu lassen. Du bist dir der Gefahr überhaupt nicht bewusst.«

Sharnis grüne Augen funkelten. »Ich bin vielleicht müde und nach wie vor hungrig, aber ich bin nicht blöd. Ich kann sehr gut auf mich allein aufpassen, Bruderherz. Und wenn es nötig ist, werde ich diese Fae in Stücke reißen. Okay?«

Aiden wusste, dass er verloren hatte, trotzdem gab er sich nicht gleich geschlagen. »Nichts ist okay. Weißt du nicht mehr, worüber wir gestern Nacht gesprochen haben? Ich will nur, dass du vorsichtig bist.«

»Ich bin vorsichtig, Aiden, und ich weiß, dass die Fae mir nichts tun wird, schon gar nicht in Cassandras Gegenwart, sonst würde ich mich nicht darauf einlassen. Und jetzt entschuldige mich bitte. Ich habe da hinten einen Automaten gesehen, an dem man Schokoriegel kaufen kann.«

Kapitel 15

Sharni

Inzwischen war es fast Morgen. Ich war so erledigt, dass das Wort *müde* nicht mehr ausreichte, um meinen Zustand zu beschreiben. Zwar hatten wir Drachen einen anderen Rhythmus als Menschen und ruhten uns für gewöhnlich tagsüber aus, doch heute war es etwas anderes. Erst der stundenlange Flug, dann der Kampf gegen die Autonomen. Und nachdem die Jungs fort waren, hatten wir uns auch noch ewig unterhalten. Nicht, dass es etwas gebracht hätte. Aus der Fae war nichts herauszubekommen, das irgendwie nützlich war, zudem hatte ohnehin vor allem Cassandra geplappert. Jetzt brauchte ich dringend ein wenig Schlaf, bevor es morgen weiter nach England ging. Doch etwas – oder besser gesagt jemand – hielt mich nach wie vor davon ab. Die verfluchte Fae.

Kailey lag so in ihrem Bett, dass ich ihr Gesicht nicht sah, dafür konnte ich regelrecht hören, wie sie von einem Gedanken zum nächsten sprang. Sie wollte einfach nicht zur Ruhe kommen, und solange sie das nicht tat, konnte ich auch nicht schlafen, und wenn ich noch so müde war. Meine innere Drachin hinderte mich daran, auch nur in den Dämmerzustand zu gleiten. Ich wollte den Gedanken nicht zulassen, aber vielleicht hatte mein Bruder doch recht gehabt. Wenigstens ging Cassies Atem gleichmäßig, denn ich wollte nicht, dass sie Zeugin dessen wurde, was ich jetzt vorhatte.

Ich schlug die Decke zurück, erhob mich vom Boden und ging zu Kaileys Bett hinüber, das nur zwei Schritte entfernt stand. Bevor ich sie am Arm fassen konnte, umklammerte ihre Hand bereits mein Handgelenk. Wow, sie hatte wirklich gute Reflexe, das musste ich neidlos zugeben. Unsere Blicke waren aufeinander geheftet.

Ich riss mich los, was mich nicht viel Mühe kostete. »Du und ich, Bad, sofort«, zischte ich.

Ich ging voraus, und es dauerte eine Weile, bis Kailey mir folgte. Mal ehrlich, was dachte sie bitte? Dass ich sie angreifen wollte? Dann würde ich sie wohl kaum ins winzigste Badezimmer aller Zeiten locken, wo ich keinerlei Chance hatte, mich zu verwandeln.

Ich stieß die Tür zu und schaltete gleichzeitig das Licht ein.

»Was willst du?«, fragte Kailey, ehe ich etwas sagen konnte. Sie verschränkte die Arme vor der Brust.

Okay. Eigentlich hatte ich diplomatisch vorgehen wollen, auch wenn ich noch nicht sicher war, wie genau das hätte aussehen sollen, doch das erübrigte sich damit. »Es gibt keinen Grund, um den heißen Brei herumzureden. Du weißt, wer ich bin, und ich weiß, wer du bist. Und ich für meinen Teil bin hundemüde. Also entweder tragen wir das Ganze sofort aus, oder wir schließen zumindest für diese Nacht Waffenstillstand. Was ist dir lieber?«

Völlig perplex stand sie da und starrte mich sprachlos an. Mit meiner Direktheit hatte sie wohl nicht gerechnet. Fast hätte ich gegrinst, konnte es mir aber noch rechtzeitig verkneifen, denn das hätte ihr Vertrauen in mich und mein Angebot vermutlich nicht gerade gestärkt.

»In Ordnung«, sagte sie schließlich.

»In Ordnung, was?«, hakte ich sicherheitshalber nach. »Du lässt mich schlafen?«

Kailey nickte.

Ich reichte ihr die Hand, und sie schlug ein; dieses Mal, ohne zu zögern. Ich wusste instinktiv, dass sie ihr Wort in diesem Punkt halten würde. »Kann ich dann bitte noch kurz aufs Klo gehen?«

»Moment mal.« Die Fae hatte den ersten Schreck überwunden und verschränkte erneut die Arme vor der Brust. Das sollte mich wohl einschüchtern, hatte aber eher den gegenteiligen Effekt. Mit verschränkten Armen konnte sie sich schließlich nicht so leicht wehren.

»Was?«

»Vorher hätte ich ein paar Fragen an dich.«

»Und warum sollte ich sie dir beantworten?«

»Weil du müde bist und schlafen willst, und inzwischen sind wir über den Punkt hinaus, wo wir nett zueinander sein müssen. Wenn du also nicht willst, dass ich dich vor die Tür setze …«

Sie ließ den Satz offen, und ich verdrehte die Augen. Na super, so war das nicht geplant gewesen. »Was willst du wissen?« Ob ich ihr antworten würde, konnte ich mir immer noch überlegen.

»Warum bist du in Dublin?«

Ich stieß die Luft aus, die Frage hatte ja kommen müssen. »Du brauchst dir keine Sorgen zu machen. Niall und ich haben nicht vor, uns hier niederzulassen. Morgen bist du uns wieder los.«

»Das ist keine Antwort auf meine Frage.«

Ich schnaubte. »Das ist alles, was du wissen musst. Und es ist eine typische Fae-Antwort, nicht wahr?« Die Fae waren schließlich Meister darin, Fragen auszuweichen. Das lag daran, dass die meisten Fae nicht lügen konnten. Aber ich hatte auch schon davon gehört, dass einige es extra lernten. Und Kailey sah so aus, als könnte sie es.

Ihre Augen wurden schmaler. »Warst du in einen Kampf verwickelt?«

»Nicht mit deinesgleichen, falls du das wissen willst.«

Sie gab es auf, weiter nachzuhaken, und fragte stattdessen: »Warum übernachtest du heute bei mir?«

Ich stieß ein Seufzen aus. »Das hatten wir doch schon. Jedenfalls nicht, weil ich dich umbringen will.«

»Ich möchte eine Antwort«, beharrte Kailey dieses Mal.

Ich seufzte erneut. »Das war alles nicht geplant. Niall und ich sind in Schwierigkeiten geraten, und wir mussten uns schnell etwas einfallen lassen. Niemand hat damit gerechnet, dass sich Cassie mit dir ein Zimmer teilt. Es ist bloß Zufall.«

»Zufall, ja?«

»Glaub es oder nicht. Ich müsste jetzt wirklich dringend aufs Klo, also wenn du nicht zuschauen willst …«

Kailey deutete ein Kopfschütteln an und verließ das Badezimmer, indem sie die Tür lauter als nötig hinter sich zuzog. Hoffentlich weckte sie Cassie nicht damit.

Gut, zumindest das wäre geklärt. Jetzt musste ich mir nur überlegen, wie ich meinem Bruder erklären sollte, dass ich seinen angeblichen Vorteil verspielt hatte. Von wegen »sie weiß nicht, dass ich es weiß«. Wenn er sich da mal nicht täuschte, denn sie hatte auf mich alles andere als überrascht gewirkt.

Kapitel 16

Kailey

Mutig war sie ja, das musste ich zugeben. Was Sharnis Bruder davon hielt, dass sie uns gegenseitig enttarnt hatte? Einfach so?

Mein Vorteil war jetzt jedenfalls dahin, was mich maßlos ärgerte. Aiden hatte zwar gewusst, dass ich eine Fae bin, aber nicht, dass ich darüber Bescheid wusste. Das hatte er sicher als seinen Vorteil angesehen, und da hätte ich ansetzen können. Doch das hatte sich nun erledigt. Ohne Zweifel würde Sharni ihren Bruder in unser Gespräch einweihen. Dass ich nun endgültig Gewissheit hatte, tröstete mich nicht, denn mir war längst klar gewesen, dass Aiden die Wahrheit kannte. Und nachdem er und seine Schwester etwa eine Viertelstunde nach ihrem Abgang mit einem weiteren Sixpack Bier und einem Haufen Schokoladenriegel zurückgekehrt waren, war ich mir noch sicherer gewesen. Natürlich hatte er seiner Schwester meine wahre Identität verraten. Wie sie mich daraufhin – wenn auch verstohlen – gemustert hatte, war mehr als eindeutig gewesen.

Ich stieg zurück in mein Bett, und obwohl Sharni und ich eine Abmachung getroffen hatten, fand ich keine Ruhe. Immerhin teilte ich mir das Zimmer mit einer Drachin, und drei weitere Drachen befanden sich quasi nur ein paar Türen weiter. Ich mochte die beste Elfenkriegerin Fairylands sein, aber das ließ mich nicht kalt.

Im Gegensatz zu mir schlief Sharni nach unserem Gespräch im

Bad relativ schnell ein. Sie schien mir zu vertrauen, was mich überraschte. Gut, wir hatten eine Vereinbarung, aber warum sollten wir uns daran halten? Andererseits – warum sollten wir einander umbringen, noch dazu auf einem Studentencampus mit einer schlafenden Mitbewohnerin? Es gab keinen Grund dafür, immerhin befanden wir uns nicht im Krieg. Noch nicht …

Schließlich verlangsamte sich auch mein Atem, und ich döste endlich weg.

»Und, wie hast du geschlafen?«, fragte Cassandra unseren Übernachtungsgast am nächsten Morgen. Sie war bester Laune.

Sharni hingegen schien ein Morgenmuffel zu sein. »Zu kurz«, murmelte sie. Sie sah aus, als würde sie Cassandra am liebsten den Kopf abbeißen. Ihre rotblonden Haare hatten sich verknotet, und sie hatte dunkle Ringe unter den Augen. Mühsam rappelte sie sich auf.

Ich konnte mir ein Grinsen nicht verkneifen. So sah also ein Drache am Morgen aus. Mein Blick wanderte zur Uhr, und ich sprang aus dem Bett. »Wenn wir noch frühstücken wollen, müssen wir uns beeilen.« Aufgrund der Party war das Büfett zwar heute bis um zwölf Uhr aufgebaut, doch uns blieb trotzdem nur noch eine halbe Stunde.

»Worauf warten wir dann noch?« Sharni war plötzlich hellwach.

Sie sprang ebenfalls auf und drängte sich an mir vorbei, um vor mir ins Bad zu kommen. Demonstrativ lehnte ich mich mit verschränkten Armen an den Schreibtisch und sah zu Cassandra, als könne sie etwas dafür. Sie zuckte nur mit den Schultern und warf mir ein entschuldigendes Lächeln zu.

»Keine Sorge, notfalls essen wir was in der Stadt. Wir wollten doch ohnehin shoppen gehen.« Sie tauschte ihren Schlafanzug gegen Jeansshorts und ein Top in Schweinchenrosa.

Ich warf ihr einen eindringlichen Blick zu und schüttelte den Kopf – zu spät. Die Badezimmertür öffnete sich, und Sharni lugte heraus.

»Wollt ihr Klamotten shoppen?«, fragte sie.

Cassandra nickte. »Das ist der Plan. Kailey braucht unbedingt ein paar Sachen.«

»Darf ich mich anschließen?«

»Klar.« Und wieder einmal entschied Cassandra über meinen Kopf hinweg.

Ich atmete geräuschvoll aus und wandte mich an Sharni. »Hast du nicht gestern Nacht gesagt, du und Niall wollt heute weiterziehen?«

»Schon, aber erst später. Bis zum Einbruch der Dunkelheit habe ich Zeit.« Sie zwinkerte mir zu und verschwand wieder im Bad.

Mit anderen Worten: Sie wollten fliegen.

Aber gut, so hatte ich immerhin die Gelegenheit, noch mehr über die Drachen herauszufinden, denn mich interessierte brennend, wohin sie heute Nacht wollten.

Die männlichen Drachen saßen bereits in der Dining Hall, als wir dort ankamen. Es roch nach abgestandenem Ale, obwohl es das zum Frühstück natürlich nicht gab. Woher der Geruch kam, wollte ich lieber nicht wissen.

Es war voll in der Kantine, aber erstaunlich leise. Die meisten Studenten sahen aus, als wären sie gerade erst aus dem Bett gefallen und hätten sich nicht einmal die Haare gekämmt. Die Drachen bildeten da keine Ausnahme. Aidens dunkle Haare hingen wirr um seinen Kopf, aber so sah er wahrscheinlich immer aus, egal ob nach einer Motorradfahrt, auf einer Party oder beim Frühstück. Ob er wohl auch zu den Vorlesungen ungekämmt auftauchen würde? Inzwischen hatte mein Onkel für mich in Erfahrung gebracht, für welche Kurse Aiden sich eingeschrieben hatte, und ich hatte dieselben gewählt: englischsprachige Lyrik, Dichter und Denker, Theaterwissenschaften. Auch die Freizeitaktivitäten, für die er sich entschieden hatte, waren interessant. Neben dem Fechten, was weniger außergewöhnlich war, wollte er in der Theater-AG mitmachen. Eigentlich hatte ich dieselben Interessen wie er vortäuschen wollen, doch dank Sharni war der Plan ja nun hinfällig. Aiden würde diese Strategie, um ihm näherzukommen, sofort durchschauen. Trotzdem oder gerade deshalb würde ich dem Drachenprinzen nicht von der Seite weichen, denn an meiner Mission hatte sich nichts geändert. Sicher, momentan erschien es mir unmöglich, die Forderungen der Königin zu erfüllen. Wie konnte ich jetzt noch sein Vertrauen gewinnen? Schließlich würde ich ihm selbst niemals vertrauen. Schlimmer noch: Wie sollte ich eine Beziehung mit ihm eingehen, wenn wir unsere wahren Identitäten kannten? Aber aufzugeben lag nicht in meiner Natur. Vielleicht schaffte ich es, dass wir zusammen ein Referat vorbereiten oder auf der Bühne ein Liebespaar spielen mussten. Ich würde auf jeden Fall Zeit mit ihm verbringen, ob ich das nun wollte oder nicht, und ich nahm an, dass seine Aufgabe ähnlich aussah. Ich durfte nur nicht lockerlassen. Zur Not würde ich Aiden einfach so lange auf die Nerven gehen, bis er mir die gewünschten Informationen freiwillig gab, nur um mich wieder loszuwerden.

Nachdem Cassandra, Sharni und ich uns etwas zu essen geholt hatten, gingen wir mit den voll beladenen Tabletts hinüber zum Tisch der Jungs und setzten uns zu ihnen. Aiden musterte seine Schwester, als wolle er sich vergewissern, dass ich ihr kein Haar gekrümmt hatte. *Alles noch dran,* hätte ich beinahe gesagt, aber ich biss mir auf die Zunge. Keine gute Idee, solange er nichts von dem Gespräch zwischen mir und Sharni wusste. Ich wollte nicht vorgreifen und das Ganze schon gar nicht vor Cassandra austragen.

»Wie sieht's aus? Gut geschlafen?«, fragte Celmar.

»Ganz okay, wenn auch zu kurz«, antwortete Sharni, die ihre Baked Beans verspeiste, als hätte sie seit Tagen nichts gegessen.

Ich weiß, ich wiederhole mich, aber es war unfassbar, was Sharni in sich hineinstopfte. Wie konnte sie so viel essen und dabei so zierlich sein? Hatten Drachen einen dermaßen hohen Kalorienverbrauch?

Ich stockte. Im ersten Augenblick klang es banal, aber jede Information über den Feind konnte wertvoll sein. Angenommen, wir würden uns im Krieg befinden. Wenn wir die Möglichkeit hätten, die Drachen auszuhungern …

»Ich hole mir noch schnell Pudding, bevor das Büfett abgeräumt wird«, sagte Sharni kauend und stand auf.

»Warte, ich komme mit.« Aiden griff nach seinem leeren Orangensaftglas und warf mir einen kurzen Blick zu, bevor er ebenfalls aufstand und seiner Schwester folgte.

Gleich würde er also die Wahrheit erfahren.

Kapitel 17

SHARNI

»Und, wie war's?«, fragte Aiden gähnend, während er mir zum Büfett folgte wie ein Hündchen.

Und was das für ein Büfett war; daran könnte ich mich glatt gewöhnen. Überhaupt gefiel mir das College richtig gut. Die alten Gebäude, der große Campus, die Studenten ... Es herrschte eine tolle Atmosphäre, und bis auf die Wohnheimzimmer war alles so groß. In der Mensa hätte Vater mit seinen Beratern ohne Probleme eine Sitzung abhalten können, und zwar in Drachengestalt. Auf den ersten Blick wirkte die Dining Hall, wie sie offiziell hieß, wie der große Saal aus den Harry-Potter-Filmen.

Ja, ich kannte die Filme. Auch wir Drachen sahen hin und wieder fern, wenn wir uns langweilten, was öfter vorkam; vor allem, weil unsere Ausflugszeiten dermaßen eingeschränkt waren, aber das war ein anderes Thema. Jedenfalls bestand die Mensa wie in den Filmen hauptsächlich aus langen Tischreihen. Die Wände waren zur Hälfte mit dunklem Holz getäfelt, der Rest war weiß gestrichen und mit Porträts in Goldrahmen behängt. Es gab sogar einen Kamin, in dem jetzt im September allerdings kein Feuer brannte.

»Wie war was?«, fragte ich zurück. »Die Nacht? Hast du doch gehört: zu kurz.«

Aiden verdrehte die Augen. »Vielleicht ein paar mehr Details?«

Details. Ich schnaubte. Er tat ja geradewegs so, als hätten Kailey und ich eine Liebesnacht zusammen verbracht. Dabei konnte davon nun wirklich nicht die Rede sein.

Ich nahm mir sowohl vom White als auch vom Black Pudding, da ich mich nicht entscheiden konnte. Die Frau hinter der Plexiglasscheibe, die gerade abräumen wollte, wirkte leicht genervt, weil ich es wagte, mir jetzt noch etwas zu essen zu holen.

Oh, ist das etwa Red Pudding?

»Sharni.« Aiden klang mindestens so genervt, wie die Kantinenfrau aussah.

»Was willst du denn hören?« Ich sah ihn von der Seite an und stellte fest, dass er besorgt war. Die Falte auf seiner Stirn hatte er schon als Kind gehabt, wenn ihm etwas nicht passte. Und dabei wusste er noch nicht einmal, was geschehen war. Am liebsten hätte ich es ihm verschwiegen, doch das wäre nicht fair gewesen. Immerhin reiste ich heute ab, und er blieb mit der Fae zurück.

»Konntest du wirklich schlafen?«

»Nachdem ich Kailey zu einem Kampf aufgefordert habe, sie sich jedoch für ihren Schönheitsschlaf entschieden hat, war das gar kein Problem.«

»Du hast was?«

Aiden wurde so laut, dass nicht nur die Studenten an den nahe gelegenen Tischen zu uns herübersahen, sondern auch Niall, Celmar – und Kailey. Sie wusste, worüber wir gerade sprachen. Ihr Blick war undurchdringlich, und dennoch war es mehr als offensichtlich.

»Pst, muss doch nicht jeder mitbekommen, oder? Außerdem ist es keine große Sache.«

»Keine große Sache? Bis jetzt war ich im Vorteil, Sharni. Ich …«

»Red dir das nur ein, Bruderherz, aber du solltest die Fae nicht unterschätzen, denn sie wusste längst Bescheid. Sie war alles andere als überrascht, als ich ihr ins Gesicht sagte, dass ich weiß, wer sie ist. Höchstens perplex über meine Offenheit, aber nicht überrascht.«

»Sharni!«

»Was denn?«

»Herrgott noch mal!« Mein Bruder warf die Hände in die Luft. »Denkst du auch mal nach, bevor du handelst? Das hättest du wirklich nicht tun dürfen. Ich habe eine Aufgabe. Vater will, dass ich die Fae im Auge behalte. Wie soll ich das jetzt machen? Wie soll ich so ihr Vertrauen gewinnen?«

Ich zuckte mit den Schultern, dabei hatte ich ein schlechtes Gewissen, zumindest ein wenig. Das war keine leichte Aufgabe, die mein Bruder nun vor sich hatte. »Wie gesagt, ich habe ihr nichts erzählt, was sie nicht ohnehin längst wusste. Sei lieber froh, dass du dich dank mir nicht länger in falscher Sicherheit wiegst. Dann musst du eben deinen Charme spielen lassen. Das kann nicht so schwer sein, sieh dich doch um. Die Mädels fliegen auf dich.« Tatsächlich waren extrem viele Blicke auf meinen Bruder und mich gerichtet. Was allerdings auch daran liegen konnte, dass wir uns vor aller Augen stritten.

»Kailey ist aber kein Mädchen«, grummelte Aiden.

»Ach nein? Sie ist vielleicht eine Fae, doch das heißt nicht, dass sie keine Gefühle und Bedürfnisse hat. Da kannst und solltest du unbedingt ansetzen.« Ich hob das Tablett hoch und wandte mich zum Gehen, drehte mich jedoch noch einmal zu meinem Bruder um. »Vergiss deinen Saft nicht, und bring mir einen mit.«

Praktischerweise startete Dublins wichtigste Einkaufsstraße, die Grafton Street, direkt am College, sodass wir nicht lange laufen mussten. Ich wollte es vermeiden, mehr Kalorien als nötig zu verbrauchen, da das Frühstück aufgrund des Zeitmangels viel zu spärlich ausgefallen war. Aber vermutlich hätte mich die Kantinenmitarbeiterin ohnehin irgendwann keinen Nachschlag mehr holen lassen, denn wenn ich nur daran dachte, wie sie mich beäugt hatte … Mal ehrlich, was hatte sie denn gedacht? Dass ich meinen Kühlschrank auf Kosten des Colleges befüllen wollte?

Die Grafton Street war trotz des leichten Nieselregens voller Menschen. Klar, es war Sonntag. Ich war zwar nicht klaustrophobisch veranlagt, aber die Einkaufsmeile erschien mir viel zu eng, vor allem, weil dermaßen viele Leute unterwegs waren. Hinzu kamen die hohen Gebäude rechts und links in verschiedenen Farben und architektonischen Stilen. Also wenn hier eine Panik ausbrach, wollte ich nicht in der Nähe sein. Gut, dass ich ein Drache war und im Notfall einfach davonfliegen konnte.

Trotz der Menschenmassen war ich froh, meinem Bruder eine Weile entkommen zu sein. Er war gar nicht begeistert gewesen, dass ich mit Kailey und ihrer Zimmernachbarin eine Shoppingtour unternehmen wollte, aber das war mir egal. Ich konnte gut auf mich allein aufpassen, wie die letzte Nacht bewiesen hatte.

Die letzte Nacht. Aiden hatte sich in der Dining Hall extrem zusammengerissen, doch er war unübersehbar sauer auf mich. Wären wir allein gewesen, hätte ich mich aus dem Staub gemacht. Dabei konnte ich wirklich nichts dafür. Im Gegenteil, er sollte mir sogar dankbar sein. Kailey hatte ohnehin Bescheid gewusst und damit den Vorteil auf ihrer Seite gehabt, aber das wollte mein Bruder natürlich nicht hören.

»Was braucht ihr denn?«, fragte Cassie, die zwischen Kailey und mir lief wie ein Puffer. »Schuhe? Kleidung? Unterwäsche?«

»Alles«, antworteten Kailey und ich fast gleichzeitig.

»Na dann mal los.« Cassie ging voraus und steuerte auf das erstbeste Kaufhaus zu.

»Und, war dein Bruder sehr wütend?«, fragte mich Kailey mit einem verschlagenen Grinsen.

»Überhaupt nicht«, log ich. »Er war mir sogar dankbar, immerhin hast du jetzt keinen Vorteil mehr.« Sie grummelte etwas Unverständliches, und nun grinste ich.

»Wohin wollt ihr eigentlich als Nächstes, du und Niall?« Sie klang bemüht beiläufig.

Ich lachte, da hatte ich sie für raffinierter gehalten. Als ob ich ihr eine Antwort darauf geben würde, denn Informationen über den Feind, selbst wenn sie im ersten Moment noch so banal klangen, waren immer wertvoll. Mit Kriegsführung kannte ich mich vielleicht nicht aus, aber zumindest das wusste ich. »Netter Versuch, Elfe. Warum sollte ich dir das sagen? Wir müssen jetzt nicht mehr nett zueinander sein, das hast du doch selbst festgestellt. Und einen Schlafplatz für die Nacht brauche ich auch nicht mehr.« Ich wollte sie links liegen lassen, woraufhin sie mich am Arm packte. »Lass mich los«, sagte ich gefährlich leise, doch das tat sie nicht.

»Ich schlage dir einen Deal vor, Drachin: Du beantwortest meine Fragen, und ich beantworte deine.«

»Warum sollte ich mich darauf einlassen?«

»Du durftest bei mir übernachten, oder nicht? Und ich habe mich an unsere Abmachung gehalten und dir nichts getan. Es wäre ein Leichtes gewesen …«

»Ebenso«, unterbrach ich sie. »Ich würde sagen, wir sind quitt. Außerdem vertraue ich dir nicht. Ich kenne dich –«

»O nein, du kennst mich nicht.«

»Natürlich, du bist eine Fae.« Ich riss mich los und stupste mit dem Zeigefinger gegen ihr Schlüsselbein. »Ihr seid alle gleich. Ihr betrügt, wo ihr nur könnt.«

Kailey schlug meine Hand fort. »Ach, und ihr Drachen seid besser? Fass mich nie wieder an, oder du wirst es bereuen.«

»Glaubst du wirklich, du kannst gegen mich ankommen? Im Übrigen möchte ich auch nie wieder von *dir* angefasst werden. Du hast keine Ahnung, wozu ich fähig bin.«

»Dito.«

Ihre grünen Augen funkelten, und ich war versucht, tatsächlich an Ort und Stelle auf sie loszugehen.

Glücklicherweise drehte sich Cassie in diesem Moment zu uns um. »Wo bleibt ihr denn?«

Kapitel 18

Kailey

Sharni ging mir allmählich auf die Nerven. Sie war ganz schön aufsässig, außerdem bekam ich einfach nichts aus ihr heraus. Zugegeben, mein erster Versuch war nicht sehr subtil gewesen, aber wie sollte ich sonst vorgehen?

Fast noch anstrengender war allerdings die Shoppingtour. Cassandra probierte fünf verschiedene Kleider an, eines davon sogar zweimal, um am Ende keines zu nehmen. Dabei hätte ich ihr gleich sagen können, dass ihr die Teile nicht stehen würden. Außerdem wollte sie die ganze Zeit unsere Meinung hören, ohne wirklich daran interessiert zu sein: *Und, was meint ihr? Der Schnitt ist nicht schlecht, aber die Farbe … Das Blau steht mir nicht, oder? Nein, ihr habt recht, die Farbe passt nicht zu mir.* Weder Sharni noch ich hatten etwas dazu sagen können, weil sie uns keine Zeit für eine Antwort ließ.

Mittlerweile war ich selbst an der Reihe und gönnte mir in der Umkleidekabine eine kleine Verschnaufpause von dem Gedränge, vor allem aber von Sharni und Cassandra. Dabei hätte ich das weiße Kleid nicht einmal anprobieren müssen. Mir war gleich klar gewesen, dass es wie angegossen sitzen würde und meine gebräunte Haut, die wir Fae alle besaßen, gut zur Geltung bringen würde. Aber unter den Menschen war es offenbar nicht üblich, Klamotten zu kaufen, die man nicht vorher anprobiert und möglichst bis ins kleinste Detail mit seinen Freundinnen diskutiert hatte.

Widerwillig schob ich also den cremefarbenen Stoffvorhang beiseite, um Cassandra mein Kleid zu zeigen – zumindest hatte ich das vor. Mein Blick fiel durch den kleinen Spalt auf Cassandra und Sharni, die ein Stück entfernt an einem Tisch standen und sich ein paar Sommerpullover ansahen, die keiner von beiden stehen würden. Es war laut, denn die vielen Kunden sorgten nicht nur für volle Gänge, sondern auch für einen ordentlichen Geräuschpegel. Doch wozu war ich eine Fae? Wir hörten extrem gut, wenn wir uns auf etwas konzentrierten; wahrscheinlich eine Nebenwirkung unserer spitzen Ohren. Deshalb bekam ich mit, worüber sich die beiden unterhielten.

»Du kommst aus England, hast du gesagt?«

Ich horchte auf. Bisher hatte sich Sharni vor allem für eines interessiert: für sich selbst. Warum fragte sie plötzlich nach England?

»Ipswich, richtig.« Cassandra griff nach einem gelben Pullover und ließ ihn auseinandergleiten.

»Ist das weit weg von London?«

»Was heißt weit?« Cassandra zuckte mit den Schultern und faltete den gelben Pullover zum Glück wieder zusammen, denn er würde sie nur blass aussehen lassen. Mode war zwar kein Thema, mit dem wir Fae uns beschäftigten, aber wir kannten uns mit Menschen aus und konnten daher schnell einschätzen, wem welche Schnitte oder Farben standen, vor allem Naturfarben. »Mit dem Zug braucht man etwas mehr als eine Stunde von Bahnhof zu Bahnhof«, fuhr Cassandra fort. »Mit dem Auto sind es knapp zwei Stunden.«

»Ah, okay.« Sharni klang enttäuscht.

Nun horchte ich erst recht auf und versteckte mich wieder hinter dem Vorhang, damit sie nicht bemerkte, wie ich lauschte.

»Warum fragst du? Wir wohnen zwar nicht in London, sind aber trotzdem regelmäßig dort. Mein Vater arbeitet für eine Londoner Anwaltskanzlei. Vieles erledigt er von zu Hause aus, aber natürlich muss er trotzdem oft in die Hauptstadt. Dann nimmt er meine Mutter und mich auch mal übers Wochenende mit. Wir gehen shoppen, ins Kino oder ins Theater, während er arbeitet.«

»Ach so?« Sharnis Stimme klang wieder viel enthusiastischer. »Warst du schon mal im Holland Park?«

»Sicher, wer nicht? Ist zwar nicht der Hyde Park, aber trotzdem sehr schön. Außerdem liegt Dads Anwaltskanzlei gar nicht weit entfernt. Der Park war allerdings nach einem Vorfall im Juni eine ganze Weile für Besucher gesperrt.«

»Tatsächlich?«

»Ja, das war eine ziemlich große Sache und extrem mysteriös.« Cassandras Stimme klang beinahe verschwörerisch.

»Ist ja spannend. Erzähl mal. Ich würde gern mehr hören.«

Das wollte ich auch zu gern. Dummerweise blökte mich genau in diesem Moment eine ältere Frau durch den Vorhang an. »Sagen Sie mal, stehen Sie da bloß herum? Es ist Sonntag, es ist voll, und hier warten noch mindestens zwei Dutzend Frauen, um ebenfalls etwas anzuprobieren.«

Ich holte tief Luft, zählte bis fünf, doch es half nichts. Diese dumme Gans hatte mir alles vermasselt. Mit Schwung zog ich den Vorhang beiseite und funkelte die Frau an. »Ich stehe hier nicht bloß herum. Und selbst wenn, was geht Sie das an? Es ist ja wohl meine Entscheidung, wie lange ich brauche, um mich für oder gegen ein Kleid zu entscheiden. Im Übrigen brauchen Sie den roten Fetzen da gar nicht erst anzuprobieren.« Ich deutete auf den Rock in ihrer Hand. »Der wird sie auch nicht jünger oder schlanker aussehen lassen.«

Die Frau starrte mich mit offenem Mund an, aber ich interessierte mich nicht länger für sie, sondern sah zu meinen Shoppingbegleiterinnen hinüber. Die Unterhaltung der beiden war beendet oder zumindest für den Augenblick unterbrochen. Cassandra konnte ich zwar nicht entdecken, doch Sharni stand noch an dem Tisch mit den Sommerpullovern. Sie hatte die Arme verschränkt und grinste mich an, als wüsste sie genau, dass ich sie vorher belauscht hatte – und als wäre sie froh darüber, dass ich nicht mehr mitbekommen hatte.

Ich hatte allerdings auch so genug gehört. Es musste schließlich einen Grund geben, wieso sich Sharni so brennend für London beziehungsweise den Holland Park interessierte, und ich würde auch ohne ihre Hilfe herausfinden, warum das so war.

Ich saß unter einer Platane auf einer Bank, von wo aus ich das Wohnheim gut im Blick hatte. Die Bank fühlte sich feucht an, was mich nicht störte. Noch war es halbwegs warm, dabei war die Sonne vor ein paar Minuten untergegangen und hatte einen roten Streifen am Horizont hinterlassen. Die Wolkendecke war heute Nachmittag aufgerissen, und der Nieselregen hatte sich Richtung Meer verzogen, aber es kamen bereits neue Wolken. Dunkle Wolken.

Ich holte das Handy aus meiner Tasche, um meinen Onkel anzurufen, behielt den Eingang jedoch die ganze Zeit im Auge, um die Drachen nicht zu verpassen. Noch waren sie im Gebäude, das wusste ich.

»Kailey! Wie geht es dir?«

»Ähm, gut, danke. Alles in Ordnung.« Ich war verwirrt wegen der persönlichen Frage. Das klang vielleicht seltsam, doch normalerweise kam mein Onkel immer direkt zur Sache und hielt sich nicht mit belanglosem Gerede auf. Für ihn hatte es auch nie einen Grund gegeben, sich Sorgen um mich zu machen. Dass er mich jetzt fragte, wie es mir ging, machte mich stutzig. Wollte die Fae-Königin mich zurück nach Fairyland beordern?

»Schön. Was hast du inzwischen herausgefunden?«

Ich zwang mich, nicht weiter über seine vorherige Frage nachzudenken. Wenn es Probleme gab, würde er es mir sagen. »Ich glaube, das Drachenmädchen und ihr Freund wollen heute Abend weiter nach England fliegen.«

»England?« Mein Onkel klang nicht wirklich überrascht, was mich wunderte. »Wie kommst du darauf?«

»Ich habe mitbekommen, wie sie meine Mitbewohnerin ausgefragt hat, aber leider konnte ich nicht die ganze Unterhaltung verfolgen.«

»Was hast du gehört?«

»Das Drachenmädchen hat großes Interesse an London und einem Park gezeigt. Holland Park. Im Juni muss dort irgendetwas passiert sein. Genaueres habe ich jedoch leider noch nicht herausfinden können.«

»Das ist nicht nötig, Kailey. Ich kann mir denken, worum es geht.«

»Ach, wirklich?« Ich umklammerte das Telefon fester.

»Du weißt, dass ich dir nichts sagen darf, oder?«

»Klar, natürlich.«

Ich versuchte, mich wieder zu entspannen. Damian durfte nicht über seine Arbeit sprechen, genauso wenig wie ich Sloan Details meiner Mission hatte verraten dürfen. Dabei ging es nicht um Vertrauen, es war einfach so geregelt. Je weniger die Fae in die Belange der Königin eingeweiht waren, desto besser. Ich war es gewohnt, keine Einzelheiten zu kennen, und ich hakte normalerweise auch nicht nach, weil mir das gar nicht zustand. Das war okay für mich, ich akzeptierte es. In diesem Fall fragte ich mich allerdings, ob es nicht sinnvoll wäre, wenn ich mehr Informationen hätte; wenn ich wüsste, worauf ich achten sollte. Immerhin hatte ich einen Auftrag, und irgendwie schien alles zusammenzuhängen.

Ich holte tief Luft. »Onkel Damian, ich will nicht neugierig sein, aber möglicherweise könnte ich bessere Beobachtungen anstellen, wenn ich wüsste, worum es genau geht.«

Damian atmete hörbar aus. »Kailey, du kennst die Vorschriften. Ich darf dir leider nicht mehr sagen. Teil uns einfach alles mit, was dir auffällt.«

»Verstehe.«

»Da wäre noch etwas.«

Mein Herz schlug aus unerklärlichen Gründen schneller, als wüsste es, was jetzt kam. »Ja?«

»Die Königin war wenig begeistert, dass deine Tarnung bereits am ersten Tag aufgeflogen ist. Das kannst du dir sicher denken.«

»Ich verstehe«, sagte ich erneut. Damian schwieg, und ich wollte eigentlich nichts weiter dazu sagen, doch irgendwann hielt ich es nicht mehr aus. »Will sie, dass ich zurück nach Hause komme?«

Damian antwortete nicht sofort. »Nein, und zwar aus einem einfachen Grund: Die Mission ist nun ohnehin nicht länger geheim. Es würde nichts bringen, eine andere Fae nach Dublin zu schicken. Der Thronfolger der Drachen weiß nun Bescheid und wird sehr vorsichtig sein. Du bleibst vorerst in seiner Nähe. Aber auch wenn du dieses

Mal keine direkte Schuld an dem trägst, was geschehen ist, darfst du dir keinen Fehler mehr erlauben. Verstanden?«

Ich schluckte gegen die plötzlichen Tränen der Wut an. Damian war so stolz darauf gewesen, dass ich mit knapp achtzehn Jahren auf meine erste Mission geschickt worden war. *Ich* war so stolz darauf gewesen. Und nun?

Du hast deinen Glamour mithilfe des Armbands magisch verstärkt, aber das lässt sich aufheben. Diese Form der Magie ist zwar sehr selten, doch es gibt sie. In dem Fall trägst du keine Schuld, das wird die Königin ebenso sehen. Die Einschätzung meines Onkels spielte anscheinend keine Rolle. Für die Königin war nur wichtig, ob ich meine Aufgabe erfüllte oder nicht, und das hatte ich nicht, obwohl ich nichts für die Umstände konnte. Wenigstens blieb mir noch die Chance, der Königin zu zeigen, dass ich nicht so unfähig war, wie sie jetzt vermutlich annahm.

»Ja, Onkel Damian. Keine Fehler mehr, versprochen.«

»Gut.«

»Wie geht es jetzt weiter? Soll ich versuchen, der Drachenprinzessin zu folgen, bevor ich mich wieder auf Aiden konzentriere? Oder soll ich sie vielleicht an der Reise nach England hindern?«

»Ich kümmere mich darum, Kailey. Du brauchst diesbezüglich nichts zu unternehmen. Bleib bei deiner Mission.«

Erst als mein Onkel verneinte, wurde mir klar, dass ich mir eine andere Antwort gewünscht hätte. Ich wollte etwas tun. Jetzt aufzugeben kam überhaupt nicht infrage. Irgendwie würde ich das Ruder noch herumreißen.

»Wir hören uns morgen«, sagte mein Onkel und beendete daraufhin das Gespräch.

Seufzend steckte ich das Handy ein und tastete dabei in der Innentasche meiner Jeansjacke nach dem Einmachglas mit der Königinnenlibelle, das ich für alle Fälle mitgenommen hatte. Außerdem hatte ich eine dunkle Mütze eingesteckt, um noch mehr mit dem Zwielicht verschmelzen zu können. Ehrlich gesagt hatte ich nicht nur gehofft, dass mein Onkel mich bitten würde, Sharni und Niall zu folgen, ich hatte auch damit gerechnet. Nun gab es keinen Grund mehr für mich, hier draußen zu hocken und auf die Drachen zu warten, zumal es in diesem Moment zu regnen anfing. Dicke Tropfen prasselten vom Himmel. Fast zur selben Zeit öffnete sich die Tür zum Wohnheim, und die Drachen traten heraus; alle vier. Ohne sich umzusehen, liefen sie Richtung Parliament Square. Ich konnte mich irren, doch ich war mir ziemlich sicher, dass sie zu den Motorrädern wollten. Sharni und Niall konnten sich schließlich nicht an Ort und Stelle in Drachen verwandeln und davonfliegen. Trotzdem hatte ich erwartet, dass sich Aiden und seine Schwester bereits hier voneinander verabschieden würden. Warum begleiteten er und Celmar die beiden? Wollten sie mit ihnen in Richtung Küste fahren, damit sie von dort aus losfliegen konnten? Oder steckte mehr dahinter? Ich blieb auf der Bank sitzen und verfolgte sie mit meinem Blick.

Keine Fehler mehr. Ich hatte es meinem Onkel versprochen, und er hatte mir klipp und klar gesagt, dass er sich selbst um Sharni kümmern würde, was auch immer das bedeutete. Aber ich witterte eine Chance zur Wiedergutmachung. Wenn mehr dahintersteckte, hatte mein Onkel überhaupt nicht die Möglichkeit, von Fairyland aus schnell genug zu handeln, und außerdem sollte ich in Aidens Nähe bleiben. So lautete meine Aufgabe. Ich würde also ihm folgen, nicht Sharni.

Ohne weiter darüber nachzudenken, stand ich von der Bank auf und ging den Drachen in sicherem Abstand hinterher, während ich mir die Mütze über meine blonden Haare zog. Heute Nachmittag hatte ich mir nach der Shoppingtour extra ein Motorrad gemietet, das nicht weit entfernt von Aidens und Celmars Maschinen parkte. Natürlich hatte ich Puck, aber da wir uns mitten in der Stadt befanden, war mir klar gewesen, dass ich früher oder später die Verfolgung auf normalem Weg aufnehmen musste. Zwar hatte ich zuvor noch nie auf einem Motorrad gesessen, doch das konnte nicht so schwer sein.

Inzwischen hatte ich den Parliament Square auf Höhe der Dining Hall erreicht und war den Drachen dicht auf den Fersen. Ich blieb stehen, denn ich wollte nicht über den freien Platz laufen, weil die Drachen mich dann entdecken könnten – und tatsächlich drehte sich Aiden in diesem Moment um. Ich drückte mich näher an die Mauer und bemerkte einen kleinen Durchgang zwischen der Dining Hall und der Kapelle. Schnell schlüpfte ich hinein und fand mich in einer Art Innenhof wieder. Dieser Platz war winzig und musste bei Nacht stockdunkel sein. Auf dem Boden waren ebenerdig Steinplatten eingelassen, außerdem gab es eine Art Steinbank, die mit Moos überzogen war. Ein Sarg? An der Mauer darüber hing ein Schrein mit Säulen und einem Dach, in der Mitte war eine Steintafel angebracht. Was war das? Etwa ein Friedhof?

Doch jetzt musste ich mich beeilen, um die Drachen nicht aus den Augen zu verlieren. Ich lief zurück auf den Parliament Square. Die vier waren nirgends mehr zu sehen. Sie mussten den Campus durch den Haupteingang verlassen haben, also hastete ich den Weg entlang und lief durch das Tor im Regent House auf die Straße. Mittlerweile saßen die Drachen jeweils zu zweit auf den Motorrädern. Ich wartete und beobachtete, wie Aiden und Celmar aus den Parklücken auf die Straße fuhren und Richtung Norden verschwanden. Dann rannte ich zu meiner Maschine, sprang auf und raste ihnen hinterher, nachdem ich den Motor zweimal abgewürgt hatte.

Kapitel 19

Aiden

»Pass auf dich auf«, sagte Aiden zu seiner Schwester und nahm sie in den Arm. Für einige Sekunden erwiderte sie die Umarmung, bevor sie Aiden von sich stieß.

»Hey, ich habe die Nacht im Elfenzimmer überlebt, da werde ich ja wohl einen Trip nach London meistern.«

Kopfschüttelnd reichte Aiden Niall die Hand. »Dann pass du auf meine Schwester auf, okay?«

Niall blieb ernst. »Das werde ich, verlass dich auf mich.«

Aiden nickte. Wenigstens Niall konnte er vertrauen, aber an Sharnis Augen erkannte er, dass sie nicht ganz so gelassen war, wie sie tat.

»Pass du lieber auf dich auf«, sagte sie mit einem spöttischen Grinsen zu Aiden. »Diese Fae hat es faustdick hinter ihren spitzen Ohren. Sie wird alles tun, um dir das Leben so richtig schwer zu machen.«

»Danke, Schwesterherz, aber ich komme schon klar«, erwiderte Aiden. »Wir sehen uns demnächst im Connemara-Nationalpark wieder.«

Sharni und Niall verabschiedeten sich auch von Celmar, dann verschwanden sie den Weg entlang zum Strand. Schon bald verloren sich ihre Silhouetten in der Dunkelheit, und hier an der Küste von Malahide war es wirklich dunkel. In dem starken Regen, der während der Fahrt hierher nicht nachgelassen hatte, waren Strand und Meer kaum auszumachen. Es gab zwar Laternen, aber deren Licht wurde ein paar Meter weiter ebenfalls von der Dunkelheit verschluckt. Aiden hörte lediglich, wie die Wellen mit voller Wucht an den Strand rollten.

Er und Celmar warteten einige Minuten, doch Aiden konnte Sharni und Niall nirgends am Himmel entdecken. Er spürte eine leichte Enttäuschung, auch wenn er froh darüber sein sollte. Wenn er sie nicht sehen konnte, würden auch keine Menschen auf sie aufmerksam werden. Perfektes Wetter zum Fliegen.

Es kribbelte in Aidens Fingern. Sein innerer Drache regte sich, wollte raus, den Wind unter den Flügeln spüren und die Gegend aus der Luft erkunden. So schnell würden sie keine Gelegenheit mehr dazu bekommen. Konnte er es riskieren?

Er wollte sich an Celmar wenden, als das Klingeln seines Handys die Nacht erfüllte. Seufzend fischte er es aus der Tasche seiner Lederjacke; es war sein Vater. Typisch. Als hätte er Aidens Gedanken aus der Ferne erraten und wollte ihn am Fliegen hindern.

»Hi, Dad. Was gibt's?«

»Ich wollte mich nur erkundigen, ob Sharni und Niall gut weggekommen sind.«

Aiden runzelte die Stirn. Die Stimme seines Vaters klang seltsam gepresst. »Sie sind gerade aufgebrochen. Ist alles okay bei dir? Geht es um Callahan?«

Sein Vater seufzte. »Ich kann immer noch nicht glauben, dass er der Verräter ist. Ausgerechnet er. Er ist mein wichtigster Berater, und wer weiß, wen er alles auf seine Seite gezogen hat.«

»Glaubst du, es gibt mehr Maulwürfe in unseren Reihen?«

»Ich glaube es nicht nur, ich bin mir ziemlich sicher. Aiden, wir haben nur die eine Sonnenbrille, die verstärkten Fae-Glamour aufheben kann. An den anderen Colleges haben meine Leute zwar niemanden von den Fae entdeckt, aber es besteht durchaus die Möglichkeit, dass die Fae ihren Glamour verstärkt haben – oder dass ich meinen Leuten nicht trauen kann. Wenn ich nur wüsste, wie ich die Verräter entlarven soll.« Er atmete hörbar aus. »Egal, wie läuft es bei dir? Bist du mit deiner Fae weitergekommen?«

Aiden nahm das Handy in die andere Hand. »Wie man es nimmt. Sharni hat uns gegenseitig enttarnt. Mal schauen, wie es weitergeht, aber ich bleibe auf jeden Fall dran.«

»Deine Schwester«, sagte der König nur, und Aiden konnte fast hören, wie er den Kopf schüttelte.

»Vater, es gibt da noch etwas, das du wissen solltest. Ich musste Sharni von der Sache mit Darragh und Isla erzählen. Sie kam auf die Idee, ihn in London zu besuchen, und ich wusste nicht, wie ich sie sonst daran hindern sollte.«

»Schon gut, Aiden. Sie ist deine Schwester, und sie hat das Recht, davon zu erfahren. Wie … wie hat sie es aufgenommen?«

»Ganz gut, denke ich. Und ich konnte ihr klarmachen, dass du es ihr nicht verschwiegen hast, weil du ihr nicht vertraust.«

»Danke, Aiden.«

Er nickte, obwohl sein Vater es nicht sehen konnte, und blieb einen Moment still. Er dachte, er hätte etwas gehört, doch in der Dunkelheit konnte er mit seinen Menschenaugen nichts erkennen. Daraufhin blickte er zu Celmar, doch der zuckte nur mit den Schultern. Aiden holte tief Luft und wandte sich wieder dem Gespräch mit seinem Vater zu. Irgendwie wurde er das Gefühl nicht los, dass ihn etwas bedrückte.

»Was ist los, Dad? Da gibt es doch noch etwas, oder?«

Wieder seufzte der König. Er ließ sich Zeit mit der Antwort, als überlegte er, ob er die Wahrheit sagen sollte oder nicht. »Ehrlich gesagt ja. Ich habe einen kleinen Trupp Soldaten an der Grenze zum Fae-Gebiet postiert. Sie schlagen ihr Lager auf neutralem Gebiet zwischen Limerick und Murroe Wood jeden Abend an einer anderen Stelle auf, allerdings bleiben zwei von ihnen immer in der Nähe von Milltown bei der Dingle-Halbinsel, um ein Auge darauf zu haben, wann die Fae in die Menschenwelt übertreten.«

Aiden sog scharf die Luft ein. »Ist das nicht ein Verstoß gegen das Abkommen?«

»Das hängt davon ab, wie streng man das Ganze sieht. Unsere Leute befinden sich in der Nähe von Milltown zwar rein theoretisch auf Fae-Gebiet, aber nicht in Fairyland selbst. Das ist grenzwertig, ich weiß, doch ich brauche Informationen, sonst können die Fae tun und lassen, was sie wollen, und ich bekomme es erst mit, wenn es zu spät ist.«

»Vor mir musst du dich nicht rechtfertigen, Vater. Du bist der König.«

»Aber ich will, dass du es verstehst. Wenn du eines Tages das Zepter übernimmst, musst du wissen, was los ist.«

Aiden lief ein Schauer über den Rücken, was nicht an der heftigen Brise lag, die vom Meer zu ihm herüberwehte und an seinen Kleidern riss. In letzter Zeit kamen sie für seinen Geschmack viel zu oft darauf zu sprechen, was sein würde, wenn der König nicht mehr lebte. Sie standen kurz vor einem erneuten Krieg mit den Fae, deshalb war es logisch, doch es machte ihm Angst. Die Möglichkeit, dass sein Vater diesen Krieg nicht überleben würde, wollte er nicht in Betracht ziehen. Sein Vater war jung und stark, auch wenn er in letzter Zeit oft müde und abgekämpft wirkte – was nicht überraschend war, wenn man bedachte, wie lange er sich bereits mit der Frage auseinandersetzte, wem von seinen Leuten er trauen konnte und wem nicht.

»Verstehe«, sagte Aiden knapp. »Was ist passiert?«

»Die Soldaten melden sich jeden Tag zu einer bestimmten Uhrzeit bei mir, um Bericht zu erstatten. Inzwischen sind einige Stunden seit dem letzten vereinbarten Zeitpunkt vergangen, und ich habe nichts gehört. Schlimmer noch, ich kann sie nicht erreichen. Ich muss damit rechnen, dass sie aufgeflogen sind. Oder sie sind zur anderen Seite übergelaufen und arbeiten nun für die Fae beziehungsweise Callahan.«

»Das glaube ich nicht«, erwiderte Aiden und fing Celmars Blick auf, der ihn neugierig beobachtete.

»Das Ganze macht mich noch verrückt, Aiden. Wenn ich nur wüsste, wer mich außer Callahan noch hintergeht. Aber vielleicht werde ich auch langsam paranoid.«

Aiden fuhr sich durch die Haare. Wenn sein Vater Callahan wenigstens vor die Tür gesetzt hätte, doch der König weigerte sich. Er wahrte den Schein, um den Berater im richtigen Moment für seine Zwecke einsetzen zu können. »Vertrau auf dein Gefühl, für gewöhnlich hast du einen guten Instinkt. Außerdem kann es in der jetzigen Situation nicht schaden, vorsichtig zu sein.«

»Das sehe ich ebenso, deshalb wollte ich dich um einen Gefallen bitten. Ich wünschte, ich hätte eine andere Lösung, doch ich sehe keine.«

Aidens Herz schlug schneller; er ahnte, was jetzt kommen würde. »Worum geht es?«

»Kannst du mit Celmar landeinwärts nach dem Rechten sehen? Ich weiß, es ist viel verlangt …«

»Wir sind schon auf dem Weg«, sagte Aiden. Es gefiel ihm überhaupt nicht, wie verzweifelt sein Vater klang, und er wollte ihm helfen, egal um welchen Preis. Deshalb war er auch bereit, sich auf Kailey einzulassen, obwohl ihm seine Instinkte dazu rieten, sich von der hinterhältigen Fae fernzuhalten.

Der König stieß die Luft aus. »Danke, Aiden. Aber ihr schaut euch wirklich nur um, okay? Mischt euch nicht in irgendwelche Kämpfe ein, und fliegt auf keinen Fall ins Fae-Gebiet. Das musst du mir versprechen. Ihr werft lediglich einen Blick auf das Lager in der Nähe von Limerick, mehr nicht. Und solltet ihr von Fae überrascht werden, setz keinesfalls deine Fähigkeit ein. Gib dich als Thronfolger der Draconis zu erkennen. Wenn sie dich dennoch angreifen, käme das einem Kriegsakt gleich, und einen solchen Schritt werden die Fae vermeiden. Die Aktion sollte für euch ungefährlich sein – eigentlich.«

Eigentlich, das war das entscheidende Wort. Trotzdem machte Aiden keinen Rückzieher. »Wir kommen schon zurecht«, sagte er. Bisher wussten sie zwar nur, dass die Fae einen Krieg wollten, aber sie wollten mindestens genauso sehr, dass die Drachen diesen Krieg begannen. Das war zumindest die Theorie, und Aiden hoffte sehr, dass sie damit richtiglagen.

Celmar hatte versucht, Aiden davon zu überzeugen, in Malahide beziehungsweise Dublin zu bleiben, doch Aiden hatte sich nicht dazu überreden lassen. Es war besser, zu zweit loszuziehen. Außerdem hätte Celmar allein schlechte Karten, sollten sich im Grenzgebiet wirklich Fae aufhalten. Aiden konnte immerhin – wie sein Vater gesagt hatte – darauf pochen, dass er der Thronfolger der Draconis war, und damit hoffentlich Schlimmeres verhindern. Viel mehr hoffte er jedoch, dass sie gar nicht erst auf Fae stoßen würden und im Lager der Drachen alles in Ordnung war. Vielleicht war der Empfang aufgrund des Wetters gestört oder es gab einen anderen plausiblen Grund, warum sich die Soldaten bisher nicht wie vereinbart beim König gemeldet hatten. Doch Aiden war sich leider ziemlich sicher, dass nichts davon zutreffen würde. Tatsächlich war der Empfang nicht gestört, das überprüfte er während des Fluges, und die Soldaten hatten mit Sicherheit nicht die Seiten gewechselt. Demnach blieb nur eine Möglichkeit.

Inzwischen hatten sie ihr Ziel fast erreicht und flogen langsamer. Es war stockdunkel. Limerick bildete in der Ferne einen leuchtenden Fleck, doch der Stadt durften sie sich keinesfalls nähern. Die ganze Aktion war extrem riskant. Zum Glück war das Wetter auch hier nicht das beste. Der starke Regen hatte sich zwar in der Nähe der Slieve Bloom Mountains verloren, aber es nieselte, und nach wie vor hingen dunkle Wolken tief am Himmel.

Aiden und Celmar flogen hauptsächlich auf Wolkenhöhe, sodass der Großteil ihrer massigen Körper darin versteckt war. Nur der Kopf schaute heraus, während sie langsam Seite an Seite dahinglitten. Bisher hatte Aiden das beklemmende Gefühl in seiner Brust noch unterdrücken können, doch das gelang ihm immer weniger. Seine Augen suchten den Boden nach Hinweisen für ein aufgeschlagenes oder hastig zurückgelassenes Lager beziehungsweise einen Kampf ab, gleichzeitig versuchte er verzweifelt, nicht daran zu denken, dass seine Mutter damals ganz in der Nähe gefunden worden war – tot auf neutralem Gebiet, an der Grenze zum Fae-Territorium, mehrere Pfeile im Herzen.

»Vorsicht!« Celmars Stimme war nicht mehr als ein Flüstern.

Aiden hielt mitten im Flug inne und wagte kaum zu atmen. Fragend blickte er seinen Bodyguard an und folgte dessen kaum wahrnehmbarem Kopfnicken Richtung Boden. Er hatte zwar gute Augen, aber er musste zweimal hinschauen, um die verbrannten Blätter und Zweige zu entdecken. Ein normaler Waldbrand, nachdem es in den letzten Tagen recht warm gewesen war? Oder steckte mehr dahinter? Lautlos glitt Aiden weiter und bemerkte noch mehr Brandstellen. Das Feuer hatte sich jedoch nicht gleichmäßig ausgebreitet, sondern an den unterschiedlichsten Stellen, als hätte es einen Baum verschonen wollen, um nur zwei Meter weiter den nächsten in Brand zu setzen. Ganze Büsche waren zerdrückt oder entwurzelt, und als Aiden genauer hinsah, entdeckte er Reste von verkohltem Stoff in Tarngrün, die vermutlich zu einem Zelt gehörten. Er schluckte schwer. Damit bestand kein Zweifel mehr – es hatte einen Kampf gegeben. Nachdem Feuer zum Einsatz gekommen war, musste es außerdem ein Kampf zwischen Drachen und Fae gewesen sein. Im Kampf gegen Menschen hätten die Drachen niemals ihre wahre Gestalt angenommen, Verräter hin oder her. Wobei natürlich noch die Möglichkeit bestand, dass Autonome Streit gesucht hatten, doch das bezweifelte Aiden. Blieb die Frage, ob es Überlebende gab, aber auch bei genauerem Hinsehen konnte er nichts entdecken. Er klammerte sich an die Hoffnung, dass die Drachen geflohen waren und bisher nur keine Gelegenheit gefunden hatten, sich bei seinem Vater zu melden. Mit etwas Glück waren die Soldaten inzwischen auf dem Rückweg zum Connemara-Nationalpark. Zeitlich wäre das durchaus möglich.

Aiden sah zu Celmar. Wenn der Kampf noch nicht allzu lange her war, stellte sich eine weitere Frage: Waren die Angreifer noch in der Nähe?

»Was sagst du?«, fragte er flüsternd. »Rückzug oder weiter?« Es konnte immerhin sein, dass sich irgendwo ein schwer verletzter Drache versteckte, mittlerweile in Menschengestalt und dadurch aus der Ferne nicht so leicht aufspürbar. In Menschengestalt waren Drachen Meister darin, sich zu tarnen, schließlich hing ihr Überleben davon ab.

Celmar schüttelte den Kopf. »Abflug, sofort.«

Noch ehe er zu Ende gesprochen hatte, sauste der erste Pfeil durch die Nacht.

Okay, nur die Ruhe bewahren, dachte Aiden, während sein Herz gegen seinen Brustkorb hämmerte. »Fang mich auf, ja?« Er schoss in die Höhe, ohne Celmars Antwort abzuwarten, während weitere Pfeile in ihre Richtung abgeschossen wurden.

»Was zum Teufel hast du vor? Bist du lebensmüde? Denk nicht mal dran, Aiden.«

Celmars Tonfall war knurrend und warnend, doch Aiden ignorierte ihn. Er war selbst nicht scharf darauf, aber er hatte keine Wahl. Außerdem gab er den Fae so das Zeichen, dass sie in Frieden kamen. Zwar bezweifelte er, dass sie die Friedenspfeife mit ihm rauchen würden, doch er musste es zumindest versuchen.

Als er hoch genug über Celmar flog, verwandelte er sich in seine Menschengestalt. Er stürzte einige Meter in die Tiefe und landete geschmeidig zwischen Celmars Flügeln, ein Bein aufgestellt, das andere kniend. Schnell erhob er sich und hielt beide Arme in die Luft. So bot er zwar eine hervorragende Zielscheibe, aber auf diese Weise war er auch am besten zu sehen.

»Wir kommen in friedlicher Absicht, es gibt keinen Grund, uns anzugreifen. Ich bin Aiden O'Rourke, Thronfolger der Draconis. Bitte stellt die Kampfhandlungen ein, wir befinden uns hier auf neutralem Gebiet.«

Ein Pfeil sauste direkt an Aidens Kopf vorbei, und nun sah er die Angreifer in der Dunkelheit auftauchen: ein halbes Dutzend Fae auf riesigen Libellen, allesamt bewaffnet mit Pfeil und Bogen.

»Prima Plan, Kumpel«, knurrte Celmar. »Abflug, sofort.«

Aiden verstand ihn auch in seiner Menschengestalt. »Warte«, sagte er, dann wandte er sich deutlich lauter erneut an die Fae. »Ich bin der Thronfolger der Draconis. Bitte stellt sofort sämtliche –«

Weiter kam er nicht, denn ein Hagel aus Pfeilen sauste auf sie zu. Verdammt, warum hörten die Fae nicht auf ihn? Mit ihrer Attacke begingen sie einen Kriegsakt – was ihnen offensichtlich egal war.

Kopfüber sprang Aiden in die Tiefe.

Kapitel 20

Kailey

Kurz verspürte ich ein schlechtes Gewissen, weil ich den Befehl meines Onkels missachtete, doch dann schob ich dieses Gefühl beiseite. Er hatte mir nicht direkt verboten, die Drachen zu verfolgen. Zudem war ich inzwischen nur noch Aiden auf den Fersen und nicht mehr Sharni. Das, was ich hier tat, konnte demnach nicht falsch sein. Damian würde das – hoffentlich – ebenso sehen.

Ich hielt genügend Abstand, während ich den Drachen auf Puck durch die Nacht hinterherflog – gerade so viel, dass ich sie noch am Horizont ausmachen konnte. Alles andere wäre zu riskant. Keinesfalls durften sie mich entdecken und schon gar nicht erkennen. Für den Notfall trug ich daher nicht nur die Mütze, sondern hatte mein Gesicht auch mit einer schwarzen Maske bedeckt; so verschmolz ich noch besser mit der Dunkelheit.

Irland zog unter uns vorbei, und je weiter wir uns von Dublin beziehungsweise Malahide entfernten, desto öfter fragte ich mich, was die Drachen vorhatten. Nachdem wir schließlich das Grenzgebiet in der Nähe von Limerick erreicht hatten, verlangsamten die Drachen endlich ihr Tempo. Auch ich drosselte Puck. Was wollten Aiden und Celmar hier, so nahe der Grenze zum Fae-Gebiet? Wenn sich Fae in der Nähe befanden und zwei Drachen erspähten … Man sah Aiden schließlich nicht an, dass er der Thronfolger war, und in seiner wahren Gestalt konnte er nicht mit uns kommunizieren. Warum gingen sie dieses Risiko ein? Was war passiert?

Der Gedanke war noch nicht verklungen, da hörte ich ein viel zu vertrautes Geräusch: durch die Nacht sausende Pfeile. Ohne nachzudenken, drückte ich meine Beine in Pucks Flanken, um die Königinnenlibelle voranzutreiben. In der Ferne erblickte ich Aiden, der unbekleidet in seiner Menschengestalt auf Celmars schuppigem Rücken stand, den beiden gegenüber ein halbes Dutzend bewaffneter Fae auf Königinnenlibellen. Ich war verwirrt. Warum hatte sich Aiden in einen Menschen verwandelt? Er schien etwas zu sagen, doch aus dieser Entfernung verstand ich trotz meines guten Gehörs kein Wort, und dann stürzte er sich plötzlich in die Tiefe. Für einen Moment war er nicht mehr zu sehen, doch schon im nächsten erhob sich ein bordeauxrot geschuppter Drache mit kräftigen Flügelschlägen neben Celmars grauer Drachengestalt in die Luft.

Die Fae ließen ihre Pfeile auf die beiden hinabsausen, noch während Aiden sich verwandelte. Ich zog mich wieder zurück und beschloss, mich vorerst aus der Sache herauszuhalten. Sechs Fae gegen zwei Drachen, das sollte kein Problem sein, und ich wollte meine Tarnung nicht unnötig aufgeben. Aiden wusste zwar längst, was ich war, doch wenn ich offen gegen ihn kämpfen würde, hätte ich gar keine Chance mehr, sein Vertrauen zu gewinnen. Außerdem durfte mein Onkel nicht erfahren, dass ich in der Nähe war.

Ganz wohl war mir bei der Sache jedoch nicht. Warum griffen meine Leute die Drachen an?

Celmar wehrte sich mit Feuer gegen die Angreifer, doch genau wie ich war einer der Fae Feuerwandler. Dass die Drachen es auch immer wieder versuchten. Ich schüttelte den Kopf. Wenn ein ganzer Trupp Fae losgeschickt wurde, war immer mindestens ein Feuerwandler dabei. Mich sollte es nicht stören, allerdings wunderte es mich schon, wieso die Drachen das nach all den Jahrhunderten immer noch nicht kapiert hatten.

Mühelos konnten wir Fae durch den Rauch hindurchsehen. Die Pfeile trafen Celmar am Rücken – nicht tödlich, doch schmerzhaft. Einer ging daneben. Nein, er traf Aiden! Er brüllte und riss das Maul auf. Also bitte, ich hätte ihn für intelligenter gehalten, doch da sah ich, dass er kein orange glühendes Feuer spuckte – aus seinem Maul schossen kristallblaue Flammen hervor. Die Hitze blieb aus, stattdessen kroch Kälte durch meinen Körper.

Eisfeuer? Es gab sie also tatsächlich – Drachen, die Eisflammen spien? Auch die anderen Fae waren völlig perplex. Zwei von ihnen wurden von ihren Königinnenlibellen gerissen. Einer fiel daraufhin ins Bodenlose, sein Schrei hallte durch die Nacht, der andere konnte sich gerade noch festhalten – bis er von Celmars Flamme getroffen wurde. Er musste loslassen, doch bevor auch er abstürzte, fing ihn zum Glück einer der anderen Fae mit seiner Königinnenlibelle auf.

Celmar suchte nun die direkte Konfrontation. In Schlangenlinien flog er auf die verbliebenen Fae zu und attackierte sie mit seinem Schwanz oder den Krallen, während Aiden unaufhörlich sein Eisfeuer ausstieß. Die fünf Fae schossen zwar weiterhin mit Pfeilen auf die Drachen, doch da sie sich gleichzeitig in Deckung bringen mussten und Celmar sich ihnen zu sehr näherte, waren sie dabei wenig effektiv. Pfeile waren auf einen Kampf in der Distanz ausgerichtet, was Celmar gnadenlos ausnutzte. Auf diese Weise würde das Ganze nicht gut für meine Landsleute enden. Mir blieb keine Wahl. Ich musste eingreifen, wenn ich nicht dabei zusehen wollte, wie sie alle starben.

Ich drückte die Beine gegen Pucks Flanken und riss meine Schwerter heraus. Im Sturzflug raste ich auf Celmar zu und verpasste ihm mit dem Schwert einen Seitenhieb. Fast tat es mir leid, immerhin hatte ich keinen Grund, ihn anzugreifen, aber er war gerade dabei, meine Leute niederzumähen. Ich musste ihnen helfen.

Während meiner Aktion konnte zumindest einer der Fae Abstand gewinnen und präzise Pfeile abfeuern – was deutlich einfacher gewesen wäre, hätte Celmar nicht plötzlich verrückt gespielt. Ohne Rücksicht auf Verluste bewegte er sich mit einem Mal wild hin und her; sein Schwanz schien überall zu sein und riss einen Fae fast von seiner Libelle. Ich warf ihm eines meiner Schwerter zu, damit er sich besser wehren konnte.

Auch Aiden wurde nicht müde, sein Eisfeuer auf uns loszulassen, ohne dass ihn jemand daran hindern konnte. Ich hatte es längst versucht, doch die blauen Flammen ließen sich nicht in Rauch verwandeln. Trotzdem beschloss ich, mich erst mal um ihn zu kümmern, solange die anderen Celmar halbwegs in Schach hielten.

Einer der Fae merkte, was ich vorhatte, als ich die Richtung wechselte und auf Aiden zuflog. Mit Pfeilen hielt er mir den Rücken frei, sodass Aiden mich zumindest nicht ununterbrochen mit seinem Eisfeuer attackieren konnte. Als ich ihn erreichte – von hinten, um nicht doch noch von den blauen Flammen getroffen zu werden –, bohrte ich mein Schwert in seinen Schwanz. Das war wenigstens nicht tödlich. Ich hatte keine Ahnung, was hier gespielt wurde, und musste deshalb vorsichtig sein. Es ging mir nur darum, die Drachen zu schwächen – oder im besten Fall zum Rückzug zu bewegen – und meine Leute zu beschützen. Irgendwie mussten wir unbeschadet aus der Nummer herauskommen. Aiden war der Thronfolger der Draconis. Wenn er sterben würde, wären die Folgen undenkbar. Das durfte nicht passieren; zumindest wollte ich nicht dafür verantwortlich sein.

Aiden brüllte, offensichtlich hatte er den Schlag nicht kommen sehen, und wirbelte überraschend schnell zu mir herum. Den Eisflammen konnte ich gerade noch rechtzeitig ausweichen. Ich warf mein Schwert in die Höhe, sodass es sich einmal um sich selbst drehte, und fing es mit der linken Hand wieder auf, um es im selben Zug gegen Aidens Maul zu schlagen. Dann wandte ich mich auf Puck ab, während Aiden seine Wunden leckte. Ich hatte genug getan und wollte nicht, dass dieser Kampf doch noch tödlich endete. Aiden ließ mich gehen, obwohl es ihm ein Leichtes gewesen wäre, mir zu folgen. Ich hatte ihn nicht schwer getroffen.

Celmar hatte sich in der Zwischenzeit einige Pfeile eingefangen, hielt sich jedoch nach wie vor gut gegen die Fae. Allerdings gab er ebenso wie Aiden keine einhundert Prozent mehr, und das war mir zuvor schon aufgefallen. In seiner Wut hatte sich Celmar mit allem gewehrt, was er hatte; das sah nun ganz anders aus. Er und Aiden schienen nicht darauf aus zu sein, jemanden zu töten. Sie wollten nur nicht selbst getötet werden.

Ich überlegte gerade, was ich tun konnte, um den Kampf zu beenden, als Celmar sich erneut mit einer Stichflamme wehrte und im Rauch den Rückzug antrat. Er schoss auf Aiden zu, und die beiden verschwanden in der Dunkelheit, gefolgt von einigen Pfeilen.

Erleichtert atmete ich auf und wandte mich kurz den Fae zu. Inzwischen waren sie wieder zu sechst, der abgestürzte Fae hatte sich offensichtlich retten können. Auch die anderen sahen so weit unversehrt aus. Am liebsten wäre ich selbst sofort abgehauen, allerdings hatte einer der Fae mein Schwert, und die Gefahr, dass Damian es erkennen würde, war zu groß.

Einen Moment lang spielte ich mit dem Gedanken, die Fae darum zu bitten, der Königin beziehungsweise ihren Beratern – vor allem meinem Onkel – nicht zu verraten, dass ich hier gewesen war. Doch ich wusste, dass ich das nicht verlangen konnte. Zum einen gab ich mich damit erst recht zu erkennen, zum anderen würde es ohnehin nichts bringen. Wenn wir Fae eine Charaktereigenschaft besaßen, dann war es die Loyalität gegenüber der Krone.

Ich wartete einen günstigen Augenblick ab, flog blitzschnell auf den Fae zu, entriss ihm mein Schwert und trat nun selbst den Rückzug an. Völlig überrumpelt riefen meine Landsleute mir durcheinander hinterher, doch ich ließ mich nicht aufhalten.

Mein Herz schlug rasend schnell, als ich zusammen mit Puck zurück nach Dublin durch die Nacht jagte. Inzwischen war ich auf Höhe der Slieve Bloom Mountains, die ich zu gern bei Tageslicht gesehen hätte. Hier gab es sogar einen Wasserfall, den ich in der Ferne rauschen hörte. Es war äußerst unwahrscheinlich, dass mir jetzt noch jemand folgte, sofern die Fae mir überhaupt gefolgt waren. Trotzdem verlangsamte ich mein Tempo nicht. Ich hoffte nur, dass mich niemand erkannt hatte.

Was war da gerade passiert? Immer wieder stellte ich mir diese Frage. Aiden und Celmar hatten sich nicht auf Fae-Territorium befunden. Nah an der Grenze, ja, aber nicht auf unserem Hoheitsgebiet. Warum also war es zum Kampf gekommen? Mir fehlten einige entscheidende Sekunden, in denen etwas Wichtiges passiert sein musste. Hatten die Drachen womöglich den Kampf gesucht? Ehrlich gesagt konnte ich mir das nicht vorstellen. Als ich dazukam, flogen bereits Pfeile durch die Luft, und zu diesem Zeitpunkt war Aiden noch ein Mensch gewesen. Dennoch hatte ich den Fae geholfen. Sie gehörten zu meinem Volk, und für Fragen war keine Zeit geblieben. Wenn Drachen und Fae gegeneinander kämpften, musste ich nicht überlegen, auf wessen Seite ich mich schlug. Wohl hatte ich mich allerdings nicht dabei gefühlt, die Drachen grundlos anzugreifen, denn ich hatte keinen entsprechenden Auftrag von der Fae-Königin bekommen. Deshalb war ich auch nicht unglücklich darüber, dass Aiden und Celmar fliehen konnten. Mein Befehl lautete schließlich nicht, Aiden zu töten. Wäre er bei dem Kampf gestorben, womöglich noch durch meine Hand, hätte ich unter Umständen etwas vermasselt, was viel größer war als meine Mission. Ich wusste nicht, welche Pläne die Fae-Königin hatte, und durch meine Unwissenheit hätte ich einen Krieg heraufbeschwören können. Vielleicht war es Sinn und Zweck des Angriffs gewesen, die Drachen am Herumschnüffeln zu hindern? Denn was hatten sie sonst so nah an der Grenze getrieben?

Mein Handy klingelte, was ich trotz meiner guten Ohren fast überhört hätte, so tief war ich in meine Gedanken versunken. Ich verlangsamte den Flug ein wenig, um das Handy aus meiner Jackentasche zu ziehen. Als ich sah, dass es Damian war, zögerte ich einen Moment, doch ich konnte ihn nicht ignorieren. Dann würde ich ihn erst recht misstrauisch machen. Hoffentlich täuschte mich mein ungutes Bauchgefühl und er rief nicht an, weil er erfahren hatte, was passiert war. Es konnte immerhin sein, dass er mir zum Geburtstag gratulieren wollte. Inzwischen war es kurz nach Mitternacht, wie mein Handy anzeigte, damit war ich also offiziell achtzehn Jahre alt.

Ich atmete tief die kühle feuchte Luft ein, ehe ich das Gespräch entgegennahm. »Onkel Damian, hallo.«

»Wo bist du?« Seine Stimme klang wenig begeistert.

Ich schluckte und brachte Puck mit dem Druck meiner Beine

dazu, die Fluggeschwindigkeit weiter zu drosseln. Damian durfte keinesfalls Fluggeräusche oder etwas anderes Verdächtiges hören, denn ganz offensichtlich war das kein Geburtstagsanruf.

»Auf dem Campus, meine Mitbewohnerin und ich haben gerade angestoßen. Warum fragst du?« Noch während ich ihm die Lüge auftischte, wusste ich, dass es ein Fehler war.

»Lüg mich nicht an!«, brauste Damian auf. »Mir ist eben zu Ohren gekommen, dass die postierten Fae in der Nähe der Grenze unerwartete Hilfe von einem Landsmann bekommen haben – oder besser gesagt von einer Landsfrau. Figur und Bewegungen waren eindeutig weiblich, außerdem war die Fae eine außerordentlich gute Schwertkämpferin. Das kannst nur du gewesen sein!«

»Es tut mir leid, ich wollte dich nicht anlügen«, sagte ich leise, doch mein Onkel unterbrach mich, ehe ich mich richtig bei ihm für die Lüge entschuldigen konnte.

»Was soll das, Kailey? Hatte ich dir nicht klipp und klar gesagt, den Drachen nicht zu folgen? Du darfst dir keinen Fehler erlauben, und dann missachtest du meinen Befehl? Was denkst du dir dabei?«

Das schlechte Gewissen war dahin, und ich straffte die Schultern. Es war mit Sicherheit falsch gewesen, meinen Onkel anzulügen, aber ansonsten hatte ich mir nichts vorzuwerfen. »Es tut mir leid, Onkel Damian, doch ich habe nichts falsch gemacht. Du hast mir verboten, Sharni zu folgen, und das habe ich auch nicht. Ich bin Aiden gefolgt, was im Übrigen meine Aufgabe ist, denn ich soll in seiner Nähe bleiben, wenn ich mich nicht irre. Ich hatte ein seltsames Gefühl, was ihn angeht, und habe meinem Instinkt vertraut. Genau das hattest du mir geraten, du erinnerst dich? Und ganz offensichtlich lag ich nicht völlig daneben, denn immerhin kam es zum Kampf zwischen dem Thronfolger der Drachen, seinem Bodyguard und ein paar Fae. Als unsere Leute zu unterliegen drohten, habe ich sie unterstützt, mehr nicht. Wenn das falsch war, tut es mir wie gesagt leid.« Möglicherweise war ich unfair und pampig, aber das war mir egal. Ich würde mir keinen weiteren Fehler auf die Fahne schreiben, den ich nicht begangen hatte.

Mein Onkel schwieg eine Weile, und je länger das Schweigen andauerte, desto unwohler fühlte ich mich. Ich schloss die Augen. Hoffentlich war er nicht weiterhin wütend auf mich. Ich fand es nicht fair, wie er mich behandelte, aber ich wollte auch nicht, dass Damian und ich stritten oder böse aufeinander waren. Wir hatten immer ein gutes Verhältnis gehabt, und das sollte nicht durch diese Mission kaputtgehen. Ich hatte ihn noch nie angelogen und wusste auch nicht so recht, warum ich es getan hatte, weil es an meinem Handeln tatsächlich nichts auszusetzen gab.

»Es tut mir leid, wirklich. Ich hätte dich vorher fragen sollen, ob es okay ist, wenn ich Aiden folge. Das nächste Mal werde ich es tun, du hast mein Wort.«

Damian seufzte. »In Ordnung, Kailey. Ich wollte dich auch nicht anfahren. Es ist nur … Du hättest dich nicht einmischen dürfen, ohne zu wissen, worum es überhaupt geht. Dem Thronfolger der Drachen darf nichts passieren, und die Königin soll nicht noch einen Grund bekommen, schlecht von dir zu denken. Du bist eine ausgezeichnete Kriegerin, du kannst es richtig weit bringen, und ich will nicht, dass du dir jetzt alles kaputt machst, was du dir so mühsam aufgebaut hast. Verstehst du das?«

»Natürlich verstehe ich das.«

Das war eine weitere Lüge; ich verstand kein Wort. Warum hatten die Fae Aiden angegriffen, wenn ihm nichts passieren durfte? Hatten sie nicht gewusst, wer er war? Hatten sie eigenmächtig gehandelt?

Doch das hätte ernst zu nehmende Konsequenzen, so ein Risiko würde niemand aus unserem Volk freiwillig eingehen. Auch wenn ich brennend nach Antworten suchte, traute ich mich nicht, weiter nachzuhaken, was im Grunde absurd war. Wie konnte es sein, dass ich diese Fragen nicht stellen durfte?

»Ich habe deine Befehle nicht bewusst missachtet, und ich möchte mich bei dir entschuldigen, dass ich nicht gleich die Wahrheit gesagt habe«, fuhr ich stattdessen fort. »Ich schätze, ich hatte Angst, dass du dann sauer auf mich bist.«

»In Ordnung«, sagte Damian erneut.

»Es gibt da noch etwas, das du wissen solltest.« Endlich bekam ich die Gelegenheit, Damian von meiner Entdeckung zu berichten. Hoffentlich konnte ich ihn damit versöhnlich stimmen. »Der Drachenprinz spuckt kein gewöhnliches Feuer, sondern Eisfeuer.«

»Eisfeuer? Bist du sicher?«

»Absolut. Ich habe es mit eigenen Augen gesehen.«

»Dann ist es also nicht bloß eine Legende. Ungewöhnlich, äußerst ungewöhnlich. Das wird die Königin auf jeden Fall interessieren.« Nach einer kurzen Pause fügte er hinzu: »Danke, Kailey. Sieh zu, dass du zurück nach Dublin kommst. Morgen geht das College los, und du solltest ausgeschlafen sein.« Er legte auf, ohne mir die Chance zu geben, etwas zu erwidern.

Enttäuschung machte sich in mir breit, als ich das Handy wegsteckte und Puck dazu brachte, wieder schneller zu fliegen. Ich hatte mit einer heftigeren Reaktion gerechnet, denn ein Drache, der Eisflammen spie, war mehr als ungewöhnlich. Fae erzählten sich uralte Geschichten, wonach vor Zehntausenden von Jahren Drachen mit dieser Fähigkeit existiert hatten. Angeblich waren sie für die Kaltzeiten verantwortlich. Aber diese Geschichten galten nur als

Legenden, mit denen sich unsere Vorfahren erklärt hatten, wieso langsam, aber stetig die halbe Welt von Eis überzogen worden war. Ganz offensichtlich handelte es sich nicht um Legenden, und dafür war Damian ziemlich beherrscht gewesen. Zugegeben, es war nicht seine Art, wegen einer Sache völlig aus dem Häuschen zu sein, und trotzdem ...

Doch das war nicht der einzige Grund für meine Enttäuschung. Mein Onkel hatte meinen Geburtstag noch nie vergessen, und ich hatte ihn zu Beginn unseres Gesprächs quasi mit der Nase darauf gestoßen. Aber gut, ich hatte ihn zuvor auch noch nie angelogen. Damit waren wir wohl quitt, doch das ungute Gefühl blieb. Warum hatte er mir nicht gratuliert? Hatte er wirklich nicht daran gedacht? Oder war es wahrscheinlicher, dass er entgegen seiner Aussage nach wie vor wütend auf mich war? Wie gern hätte ich ihn gefragt, warum die Fae in der Nähe der Grenze gewesen waren, aber ich hatte mich nicht getraut. Das kannte ich nicht von mir. Ich hatte meinem Onkel immer alles sagen können, ihn immer alles fragen können, auch wenn er nicht auf alle Fragen antworten durfte. Jetzt fürchtete ich, er könnte es in den falschen Hals bekommen, wenn ich wissen wollte, warum sich die Fae auf einen Kampf mit den Drachen eingelassen hatten.

Ich legte meinen Kopf an die Stelle, wo Pucks Hals wäre, wenn sie denn einen hätte. »Happy Birthday, Kailey«, sagte ich leise zu mir selbst.

Kapitel 21

Sharni

»Wir sind echt in London. Ist das nicht der Wahnsinn?« Begeistert blickte ich aus dem Fenster.

Nach dem langen Flug hatte ich einen Mordshunger gehabt, und Niall hatte mich nicht nur in irgendein Restaurant geführt, sondern ein absolutes Highlight ausgewählt. Das Restaurant im vierzigsten Stockwerk des Heron Tower war richtig schick, bot viel Kristall, bequeme Ledersitzgruppen und vor allem eine fantastische Aussicht über die Stadt. Da es noch früh am Morgen war, hatten wir den besten Tisch bekommen mit direktem Blick auf Gherkin, ein einhundertachtzig Meter hohes Gebäude, das aussah wie eine bunte Rakete. Im Hintergrund sah ich die Themse und die Tower Bridge.

»Totaler Wahnsinn.« Grinsend schob sich Niall ein Stück Waffel in den Mund.

»Sorry, ich klinge bestimmt wie ein Kleinkind am Weihnachtsmorgen.«

Niall grinste immer noch. »Na und? Ich mag es, wenn du dich so sehr für etwas begeistern kannst.« Er spießte seine Gabel erneut in die Waffel, die mit Beeren, Vanilleeis und Puderzucker garniert war. Ich hatte mich stattdessen für die typisch englische Variante entschieden: Hähnchenbein mit Ei und Sirup auf einer süßen Waffel. »Dass du so etwas am frühen Morgen essen kannst«, meinte Niall.

»Ich esse ja auch Black Pudding zum Frühstück.« Das war eine Art Blutwurst, die hauptsächlich aus Schweineblut und Haferflocken bestand und häufig mit Minze gewürzt war.

»Mag ich auch nicht, schon gar nicht zum Frühstück.«

»Du hast keine Ahnung, was du verpasst«, erwiderte ich kauend. Das Essen war fast noch besser als die Aussicht. »Hier, probier mal.« Ich hielt Niall eine volle Gabel entgegen, doch er wich zurück.

»Nee, danke, ich bleibe bei meiner süßen Variante.«

Ich verdrehte die Augen. »Kaum zu glauben, dass du Ire bist.«

»Ich bin Ire, aber nicht irre.«

»Sehr witzig.«

Ein älteres Paar betrat das Restaurant hoch über London, einen Scottish Terrier im Schlepptau. Obwohl sie ziemlich weit von uns entfernt standen, sah der Hund mit dem schwarzen Fell in unsere Richtung und kläffte. Er schien instinktiv zu spüren oder zu riechen, was wir waren. Seufzend schob ich mir den letzten Bissen in den Mund, trank meinen Orangensaft und warf noch einen langen Blick aus dem Fenster, bevor ich mich endgültig Niall zuwandte.

»Wir sollten zum Holland Park aufbrechen, was meinst du? Noch dürfte es dort relativ leer sein.«

Niall nickte und wischte sich mit einer Serviette den Puderzucker vom Mund. »Das sollten wir, deshalb sind wir schließlich hier.«

Wir bezahlten, verließen das Restaurant und stiegen nur wenig später an der Haltestelle Liverpool Street in die Tube. Zu gern wäre ich oberirdisch gefahren, um mehr von London zu sehen – den Hyde Park, Big Ben, Covent Garden –, aber das musste warten, bis unsere Aufgabe erledigt war.

Acht Haltestellen später, am Notting Hill Gate, stiegen wir aus und liefen noch ein paar Minuten, ehe wir den Holland Park erreichten. Er war gerade erst geöffnet worden, und wir schienen die ersten Besucher zu sein. Durch ein hohes schmiedeeisernes Gitter betraten wir den Park und sahen uns suchend um. Es dauerte ein paar Minuten, bis wir den japanisch anmutenden Park fanden, den ich auf den Bildern des Fae-Abgesandten gesehen hatte. Dabei handelte es sich um den Kyoto Garden, der sich mitten im Holland Park befand. Hier war also Ende Juni angeblich der Drache gesichtet worden. Inzwischen sah der Kyoto Garden nicht einmal mehr ansatzweise so verwüstet aus wie auf den Bildern. Der Steg, der über den Teich führte, war instand gesetzt worden, ebenso die Steinskulpturen im seichten Wasser, in dem wieder in aller Seelenruhe Fische schwammen. Bäume und Büsche waren nicht mehr entwurzelt, umgeknickt oder kahl. Sie waren neu gepflanzt worden, blühten in ihrer schönsten Pracht und nahmen bereits die Farben des Herbstes an: Gelb, Orange, Rot und Braun, doch noch war auch viel Grün dazwischen. Der Wasserfall plätscherte, und ein Pfau stromerte umher. Misstrauisch beäugte er uns, als wolle er uns fragen, warum wir ihn so früh am Morgen störten. Als wir näher kamen, schrie er, plusterte sich auf und lief davon – jetzt hatte auch er erkannt, was wir waren. Sogar das Vogelgezwitscher setzte aus, man hörte nur noch das entfernte Geräusch von Motoren. Zum Glück hatten Menschen nicht denselben Instinkt wie Tiere.

Abgesehen vom aufgebrachten Pfau war es hier im Kyoto Garden sehr idyllisch, sogar das Wetter spielte mit. Es war zwar ein bisschen kühl, und über London hing ein leichter Dunst, doch es regnete nicht. Auf den ersten Blick erinnerte nichts an die Verwüstung, die vor zwei Monaten hier stattgefunden hatte.

»So ein Mist!«, murmelte ich. »Wir kommen zu spät.«

»Jetzt mal ganz langsam«, meinte Niall. »Was ist dir auf dem Bild des Fae-Abgesandten aufgefallen?«

»Entwurzelte Büsche, abgebrochene Äste, verkohlte Bäume, und das Gras war größtenteils verbrannt. Es liegt durchaus im Bereich des Möglichen, dass hier ein Drache unterwegs gewesen ist. Auf jeden Fall hat hier jemand ziemlich gewütet und dabei so einiges in Brand gesetzt.«

Niall erwiderte nichts, sondern sah sich gründlich um. Er hockte sich auf den Boden, um den Rasen zu untersuchen, und inspizierte jeden Busch.

»Komm mal her«, sagte er schließlich, als er seitlich des Wasserfalls die Flora genauer betrachtete.

Ich stand unterhalb des Wasserfalls auf dem Steg, der über den Teich führte, und wollte gerade zu Niall gehen, als ich sie entdeckte – vier Fae. Sie hatten sich nicht einmal die Mühe gemacht, ihren Glamour zu verstärken. Verdammt, was nun? Mein Herz raste. Am liebsten hätte ich sie sofort attackiert und ihnen ihr freches Grinsen aus dem Gesicht geschlagen, doch ich sah keine Möglichkeit, sie in meiner wahren Gestalt anzugreifen. Es war zwar früh am Morgen, und wir waren vermutlich immer noch allein im Park, aber es war dennoch zu riskant. In der Juninacht war sicher auch niemand in diesem Park unterwegs gewesen, und trotzdem hatte irgendjemand angeblich einen Drachen gesehen. Wenn wir jetzt unvorsichtig waren, würde uns das in nur noch mehr Schwierigkeiten bringen. Wahrscheinlich waren die Fae sogar deshalb hier – um uns zu reizen und uns dadurch weitere Probleme einzuhandeln. Oder um uns daran zu hindern, Beweise für unsere Unschuld zu finden, doch den Gefallen würde ich den Fae nicht tun. Ich würde ganz sicher nicht weglaufen. Wut stieg in mir auf und schenkte mir die

Kraft und Stärke, die ich brauchte, um mich auch als Mensch gegen die Fae behaupten zu können.

Niall stand auf einmal neben mir. Keine Ahnung, wie er es so schnell und lautlos zu mir geschafft hatte. Auch die Fae setzten sich langsam in Bewegung und kamen auf uns zu. Zwei von ihnen bewaffneten sich mit Pfeil und Bogen, die anderen beiden zogen jeweils zwei Messer aus ihren Gürteln, die sich in Schwerter verwandelten. Sie hantierten damit herum wie arrogante Ninjas. Niall kramte derweil in seinem Rucksack und reichte mir ein Messer, das sich dummerweise nicht in etwas Größeres verwandelte. Sprachlos warf ich ihm einen schnellen Seitenblick zu.

»Dein Ernst?«

»Sorry, wir Drachen haben normalerweise andere Qualitäten.«

Ich schüttelte den Kopf. Gut, dass ich selbst vorgesorgt hatte. Celmar hatte mich vor unserer Abreise mit ein paar nützlichen Gegenständen eingedeckt. Ich riss meinen Rucksack herunter und leerte den Inhalt kurzerhand auf dem Boden aus. Zum Vorschein kamen Wurfsterne, Granaten, Schlagstöcke und ein Elektroschocker. Dieses Mal warf Niall mir einen Seitenblick zu.

»Dein Ernst?«

»Du kannst dich später bei mir bedanken.« Ich wählte ein paar Waffen aus und schob den Rest Niall zu.

Die Fae hatten sich inzwischen auf der anderen Seite des Teichs positioniert und funkelten uns herausfordernd an. Wie auf ein unsichtbares Zeichen hin rannten sie jeweils in Zweiergruppen auf uns zu. Ich machte eine Granate scharf und schleuderte sie den Fae entgegen, während ich im letzten Moment dem ersten Pfeilhagel entging. Leider verfehlte die Granate ihr Ziel. Die zweite Fae katapultierte sie mit der Klinge ihres Schwerts nach hinten, wo sie auf der Wiese aufkam und mit einem lauten Knall explodierte. Grasbüschel und kleine Steine flogen durch die Luft.

Fae waren schnell und flink. Selbst in meiner Drachengestalt wären sie keine leichten Gegner, doch davon ließ ich mich nicht einschüchtern. Jetzt konnte ich mich vielleicht nicht verwandeln und hatte nichts als popelige Menschenwaffen bei mir, aber ich war wütend. Richtig wütend.

Die Fae hatte mich erreicht und attackierte mich mit ihren Schwertern, während ihr männlicher Partner mit dem Bogen weiter entfernt stehen blieb und mich mit Pfeilen beschoss. Die Hoffnung, dass sich der Pfeilregen von allein einstellen würde, ließ ich gar nicht erst aufkommen. Fae hatten magische Begabungen, deshalb war ich mir ziemlich sicher, dass dem Fae die Pfeile nicht einfach ausgehen würden. Mir blieb keine Wahl, als permanent auszuweichen oder unter Klingen hinwegzutauchen. Ein Pfeil verfehlte mich nur knapp; ich konnte hören, wie er an meinem Ohr vorbeisauste. Gleichzeitig traf mich fast die Klinge der Fae. *Okay, das reicht.* Im Zickzackkurs rannte ich auf den Fae mit Pfeil und Bogen zu und versetzte ihm einen dermaßen heftigen Tritt, dass er rückwärts in den Teich fiel. Auch wenn mir eigentlich keine Zeit dafür blieb, entsicherte ich eine zweite Granate und warf sie ihm hinterher. Die weibliche Fae, die mir gefolgt war, holte derweil mit ihren Schwertern aus und traf mich am Arm. Während es knallte und eine Wasserfontäne in die Luft schoss, warf ich mit dem unversehrten Arm einen Wurfstern in Richtung ihres Oberkörpers. Sie wich ihm aus, und ich nutzte die wertvollen Sekunden, um sie auf einer Seite zu entwaffnen. Ich trat gegen ihren Arm, und das Schwert in ihrer Hand segelte zu Boden. Bevor es dort aufkam, stieß ich mit dem Fuß gegen den Griff. Es flog wieder hoch, drehte sich in der Luft, und ich konnte es auffangen, um sofort den nächsten Angriff zu parieren. Das Aufeinanderprallen der Klingen erfüllte den Morgen und wurde vom Explodieren einer weiteren Granate unterbrochen, die Niall geworfen hatte. Die Fae traf mich wieder am Arm, fast genau an derselben Stelle wie zuvor. Ich zuckte zusammen, gab für einen winzigen Augenblick die Deckung auf. Die Fae nutzte die Gelegenheit sofort, um erneut mit dem Schwert auszuholen. Die Klinge traf mich ein drittes Mal, jetzt an der Hüfte, und das Schwert rutschte mir aus der Hand. Keuchend beugte ich mich nach vorn, gleichzeitig streifte mich das Schwert der Fae am Hals, und sie versetzte mir einen Tritt. Ich verlor das Gleichgewicht, kippte nach hinten und landete auf dem Boden. Ein erneutes Keuchen entfuhr mir, als mir kurz die Luft wegblieb. Die Fae verlor keine Zeit und attackierte mich weiter. Für einen Moment war das Bedürfnis, mich zu verwandeln, so groß, dass mir ein übermenschliches Knurren entfuhr. Die Fae zuckte zurück, offenbar rechnete sie ebenfalls mit der Verwandlung, und schenkte mir dadurch ein paar wertvolle Sekunden.

Das Schwert war außer Reichweite, deshalb rollte ich mich zur Seite und konnte nur knapp verhindern, dabei im Teich zu landen. Ich sprang auf, zog den Elektroschocker aus meiner Hosentasche und verpasste der Fae einen Stoß, nachdem ich ihr das Schwert aus der Hand getreten hatte. Sie zitterte, bevor sie in die Knie ging und für einen Moment orientierungslos wirkte. Suchend sah ich mich nach Niall um, der gerade auf mich zukam. Er hatte seine beiden Angreifer ebenfalls ausgeschaltet. Einer hing über dem Ast eines Baums, wie auch immer er dort hingekommen war, der andere schwamm zusammen mit meinem bäuchlings im Wasser.

»Perfektes Timing«, sagte ich.

»Autsch, die hat dich aber ganz schön erwischt.«

Niall wollte meine Wunden begutachten, doch ich schob ihn beiseite, denn die Fae kam schon wieder zu sich. Ich bedeutete Niall mit dem Kopf, die beiden Schwerter einzusammeln, was er sofort tat. Währenddessen hielt ich der Fae ein Messer direkt an die Halsschlagader.

»Was soll das?«, fuhr ich sie an. »Was habt ihr vor? Uns in einen Krieg zwingen, indem ihr uns einen Drachenangriff in London unterstellt und uns dann daran hindern wollt, Beweise für unsere Unschuld zu finden?« Die Fae gab keine Antwort und grinste nur blöd. Ich schlug ihr mitten ins Gesicht. »Rede gefälligst!« Wieder kam keine Antwort. Ich verpasste der Fae einen zweiten Elektroschock. Stöhnend kippte sie nach hinten. Bevor ich voller Wut zutreten konnte, packte Niall mich am Arm.

»Sharni«, sagte er nur und schüttelte den Kopf.

Ich holte tief Luft und musste mich regelrecht dazu zwingen, mich zu beruhigen. Ich war rasend vor Wut und hätte die Fae am liebsten so lange attackiert, bis sie ihren letzten Atemzug tat. Doch ich wusste, dass Niall recht hatte. Das war nicht richtig. Sich im Kampf zu wehren und zu töten war das eine, doch der Kampf war vorbei.

Ich blickte mich um. Der Kyoto Garden sah lange nicht so schlimm aus wie Ende Juni, zumal kein Feuer zum Einsatz gekommen war, doch der Angriff hatte durchaus Spuren hinterlassen. Die Granaten hatten Löcher in den Rasen gerissen, auch wenn man diesen sicher relativ schnell wieder ausbessern konnte. Die Splitter von den Explosionen waren eine andere Hausnummer, aber Hauptsache, nichts deutete erneut auf Drachenaktivitäten hin. Die Pfeile in der Botanik lenkten den Verdacht jedenfalls nicht auf uns Draconis.

Im Hintergrund waren Sirenen zu hören, es hatte also tatsächlich jemand etwas mitbekommen.

»Lass uns verschwinden«, sagte Niall.

Hastig packten wir unsere Sachen zusammen. Niall lief noch schnell zu der Stelle seitlich des Wasserfalls, zu der er mich gerufen hatte, als die Fae plötzlich aufgetaucht waren. Dann rannten wir los, während die Sirenen immer lauter wurden.

Kapitel 22

KAILEY

Der Wecker klingelte und riss mich aus einem seltsamen Traum. Ich schaltete ihn aus und ließ mich wieder ins Kissen sinken. Na super, jetzt träumte ich auch noch von den Drachen. Meine Gedanken wanderten zur gestrigen Nacht, doch ich hatte keine Lust, mich erneut damit zu befassen.

Ich schlug die Bettdecke zurück und griff nach meinem Handy, um es einzuschalten. Cassandras Bett war leer, aus dem Bad war Wasserrauschen zu hören. Als ich mich heute Nacht in unser Zimmer geschlichen hatte, war es dunkel gewesen, und Cassandra hatte bereits geschlafen.

Mein Handy zeigte den Eingang von zwei neuen Nachrichten an. Eine davon war von meinem Onkel; ich öffnete sie zuerst.

Hallo, Kailey. Bitte entschuldige, dass ich dir nicht gratuliert habe, das war keine Absicht. Ich wünsche dir alles Gute für dein neues Lebensjahr! Auch die Königin lässt ihre Glückwünsche übermitteln.
Gruß, Damian

Mein Herz machte einen Satz. Sogar die Königin gratulierte mir? Dann war noch nicht alles verloren. Damian hatte meinen Geburtstag sicher nur in der Aufregung vergessen, weil ich ihn angelogen und wir gestritten hatten. Ich bedankte mich und ließ auch der Königin meinen Dank ausrichten, dann öffnete ich die zweite Nachricht, die mein Bruder heute Morgen in aller Herrgottsfrühe geschrieben hatte, ebenfalls von Damians Handy aus. Eine virtuelle Geburtstagskarte ploppte auf, und eine Quietschstimme, die wie Micky Maus auf Helium klang, gratulierte mir lautstark zum Geburtstag.

Tatsächlich kannten wir Micky Maus auch in Fairyland. Zum einen kamen wir bei der Vorbereitung auf unsere Missionen in der Menschenwelt natürlich nicht an Disneyfiguren vorbei. Zum anderen hatte Damian meinem Bruder und mir jeweils zum fünften Geburtstag eine Micky beziehungsweise eine Minnie Maus aus Plüsch geschenkt, die er extra für uns in der Menschenwelt besorgt hatte. Sloan und ich fanden das damals unglaublich faszinierend.

Die Micky-Maus-Stimme schrillte durchs Zimmer, und ich klickte die Nachricht schnell weg. Nett von Sloan, an meinen Geburtstag zu denken. Damit hatte ich nicht gerechnet.

»Du hast Geburtstag?« Cassandra stand in der offenen Badezimmertür. Als ich nickte, lief sie auf mich zu, zog mich hoch und nahm mich in den Arm – ein ungewohntes Gefühl. »Herzlichen Glückwunsch! Wie alt bist du jetzt? Achtzehn? Neunzehn?«

»Achtzehn.«

»Oh!« Cassandra quiekte und klang dabei ein bisschen wie die Micky-Maus-Stimme der Geburtstagskarte. »Sweet eighteen. Was hast du heute vor?«

Ich winkte ab. »Eigentlich nichts Besonderes.« Große Geburtstagsfeste waren bei uns Fae nicht üblich, und mit wem hätte ich auch feiern sollen?

Cassandra sah das anders. »Endlich volljährig. Das kannst du nicht ignorieren, das müssen wir feiern. Keine Sorge, ich überleg mir was.«

Ich zog die Augenbrauen hoch, protestierte jedoch nicht. Inzwischen kannte ich Cassandra immerhin schon so gut, um zu wissen, dass es ohnehin nichts ändern würde. Der Versuch, sie davon abzubringen, würde nur Zeit und Energie verschwenden.

»Kommst du mit frühstücken?«, fragte sie jetzt.

»Gib mir fünf Minuten.«

Ich verschwand im Bad, denn nach dem Kampf gestern brauchte ich dringend eine Dusche. Am liebsten hätte ich letzte Nacht noch geduscht, hatte Cassandra allerdings nicht wecken wollen. Ihr wären garantiert nur lästige Fragen eingefallen. Sie war viel zu neugierig – eine Eigenschaft, die mir nicht gefiel und die mir Ärger bereiten konnte, wenn ich nicht aufpasste. Wenn sie in meinem Schrank schnüffeln und Puck entdecken würde … Ich ärgerte mich nach wie vor, dass Damian mir kein Einzelzimmer besorgt hatte. Allerdings musste ich zugeben, dass Cassandra manchmal recht hilfreich sein konnte; unfreiwillig zwar, aber das war unerheblich. Hauptsache, sie spielte mir in die Hände und vermasselte mir nicht alles – und ich hatte schon eine Vermutung, wen sie zu meiner spontanen Geburtstagsparty einladen würde.

Trotzdem musste ich ein besseres Versteck für Puck finden. Ein dunkler Kleiderschrank war kein Ort für eine Königinnenlibelle. Zum Glück war Cassandra nicht nur neugierig, sondern auch naiv. Nie im Leben würde sie auf die Idee kommen, dass Wesen wie wir Fae existieren könnten.

Als wir die Dining Hall betraten, suchten meine Augen instinktiv nach Aiden und Celmar – gar nicht so einfach. Es war unglaublich voll, und der Geräuschpegel war immens. Alle schienen motiviert und gut gelaunt in das neue Semester zu starten, doch von Damian wusste ich, dass sich das bald ändern würde. Die Menschen waren anfangs immer motiviert, was bei vielen jedoch schnell wieder nachließ. Bei uns Fae war das anders. Wenn wir etwas wollten, kämpften wir bis zum bitteren Ende dafür.

Schließlich entdeckte ich die beiden Drachen, die am selben Tisch wie beim letzten Mal saßen. Cassandra und ich holten uns etwas zu essen, dann steuerte sie zielstrebig den Tisch von Aiden und Celmar an. Ich hinderte sie nicht daran, immerhin hatte ich eine Aufgabe zu erfüllen.

»Morgen«, flötete Cassandra fröhlich.

Aiden und Celmar nickten nur, als hätten sie die Nacht durchgefeiert und zu viel Alkohol getrunken. Der Kampf musste sie ordentlich mitgenommen haben. Kein Wunder, sie hatten beide einige Pfeile und auch Schwerthiebe eingesteckt. Verletzungen oder Wunden waren allerdings nicht zu sehen. An Aidens rechtem Mundwinkel bemerkte ich lediglich eine rote Schramme, als hätte er sich selbst aus Versehen gekratzt. Selbstheilung?

»Alles okay?«, fragte Cassandra.

»Kurze Nacht«, erklärte Celmar kauend.

»Ach echt? Hab ich was verpasst? Kailey war auch erst spät zurück.«

Ich fing Aidens Blick auf und hielt ihm eine Weile stand, bevor ich zu Cassandra sah. Das hatte sie mitbekommen? Sie hatte doch geschlafen, als ich ins Bett gegangen war.

»Ich bin nur kurz aus dem Zimmer, um mit meinem Onkel zu telefonieren, weil ich dich nicht stören wollte. Eine Tradition«, erfand ich schnell eine Ausrede.

Ihr Gesicht hellte sich auf. »Ah, verstehe. Kailey hat nämlich heute Geburtstag.«

Wenn sie erwartete, dass Aiden und Celmar darüber ebenso begeistert waren wie sie selbst, hatte sie sich getäuscht. Zwar gratulierten sie mir murmelnd, waren jedoch nach wie vor in ihrer eigenen Welt versunken. Ich war froh, dass ich ihnen gestern Nacht gefolgt war. So brauchte ich mich wenigstens nicht darüber zu wundern, warum sie sich so merkwürdig verhielten.

Ob Cassandra das Ganze nicht bemerkte oder ignorierte, war nicht klar, auf jeden Fall plante sie fröhlich weiter. »Ich dachte, wir gehen in einen Pub in Temple Bar. Was meint ihr? Man wird schließlich nur einmal achtzehn. Wenn Kailey jetzt offiziell Guinness trinken darf, sollten wir das ausnutzen. Ihr seid doch auch schon achtzehn, oder?«

Aiden und Celmar sahen sie zuerst mit hochgezogenen Augenbrauen an, bevor sie einen Blick wechselten, als hätte Cassandra nicht mehr alle Tassen im Schrank. Ich musste lachen und tarnte es schnell als einen Hustenanfall.

»Ich wäre zu gern dabei, hab jedoch leider keine Zeit.« Celmar schob sich ein letztes Stück Würstchen in den Mund, nahm die leeren Teller, die sich auf dem Tisch stapelten, und stand auf.

»Was ist mit dir?«, fragte Cassandra an Aiden gewandt. »Lässt du uns auch hängen?«

»Wie könnte ich?« Er brachte sogar ein kleines Lächeln zustande. »Sieben Uhr? Acht?«

»Wie wär's mit halb acht?«, erwiderte Cassandra. »Wir treffen uns am Kampanile.«

»Ich werd da sein.« Aiden nahm ebenfalls seinen leeren Teller und folgte Celmar zum Ausgang der Dining Hall.

Kapitel 23

Aiden

»Hast du wirklich vor, zu dieser Pseudo-Geburtstagsparty zu gehen?«, fragte Celmar.

Aiden zuckte mit den Schultern. »Warum nicht? Ich will wissen, was die Fae plant, und dafür muss ich Zeit mit ihr verbringen. Der Abend ist eine gute Gelegenheit.«

Celmar schnaubte. »Mir ist das Ganze immer noch suspekt. Sie weiß, du bist ein Drache, du weißt, sie ist eine Fae. Ihr seid von Natur aus Feinde. Wie zum Teufel gedenkst du das anzustellen? Sie wird dir niemals Informationen geben, genauso wenig wie du ihr. Es wird nicht funktionieren, Kumpel. Die Aktion ist von vornherein zum Scheitern verurteilt.«

»Bedank dich bei meiner Schwester«, murmelte Aiden, doch Celmar ließ sich nicht darauf ein.

»Blödsinn, und das weißt du. Egal, unter welchen Umständen – es ist und bleibt eine Schnapsidee.«

»Wie du meinst, aber sie hat dasselbe Problem.«

Genau genommen war die Fae vermutlich sogar schlimmer dran als er, denn sie war mit einem Auftrag hergeschickt worden. Aiden hatte keine Ahnung, wie dieser aussah, doch er ging davon aus, dass sie ihn im Auge behalten sollte. Warum sonst klebte sie seit ihrer ersten Begegnung regelrecht an ihm? Aiden unterdrückte ein Seufzen. Celmar hatte recht, das Ganze war zum Scheitern verurteilt. Er würde der Fae niemals vertrauen. Wie sollte er sie also dazu bringen, ihm Informationen zu geben? Und dann hatte er auch noch bei Limerick genau das getan, was ihn sein Vater angewiesen hatte, nicht zu tun: den Fae sein Eisfeuer zu offenbaren. Der König war wenig begeistert gewesen, wobei er einsah, dass Aiden keine Alternative geblieben war, um sein Leben zu retten. Trotzdem … Es fiel ihm schwer, sich jetzt noch zu motivieren, zumal Celmar ebenfalls alles andere als zuversichtlich war. Aber gut, Aiden hatte keine Wahl, und irgendwo beziehungsweise irgendwie musste er anfangen, was Kailey anging.

Celmar wurde ernst. »Hast du schon mal daran gedacht, dass Kailey gestern Nacht an der ganzen Sache beteiligt war?«

Aiden nickte. Zuerst hatte er den Gedanken gleich wieder verworfen, denn immerhin hatte der Kampf in der Nähe von Limerick stattgefunden. Das lag zweihundert Kilometer von Dublin entfernt und war, selbst wenn man fliegen konnte, nicht gerade um die Ecke – und Kailey konnte nicht fliegen. Wie also hätte sie dorthin kommen sollen? Es sei denn, sie besaß auch eine dieser monströsen Libellen wie die anderen Fae. Außerdem erinnerte er sich nur zu gut an das Gefühl gestern in Malahide, beobachtet worden zu sein. Und dann Cassandras Kommentar, ihre Mitbewohnerin sei erst spät nach Hause gekommen … Kailey hatte zwar eine Erklärung parat gehabt, aber das konnte genauso gut eine Lüge gewesen sein. Es gab Fae, die lügen konnten, und Kailey musste besonders gut ausgebildet sein, sonst hätte man sie nicht auf ihn angesetzt.

»Und?«, fragte Celmar.

»Was und? Kann sein, kann auch nicht sein. Wir wissen es nicht, und wir haben momentan keine Möglichkeit, es herauszufinden.«

»Du könntest sie fragen. Wenn sie antwortet, darf sie dir auch eine Frage stellen und umgekehrt.«

Aiden überlegte. »Klingt gar nicht so blöd. Ich werde das im Hinterkopf behalten.«

»Das war ein Scherz.« Celmar warf die Arme in die Luft. »Ich würde dich ja bitten, verdammt noch mal vorsichtig zu sein, aber ich geb's auf. Wir sehen uns später.«

»Warte mal.« Aiden hielt ihn fest, bevor er abhauen konnte. »Kommst du wirklich nicht mit zum Pub? Was ist mit Cassie? Ich dachte, ihr hättet euch angenähert.«

»Angenähert.« Celmar zuckte mit den Schultern. »So würde ich das nicht nennen. Sie ist nett, ja, aber ich hab wirklich keine Zeit. Der König hat mich gebeten, etwas für ihn zu erledigen.«

Aiden runzelte die Stirn. »Ach ja? Worum geht es denn?«

»Die Fae haben uns gestattet, unsere Gefallenen nahe des Grenzgebiets abzutransportieren und nach Hause zu bringen. Ich übernehme die Organisation des Ganzen, weil dein Vater einen vertrauenswürdigen Mann dafür haben will.« Celmar kratzte sich im Nacken. »Hör mal, ich kann nicht an zwei Orten gleichzeitig sein, Aiden. Es wäre mir wirklich lieber, du würdest nicht ...«

Aiden schüttelte den Kopf. »Keine Chance, ich habe bereits zugesagt. Außerdem musst du dich an den Gedanken gewöhnen, mir zu vertrauen und mich mit der Fae allein zu lassen. Früher oder später wirst du keine Wahl mehr haben.«

»Wenn es nach mir ginge ... Pass wenigstens auf dich auf, okay?« Celmar klopfte ihm auf die Schulter und verschwand in der Menge.

Welche Überraschung – die Fae und er schienen tatsächlich sämtliche Kurse gemeinsam zu haben. Aiden fragte sich, warum er sich überhaupt noch wunderte, als Kailey am Nachmittag in der Theater-AG auftauchte. Abgesehen vom Dozenten war sie die Letzte; alle anderen warteten bereits seit einigen Minuten in dem großen Raum, in dem es nach verstaubtem Stoff und Theaterschminke roch. Aiden saß an der vorderen Kante der Bühne, als Kailey durch die Tür huschte und direkt auf ihn zuhielt. Auch das noch. Er hatte keine große Lust auf ein Streitgespräch mit ihr. Die Müdigkeit steckte wie Blei in seinen Knochen. Noch hatte er sich nicht an den neuen Rhythmus gewöhnt: tagsüber wach sein und nachts schlafen. Er war zu oft zu spät ins Bett gekommen und dann noch der Kampf von letzter Nacht.

»Na, auch hier?« Sie setzte sich im Schneidersitz neben ihn. In den Vorlesungen hatte sie bisher keine Gelegenheit dazu gehabt und ließ sich die Chance dieses Mal nicht entgehen.

Aiden unterdrückte ein Stirnrunzeln. Bisher hatte sie recht verbissen gewirkt; dieser Kommentar war wohl der lockerste, den er von ihr gehört hatte. Offensichtlich verfolgte sie jetzt eine andere Taktik. Celmar hatte recht, er sollte vorsichtig sein.

»Sieht so aus«, murmelte er.

Bevor sie ihn in ein richtiges Gespräch verwickeln konnte, betrat Sheldon Riley den Raum mit schnellen Schritten, einen Stapel Bücher und Ordner unter dem Arm. Er war ein großer junger Mann und hatte einen braunen Vollbart mit Zwirbelspitzen an der Oberlippe, was ihm ein intellektuelles Aussehen verlieh.

»Sheldon Riley, ich leite diese AG. Hallo, Leute«, stellte er sich vor.

Dabei dürften ihn die meisten Studenten bereits kennen, denn viele von ihnen waren – wie Aiden und Kailey – in seinem Kurs für englische Literatur. So auch das Mädchen, das in diesem Moment flötete: »Hi, Mr. Riley.« Sie sah aus, als würde sie gleich zu einer Cocktailparty gehen wollen. Die blondierten Haare und rot lackierten Fingernägel, die gebräunte Haut und das übertriebene Make-up waren schon schlimm genug, dazu trug sie aber auch noch ein verdammt knappes Kleid, das überhaupt nicht hierher passte. Zugegeben, Sharnis Kleiderschrank war auch voll mit kurzen Kleidern, aber inzwischen hatte sie gelernt, dass man so etwas in der Menschenwelt weniger im Alltag trug. Sogar Kailey hatte sich heute für Jeans und Top entschieden.

»Hi, Amber«, begrüßte der Dozent die Blondine. »Wie ich sehe, sind einige aus meinem Literaturkurs hier, was mich natürlich sehr freut. Also, ich dachte, wir stellen uns kurz vor. Wer seid ihr, und warum wollt ihr in der Theater-AG mitmachen? Wie ihr euch denken könnt, ist Literatur meine Leidenschaft. Ich liebe moderne wie klassische Texte, englische wie anderssprachige. Meine Lieblingsautoren sind William Shakespeare und Alexandre Dumas. Da ich selbst kein großes schauspielerisches Talent besitze, habe ich eine Karriere als Schauspieler schnell abgehakt und bin stattdessen Dozent geworden. Diese AG leite ich seit inzwischen fünf Jahren.« Er sah in die Runde. »So, wer will den Anfang machen? Amber?«

Amber plusterte sich auf, als hätte Mr. Riley sie eben zur Klassenbesten gekürt. »Hi, ich bin Amber. Eigentlich gehe ich auf ein College in London, aber ich mache gerade ein Auslandssemester hier in Dublin. Seit ich gelesen habe, dass Colin Farrell Ire ist, wollte ich die grüne Insel unbedingt kennenlernen, und seit ich Vanessa Hudgens in *High School Musical* gesehen habe, will ich Schauspielerin werden. Ich liebe Bücher und habe schon den einen oder anderen Klassiker gelesen, aber meine absolute Lieblingsbuchreihe ist die *Twilight-Saga*.«

Aiden zog die Stirn kraus. *Twilight* sagte ihm nichts – Sharni hatte zwar mal davon erzählt, aber das war an ihm vorbeigegangen –, dafür sprach die Reaktion der anderen Bände.

Mr. Riley räusperte sich. »Auf jeden Fall eine sehr erfolgreiche Geschichte. Nun gut, wollt ihr als Nächstes weitermachen?« Er sah zu Aiden und Kailey.

Aiden nickte. »Ich bin Aiden und komme aus dem Norden Irlands. Bisher wurde ich privat unterrichtet, deshalb ist das College meine letzte Gelegenheit, ein bisschen Unterrichtsluft zu schnuppern. Schauspielerische Ambitionen habe ich nicht, denn meine berufliche Zukunft steht bereits fest. Eines Tages soll ich in die Fußstapfen meines Vaters treten, und deshalb genieße ich es, mich auszuprobieren und zu schauen, was mir gefällt. Ich mag Bücher und Geschichte und dachte daher, diese AG könnte genau das Richtige für mich sein.«

Als er fertig war, bemerkte er, dass Kaileys Blick auf ihm ruhte. So ehrlich hatte er gar nicht sein wollen. Er widerstand dem Drang, verlegen den Kopf zu senken, und sah Kailey stattdessen herausfordernd an. Ohne wegzuschauen, begann sie, sich ebenfalls vorzustellen.

»Hi, ich bin Kailey. Ich komme quasi vom Land und wollte mal in die Großstadt, aber im Grunde geht es mir wie Aiden. Mein Leben ist ziemlich vorgezeichnet, andere treffen Entscheidungen für mich. Es ist schön, mal etwas Neues auszuprobieren, ganz ohne Vorschriften.« Ihre Stimme war leiser geworden, bedachter, als würde sie sich in diesem Moment selbst über einiges klar werden. Sie machte eine Pause und sah Aiden noch einmal an, bevor sie sich Mr. Riley zuwandte. »Meine wenige Freizeit verbringe ich gern mit einem guten Buch in der freien Natur, und die Schauspielkunst hat mich schon immer fasziniert, deshalb denke ich, dass ich hier genau richtig bin.«

Während die anderen sich vorstellten, fragte Aiden sich, wie viel die Fae erfunden hatte und was an ihrer Geschichte stimmte. Sie hatte aufrichtig geklungen, und auch ihre Augen hatten Aufrichtigkeit ausgestrahlt, was nichts heißen musste. Selbst falls Kailey nicht zu den Fae gehörte, die lügen konnten, war es kein Beweis dafür, dass sie die Wahrheit gesagt hatte. Fae waren grundsätzlich Meister darin, zu manipulieren und sich die Worte passend hinzudrehen. Allerdings erschien Aiden der Gedanke gar nicht so abwegig, dass auch die Fae nicht viel Spielraum hatten, was ihre Zukunftsgestaltung anging. Soweit er wusste, lebten sie wie die Drachen unter sich und nicht wie zum Beispiel Magier unter Menschen.

»Schön«, sagte Mr. Riley, nachdem die Vorstellungsrunde beendet war. »Dann kommen wir zu dem Stück, das wir dieses Semester einstudieren wollen. Ich mache euch zwei Vorschläge, denn ich fand die Idee ganz nett, dass ihr selbst entscheiden dürft. Das erste Stück ist Shakespeares *Ein Sommernachtstraum*. Zum Inhalt muss ich wohl nicht viel sagen. Es geht um Adlige, um Liebende, um Elfen und Feen und um allerhand Durcheinander.«

Aiden warf Kailey einen flüchtigen Seitenblick zu, während Mr. Riley den Inhalt in Stichworten zusammenfasste. Sie zuckte nicht einmal mit der Wimper. Sie hatte sich und ihre Emotionen wirklich verdammt gut unter Kontrolle. Wenn er nicht wüsste, dass sie eine Fae war …

»Oder ihr wählt Dumas' *Die drei Musketiere*«, fuhr Mr. Riley fort. »Auch hier sollte der Inhalt weitläufig bekannt sein. In erster Linie geht es um D'Artagnan, der unbedingt Mitglied der Musketiere werden will, aber die Geschichte hat viel mehr zu bieten, unter anderem zahlreiche Intrigen. Shakespeares *Sommernachtstraum* wäre der Klassiker und quasi eine humorvolle Liebesgeschichte mit viel

Verwirrpotenzial. *Die drei Musketiere* wären mal etwas anderes, wir könnten sie richtig actionreich inszenieren. Was meint ihr?« Er sah in die Runde. »Sommernachtstraum oder Musketiere? Lasst uns abstimmen, die Mehrheit entscheidet.«

Die meisten Mädchen waren für Shakespeare, während die Jungen einstimmig zu den Musketieren tendierten. Kailey bildete keine Ausnahme, auch sie war für *Ein Sommernachtstraum*.

»Unentschieden«, sagte Mr. Riley, nachdem er durchgezählt hatte. »Aber Aiden hat noch nicht abgestimmt. Wofür bist du, Aiden? Deine Stimme entscheidet.«

Aiden überlegte einen Moment. Er war sich ziemlich sicher, dass Kailey persönlich lieber für die actionreiche Story war und sich nur für die Liebesgeschichte gemeldet hatte, weil sie ihr mehr in die Hände spielte. Beim Sommernachtstraum gab es einige Pärchen, die besetzt werden mussten, und Aiden konnte sich absolut nicht vorstellen, zusammen mit der Fae ein Liebespaar zu spielen. Allein der Gedanke … Er musste ein Schütteln unterdrücken. Gut, er könnte Informationen gebrauchen, aber die wollte er nicht um jeden Preis. In erster Linie hatte Kailey einen Auftrag – was auch immer dahintersteckte –, und er wollte es ihr keinesfalls zu leicht machen. Auch wenn er zu gern gesehen hätte, wie Kailey die Elfenkönigin gab, sagte er schließlich: »Ich bin für *Die drei Musketiere*.«

Neben ihm stöhnte Kailey leise.

Kapitel 24

Kailey

»Wo bleibt er denn?« Cassandra sah sich um. »Aiden hat auf mich eigentlich einen pünktlichen Eindruck gemacht.«

»Hat er das?« Diesen Kommentar konnte ich mir nicht verkneifen und sah demonstrativ auf die Uhr. Es war drei Minuten nach halb acht, was man durchaus als pünktlich durchgehen lassen konnte. »Die Theater-AG hat ziemlich lange gedauert«, fügte ich hinzu, als Cassandra mir einen entsprechenden Blick zuwarf, den sie wirklich gut draufhatte.

Ich hatte selbst kaum Zeit gefunden, mich umzuziehen. Schnell hatte ich Jeans und Top gegen ein smaragdgrünes Paillettenkleid getauscht und meinen Lidstrich nachgezogen – Cassandra hatte mir einen einfachen Trick gezeigt –, dann hatte sie mich bereits aus dem Zimmer zum Kampanile geschleift. Einen Moment lang betrachtete ich den Glockenturm genauer, das bekannte Wahrzeichen des Colleges am Haupteingang zum Campus: unten eckig, oben rund. Auf der Kuppel befand sich quasi eine kleinere Kuppel und darauf ein Kreuz. Ein schöner Turm, genau wie sämtliche andere Collegegebäude, auch wenn ihnen aus Fae-Sicht ein bisschen Farbe fehlte. Je nach Lichteinfall wirkten sie beige bis grau.

»Denkst du, Celmar hat echt keine Zeit?« Cassandra klang nachdenklich und fast ein bisschen enttäuscht.

»Er kommt bestimmt mit«, antwortete ich, weil ich mir nicht vorstellen konnte, dass der Bodyguard seinen Schützling wirklich allein lassen würde.

»Na, hoffentlich. Schade, dass Sharni und Niall nicht mehr hier sind. Je mehr, desto lustiger.«

Ich sagte nichts dazu. Zwar hatte ich keine große Lust, meinen Geburtstag mit einem Rudel Drachen zu feiern, aber das konnte ich Cassandra ebenso wenig auf die Nase binden wie den Grund, weshalb ich Sharni nicht mochte. Cassandra gehörte zu der Sorte Mensch, die mit jedem auszukommen schien, und Sharni und sie hatten sich auf Anhieb gut verstanden.

»Was hältst du eigentlich von Aiden?«, fragte sie weiter.

Stirnrunzelnd sah ich sie an. War das eine Fangfrage? Ich traute ihr durchaus zu, dass sie Aiden und mich verkuppeln wollte. Ein Schauer lief mir über den Rücken. Bitte nicht, es reichte bei Weitem, dass ich überhaupt Zeit mit ihm verbringen musste.

»Wie meinst du das?«, erwiderte ich scheinheilig.

»Na ja, findest du ihn nett? Ist es okay, dass ich ihn eingeladen habe?«

Ich unterdrückte ein Kopfschütteln. Die Frage kam ein bisschen spät. »Klar, er macht einen netten Eindruck.« Auch jetzt konnte ich ihr schlecht die Wahrheit sagen.

»Das höre ich gern«, ertönte auf einmal Aidens Stimme hinter uns.

Ich zuckte zusammen, dabei war ich alles andere als schreckhaft veranlagt. Wie konnte er sich so anschleichen? Er mochte gerade in Menschengestalt sein, doch er war ein verfluchter Drache, der in seiner wahren Gestalt bestimmt einige Zentner auf die Waage brachte. Leichtfüßig war nun wirklich kein Adjektiv, das ich mit seinem Volk in Verbindung bringen würde. Fast noch mehr überraschte mich jedoch die Tatsache, dass Aiden allein war; Celmar war nirgends zu sehen.

»Da bist du ja. Wir hatten schon befürchtet, du kommst nicht mehr.«

»Sprich nur für dich«, murmelte ich.

Aiden sah mich mit hochgezogenen Augenbrauen an. »Ich stehe zu meinem Wort. Wenn ich etwas sage, kann man sich darauf verlassen.«

»Willst du mir etwas unterstellen?«, fragte ich angriffslustig. Keine Ahnung, wo die plötzliche Wut herkam, aber diese ewigen Anspielungen nervten mich. »Ich habe noch nie ein Versprechen gebrochen. Auf mein Wort kann man sich ebenso verlassen.« Das entsprach sogar der Wahrheit.

»Ach ja?«

Wir funkelten einander an, bis Cassandra im wahrsten Sinne des Wortes dazwischenging. »Hey, was ist denn mit euch los? Seid gefälligst nett zueinander, schließlich ist heute Kaileys Geburtstag. Und jetzt kommt.«

Sie ging voran. Wir überquerten den Parliament Square, verließen den Campus durch das Tor im Regent House und liefen Richtung Temple Bar. Wir gingen zu Fuß, denn das Viertel befand sich nur ein paar Minuten entfernt direkt an der Liffey. Bisher war ich noch nicht dort gewesen, hatte jedoch davon gehört. Das Szeneviertel war berühmt, und ich war auf den ersten Blick fasziniert. Obwohl sich hier viele Leute herumtrieben – und es war mitten in der Woche –, hatte das Viertel etwas Uriges an sich mit dem Kopfsteinpflaster, den engen Gassen und unzähligen Pubs. Das Leben spielte sich nicht nur in den Kneipen ab, sondern auch auf der Straße. Zum einen standen dort die Raucher in Grüppchen und unterhielten sich, zum anderen hatten sich an jeder Ecke Straßenmusiker platziert. Jetzt, wo ich darauf achtete, erkannte ich sogar ein Lied von Ed Sheeran und dem anderen Sänger, diesem … diesem … Ach, egal. Wen interessierte das schon?

Cassandra steuerte auf einen Pub zu, der wie das Viertel *Temple Bar* hieß. Das Gebäude war außergewöhnlich. Ich hatte es schon auf Bildern gesehen, als ich vor meiner Ankunft in der irischen Hauptstadt ein bisschen über Dublin recherchiert hatte. Das Haus war unten in einem kräftigen Rot gestrichen, der Namensschriftzug war goldgelb, und alle anderen Elemente waren in Schwarz gehalten. Der Pub hatte zahlreiche Fenster und war vor allem am oberen Rand, wo die nächste Etage aus Backstein begann, über und über mit Pflanzen dekoriert.

Cassandra öffnete die Tür. Musik und Gesprächsfetzen drangen uns in einer enormen Lautstärke entgegen. Der Duft von rauchigem Whiskey stieg mir in die Nase; es roch fast so, als würde es irgendwo brennen. Wir folgten Cassandra und blieben einen Moment an der Tür stehen. Auch von innen war die *Temple Bar* beeindruckend und vor allem vollgestopft – sowohl mit Menschen als auch mit Krempel. Ich wusste gar nicht, wo ich zuerst hinschauen sollte. Meine Augen, die einen Anblick wie diesen nicht gewohnt waren, fühlten sich überfordert. Überall hingen Bilder, von der Decke baumelten Wimpel, und die Bar selbst war bis obenhin mit diversen Flaschen und Gläsern bestückt. Auf der Bühne saß eine Band und spielte traditionelle irische Musik. Ich freundete mich schon mit dem Gedanken an, wieder gehen zu müssen, da es nirgends einen freien Tisch zu geben schien, als Cassandra zur Theke marschierte und eine junge Frau ansprach, die gerade Pints füllte. Es stellte sich heraus, dass Cassandra für uns reserviert hatte, was mich irgendwie freute. Die Frau zeigte in Richtung eines Tisches hinten in der Ecke und widmete sich wieder den Getränken. Wir kämpften uns durch die Meute und setzten uns.

»Wart ihr schon mal hier?«, fragte Cassandra.

Sie musste laut reden, damit wir sie überhaupt verstanden. Wie man sich bei dem Krach unterhalten sollte, war mir schleierhaft, meine Ohren klingelten jetzt schon, aber die Atmosphäre war wirklich grandios. Ich fühlte mich wohl, obwohl es so laut und überfüllt war – und ich in Gesellschaft eines Drachen hier saß. Ich hätte nie gedacht, dass ich das einmal behaupten könnte.

Auf Cassandras Frage hin schüttelten wir beide den Kopf.

»Ich bin zum ersten Mal in Dublin und hatte bisher keine Zeit, mir mehr anzusehen«, antwortete Aiden.

»Geht mir ebenso«, sagte ich.

»Ihr solltet unbedingt eine Sightseeingtour unternehmen. Dublin hat so viel zu bieten.«

Ich sah zu Aiden, der wiederum mit den Schultern zuckte. »Klar, warum nicht?«

»Ich bestelle uns mal was zu trinken. Guinness?« Cassandra stand bereits auf. Wir nickten, und sie kämpfte sich in Richtung Theke zurück.

Ich warf Aiden erneut einen Blick zu. Er sah mich ebenfalls an, sagte aber nichts und reagierte auch sonst nicht. Mir fiel auf, dass die Schramme an seinem Mundwinkel nun gänzlich verschwunden war. Die Drachen verfügten anscheinend tatsächlich über Selbstheilungskräfte.

Ich lehnte mich zurück und versuchte es mit einem Lächeln. »Tja, da wären wir nun.« Wieder keine Reaktion. »Wie gefällt dir das College bisher?« Small Talk war eigentlich gar nicht mein Ding, aber irgendwie musste ich den Drachen dazu bringen, mit mir zu reden. Ich dachte an die Worte meines Onkels. *Du bist eine ausgezeichnete Kriegerin, du kannst es richtig weit bringen, und ich will nicht, dass du dir jetzt alles kaputt machst, was du dir so mühsam aufgebaut hast.* Wenn ich den Drachen dazu bringen könnte, mir zu vertrauen, obwohl er längst wusste, wer ich war ... Die Königin würde nie wieder an mir zweifeln, und ich würde mich vor Aufträgen und Missionen kaum retten können.

»Das College ist ganz okay. Die Dozenten sind nett, die Kurse interessant«, antwortete Aiden schließlich. »Ich habe mich allerdings gefragt ... Stalkst du mich, oder ist es Zufall, dass wir bisher sämtliche Kurse zusammen haben?«

Ich biss mir auf die Zunge, um nichts Falsches zu sagen. Wie ich diese Sticheleien und das Reden um den heißen Brei herum hasste. Warum sagte er mir nicht auf den Kopf zu, was er dachte. Oder wollte er mich reizen? War es Sinn und Zweck der Sache, dass ich die Kontrolle verlor und mich offenbarte? Die Karten auf den Tisch legte? Wir kannten zwar die Wahrheit übereinander, bisher hatte sie jedoch keiner von uns ausgesprochen, und das hatte ich auch nicht vor.

»Echt witzig, dass du das sagst. Ich habe mich nämlich dasselbe gefragt.« Ich lächelte kokett.

Aiden lehnte sich ebenfalls zurück und verschränkte die Arme vor der Brust. »Wie findest du die Theater-AG? Ich freue mich schon darauf, die Musketiere aufzuführen. Das ist mal was anderes, als immer dieselben Klassiker zu zeigen.«

Ganz klar, er wollte mich aus der Reserve locken, doch da musste er sich schon mehr anstrengen, auch wenn es mich vorhin tatsächlich ziemlich geärgert hatte, dass er die Musketiere dem Sommernachtstraum vorgezogen hatte. Ich hatte ihm deutlich angesehen, wie er genau darüber nachgedacht hatte, bevor seine Entscheidung fiel. Wenn ich etwas anderes erwartet hatte, war ich jedoch selbst schuld. Aiden war ein berechnender Drache, und von klein auf wurde uns eingetrichtert: *Traue niemals einem Drachen!*

»Ja, das wird bestimmt cool«, sagte ich trotzdem zuckersüß. »Ich bin sehr gespannt, welche Rollen Riley uns gibt. Hast du eine Präferenz?«

»Einer der Musketiere wäre nicht schlecht.« Aiden grinste plötzlich, ein ungewohnter Anblick. »Und du bekommst bestimmt die Rolle der Lady de Winter.«

Ich zog die Augenbrauen hoch. Aiden kannte *Die drei Musketiere*? Mr. Riley hatte vorhin zwar die Rollenskripts verteilt und kurz den Inhalt zusammengefasst, aber wirklich nur ganz grob. Bis morgen sollten wir reinlesen und uns überlegen, welche Rolle uns gefallen könnte. Noch hatte ich keine Zeit gehabt, mir das Skript genauer anzusehen, aber das war auch nicht nötig. Natürlich kannte ich das Buch. Dass ich in meiner wenigen Freizeit gern in der Natur las, entsprach schließlich der Wahrheit, und ich mochte vor allem Klassiker. Ich konnte den Musketieren sogar mehr abgewinnen als dem Sommernachtstraum, obwohl ich Shakespeare-Fan war. Vielleicht lag es in diesem Fall an Shakespeares fragwürdiger Darstellung der Elfen, außerdem hatten die Musketiere wesentlich mehr zu bieten. Ich mochte die vielen kleinen Intrigen, die am Ende zusammenflossen und ein großes Ganzes ergaben. Trotzdem hatte ich für den Sommernachtstraum gestimmt, weil mir ein Stück über die Liebe mehr Möglichkeiten bot, mich dem Drachen anzunähern. Lady de Winter aus den Musketieren war eine ziemlich durchtriebene Person – allerdings hatte sie trotz allem eine Liebesszene mit D'Artagnan.

Nun konnte ich mir ein Grinsen ebenfalls nicht mehr verkneifen. Aiden wollte mich zwar ärgern, aber tatsächlich käme es mir in dem Fall gar nicht so ungelegen, wenn er D'Artagnan spielen würde und ich Lady de Winter. Ich überlegte, wer alles in der AG war, war mir aber sicher, dass ich keine allzu große Konkurrenz haben würde.

»Warum nicht?«, erwiderte ich. »Ich mag Rollen mit Charakter.«

Aiden war überrascht. Seine Miene wurde wieder ernst, und er beugte sich näher zu mir, die Unterarme auf dem Tisch abgelegt. »Was ist wahr an dem, was du vorhin über dich selbst gesagt hast?«

»So gut wie jedes Wort«, antwortete ich, ohne zu zögern. Dass ich Großstadtluft schnuppern wollte, war zwar nicht der Grund für meinen Aufenthalt in Dublin – das wusste Aiden genauso gut wie ich –, aber sonst … Es war mir nie so richtig klar gewesen, doch mein Leben war bisher alles andere als selbstbestimmt verlaufen. Deshalb mochte ich es allerdings nicht weniger, im Gegenteil. Ich war genau dort, wo ich immer hingewollt hatte, auch wenn ich mir meine erste Mission einfacher vorgestellt hatte. »Was ist mit dir? Warst du ehrlich?«

Aiden nickte. »War ich.«

Etwas anderes hatte ich auch nicht erwartet, allerdings fragte ich mich, inwiefern *er* mit seinem Leben haderte. Es hatte fast so geklungen, als wäre er nicht scharf darauf, irgendwann mal König der Draconis zu werden. Das wunderte mich, denn Drachen waren stets auf Macht und noch mehr Macht aus, und in welcher Position hatte man mehr Macht als auf dem Thron? Ich selbst strebte nicht danach, Fae-Königin zu werden, ich kämpfte lieber an vorderster Front, aber ich würde auch nicht Nein sagen, sollte mir jemand die

Krone eines Tages anbieten. Als Oberhaupt konnte man schließlich tun und lassen, was man wollte, und bei den Fae lief die Krönung anders ab als zum Beispiel bei den Drachen. Ein Thronfolger wurde nicht durch die Geburt bestimmt, man musste sich beweisen und sich diese Position verdienen.

Cassandra kam mit drei Pints Guinness in den Armen zurück. Sie schob sie auf den Tisch, wobei aus allen Gläsern etwas Bier überschwappte. Dann ließ sie sich stöhnend auf dem Stuhl neben mir nieder. »Das Essen kommt gleich.«

»Sehr gut, ich habe einen Mordshunger«, sagte Aiden.

Ich dachte an seine Schwester, die wie ein Scheunendrescher gefuttert hatte. Inzwischen war ich mir sicher, dass Drachen viel Nahrung zu sich nehmen mussten, um genug Energie zu haben. Wenn ich nur daran dachte, wie viele leere Teller heute Morgen in der Dining Hall auf dem Frühstückstisch gestanden hatten … Gut, Aiden und Celmar hatten eine harte Nacht hinter sich gehabt, immerhin hatten sie gegen ein paar Fae gekämpft und einige Hundert Kilometer Flug zurücklegen müssen, aber heute hatte Aiden sich bestimmt noch nicht verwandelt. Wann auch? Wir waren fast den ganzen Tag zusammen gewesen. Das wiederum sprach dafür, dass Drachen selbst in menschlicher Gestalt einen enormen Kalorienverbrauch hatten.

»Wie geht es eigentlich Sharni? Ist sie gut in London angekommen?« Es interessierte mich, was das Drachenmädchen in der englischen Hauptstadt wollte. Damian hatte zwar gesagt, dass es mich nichts anging, aber ich hatte nach wie vor das Gefühl, dass es sinnvoll wäre, wenn ich das große Ganze verstand.

»Ist sie. Sie lässt euch grüßen.«

»Das ist ja lieb.« Cassandra strahlte. »Sie ist wirklich toll, ich mag sie. Kommt sie dich auf der Rückreise noch einmal besuchen? Sie kann gern wieder bei uns übernachten.«

Aiden warf mir einen belustigten Blick zu, doch ich sagte nichts dazu, auch wenn ich keine große Lust verspürte, noch eine Nacht mit einer Drachin auf Tuchfühlung zu gehen.

»Das ist nett, ich werde es ihr anbieten. Die Idee wird ihr sicher gefallen, denn sie mochte euch auch.«

Ja, ja, wer's glaubt.

»Cool, dann machen wir eine Pyjamaparty. Das wird bestimmt lustig.« Cassandra stupste mich in die Seite.

»Yippie!«

Kapitel 25

AIDEN

»Was ist *das* denn?«, fragte Kailey, bevor Aiden es tun konnte.

Die Bedienung hatte gerade das Essen gebracht. Es sah nicht nur seltsam aus, es roch auch seltsam; ganz zu schweigen davon, wer von dieser kleinen Portion satt werden sollte.

»Das sind Austern.« Cassandra klang sowohl entschuldigend als auch enttäuscht. »Eine Spezialität des Hauses. Ich dachte, an Kaileys Geburtstag darf es etwas Besonderes sein. Mögt ihr keine Meeresfrüchte?«

»Nein«, antworteten Kailey und Aiden fast gleichzeitig. Aiden hatte zwar noch nie Austern probiert, aber Anblick und Geruch reichten aus, um ihn davon zu überzeugen, dass es nicht seine Geschmacksrichtung war.

»Na ja, bleibt mehr für mich«, meinte Cassandra und nahm sich eine Muschelhälfte.

»Tut mir leid, ich bin Vegetarierin.« Kailey klang aufrichtig, als täte es ihr wirklich leid.

»Du bist Vegetarierin?« Aiden war überrascht. Obwohl sie vorgestern Nacht die Salami von ihrer Pizza gefischt hatte, hatte er sich nichts dabei gedacht. Fae galten zwar als naturverbunden, insofern sollte es nicht allzu überraschend sein, dass sie keine Tiere aßen, aber sie galten eben auch als kriegerisches Volk. Und für

Aiden hatte das Kriegerische stets vor dem Naturverbundenen gestanden.

»Bin ich«, antwortete Kailey nach kurzem Zögern. Offenbar ärgerte sie sich, dass sie diese Information so leichtfertig preisgegeben hatte.

Einen Moment betrachtete Aiden sie. Das smaragdgrüne Paillettenkleid stand ihr zwar gut, ließ sie jedoch ein bisschen wie eine Tussi wirken. An ihrem linken Handgelenk baumelte ein braunes Lederarmband. Da sie sonst keinen Schmuck trug, dieses Armand aber scheinbar nie ablegte, ging er davon aus, dass es ihre wahre Identität verschleierte. Ob sie sich vor der Ankunft weiterer Drachen in Dublin fürchtete?

Aiden erhob sich von seinem Stuhl. »Ich organisiere mir ein Sandwich. Für dich auch? Mit Käse oder so was?«

Kailey zögerte erneut, als fragte sie sich, ob Aiden ihr Gift unterjubeln wolle, doch dann nickte sie. »Gern, nett von dir.«

»Tja, so bin ich.« Warum auch nicht? Sollte er sich weigern, ihr etwas zu essen zu bestellen, nur weil sie eine Fae war? Das wäre lächerlich.

Er schob sich durch die Menge, um die Bestellung aufzugeben, kehrte jedoch nicht sofort zum Tisch zurück. Kailey und Cassandra unterhielten sich gerade und würden sicher eine Weile ohne ihn auskommen, also bahnte er sich einen Weg nach draußen. Ruhig war es hier zwar auch nicht, denn mit der Dämmerung hatte es noch mehr Gäste ins Viertel gezogen, aber es war auf jeden Fall weniger laut als im Pub.

Aiden atmete tief die frische Luft ein und entfernte sich ein paar Schritte vom Pubeingang. Dann zog er sein Handy heraus, um seine Schwester anzurufen. Sie hatte ihm eine Nachricht geschrieben, dass sie gut in London angekommen sei; trotzdem wollte er fragen, wie es ihr ging. Es dauerte eine ganze Weile, bis sie das Gespräch entgegennahm.

»Ich wollte gerade auflegen. Wo steckst du?« Die Hintergrundgeräusche bei Sharni waren fast so laut wie in dem Pub, aus dem er geflüchtet war.

»In einem Pub. Wir essen Fish and Chips. Wirklich köstlich, kann ich nur empfehlen.«

»Soll ich mich später noch mal melden?«, fragte Aiden.

»Quatsch. Eine Portion habe ich bereits geschafft, und bis die zweite kommt, dauert es noch. Bei dir alles klar?«

»Sicher. Wir sind auch in einem Pub und feiern Kaileys Geburtstag.«

»Kaileys Geburtstag?« Aiden konnte regelrecht hören, wie seine Schwester die Stirn krauszog. »Wie kam es denn dazu?«

»Gute Frage. Cassandra hat das Ganze organisiert und mich eingeladen, und ich dachte, es sei eine ganz gute Gelegenheit, Kailey näherzukommen.«

»Näherkommen?« Sharni kicherte, woraufhin Aiden stöhnte.

»Du weißt, wie ich das meine. Wenn ich ihr aus dem Weg gehe, kann ich schließlich schlecht in Erfahrung bringen, was sie vorhat.«

»Und jetzt langweilst du dich«, stellte Sharni fest.

»Ganz und gar nicht. Ich warte wie du auf das Essen und wollte nur kurz hören, wie es dir geht.« Aiden lehnte sich schräg gegenüber des Pubs an eine Hauswand und behielt den Eingang im Auge, falls Kailey oder Cassandra herauskamen, um nach ihm zu sehen. Die Tür öffnete sich zwar immer wieder, aber bisher schien ihn niemand zu vermissen.

»Na dann, bestell Kailey Glückwünsche von mir und Niall.«

Aiden überhörte ihren Kommentar, stattdessen fragte er: »Habt ihr schon was erreicht?«

Sharni klang ernst, als sie antwortete: »Wie man's nimmt. Niall und ich waren gleich heute Morgen im Holland Park, um uns dort umzusehen. Dreimal darfst du raten, was passiert ist.«

Aiden hatte eine böse Vorahnung. »Sag nicht, dass ihr irgendwelchen Fae begegnet seid.«

»Doch, sie haben uns sogar erwartet und sind auf uns losgegangen. Weiß der Teufel, wie sie herausgefunden haben, dass Niall und ich gerade in London sind. Vielleicht überwachen sie den Park, seit dieser dämliche Abgesandte der Fae-Königin bei uns im Connemara-Nationalpark aufgetaucht ist und uns die Pistole auf die Brust gesetzt hat. Ansonsten gäbe es noch die Möglichkeit, dass Kailey etwas ausgeplaudert hat. Ich sag dir, diese verfluchten Fae haben verdammt gute Ohren, also pass bloß auf, was du in ihrer Nähe von dir gibst.«

»Den Ratschlag hättest du mal besser selbst beherzigt.«

»Sehr witzig, Brüderchen.«

»Wie soll Kailey überhaupt von eurem Auftrag erfahren haben? Du hast ihr doch nicht von London erzählt, oder?«

»Natürlich nicht, ich bin ja nicht blöd, auch wenn du mich manchmal dafür hältst.«

»Na ja, du hast Kailey schließlich verraten, dass ich ihre wahre Existenz kenne, so abwegig finde ich das also gar nicht.«

Sharni stöhnte. »Mein Gott, darauf wirst du ewig herumreiten, stimmt's? Es tut mir leid, okay? Und nur, damit du es weißt: Ich habe Cassandra ein paar Fragen über London beziehungsweise den Holland Park gestellt. Das muss die Fae irgendwie mitbekommen und sich ihren Teil zusammengereimt haben.«

Aiden stieß hörbar die Luft aus. »Hat es wenigstens etwas gebracht?«

»Nicht so richtig. Cassandra hatte zwar in der Zeitung von den Drachenaktivitäten im Holland Park gelesen, mehr konnte sie dazu allerdings nicht sagen. Oder sie wollte nicht.«

Aiden runzelte die Stirn. »Wie meinst du das? Hattest du das Gefühl, dass sie mehr weiß?«

»Eigentlich nicht, ich habe nur keine Ahnung, was ich von ihr halten soll. Sie ist ja ganz nett, aber wie kann man so dermaßen naiv sein? Sind Menschenmädchen immer so?«

»Keine Ahnung, ich kenne nicht so viele«, bemerkte Aiden. »Geht es dir denn gut?«

»Klar, nur ein paar Kratzer. Die Fae hatten leider nicht so viel Glück.«

»Das würde ich auch gern behaupten können«, murmelte Aiden.

»Wie meinst du das?« Seine Schwester klang ungewöhnlich ernst.

»Hat Dad dir gar nichts erzählt?« Aiden vergewisserte sich, dass ihn niemand belauschte, bevor er Sharni einweihte. »Celmar und ich waren letzte Nacht in der Nähe von Limerick, um für Dad nach dem Rechten zu sehen. Er hatte Soldaten dort postiert, um die Grenze zum Fae-Gebiet überwachen zu lassen. Jedenfalls haben sich die Soldaten nicht gemeldet, und Dad ging vom Schlimmsten aus.«

»Und?«, fragte Sharni.

»Er hatte recht, die Soldaten sind aufgeflogen. Einige haben es inzwischen sicher zurück zum Connemara-Nationalpark geschafft, doch der Rest … Celmar ist gerade auf dem Weg zum Grenzgebiet, um die Gefallenen abzutransportieren. Gestern hatten wir leider keine Gelegenheit, irgendwas zu unternehmen. Ein paar Fae haben uns angegriffen.«

»Wie bitte? Diese verfluchten Fae!«

»Du sagst es. Nur mit Glück sind wir nahezu unverletzt aus der Nummer rausgekommen. Viel hat nicht gefehlt, und sie hätten uns erwischt.«

»Wie ich das Elfenvolk hasse!«, knurrte Sharni. »Ich hab's mir anders überlegt, richte Kailey keine Glückwünsche aus.«

Trotz der ernsten Lage musste Aiden grinsen. Einen Moment lang überlegte er, ob er Sharni sagen sollte, dass Kailey letzte Nacht möglicherweise an dem Kampf beteiligt gewesen war, doch da er bislang keine handfesten Beweise hatte, ließ er es bleiben. Was würde es auch ändern? Kailey war allein sein Problem.

»Du scheinst übrigens Eindruck auf Cassandra gemacht zu haben. Sie hat dich eingeladen, auf dem Rückweg von London wieder bei ihr im Zimmer zu übernachten.«

Sharni schnaubte. »Wenn ich Kailey vorher in der Liffey ertränken darf, gern. Das kannst du den beiden so ausrichten.«

»Das werde ich sicher nicht tun.« Aiden nahm das Telefon in die andere Hand. Inzwischen waren die Sandwiches vermutlich längst serviert worden, und sein Magen knurrte, trotzdem hatte er es nicht eilig, wieder hineinzugehen. »Und nun?«, sagte er. »Dann hat euer Besuch im Holland Park nichts außer ein paar Kratzern gebracht?«

»Das kann man so nicht sagen«, antwortete Sharni schmatzend. Inzwischen hatte sie wohl die zweite Portion Fish and Chips erhalten. »Der Kyoto Garden im Holland Park, wo der Drache vor zwei Monaten angeblich gesichtet wurde, sah aus wie neu. Die Fae haben tatsächlich mit Absicht so lange gewartet, bevor sie zu uns gekommen sind. Dass sie uns dort aufgelauert haben, untermauert diese Theorie. Sie wollten uns daran hindern, Beweise zu finden. Warum sonst hätten sie uns angreifen sollen?«

Es sind Fae; sie brauchen keinen Grund, um gemein und hinterhältig zu sein. Doch Aiden schluckte den Kommentar hinunter. Er hatte gelernt, sachlich zu bleiben, wie man es von einem zukünftigen König erwartete. Also sagte er stattdessen: »Das werden die Fae dementieren.«

»Ich weiß. Glücklicherweise hat Niall eine Stelle gefunden, wo die Erde seltsam geleuchtet hat. Wir konnten eine Probe entnehmen und haben sie Dad per Express geschickt. Jetzt heißt es abwarten, denn mehr haben wir bisher leider nicht in Erfahrung bringen können. Morgen wollen wir in der Zeitungsredaktion nachfragen, ob sie uns den Namen der Person verraten, die den Drachen gesehen haben will. Es war wohl ein Betrunkener, viel Hoffnung mache ich mir deshalb nicht.«

»Klingt doch gar nicht schlecht«, sagte Aiden. Im Gegensatz zu ihm kam seine Schwester wenigstens weiter, während er auf der Stelle zu treten schien. Doch da hatte er eine spontane Idee. Warum eigentlich nicht? Mit ein bisschen Glück könnte es tatsächlich funktionieren.

»Und du gehst jetzt wieder Geburtstag feiern?« In Sharnis Stimme lag ein spöttischer Unterton.

»In der Tat, und ich habe endlich eine Idee, wie ich Kailey zum Reden bringen kann.«

»Was für eine Idee?«

»Alkohol, Schwesterherz. Alkohol.«

Aiden legte auf und steckte das Handy weg, während er zurück zum Pub ging und die Tür aufstieß. Stickige Luft und laute Musik hüllten ihn ein, doch inzwischen empfand er es nicht mehr als störend oder gar nervtötend. Warum war er nicht früher auf die Idee gekommen? Menschen wurden unter Einfluss von Alkohol aggressiv, lustig, emotional – oder redselig. Aiden hatte keine Ahnung, wie Fae reagierten oder wie viel Alkohol sie vertrugen, aber einen Versuch war es wert. Und Kaileys Geburtstagsparty im Pub bot ihm die perfekte Gelegenheit, um es auszuprobieren. Was hatte er zu verlieren? Im schlimmsten Fall hatte der Alkohol gar keine Wirkung auf sie. Die Gefahr, dass sie ihn unter den Tisch trinken würde, bestand jedenfalls nicht, denn Drachen vertrugen dank ihres schnellen Stoffwechsels ziemlich viel.

Als Aiden an der Bar vorbeiging, registrierte er, dass der Pub eine große Whiskeysammlung vorzuweisen hatte; zudem stellte die *Temple Bar* ihren eigenen Whiskey her. Perfekt. Aiden bestellte drei Mal den fünfzehn Jahre alten Pub-Whiskey und nahm die tulpenförmigen Gläser gleich mit zum Tisch. Kailey hatte ihr Sandwich bereits so gut wie aufgegessen, das wie erwartet längst serviert worden war. Skeptisch betrachtete sie ihn, als er ihr und Cassandra jeweils ein Glas hinstellte.

»Whiskey?«

»Whiskey. Der ist etwas ganz Besonderes, wurde extra zum einhundertfünfundsiebzigjährigen Bestehen der *Temple Bar* gebrannt. Für deinen Geburtstag nur das Beste.« Aiden schob sich auf seinen Stuhl und erhob grinsend das Glas.

»Das ist nett.« Cassandra roch an dem Whiskey, bevor sie mit Aiden anstieß.

Schließlich machte auch Kailey mit. Alle drei tranken einen Schluck.

Aiden griff nach seinem Irish Beef Sandwich. »Und? Hab ich zu viel versprochen?«, fragte er, dabei hatte er selbst absolut keine Ahnung von Whiskey. Ob das bei Kailey anders aussah, wusste er nicht, denn sie ließ sich wie immer nicht in die Karten schauen.

»Nicht schlecht.« Das war alles, was sie dazu sagte.

»Der ist wirklich nicht schlecht«, stimmte Cassandra ihr zu. »Whiskey ist normalerweise nicht so mein Fall, weil ich das Rauchige nicht ausstehen kann, aber der schmeckt gut. Irgendwie nach Zitrusfrüchten.«

Schmunzelnd biss Aiden in sein Sandwich. »Also, was habe ich verpasst?«

»Wo warst du eigentlich?«, entgegnete Kailey. »Es wird ja wohl nicht so lange dauern, einen Whiskey auszusuchen, oder?«

Und wieder ging sie einer Frage aus dem Weg, indem sie eine Gegenfrage stellte, doch das konnte er genauso gut. Er war schließlich mit einer Schwester aufgewachsen, die nicht immer leicht zu handhaben war. »Hast du mal die Auswahl an der Bar gesehen?«

»Habe ich.« Kailey schob sich das letzte Stück ihres Sandwiches in den Mund und lehnte sich zurück. »Zwischen welchen hast du geschwankt? Ich persönlich hätte wahrscheinlich den zwölf Jahre alten Pub-Whiskey genommen. Der ist fast genauso alt wie der Fünfzehnjährige, kostet allerdings nur einen Bruchteil.«

Die Fae kennt sich also mit Whiskey aus. Wer hätte das gedacht? In dem Fall war Aiden sich nicht sicher, ob sein Plan aufgehen würde. Zumindest hatte er einen guten Punkt zum Anknüpfen.

»Wie gesagt, zu deinem Geburtstag nur das Beste, aber ich lasse mich gern überzeugen, dass es auch der Zwölfjährige tut. Was meinst du? Als Geburtstagsgeschenk lade ich dich zu einer Whiskeyverkostung mit den besten Whiskeys des Pubs ein, auf die Schnelle konnte ich nämlich kein anderes Geschenk besorgen. Außerdem kenne ich deine Vorlieben nicht.« Er zwinkerte ihr zu und hielt ihrem bohrenden Blick stand. Sie war alles andere als auf den Kopf gefallen, vermutlich hatte sie seinen Plan längst durchschaut. Trotzdem nickte sie.

»Also gut, bin dabei.«

Sehr schön. Jetzt musste er nur aufpassen, dass sie den Spieß nicht umdrehte, denn so wie er sie bisher kannte, verfolgte sie bei der ganzen Sache ihren eigenen Plan. »Was ist mit dir, Cassie?«

Cassandra verzog den Mund. »Whiskey ist wie gesagt nicht mein Fall, aber zu einem Cocktail würde ich nicht Nein sagen.«

»Whiskeyverkostung und ein Cocktail, kommt sofort. Irgendwelche Vorlieben?«

»Darf ruhig süß sein«, antwortete Cassandra.

»Ist notiert.« Aiden biss noch einmal von seinem Sandwich ab und stand auf, um die Bestellung aufzugeben – und um sich noch etwas zu essen zu besorgen. Bevor er mit der Fae so etwas wie ein Wetttrinken veranstaltete, brauchte er definitiv mehr im Magen als ein lausiges Sandwich.

»Lieblingsfarbe?«, fragte Cassandra. »Meine ist Gelb.«

»Grün, in sämtlichen Variationen«, antwortete Kailey. »Am liebsten mag ich das Grün einer saftigen Wiese.«

»Pink«, war Aidens Antwort, und die Mädchen lachten. »Wieso nicht? Dann eben Blau. Meeresblau, wenn ihr es genau wissen wollt.«

Aiden trank einen Schluck Whiskey. Er hatte tatsächlich Spaß. Wer hätte das gedacht? Bisher hatte er zwar nichts erfahren, was seinem Vater im Kampf gegen die Fae weiterhelfen würde, doch sein Plan war dafür mehr oder weniger aufgegangen. Kailey war lockerer als sonst, redete mehr und legte nicht jedes Wort auf die Goldwaage. Wenn er an diesem Abend die Gelegenheit bekommen würde, ein paar Minuten mit ihr allein zu sein, würde er vielleicht das eine oder andere Brauchbare erfahren.

»Lieblingsmusik?«, fragte Cassandra weiter. »Ganz klar die Jonas Brothers. Ich hab sie schon als kleines Mädchen geliebt und bin echt froh, dass sie wieder zusammen sind.«

»Ich mag irische Musik, wie sie hier im Pub gespielt wird.«

»Ich auch«, stimmte Aiden Kailey zu, was zum größten Teil daran lag, dass er kaum mit irgendwelchen Musikrichtungen vertraut war. Er hatte keine Ahnung, was die Menschen hörten. Drachen waren diesbezüglich eher traditionell veranlagt.

»Lieblingsbuch? Ich liebe *Harry Potter* und die *Twilight-Saga*. Zwingt mich nicht, mich zu entscheiden.« Cassandra lachte.

»*Twilight?*«, hakte Aiden nach, denn er hörte nun schon zum zweiten Mal an diesem Tag von dieser Buchreihe. Offenbar musste man damit etwas anfangen können. *Harry Potter* sagte ihm sogar etwas, da Sharni die Bücher ebenfalls mochte. Vielleicht hätte er auch besser zuhören sollen, als sie ihm von *Twilight* erzählt hatte.

Cassandra bekam große Augen. »Du kennst die *Twilight-Saga* nicht? Selbst die Jungs haben den Hype darum mitbekommen, ob nun freiwillig oder nicht. Die Reihe war vor ein paar Jahren der Hit, wurde sogar mit Robert Pattinson verfilmt.« Ihre Augen begannen zu strahlen. »Es geht um Vampire, später kommen Werwölfe dazu. Ein normales Mädchen verliebt sich unsterblich in einen Vampir. Es gibt eine Dreiecksgeschichte, ganz viel Teenie-Drama und natürlich ein Happy End. Hach, die Geschichte ist sooo schön.«

»Also ehrlich, wie kannst du die *Twilight-Saga* nicht kennen?« Kailey versteckte ihr Grinsen hinter dem Whiskeyglas.

»Team Edward oder Team Jacob?«, fragte Cassandra.

Kailey zögerte kurz. »Ähm … Jacob, ganz klar.«

Grinsend schüttelte Aiden den Kopf. Er war sich ziemlich sicher, dass Kailey genau wie er absolut keine Ahnung von den Büchern und deren Handlung hatte. Cassandra schien das Ganze jedoch nicht zu bemerken.

»Gute Wahl. Ich stehe total auf Edward, auch wenn Jacob einen Wahnsinnskörper hat. Das muss ich neidlos zugeben. Aber gut, er ist ja auch ein Wolf und damit heißblütig.« Lachend stieß sie Kailey in die Seite.

Aiden und Kailey wechselten einen Blick, während sich Cassandra vor Lachen kaum einkriegte. Der letzte Cocktail schien zu viel gewesen zu sein. Aiden wünschte, Kailey würde nur ansatzweise so auf den Alkohol reagieren wie Cassandra.

»Sollen wir vielleicht eine kleine Runde laufen?«, fragte Kailey. »Frische Luft täte uns bestimmt gut.«

Aiden nickte und schob seinen Stuhl zurück. »Ich hole vorher noch schnell ein Glas Wasser für Cassie.«

»Danke.« Kailey klang ehrlich.

»Warte«, rief Cassandra, dabei war Aiden gerade erst aufgestanden. »Was ist denn *euer* Lieblingsbuch? Ich bin doch so neugierig.«

»Die drei Musketiere«, antworteten Kailey und Aiden fast gleichzeitig.

Amüsiert schüttelte er den Kopf und machte sich in Richtung Bar auf. Dabei hörte er noch, wie Cassandra sagte: »Oh, ihr habt ja so viel gemeinsam. Ist das süß.«

Kapitel 26

Aiden

Ziellos liefen sie durch das Viertel, landeten schließlich an der Liffey und überquerten den Fluss über die Ha'Penny Bridge. Einige Minuten blieben sie auf der berühmten Brücke stehen, die trotz der späten Stunde gut besucht war. Die Leute standen um sie herum und machten zahlreiche Fotos. Aiden musste zugeben, dass es wirklich hübsch war, wie sich die Lichter im Fluss widerspiegelten. Er mochte die Stille des Connemara-Nationalparks, die nahezu unberührte Natur, doch so langsam konnte er auch der irischen Hauptstadt etwas abgewinnen.

Kailey schien es ähnlich zu ergehen. Sie stand am Geländer der geschwungenen Brücke und blickte sich staunend um, als hätte sie etwas Derartiges noch nie gesehen, was vermutlich sogar zutraf.

Obwohl sie bereits eine Weile unterwegs waren, redete Cassandra immer noch von der *Twilight-Saga*. Inzwischen hatte sie Aiden und Kailey fast die komplette Handlung der vier Romane verraten. Nun schwärmte sie von den Vampiren, die sie zu faszinieren schienen. »Wäre das nicht cool, sich in einen Vampir zu verlieben? Das ist so romantisch.«

»Total«, konnte Aiden sich nicht verkneifen, während sie weiterliefen und Dublin auf der anderen Seite der Liffey erkundeten. Sie landeten in einer Einkaufsstraße, die von zahlreichen Geschäften gesäumt war. »Einen Freund zu haben, der sich die ganze Zeit zusammenreißen muss, damit du nicht seine nächste Mahlzeit wirst, stelle ich mir äußerst romantisch vor.«

»Ach du.« Cassandra stieß ihn in die Seite. »Du siehst das von der völlig falschen Seite. Und sie lebten glücklich und zufrieden bis zum Ende ihrer Tage. Das soll ein Happy End sein, wenn zwangsläufig einer sterben muss? Am Ende sogar beide? Sich in einen Vampir zu verlieben und für ihn selbst zum Vampir zu werden, das ist die ewige Liebe.«

»Muss es unbedingt ein Vampir sein?«, fragte Aiden. »Die Werwölfe kommen mir viel sympathischer vor. Außerdem sind Vampire kalte Wesen. In frostigen Winternächten möchte man sich doch in warme Arme kuscheln, oder nicht?«

»Also ich friere nicht so schnell«, bemerkte Kailey.

»Außerdem wird Kuscheln überbewertet«, fügte Cassandra hinzu. »Es gibt schließlich ganz andere Wege und Mittel, wie einem warm wird.« Cassandra und Kailey lachten, Aiden hingegen schüttelte den Kopf.

»Ich finde die Vorstellung von einem Vampir trotzdem weder romantisch noch sexy.«

»Ach wirklich? Was für ein Fabelwesen bevorzugst du denn?«, wollte Cassandra wissen.

»Keine Ahnung. Wie wär's zum Beispiel mit Drachen?« Okay, da sprach definitiv der Alkohol aus ihm, sonst hätte er das niemals gesagt.

Kailey zog die Augenbrauen hoch. »Oh, stimmt, Drachen sind ja auch für ihre Leidenschaft bekannt.«

»Warum nicht? Drachen spucken Feuer, insofern kann ich sie mir durchaus als leidenschaftlich vorstellen«, sagte Cassandra.

Aiden warf Kailey einen herausfordernden Siehst-du-Blick zu, doch die Fae ließ sich nicht so leicht überzeugen. »Drachen sind aber auch als machthungrig und brutal verschrien und zudem nur auf ihren Vorteil bedacht. Da kann man sich ja vorstellen, wie das Ganze aussehen wird. Wer darauf steht … Ich bevorzuge die kalten Vampire.«

Aiden spürte Wut in sich aufsteigen. »Machthungrig und brutal? Wer geht denn hier mit äußerster Brutalität vor?«

Aiden und Kailey standen sich angriffslustig gegenüber, bis Cassandra zum zweiten Mal an diesem Abend dazwischenging. Glücklicherweise schien sie dank des Alkohols nicht mitzubekommen, wo genau das Problem lag.

»Hey, nicht streiten. Das war so ein schöner Abend bisher.«

Da hatte sie nicht unrecht, der Abend war wirklich überraschend nett gewesen, doch Aiden hasste es, in eine Schublade gestopft zu werden, und er hasste Vorurteile. Kailey machte sich nicht einmal die Mühe, ihn besser kennenzulernen.

»Wir sollten umkehren, es ist spät«, sagte er. Bisher hatte er keinen Gedanken an die Uhrzeit verschwendet und an die Tatsache, dass er morgen früh im Hörsaal sitzen sollte, doch jetzt hatte er keine Lust mehr, sich eine weitere Nacht für eine zickige Fae um die Ohren zu schlagen.

»Ey, du alter Schmollmops«, sagte Cassandra zu ihm, auch wenn er keine Ahnung hatte, was sie damit meinte. »Jetzt spiel nicht die beleidigte Leberwurst, okay? Wen interessiert denn schon die Uhrzeit? Wollen wir nicht lieber tanzen gehen oder so was?«

»Ihr könnt gern tanzen gehen, lasst euch von mir nicht aufhalten«, sagte Aiden.

»Willst du etwa zwei süße junge Mädchen allein lassen in der großen dunklen Stadt?«, fragte Cassandra. »Wer soll uns denn dann beschützen?«

»Ich glaube, ihr könnt ganz gut auf euch allein aufpassen, nicht wahr?« Aiden lächelte Cassandra zu und sah dann bewusst zu Kailey.

Kailey biss sich auf die Lippe. »Cassie hat recht. Vielleicht nicht unbedingt mit dem Tanzengehen und schon gar nicht mit dem Beschützen, aber sonst. Wir sollten nicht streiten.«

»Dann sag nicht solche Dinge, die nicht wahr sind. Ich behaupte ja auch nicht, dass du hinterlistig, intrigant und egoistisch bist.«

»Jetzt schon.«

Täuschte er sich, oder klang Kailey tatsächlich verletzt?

Cassandra stöhnte. »Ihr tut es schon wieder. Jetzt gebt euch einen Kuss oder meinetwegen die Hand und dann weiter. Ich hab Kohldampf und möchte noch was essen, bevor wir zurück zum Campus gehen, wo man bis zum Frühstück bloß Schokoriegel bekommt. Nicht falsch verstehen, ich liebe Schokolade, aber im Gegensatz zu anderen muss ich ein bisschen auf meine Linie achten.«

»Ich könnte auch was zu essen vertragen«, sagte Aiden versöhnlich. Er tat es vor allem Cassandra zuliebe. Außerdem entsprach es der Wahrheit, er hatte wirklich Hunger.

»Dann zurück Richtung *Temple Bar*, oder?«, schlug Kailey vor. »Da bekommen wir bestimmt noch was zum Mitnehmen.«

»Also los«, stimmte Cassandra zu und beharrte zum Glück nicht auf dem Friedenskuss.

Sie machten kehrt und gingen die Einkaufsstraße mit den hell erleuchteten Geschäften zurück in Richtung Ha'Penny Bridge, ohne weit zu kommen. Aus einer dunklen Seitengasse tauchte plötzlich eine Gruppe auf, die klar in der Mehrzahl war – zehn junge Männer. Aiden wusste sofort, dass die Typen auf Ärger aus waren, und tatsächlich stellten sie sich den drei absichtlich in den Weg. Einer von ihnen, der sich wohl als Anführer sah, grinste überheblich und betrachtete die Mädchen, als wollte er sie mit seinem Blick ausziehen. Seine dunklen Haare hatte er nach hinten gegelt, er trug eine Jeansweste und eine Jeans mit Löchern.

Er trat einen Schritt vor, sodass er sich aus der Gruppe löste, diese aber im Rücken hatte. »Na, wen haben wir denn da? Zwei so hübsche Mädchen um diese Zeit allein unterwegs? Ihr solltet aufpassen, wo ihr euch nachts herumtreibt.«

»Es mag dir entgangen sein, doch die Mädchen sind nicht allein, und jetzt geht uns bitte aus dem Weg«, entgegnete Aiden ruhig.

Der Anführer würdigte ihn keines Blickes, als könnte Aiden ihm nicht einmal ansatzweise gefährlich werden. »Mit dir hab ich nicht geredet. Verzieh dich, bevor wir dich zu Fischfutter verarbeiten. Oder willst du etwa zuschauen?« Er sah zu seinen Freunden, die dreckig lachten.

Aiden spürte Wut in sich aufsteigen. Cassandra hatte sich zwischenzeitlich näher an ihn gestellt, nun schob er sie hinter sich und trat dem Anführer entgegen. Er ballte seine Hände zu Fäusten, um sich davon abzuhalten, sie sofort einzusetzen. »Ich wiederhole mich nicht gern, mache bei euch aber eine Ausnahme, da ihr ein bisschen schwer von Begriff zu sein scheint. Verschwindet, bevor ihr es bereut.«

Der Dunkelhaarige lachte wieder. »Ernsthaft? Du willst hier den großen Helden spielen, um die Mädchen zu beeindrucken? Bitte, wenn du glaubst, dass sie dich mit gebrochener Nase auch noch wollen.«

Aiden spürte ein Kribbeln unter seiner Haut. Der Drache in ihm wollte unbedingt raus; gar nicht mal, um die Typen zu zermalmen, was ihm als Drache mühelos gelingen würde, sondern um ihnen einen ordentlichen Schrecken einzujagen. Sie dünsteten einen widerlichen Geruch nach Bier und Schnaps aus, also würden sie Aidens Verwandlung im Nachhinein im besten Fall sogar für einen kollektiven Albtraum halten. Trotzdem war es keine Option und das nicht nur wegen Cassandra, die ohnehin völlig verängstigt schien.

Glücklicherweise brauchte sich Aiden auch als Mensch keine Sorgen zu machen, problemlos gegen diese Idioten anzukommen. Bevor er zuschlagen konnte, stand Kailey an seiner Seite. Die beiden warfen sich einen kurzen Blick zu.

»Du fünf, ich fünf?«, fragte Kailey.

»Mit Vergnügen, es sei denn, du willst dir nicht die Hände schmutzig machen.«

»Hey, warum sollst du den ganzen Spaß allein haben?« Kailey grinste, wobei sich ein Grübchen in ihrer linken Wange zeigte, das Aiden vorher nie aufgefallen war.

»Was zum Teufel …?«, brachte der Anführer heraus, da hatte Aiden ihm bereits einen Schlag ins Gesicht verpasst.

Der junge Mann taumelte zurück, woraufhin sich die anderen auf Aiden stürzten. Offenbar stellte Kailey in ihren Augen keine Bedrohung dar. Aiden duckte sich unter Fäusten hinweg und wich Tritten aus, während er selbst Hiebe und Fußtritte austeilte. Ihm blieb keine Zeit, sich zu fragen, ob die Fae Wort halten würde, wie sie es am Kampanile behauptet hatte, und es war auch unnötig. Kailey eilte ihm tatsächlich zu Hilfe. Sie packte mit je einer Hand zwei der Kerle, die versuchten, auf Aiden einzuschlagen, und riss sie so heftig herum, dass beide das Gleichgewicht verloren und hinfielen. Dann nahm sie sich zwei weitere Typen vor.

Aiden hatte gewusst, dass Kailey gut kämpfen konnte, immerhin war sie eine Fae, allerdings hatte er nicht damit gerechnet, dass sie noch dazu so stark war.

»O mein Gott!«, hörte er Cassandra hinter sich.

Er stufte ihre Bemerkung als erschrocken oder überrascht ein, als er bemerkte, wie drei der Angreifer Messer aus ihren Hosentaschen zogen. Mist! Man hatte ihn darauf vorbereitet, dass Menschen und vor allem gewaltbereite junge Männer gern Waffen im Kampf verwendeten; Schusswaffen und vor allem Messer oder etwas in der Art. Trotzdem fühlte Aiden sich überrumpelt, denn er hatte nicht damit gerechnet, vor Zeugen und von mehreren Typen gleichzeitig angegriffen zu werden. In seiner Drachengestalt hätte ein einfaches Messer keine Chance, auch nur ansatzweise durch seine Schuppenschicht zu dringen, um ihn zu verletzen. Als Mensch musste er aufpassen.

Geschickt wirbelte er herum und wich dem ersten Messerstich aus. Die zweite Klinge verfehlte ihn knapp, doch er ging ihr ebenso wie der nächsten Attacke aus dem Weg. Bevor die drei Männer erneut angreifen konnten, ließ sich Aiden auf den Boden fallen. Mit dem Bein holte er Schwung und riss die Kerle von den Füßen. Er war noch nicht wieder aufgesprungen, da zog ein weiterer Typ ein Messer. Gerade rechtzeitig rollte Aiden sich zur Seite, als Nummer fünf mit einem Messer auf ihn losging. Das war's, jetzt blieb ihm keine Möglichkeit mehr, auszuweichen – da tauchte Kailey hinter dem Typen auf. Sie versetzte ihm einen Tritt in den Rücken, sodass er vorwärtstaumelte und halb auf Aiden landete. Das Messer fiel scheppernd zu Boden, und Kailey stieß es mit dem Fuß beiseite.

»Danke.« Aiden sprang schnell zurück auf die Füße.

»Nichts zu danken, du gehörst schließlich mir.«

Kokett warf sie sich eine blonde Haarsträhne über die Schulter, wirbelte herum und versetzte dem nächsten Kerl einen Tritt, sodass dieser nach hinten flog, ohne selbst auch nur ansatzweise das Gleichgewicht zu verlieren. Aiden sah ihr einen Moment zu, dann widmete er sich wieder seinen Gegnern. Er hasste es, jemanden anzugreifen, der bereits am Boden lag, doch dieses Mal machte er eine Ausnahme. Diese Kerle waren Abschaum und hatten es nicht besser verdient. Er verteilte ein paar gut platzierte Fausthiebe und verfrachtete die Männer, die sich aufrappeln wollten, sofort zurück auf den Asphalt. Schließlich hatten sie die Schnauze voll und gaben auf, indem sie sich nicht länger zur Wehr setzten.

Kailey trat zu Aiden und hob die Hand. Ohne nachzudenken, schlug er ein. Es fühlte sich merkwürdig an und gleichzeitig irgendwie gut.

»Nicht schlecht«, kommentierte Kailey.

»Ganz und gar nicht schlecht.« Ein Schmunzeln zuckte um Aidens Mundwinkel, dann wandte er sich an den Anführer der Clique, der als Erster aufgegeben hatte. »Das nächste Mal kommt ihr nicht so glimpflich davon, merk dir das. Und nun verschwindet.«

Cassandra lief im Slalom um die am Boden liegenden Typen herum, um zu Kailey und Aiden zu gelangen. »Das war der Wahnsinn! Wo habt ihr das gelernt?«

Kapitel 27

Sharni

Niall hatte seinen ganzen Charme einsetzen müssen, um von der Journalistin der *Official Post* den Namen des betrunkenen Zeugen zu erfahren, der angeblich den Drachen hier in London oder besser gesagt im Holland Park gesehen haben wollte. Nachdem Niall mit ihr geflirtet hatte, verriet sie uns sogar, wo wir den Mann am ehesten antreffen würden, er war nämlich nicht nur betrunken gewesen, er war auch obdachlos. Die Stelle befand sich in der Nähe des Holland Park, an der Tube-Haltestelle Notting Hill Gate. Dort hielt sich Timothy Stern gern auf, um Einheimischen und Touristen Geld für Alkohol und Essen abzuluchsen.

Niall und ich lungerten seit dem Vormittag in der Nähe der Haltestelle herum und hielten die Augen nach Obdachlosen auf, die zur Beschreibung der Journalistin passten: nicht sehr groß, schmächtig, schäbiger dunkelgrüner Trenchcoat, die Haare irgendwo zwischen blond und braun, unrasiert, aber kein Bart. Außerdem hatte er stets eine Tasche von *Marks & Spencer* dabei, die auch schon bessere Tage gesehen hatte.

Inzwischen war es Nachmittag, und von Timothy Stern gab es nach wie vor keine Spur, obwohl uns unzählige Obdachlose über den Weg liefen, viele davon mit Trenchcoat oder Tasche, doch auf keinen von ihnen passten sämtliche Details.

Ich stöhnte, als mir ein Obdachloser auffiel, der zwar mit Trenchcoat und Tasche ausgerüstet, aber dennoch nicht unser Zeuge war. Der Trenchcoat war weder dunkelgrün, noch war die Tasche von *Marks & Spencer*.

»Das bringt doch nichts. Was wir in der Zeit alles hätten unternehmen können …« Zu gern hätte ich endlich ein paar Sehenswürdigkeiten von London gesehen – Big Ben, den Tower oder Westminster Abbey und natürlich Buckingham Palace, denn es interessierte mich brennend, wie eine Königsfamilie in der Menschenwelt lebte. Wir hätten shoppen gehen können oder was essen. Alles wäre besser gewesen, als stundenlang hier herumzustehen und Obdachlose zu scannen.

»Hast du Hunger?«, fragte Niall.

Wie aufs Stichwort grummelte mein Magen, wobei er das seit mindestens zwei Stunden tat. »Was denkst du?«

Niall nickte. »Ich könnte auch was vertragen. Lass uns schnell was holen.«

Ich schnaubte. »Ja, klar, und genau in der Zeit verpassen wir unseren Zeugen und dürfen morgen wieder den ganzen Tag hier herumstehen. Nein, danke.«

Niall unterdrückte ein Grinsen. Keine Ahnung, warum er es immer dermaßen amüsant fand, wenn ich hungrig war und meine Laune deshalb in den Keller fiel.

»Jetzt sei nicht so eine Pessimistin, Sharni. Hier gibt es überall Restaurants und Kioske, und es kann nicht schaden, sich auch mal dort umzusehen. Die Journalistin hat schließlich nicht behauptet, dass Timothy Stern den ganzen Tag hier an der Haltestelle stehen würde. Weißt du, manche Leute haben es eilig, um die Tube nicht zu verpassen, wohingegen Menschen, die sich etwas zu essen kaufen wollen –«

»Okay, überredet«, fiel ich ihm ins Wort. »Aber ich warte vor der Tür, denn ich habe wirklich keine Lust, unseren Zeugen zu verpassen.«

»Klingt nach einem Plan.«

Wir mussten nur ein paar Schritte zu einem Schnellrestaurant laufen, wo Niall uns Burger und Pommes und dazu Cola besorgte, während ich, wie besprochen, draußen die Straße im Auge behielt.

Den Burger hatte ich in null Komma nichts verspeist, dann holte ich die Pommes aus der braunen Papiertüte und steckte mir eine nach der anderen in den Mund, während wir die Notting Hill Gate entlangliefen, bis sie in die Holland Park Avenue überging und die Geschäfte und Restaurants am Straßenrand weniger wurden. Ich wollte Niall gerade vorschlagen, wieder umzukehren, als aus einem amerikanischen Zeitschriftenladen ein Mann trat, auf den die Beschreibung passte. Undefinierbare Haarfarbe, dunkelgrüner Trenchcoat und eine *Marks & Spencer*-Tasche. Er hielt eine Flasche Bier in der Hand und wollte an uns vorbei Richtung Notting Hill Gate laufen. Ich stellte mich ihm in den Weg.

»Timothy Stern?«

»Der bin ich. Wer will das wissen?«

Ich konnte es kaum glauben, endlich hatten wir ihn gefunden. Fast wäre ich ihm um den Hals gefallen, wobei mich allein der Gedanke schüttelte. Er sah aus, als hätte er seit Tagen nicht geduscht, und er roch auch so. Darunter mischte sich eine Bierfahne. Na super, hoffentlich konnte er sich überhaupt an die Nacht vor zwei Monaten erinnern. »Hi, ich bin Sharni, das ist Niall. Haben Sie kurz Zeit? Wir würden Sie gern etwas fragen.«

»Ach ja?« Er runzelte die Stirn, seine Konzentration war voll und ganz auf meine Pommes gerichtet.

»Möchten Sie gern?«, fragte ich und unterdrückte ein Seufzen.

Seine Miene hellte sich auf, und er riss mir die Schachtel nahezu aus der Hand. »Sehr gern. Worum geht es denn?«

»Um den Drachen, den Sie vor zwei Monaten über dem Holland Park gesehen haben«, übernahm Niall.

»Starkes Stück, oder?«

»Können Sie uns erzählen, was in jener Nacht passiert ist?«

»Sind Sie von der Presse?«, fragte der Obdachlose schmatzend zurück. »Wissen Sie, ich rede eigentlich nicht mit Reportern, schon gar nicht für lau.«

Ich biss mir auf die Lippe. Reichte es nicht, dass er mir meine Pommes wegfutterte? »Wir sind keine Reporter. Wir sind Drachen, die …«

Niall lachte. »Sie meint, wir sind Drachenfans und recherchieren für eine Uniarbeit. Es wäre super, wenn Sie uns erzählen könnten, was Sie in jener Nacht beobachtet haben. Wir revanchieren uns natürlich.«

»Na, wenn das so ist.« Timothy stopfte sich eine weitere Fritte in den Mund und fuhr kauend fort: »Das war an einem Abend im Juni, wenn ich mich richtig erinnere. Es war ziemlich spät, auf jeden Fall schon dunkel. Ich habe mir gerade ein Plätzchen zum Schlafen gesucht, als ich diese Schreie hörte. Es klang unmenschlich, richtig gruselig. Ich habe überlegt, zur Polizei zu gehen, aber wer glaubt schon einem angetrunkenen Penner?«

»Was haben Sie stattdessen gemacht?«, wollte Niall wissen.

»Versucht zu schlafen. Ich dachte, der Schrei sei bestimmt nur meiner Fantasie entsprungen.«

»Aber das stimmte nicht, richtig?«, hakte ich nach.

Timothy nickte. »Plötzlich tauchte über dem Holland Park ein

Drache auf. Er kam wie aus dem Nichts, hielt mitten auf den Park zu. Er verschwand aus meinem Sichtfeld, doch in unregelmäßigen Abständen sah ich ihn immer wieder in der Luft. Bis schließlich ein letzter markerschütternder Schrei durch die Nacht hallte, dann war alles ruhig.«

Niall und ich wechselten einen Blick. »Hat der Drache Feuer gespuckt?«, fragte Niall.

»Und was für Feuer, er hat gar nicht mehr aufgehört.« Timothy zerknüllte die inzwischen leere Schachtel und reichte sie mir zurück. Dann spülte er mit Bier nach. »Die Flammen haben lichterloh geleuchtet, so richtig gelb.«

Ich unterdrückte den Drang, die Pommesschachtel auf den Boden zu werfen. »Gelb?«

Timothy nickte erneut.

»Und dann?«

»Dann blieb es ruhig, bis die Feuerwehr angerauscht kam. Rauch stieg über dem Park auf, irgendjemand wird die also gerufen haben. Wohnen ja genug Menschen hier in der Gegend. Eine teure Gegend, sag ich euch. Die hatten vermutlich alle Schiss, das Feuer könnte auf die Wohnungen übergehen. Tja, das ist der Vorteil, wenn man kein Dach über dem Kopf hat.«

»Haben Sie eine Ahnung, warum der Drache Feuer gespuckt hat?«, kam Niall zum Thema zurück.

Timothy zuckte mit den Schultern. »Ich hatte keine Gelegenheit, ihn danach zu fragen.« Er kicherte. »Aber wenn ich genau darüber nachdenke, sah es fast so aus, als würde er etwas oder jemanden suchen und bekämpfen.«

Okay, nun war ich vollends verwirrt. Vielleicht ein Autonomer, der sich mit den Fae angelegt hatte? Konnte immerhin sein, dass die

Fae das alles von langer Hand geplant hatten, um uns genau in diese Lage zu bringen. Die Fae konnten verdammt provozierend sein. Aber warum in London? Warum nicht in Dublin? Außerdem ergab es keinen Sinn, dass ein Autonomer einem Fae bis nach England gefolgt sein sollte.

»Wie sah der Drache denn aus?«, fragte ich weiter. Ich glaubte zwar nicht, ihn von der Beschreibung her zu erkennen, denn obwohl wir in den letzten Jahrhunderten deutlich weniger geworden waren, gab es immer noch genug von uns, um sich unmöglich an jeden Artgenossen erinnern zu können. Aber man konnte ja nie wissen.

»Wie ein Drache eben aussieht. Groß, langer Schwanz. Er war wirklich riesig, sag ich euch.«

Wann waren wir eigentlich zum Du übergegangen? Viel mehr regte ich mich in diesem Moment allerdings über die lausige Beschreibung auf. »Geht das vielleicht ein bisschen genauer? Farbe, Stacheln, Hörner? Glatte Flügel oder nicht?«

Der Obdachlose musterte mich, als käme ich von einem anderen Planeten. »Ähm … Also er hatte glänzende Schuppen, aber die Farbe kann ich nicht so genau sagen. Irgendwas zwischen Blau und Grün. Es war dunkel, und die meiste Zeit habe ich ihn nur gehört und nicht gesehen. Er hatte Zacken auf dem Schwanz.«

Ich sah zu Niall. Das brachte uns wie erwartet nicht weiter.

»Ha, jetzt fällt mir noch was ein.« Timothy kicherte wieder. »Das hätte die Pressefrau bestimmt auch interessiert. Ich glaube, er hatte zwei Köpfe.«

Mein Blick schnellte zurück zu Timothy. »Zwei Köpfe? Ganz sicher?«

»Hundertprozentig, ich habe bestimmt nicht doppelt gesehen. Ich sehe nie doppelt. Okay, hin und wieder, wenn ich Korn trinke, das war an dem Tag aber nicht der Fall.«

»Zwei Köpfe«, wiederholte ich triumphierend und sah erneut zu Niall, der ebenfalls zufrieden aussah. Das war definitiv weder ein Draconi noch ein Autonomer gewesen. Wir Drachen hatten niemals zwei Köpfe. Mir fiel ein Stein vom Herzen, damit waren wir aus dem Schneider. Ich hatte keine Ahnung, was genau in jener Nacht im Juni passiert war, und trotzdem wusste ich nun mit absoluter Sicherheit, dass es sich bei dem Drachen um keinen echten Drachen gehandelt haben konnte. »Wären Sie im Zweifelsfall bereit, offiziell auszusagen?«, wandte ich mich noch einmal an Timothy.

»Aussagen? Warum sollte ich aussagen?«

Gute Frage, für die ich mir inzwischen längst eine Antwort parat gelegt hatte. »Ich will ehrlich sein. Wir sind keine Studenten, wir sind von der Versicherung und versuchen herauszufinden, wer für den Schaden im Holland Park aufkommen muss.«

»Ah, verstehe. Und was genau muss ich da machen? Gibt es Knete dafür?«

»Natürlich«, antwortete Niall. Er zog einen Zwanzig-Pfund-Schein aus der Hosentasche und reichte ihn dem Obdachlosen. »Das ist schon mal für Ihre Mühe. Wegen der Aussage kommen wir erneut auf Sie zu. Können wir Sie morgen oder übermorgen an dieser Stelle wiedertreffen?«

»Klar, spätestens ab Mittag bin ich immer hier. Cheerio!« Er faltete die Pfundnote zusammen, steckte sie in die Tasche seines Trenchcoats und verschwand die Straße hinunter.

»Das im Holland Park war keiner von uns«, sagte ich an Niall gewandt, als unser Zeuge außer Hörweite war.

»Ich weiß.« Niall strahlte von einem Ohr zum anderen; er schien ebenso erleichtert zu sein wie ich.

»Und was nun?«

»Nun kaufe ich dir neue Pommes und zur Feier des Tages ein Eis, und du rufst deinen Vater an. Er wird sich ebenso freuen, die Neuigkeit zu hören.«

Kapitel 28

KAILEY

Wir Fae waren es gewohnt, früh aufzustehen und wenig zu schlafen. In den letzten Nächten hatte ich jedoch deutlich weniger Schlaf als sonst bekommen, was Spuren hinterlassen hatte. Ich war müde und hatte Ringe unter den Augen, die sich dank Cassandras Make-up-Tipps gerade noch überschminken ließen.

Die Tipps war sie mir mehr als schuldig, wie ich fand. Immerhin hatte sie wegen des Alkohols in ihrem Blut fast die ganze Nacht geschnarcht und damit dazu beigetragen, dass ich kaum ein Auge zugetan hatte. Mit zirpenden Grillen oder dem Rauschen des Meeres konnte ich umgehen, das machte mir nichts aus. Schnarchen hingegen war ich nicht gewohnt, denn Sloan und Damian schnarchten nicht. Zwar hatte ich in Fairyland mein eigenes Zimmer, aber unser Haus war klein. Ich hätte es mitbekommen, wenn mein Bruder oder mein Onkel nachts Geräusche von sich geben würden.

In den frühen Morgenstunden hatte ich den Versuch, noch ein bisschen Schlaf zu bekommen, jedenfalls aufgegeben und war aufgestanden, um mir das Rollenskript beziehungsweise den Text von Lady de Winter vorzunehmen. Ich rechnete heute mit einem Vorsprechen; sollte Mr. Riley das noch nicht vorgesehen haben, würde ich ihn dazu überreden.

Ich versuchte, mir meine Müdigkeit nicht anmerken zu lassen, als ich am Nachmittag den großen Raum betrat, der durchdringend nach Theaterschminke und verstaubten Vorhängen roch. Aiden war schon da und bester Laune. Bereits den ganzen Tag über war er ungewöhnlich gut drauf gewesen, ich musste allerdings selbst zugeben, dass es ein unerwartet netter Abend gewesen war. Ein Schmunzeln stahl sich auf mein Gesicht. Wer hätte gedacht, dass ich meinen achtzehnten Geburtstag mit einem Drachen feiern würde? Hätte mir das jemand noch vor wenigen Tagen gesagt, hätte ich ihn ausgelacht. Nicht einmal die unerwartete Auseinandersetzung mit den halbstarken Typen hatte die Stimmung trüben können, im Gegenteil. Wie Aiden und ich zusammen gekämpft hatten … Es hatte sich gut angefühlt, womit ich nicht gerechnet hätte. Doch was bedeutete das für die Zukunft? Nur weil wir ein gutes Team abgegeben hatten, waren wir noch lange keine Freunde, und das sah Aiden mit Sicherheit genauso, auch wenn er mir jetzt zuwinkte. Für sein Verhalten gab es nur eine plausible Erklärung: Entweder verfolgte er einen Plan und sah sich bereits auf der Zielgeraden, oder etwas war passiert.

Ich hielt direkt auf Aiden zu und setzte mich neben ihn auf die Bühne. »Was hat dir denn den Tag so versüßt?«

»Du?« Er grinste mich an.

»Ja, klar. Ich.« Ich schnaubte. Eine vernünftige und vor allem ehrliche Antwort konnte ich wohl nicht erwarten.

»Ich habe mit meiner Schwester telefoniert, die gute Nachrichten hatte. Das ist alles«, antwortete Aiden.

Überrascht sah ich ihn an. Das waren zwar keine Details – damit hatte ich ohnehin nicht gerechnet –, aber er hatte mir tatsächlich eine brauchbare Antwort gegeben. »Freut mich für dich«, sagte ich, weil ich das Gefühl hatte, etwas erwidern zu müssen.

»Ach ja?«

Ich musste lachen. »Keine Ahnung, ehrlich gesagt. Wenn du mir verraten würdest, worum genau es geht …«

»Netter Versuch, Kailey.« Er zwinkerte mir zu.

Aiden ließ sich heute aber auch gar nicht aus der Ruhe bringen. Sharni musste in London wirklich eine tolle Entdeckung gemacht haben, die dann garantiert auch mein Volk betraf. Ich musste unbedingt Damian davon erzählen; vielleicht konnte er sich einen Reim darauf machen.

Ich hielt in meinen Gedanken inne, da ich den Anflug eines schlechten Gewissens verspürte. Aiden hatte mir das mit Sicherheit nicht erzählt, damit ich direkt zu meinem Onkel rannte. Die Frage war nur: Was sollte ich sonst tun? Meine Loyalität galt einzig und allein den Fae, nicht den Drachen. Es war meine Aufgabe, Aiden auszuspionieren, und nur, weil wir am Vorabend ein wenig Spaß zusammen gehabt hatten, bedeutete das nicht, dass sich daran etwas geändert hatte.

Mr. Riley betrat den Raum, wie am Vortag mit zügigen Schritten. »Dann wollen wir mal«, sagte er und ließ seine Tasche mit einem dumpfen Knall auf den Boden fallen. »Wir haben viel vor, ich möchte nämlich heute die Rollen verteilen.«

»Ich würde gern die Constance spielen«, rief sofort die Blondine, die sich am Vortag vor allen lächerlich gemacht hatte.

Mr. Riley nickte. »Gut. Hast du dir schon eine Szene für ein kleines Vorsprechen überlegt?«

Sie blätterte bereits im Skript. »Natürlich. Soll ich gleich loslegen, Mr. Riley?«

»Kannst du sofort. Kailey, Aiden, würdet ihr bitte von der Bühne herunterkommen, damit Amber dort vorsprechen kann? Und dann möchte ich, dass ihr euch alle in der Zwischenzeit Gedanken macht und euch eine Szene für eure Lieblingsrolle aussucht. Anschließend werde ich die Rollen verteilen.«

»Für welchen der drei Musketiere wirst du vorsprechen?«, fragte ich Aiden, während wir unsere Taschen nahmen und zum Fenster gingen, um dort unser Lager aufzuschlagen.

»Das wirst du schon sehen«, antwortete er. Mehr verriet er mir dieses Mal nicht.

»Was gibt's? Hast du etwas Neues in Erfahrung gebracht?«

Mein Onkel kam gleich zum Punkt und erkundigte sich heute nicht nach meinem Befinden. Das war nicht nur einer seiner Charakterzüge, es war auch typisch für uns Fae. Unsere Leistung stand im Vordergrund, die Mission, nicht wir selbst als Person. Das war schon immer so gewesen, ich war es nicht anders gewohnt. Als Damian mich bei einem unserer letzten Telefonate gefragt hatte, wie es mir ging, hatte er mich sogar völlig aus dem Konzept gebracht. Doch mit einem Mal störte mich die Leistungsbezogenheit, auch wenn ich keine Ahnung hatte, woran das lag. Aus Trotz überlegte ich, meinem Onkel die Neuigkeiten vorzuenthalten – was für ein Blödsinn. *Denk nicht mal dran, Kailey.*

Ich sah kurz über meine Schulter, um mich zu vergewissern, dass Aiden nirgends in Hör- oder Sichtweite war. Mein Blick wanderte über die wunderschönen alten Gebäude aus hellem Stein, die weiten Rasenflächen und die zahlreichen Studenten mit Büchern unter dem Arm oder Taschen über der Schulter. Die beiden Drachen waren jedoch nicht dabei.

Aiden und ich waren bis vor ein paar Minuten in der Theater-AG gewesen und hatten unsere Rollen zugeteilt bekommen. Wie erhofft durfte ich Lady de Winter übernehmen und Aiden den D'Artagnan.

Bei dem Gedanken daran hob sich meine Laune, Aiden hingegen war wenig begeistert gewesen. Er hatte zwar die Rolle eines Musketiers übernehmen wollen, allerdings keinesfalls die des D'Artagnan. Da er das Stück kannte, war ihm wohl ebenso wie mir bewusst, dass unsere Rollen eine Liebesszene hatten. Athos war Aidens Favorit gewesen, er hätte sich jedoch gleichermaßen mit Porthos oder Aramis einverstanden erklärt. Am Ende hatte Mr. Riley ihm die Rolle des D'Artagnan gegeben, weil der Drache überraschenderweise mit Abstand die beste Schauspielleistung abgeliefert hatte. Oder vielleicht auch deshalb, weil er besonders gut im Fechten war. Sämtliche Jungen, die einen Musketier spielen wollten, hatten sich nämlich mit dem Degen beweisen müssen.

»Kailey?«, hakte Damian nach.

»Bin noch dran, entschuldige. War kurz abgelenkt.«

»Alles okay?«

Mein Herz machte einen Satz, und meine Mundwinkel zogen sich nach oben, weil er nun doch nach meinem Befinden fragte. Es bedeutete mir viel, dass sich mein Onkel nicht nur für meine Leistung interessierte, sondern auch für mich als Fae. Die Menschenwelt, die Mission, der Umgang mit den Drachen ... Das alles war neu für mich, und es war schön, einen Vertrauten zu haben.

»Sicher, es ist alles in Ordnung. Der Drache hat gestern meinen Geburtstag mitgefeiert, und wir haben für das geplante Weihnachtstheaterstück Rollen bekommen, sodass wir auf jeden Fall interagieren müssen.«

»Du weißt aber schon, dass du im Winter längst wieder zu Hause sein wirst, oder?«, bemerkte Damian. »Eventuell auch auf einer anderen Mission, aber keinesfalls mehr auf dem College in Dublin.«

»Natürlich, klar. Das habe ich nicht vergessen«, erwiderte ich mit belegter Stimme. Tatsache war, ich hatte es für einen Augenblick ausgeblendet. Der Zeitrahmen für diese Mission war zwar nie konkret definiert worden, doch hier ging es um Tage, höchstens ein paar Wochen; nicht um Monate. Mr. Riley tat mir jetzt schon leid. Er war nett und nahm seine Aufgabe als Leiter der Theater-AG sehr ernst.

»Kailey?«, hakte Damian nach. Er schien nicht überzeugt zu sein.

»Wie gesagt, das weiß ich. Ich wollte dir lediglich von meinen Fortschritten erzählen.« Ich blieb neben einer Eiche stehen und sah mich noch einmal nach allen Seiten um. Von Aiden oder Celmar war nach wie vor keine Spur zu sehen. »Der Drache hat mir sogar etwas anvertraut. Er hat heute mit seiner Schwester in London telefoniert, die gute Neuigkeiten zu haben schien.«

»Weißt du, worum es dabei ging?«

»Nein, das konnte ich leider nicht in Erfahrung bringen.«

»Na, macht nichts. Prima, Kailey, hervorragende Arbeit. Das bringt uns auf jeden Fall ein ganzes Stück weiter.«

Ich verspürte Stolz, gleichzeitig war ich verwirrt. Jede Information konnte wichtig sein, aber ich fragte mich, inwiefern es gerade diese war. Viel erfahren hatte ich nicht unbedingt. Irgendetwas ging hier vor sich, während ich völlig im Dunkeln tappte. Das gefiel mir nicht. Ich biss mir auf die Zunge, um Damian nicht erneut nach mehr Details zu fragen. Eine Antwort würde er mir ohnehin nicht geben, und am Ende war er nur wieder sauer auf mich. Das wollte ich unter allen Umständen vermeiden, denn endlich hatte ich etwas richtig gemacht.

»Hast du weitere Aufträge für mich?«, fragte ich stattdessen.

»Im Moment nicht, bleib auf deinem Posten. Die Königin wird mit deiner Leistung sehr zufrieden sein, ganz sicher.« Nach einer kurzen Pause fügte er hinzu: »Es freut mich, dass du die Kurve noch mal gekriegt hast. Um ehrlich zu sein, habe ich mir ein wenig Sorgen gemacht, ob du der Aufgabe gewachsen bist.«

»Das bin ich, Onkel Damian. Du kannst mir vertrauen.«

»Das hat leider nichts mit Vertrauen zu tun, nur mit Leistung.«

Tja, Leistung war eben das A und O in Fairyland. »Wie geht es Sloan?«, fragte ich.

»Deinem Bruder geht es gut, er macht sich hervorragend.«

»Und sonst?«

»Kann es sein, dass du Heimweh hast?« Ich konnte das Schmunzeln in Damians Stimme hören.

»Quatsch, ich habe kein Heimweh. Ich will mich nur vergewissern, dass in Fairyland alles in Ordnung ist. Hier in der Menschenwelt bekommt man überhaupt nichts mit.«

»Das ist Sinn und Zweck der Sache, Kailey. Und ja, es ist alles in Ordnung. Hast du sonst noch etwas auf dem Herzen?«

»Nein, alles bestens. Ruf an, sollte die Königin eine weitere Aufgabe für mich haben.« Ich legte auf, bevor Damian es tun konnte.

Kapitel 29

Aiden

Das Handy klingelte, als Aiden gerade den Hörsaal betreten wollte. Er kehrte um, schlängelte sich durch ein paar Studenten hindurch, die hinter ihm kamen, und stellte sich an die Seite neben ein Fenster, bevor er das Gespräch entgegennahm. Am anderen Ende der Leitung war sein Vater.

»Morgen, Dad. Ist alles in Ordnung?«

»Schön, dass du dir Sorgen machst, aber ich rufe nicht nur an, wenn es Probleme gibt. Hast du von den guten Neuigkeiten gehört?«

»Hab ich. Sharni hat sie mir gleich gestern brühwarm erzählt.«

»Sehr gut, dann kann ich sofort zur Sache kommen. Der Fae-Abgesandte hat sich kurzfristig angemeldet und wird jeden Moment hier sein. Inzwischen konnten wir auch die Erdprobe untersuchen, die deine Schwester und Niall uns aus London zugeschickt haben.«

»Warte kurz.«

Aiden lief den Gang zurück, den er gerade erst entlanggekommen war. Den heutigen Kurs konnte er vermutlich vergessen, doch das spielte keine Rolle. Schließlich war er nicht hier, um einen Abschluss zu machen, was ihm als zukünftigem König der Draconis ohnehin nichts nützen würde. Der Grund, warum er sich vom Hörsaal entfernte, war Kailey. Sie war eine Fae, und Fae hatten bekanntermaßen gute Ohren. Keinesfalls sollte sie mitbekommen, was er mit seinem Vater zu besprechen hatte. Zwar hatte er Kailey bisher nicht gesehen, doch sie war mit Sicherheit irgendwo in der Nähe oder würde jeden Moment auftauchen. Immerhin stand der Kurs auch auf ihrem Stundenplan.

Er schwamm gegen den Strom, denn die anderen Studenten hatten es eilig. Ihnen blieb nur eine Minute, um noch pünktlich zu sein, deshalb kam er nicht so schnell voran, wie er wollte.

»Was ist los?«, wollte sein Vater wissen.

»Nichts, ich will bloß keine Zeugen für unser Gespräch.«

»Verstehe. Am besten, du gehst in dein Zimmer.«

»Bin schon dabei«, antwortete Aiden, als er fast gegen Mr. Riley stieß, der ebenfalls den Flur entlanghastete.

»Hoppla.« Der Dozent konnte gerade noch verhindern, dass die Bücher unter seinem Arm auf den Boden fielen. »Aiden, schön, dich zu sehen. Aber ist das nicht die falsche Richtung? Du bist doch auch in meinem Kurs.«

»Ein Notfall in der Familie, tut mir leid. Ich hole den Stoff nach.« Aiden lief bereits weiter.

»Sehen wir uns denn nachher bei der Probe?«, rief Mr. Riley ihm hinterher.

»Ich denke schon«, rief Aiden zurück und hastete weiter.

Er konnte immer noch nicht glauben, dass Mr. Riley ihm ausgerechnet die Rolle des D'Artagnan gegeben hatte. Aber gut, eine kleine Liebesszene mit der Fae würde er schon hinbekommen. Solange sie kein richtiges Liebespaar darstellen mussten …

»Du scheinst dich gut eingelebt zu haben«, bemerkte sein Vater am anderen Ende der Leitung.

»Wenn du das so nennen willst.« *Einleben* war nicht unbedingt das Wort, das er verwendet hätte.

Aiden stieß die Tür auf und trat auf den Campus hinaus. Kühle Luft empfing ihn, und am Himmel türmten sich Wolken. Mit Sicherheit würde es später regnen. Schnell scannte er die Umgebung, doch die Fae war nirgends zu sehen. Überhaupt war es relativ leer auf dem Campus. Die ersten Vorlesungen hatten bereits begonnen, und die Studenten, die erst später zu ihren Kursen mussten, hielten sich bei dem Wetter, das alles andere als sommerlich war, nicht draußen auf.

»Okay«, sagte Aiden zu seinem Vater, »du kannst reden.«

»Wie gesagt, wir haben die Erdprobe inzwischen untersucht. Nialls Instinkt hat ihn nicht getäuscht, die Erde war mit Natrium versetzt.«

»Natrium?« Aiden runzelte die Stirn. »Was hat das zu bedeuten?«

»Das kann ich noch nicht genau sagen«, erwiderte sein Vater. »Das Natrium erklärt jedoch die gelb gefärbten Flammen, die der Drache laut Zeuge von sich gegeben hat.«

»Das ist gut. Ein weiterer Beweis, dass in London kein echter Drache sein Unwesen getrieben hat.«

»Richtig. Hoffen wir, dass der Fae-Abgesandte das ebenso sieht und uns vom Haken lässt, damit das Thema endlich vom Tisch ist. Jetzt gefällt es mir gar nicht mehr, dich und Sharni nicht in der Nähe zu haben. Ich fürchte, ihr könntet euch unnötig in Gefahr bringen.«

Aiden schüttelte den Kopf, auch wenn sein Vater es nicht sehen konnte. »Blödsinn. Sharni kann gut auf sich allein aufpassen, ebenso wie ich. Außerdem hat sie Niall bei sich. Und was die Fae angeht: Mit ihr komme ich klar.«

Sein Vater sagte nichts dazu, stattdessen fragte er: »Bist du inzwischen auf deinem Zimmer?«

»Dauert nicht mehr lange.« Aiden beschleunigte seine Schritte.

»Gut, ich möchte dich und deine Schwester nämlich per Videokonferenz hinzuschalten, und das am besten, bevor der Fae-Abgesandte hier eintrifft. Ehrlich gesagt weiß ich nicht, was er von uns will, denn wir haben die Fae bisher nicht über die Beweise unterrichtet. Das werden wir jetzt natürlich nachholen. Damian Ainsley wird dazu sicher ein paar Fragen haben, die nur Sharni und Niall beantworten können, und dich möchte ich in deiner Funktion als meinen Nachfolger dabeihaben.«

Aiden schluckte. Seit seinem achtzehnten Geburtstag hatte sein Vater ihn schon oft zu offiziellen Anlässen hinzugeholt, um ihn einzuweisen und ihn vorzustellen. In letzter Zeit ging es jedoch nicht mehr nur darum, zu lernen, wie man sich als König korrekt verhielt, sondern wie es wäre, wenn die Fae ihre Drohung nicht zurücknahmen und es zum Krieg kam – in dem sein Vater sterben könnte. Nur deshalb musste Aiden ganz genau wissen, was mit den Fae besprochen wurde und welche Abmachungen getroffen wurden.

Er stieß die Tür zum Wohnheim so schwungvoll auf, dass sie gegen die Wand knallte. Zwei Stufen auf einmal nehmend eilte er die Treppe hinauf und den Flur entlang, bis er vor seiner Zimmertür stand. »Okay, ich bin da«, sagte er etwas atemlos, nachdem er sich endlich im Schutz seiner vier Wände befand.

Celmar lag auf dem Bett, die Hände im Nacken verschränkt und Kopfhörer im Ohr. Die Musik war so laut, dass sogar Aiden jeden Ton verstehen konnte. Celmar bekam erst mit, dass er nicht mehr allein war, als Aiden seinen Rucksack in die Ecke warf und die Tür zu seinem Kleiderschrank öffnete, um seinen bordeauxroten Umhang herauszuholen und ihn überzuziehen. Celmar setzte sich auf und zog sich die Kopfhörer aus dem Ohr.

»Mann, hast du mich erschreckt! Muss das sein?«

Aiden gab keine Antwort, stattdessen ging er zum Schreibtisch und ließ sich auf den Stuhl fallen, um den Laptop aufzuklappen.

»Du bist nicht allein?«, fragte sein Vater.

»Celmar ist hier. Soll ich ihn wegschicken?«

»Ja, bitte, aber das hat nichts mit ihm zu tun. Ich vertraue ihm, sonst hätte ich ihn dir nicht als Bodyguard mitgegeben. Doch hier geht es um Regierungsangelegenheiten.«

»Klar, er wird das verstehen.«

»Was werde ich verstehen?« Wieder bekam Celmar keine Antwort.

»Gut, dann sehen wir uns gleich. Du bekommst einen Link per E-Mail, mit dem du am Meeting teilnehmen kannst.«

»Alles klar.« Aiden beendete den Anruf und legte das Handy beiseite, während er gleichzeitig das Mailprogramm am Laptop öffnete.

»Was ist los?«, wollte Celmar wissen.

Die E-Mail war noch nicht da, also wandte Aiden sich erst einmal seinem Freund und Bodyguard zu. »Das war mein Vater. Der Fae-Abgesandte hat sich angekündigt; ich soll bei dem Gespräch dabei sein.«

»Ah, verstehe. Die Fae mal wieder. Was haben sie sich dieses Mal ausgedacht, um unser Volk zu piesacken?«

»Das weiß Vater selbst nicht, das Ganze wurde spontan angesetzt. Aber natürlich wird es in dem Gespräch früher oder später auch um die Beweise gehen, die meine Schwester und Niall zu unserer Entlastung gefunden haben. Vater hofft, dass Thema heute endlich abhaken zu können.«

»Ja, klar, und ich wiege in meiner Drachengestalt nicht mehr als eine Maus.« Schnaubend stand Celmar von seinem Bett auf und schnappte sich seine Jacke, die ausnahmsweise an ihrem Platz am Haken an der Tür hing.

»Glaubst du, die Fae werden Gegenargumente finden, um Sharnis Beweise für nichtig zu erklären?« Bereits während Aiden die Frage stellte, wusste er die Antwort. Er sank in sich zusammen. Natürlich, es ging hier um die Fae. Sie waren mies und hinterlistig, man konnte ihrem Wort nicht trauen. Wenn sie einen Krieg wollten, würden sie einen Weg finden, diesen anzuzetteln.

»Siehst du«, sagte Celmar nur und öffnete die Tür. »Ich lass dich dann mal allein.«

»Sorry …«, setzte Aiden an.

Doch Celmar schüttelte den Kopf. »Quatsch, ich versteh das.«

»Wirklich? Du weißt, dass es nichts mit dir persönlich zu tun hat, oder? Vater vertraut dir. *Ich* vertraue dir.«

»Ja, das weiß ich. Es ist in Ordnung, Aiden. Meine einzige Aufgabe ist es, dich zu beschützen und für deine Sicherheit zu sorgen. Regierungsangelegenheiten gehen mich nichts an und interessieren mich ehrlich gesagt auch nicht. Oder sagen wir mal, sie interessieren mich nicht genug, um live dabei sein zu wollen. Hinterher kannst du mir natürlich gern die wichtigsten Punkte verraten, wenn du darauf bestehst.«

Grinsend schüttelte Aiden den Kopf. »Alles klar.«

»Gut, dann hole ich mir jetzt einen Kaffee, das Zeug schmeckt nämlich gar nicht mal so schlecht hier. Bis später.«

Aiden wandte sich wieder dem Laptop zu und rief erneut seine E-Mails ab. Inzwischen war die Einladung zum Meeting eingegangen. Während er auf den Link klickte, hoffte er inständig, Celmar würde sich irren, und ihre Vorurteile gegenüber den Fae waren nichts weiter als das – Vorurteile. Die Elfen mussten ihnen einfach glauben. Die Drachen hatten mit dem Vorfall in London nichts zu tun, und jetzt konnten sie es sogar beweisen. Auch die Fae würden es nicht leicht haben, Gegenargumente zu bringen, zumal sie keine Zeit gehabt hatten, sich auf dieses Gespräch vorzubereiten. Das war ein Vorteil, und den mussten die Drachen nutzen.

Kapitel 30

Aiden

Aiden erschrak, als er seinen Vater am Laptop erblickte. Seine Wangen waren eingefallen, und er war so blass geworden, dass man meinen könnte, er würde jeden Moment in Ohnmacht fallen.

»Geht es dir gut, Dad?«, fragte Sharni, bevor Aiden es tun konnte. Sie war auf Aidens Bildschirm in einem Fenster oben rechts in der Ecke zu sehen.

»Natürlich, es geht mir gut.« Der König antwortete mit einem Lächeln. »Ich bin ein bisschen blass, nicht wahr? Das wird die Sorge sein, außerdem der Mangel an frischer Luft. In letzter Zeit bin ich kaum dazu gekommen, mal eine Runde zu fliegen, aber das wird sich heute hoffentlich ändern.«

Aiden sagte weder etwas dazu noch hakte er weiter nach. Er fragte sich, ob der Zustand seines Vaters wirklich allein auf Erschöpfung zurückzuführen war, doch das wollte er nicht in dieser Runde ansprechen, wo alle zuhören konnten. Aiden hatte nur einen kleinen Ausschnitt des Thronsaals vor Augen; er wusste nicht, wer neben seinem Vater noch anwesend war. Er konnte sich zwar nicht vorstellen, dass einer der Berater vor Ort war, nach allem, was inzwischen herausgekommen war, doch man konnte nie wissen. Immerhin war die Tatsache, dass Callahan ein Verräter war, nach wie vor ein Geheimnis.

Aiden unterdrückte einen Fluch. Callahan, natürlich. Warum hatte er nicht gleich daran gedacht? Dieser Bastard hatte den Fae vermutlich von den Beweisen berichtet. Damit war ihr Vorteil dahin, und die Fae hatten ihn auf ihrer Seite. Wobei ... Konnte es sein, dass sein Vater Callahan gar nicht eingeweiht hatte? Zwar ging es hier um Dinge, die die Fae früher oder später ohnehin erfahren würden; die Frage war nur, wann und wie. Diesen Vorteil gab sein Vater bestimmt nicht leichtfertig aus der Hand.

Aiden überlegte gerade, wie er seinen Vater darauf ansprechen konnte, ohne zu deutlich zu werden, als die Stimme einer Wache im Hintergrund sagte: »Eure Majestät, der Abgesandte der Fae, Damian Ainsley, bittet um eine Audienz.«

»Führt ihn herein«, antwortete der König, der auch heute die Königsrobe samt Insignien trug.

Selbst Sharni hatte ihren smaragdgrünen Umhang übergeworfen, was Aiden wunderte. Zwar gehörte sich das zu offiziellen Anlässen wie diesem, doch er hatte nicht damit gerechnet, dass seine Schwester den Umhang überhaupt mit nach London genommen hatte.

Im Hintergrund waren schwere Schritte zu hören, kurz darauf war Damian Ainsley zu sehen, der vor dem Thron stehen blieb und eine Verbeugung andeutete. Wie schon beim letzten Mal trug er Stiefel und eine Lederjacke in Brauntönen. »König Roarke. Vielen Dank, dass Ihr mich erneut empfangt.«

Der König, der aufgestanden war, um den Fae-Abgesandten standesgemäß zu begrüßen, ließ sich zurück auf den Thron sinken. »Was führt Euch heute zu uns in den Connemara-Nationalpark?«

Damian Ainsley kam sofort zur Sache. »Es geht um die Beweise, die Euer Volk entlasten sollen. Ihr wisst schon, bezüglich der Drachenaktivitäten im Sommer in London.«

Aiden atmete geräuschvoll aus. Also doch – die Fae hatten längst von Sharnis und Nialls Ergebnissen erfahren. Die Frage war nur, wer dahintersteckte, denn der König konnte seine Überraschung kaum verbergen. Demnach hatte er seine Berater wohl nicht eingeweiht. Hatte Callahan gelauscht? Gab es noch eine weitere undichte Stelle, wie sein Vater vermutete?

»Darf ich fragen, wie Ihr davon erfahren habt?« Die Stimme des Königs war trotz allem gefasst.

Damian tat nun ebenso überrascht. »Sollte ich das etwa nicht? Ich bin davon ausgegangen, dass Ihr die Beweise habt suchen lassen, um erneut über unser Abkommen zu sprechen.«

Geschickt der Frage ausgewichen, dachte Aiden, wie er es nicht anders von den Fae kannte – und von Kailey.

»Natürlich. Ihr seid im Bilde?«, fragte der König.

»Das denke ich, allerdings hat die Königin diesbezüglich noch einige Fragen.«

Der König bedeutete ihm mit der Hand, fortzufahren.

»Kommen wir als Erstes zu dem Alkalimetall, das Ihr im Park gefunden habt, und zu den zwei Köpfen, die der Drache angeblich gehabt haben soll. Inwiefern beweisen diese Details, dass der Drachenangriff in London nicht von Euch Draconis beziehungsweise einem autonomen Drachen verübt worden ist?«

Aiden ballte die Hände zu Fäusten, während er versuchte, seine Mimik unter Kontrolle zu halten. Natürlich hatte Celmar recht gehabt, Aiden hätte es selbst wissen müssen. Nur weil er mit Kailey einen zugegebenermaßen netten Abend verbracht hatte und sie die Typen in der Nähe der *Temple Bar* fast wie ein eingespieltes Team vermöbelt hatten, bedeutete das nicht, dass man den Fae trauen konnte.

Aidens Vater blieb wie immer ruhig. »Ihr wisst sicherlich, dass Natrium eine Flamme gelb färbt. Der Zeuge, den meine Tochter und ihr Begleiter ausfindig gemacht haben, hat ausgesagt, dass der Drache im Holland Park gelbe Flammen ausgestoßen hat. Das Feuer der Draconis ist jedoch nicht gelb, und wir haben auch niemals zwei Köpfe.«

Damian holte wie beim letzten Mal seine schwarze Apparatur heraus, die wie eine Fernbedienung aussah. Er drückte auf einen Knopf, und neben ihm erschien ein Bild in der Luft. Darauf war Niall zu sehen, der einem nicht allzu großen Mann in einem dunkelgrünen Trenchcoat eine Zwanzig-Pfund-Note reichte.

»Meint Ihr diesen Zeugen?« Damians Stimme war überaus freundlich.

»Was haben Sie nun schon wieder auszusetzen?«, fragte Sharni gereizt.

Aiden nahm an, dass im Thronsaal eine Leinwand aufgestellt worden war, auf der sowohl sein als auch Sharnis Video übertragen wurde. Jedenfalls wandte Damian mit einem Lächeln den Kopf zur Seite, sodass Aiden nun sein ganzes Gesicht sah und nicht mehr nur das Profil.

Er zuckte zusammen. Der Fae-Abgesandte hatte blonde Haare, grüne Augen und ein Grübchen in der linken Wange, außerdem war er recht groß und durchtrainiert. Automatisch dachte Aiden an Kailey: blonde Haare, grüne Augen, das Grübchen in der linken Wange, das ihm beim gemeinsamen Kampf aufgefallen war. Die Ähnlichkeit zwischen den beiden war kaum von der Hand zu weisen. Zwar hatte er Damian vorher nur einmal getroffen, aber als er Kailey zum ersten Mal begegnet war, hätte er die Ähnlichkeit erkennen müssen.

Ein bitterer Geschmack machte sich in seinem Mund breit, und er ballte erneut die Hände zu Fäusten. Kailey. Arglos hatte er ihr gestern erzählt, dass seine Schwester ihm gute Nachrichten mitgeteilt hatte. Wahrscheinlich war sie daraufhin direkt zu Damian gelaufen, der vermutlich auch noch ihr Vater war. Und der hatte natürlich sofort die Gelegenheit genutzt, weiterzuforschen. Wobei die Fae seine Schwester und Niall so oder so beobachteten, denn irgendwoher mussten sie die Aufnahme von der Zeugenbefragung haben. Trotzdem hätte er nicht so dumm sein dürfen, Kailey auch nur irgendetwas zu verraten.

Damian ging nicht auf Sharnis Vorwurf ein. »Warum habt Ihr dem Zeugen Geld gegeben?«

»Weil er sonst nicht mit uns geredet hätte?«, erwiderte Sharni schnippisch.

»Man könnte allerdings auch davon ausgehen, dass Ihr ihn bestochen habt.«

»Bestochen? Mit zwanzig Pfund?« Sharni lachte, doch es klang kein bisschen amüsiert. »So läuft das heutzutage, vor allem, wenn man es mit Obdachlosen zu tun hat. Haben Sie noch nie einen Krimi gesehen?«

»Nein«, erwiderte Damian trocken.

»Der Zeuge ist bereit, vor Ihnen auszusagen«, fügte Sharni etwas ruhiger hinzu. »Geben Sie uns ein bisschen Zeit, und ich hole Ihnen den Mann vor die Kamera, sodass Sie selbst mit ihm reden können.«

Damian wandte sich wieder dem König zu. »Ich fürchte, dieses Angebot muss ich im Namen der Fae-Königin ablehnen. In meiner Situation würdet Ihr sicherlich genauso handeln, nicht wahr, König Roarke? Seht –«

»Ehrlich gesagt verstehe ich das Problem nicht so ganz«, unterbrach der König den Abgesandten ungewöhnlich barsch. »Bei dem

Mann, mit dem meine Tochter und ihr Begleiter gesprochen haben, handelt es sich um einen offiziellen Zeugen. Er hat dieselbe Aussage bei einer Londoner Zeitung und der Polizei gemacht. Nur deshalb seid Ihr überhaupt darauf aufmerksam geworden, dass vor zwei Monaten in London ein Drache aktiv war.«

»Das stimmt«, gab Damian zu. »Nichtsdestotrotz war der Zeuge betrunken. Inwiefern können wir seinem Wort glauben?«

»Auch diesen Einwand verstehe ich nicht«, beharrte der König. »Der Zeuge ist vertrauenswürdig, wenn es darum geht, einen Drachen zu bezeugen. Wenn er jedoch bezeugen soll, dass der Drache zwei Köpfe hatte und gelbe Flammen gespuckt hat, war er zu betrunken? Sehe ich das richtig?«

»Hier geht es immerhin um Details. Es war dunkel, und vielleicht haben die Flammen nur gelb gewirkt. Das Natrium, das Prinzessin Sharni und ihr Begleiter im Holland Park sicherstellen konnten, ist jedenfalls kein Beweis. Natrium wird schließlich nicht nur verwendet, um Flammen gelb zu färben. Es ist ein sehr häufiges Element, das in zahlreichen Mineralen im Boden vorkommt«, fügte Damian hinzu. »Und was die zwei Köpfe angeht … Ich habe mir sagen lassen, dass Betrunkene hin und wieder doppelt sehen.«

Sharni warf die Hände in die Luft. »Das ist doch nicht zu fassen! Wie können Sie es wagen –«

»Sharni!«, fuhr der König dazwischen. »Ich verstehe deinen Unmut, aber wir müssen sachlich bleiben.«

Damian nickte. »Danke, König Roarke.«

»Wir sollten schließlich die Etikette wahren, nicht wahr?«, meinte der König. »Dennoch frage ich mich, warum wir die Aussage des Betrunkenen, über dem Holland Park hätte sich ein Drache aufgehalten, überhaupt für bare Münze nehmen. Auch das kann von ihm fantasiert worden sein. Vielleicht hat er lediglich einen Pfau gesehen. Der Zeuge hat den Drachen als blau oder grün beschrieben. Auch ein Pfau hat diese Färbung, stößt mitunter markerschütternde Schreie aus und kann fliegen. Nicht sehr hoch oder weit, aber er kann sich in die Luft erheben.«

»Ein Pfau spuckt allerdings kein Feuer, und ein Pfau hätte auch niemals den Holland Park dermaßen verwüsten können. Das sind leider unumstößliche Fakten.«

Aiden biss sich auf die Zunge, konnte sich jedoch nicht länger zusammenreißen. »Möglicherweise hat der Park bereits gebrannt, und der Betrunkene hat Dinge zusammengebracht, die überhaupt nicht zusammengehören. Und was die Verwüstung angeht«, sagte er bestimmt, »solltet Ihr nicht vergessen, dass es auch in London Vandalismus gibt. Das muss nichts mit einem Drachen zu tun haben. Vandalismus, ein Feuer bricht aus, ein Pfau rettet sich in die Luft … Da kann man als Betrunkener schon mal etwas durcheinanderbringen, meint Ihr nicht auch?«

Damian sah ihn mit hochgezogenen Augenbrauen an, sagte jedoch nichts. Offensichtlich war er überrascht, dass der Thronfolger ihn so unverblümt ansprach.

»Im Übrigen wurden mein *Begleiter*« – Sharni betonte das Wort extra – »und ich im Holland Park von vier Fae angegriffen, bevor wir überhaupt die Chance hatten, nach Beweisen für unsere Unschuld zu suchen. Wenn man zudem bedenkt, dass Sie sich ganze zwei Monate Zeit gelassen haben, ehe Sie überhaupt mit den Anschuldigungen herausgerückt sind –«

»Zwei der Fae sind tot, wenn ich das anmerken darf«, fiel Damian ihr ins Wort.

Sharni schnaubte. »Selbstverteidigung, schon mal gehört? Oder soll ich mich umbringen lassen, nur weil ich mich in einem öffentlichen Park aufhalte?«

Der König räusperte sich. »Ganz unrecht haben die Prinzessin und der Thronfolger nicht. Ihr kommt mit allerlei Anschuldigungen und verlangt von uns, Euch zu beweisen, dass wir nicht in London aktiv waren. Wie wäre es, wenn *Ihr* im Gegenzug *uns* beweist, dass wir für den Schaden in London verantwortlich sind? Außerdem war es ein Kriegsakt, dass meine Tochter, die Prinzessin, grundlos und noch dazu auf neutralem Boden angegriffen wurde. Auch mein Sohn, der Thronfolger, wurde von Euren Leuten in der Nähe von Limerick grundlos auf neutralem Boden attackiert. Und wir hatten bei einem vorangegangenen völlig unnötigen Kampf einige Opfer zu beklagen.«

»Habe ich Euch bei unserem letzten Gespräch, als es um den Abtransport der gefallenen Drachen ging, nicht von der Königin ausrichten lassen, dass es sich dabei um ein bedauerliches Missverständnis handelte? Verzeiht, wenn ich es vergaß. Es tut mir zutiefst leid um Eure Männer, König Roarke.«

»Das sagtet Ihr bereits, allerdings würde Eure Königin ein Missverständnis wie dieses niemals hinnehmen, nicht wahr? Ich jedoch bin bereit, über die Angriffe hinwegzusehen, wenn Ihr im Gegenzug bereit seid, die Anschuldigungen gegen mich und mein Volk fallen zu lassen.«

Damian schwieg einen Moment lang. »Das erscheint mir gerecht, auch wenn ich leider nicht die Befugnis habe, das allein zu entscheiden. Das werde ich zuerst mit der Königin besprechen müssen.«

»Dann tut das. Wir haben Beweise geliefert, nun habt *Ihr* eine Woche Zeit.«

Der König machte eine entsprechende Handbewegung, womit klar war, dass das Gespräch beendet war. Damian verbeugte sich, bevor er schnellen Schrittes den Saal verließ. Er wirkte über den Ausgang der Audienz nicht so unglücklich, wie Aiden vermutet hätte, was ihn verwirrte. Das Ganze wurde immer undurchsichtiger.

»Würdet ihr uns bitte allein lassen?«, bat der König. »Ich würde mich gern ungestört mit meinen Kindern unterhalten.«

Aiden sah niemanden den Thronsaal verlassen, hörte allerdings Schritte. Schließlich stand sein Vater auf. Er holte sich den Laptop, das Bild wackelte kurz, dann war er frontal zu sehen und nicht mehr nur von der Seite.

»Was ist los mit dir, Aiden?«, fragte ihn sein Vater unverwandt.

»Es tut mir leid, wenn ich etwas Falsches gesagt habe«, entschuldigte Aiden sich.

Der König schüttelte den Kopf. »Darum geht es nicht, aber so kenne ich dich nicht. Du bist sonst nie unbeherrscht. Genau deshalb bist du ein hervorragender Thronfolger.«

Aiden verschränkte die Arme vor der Brust. »Ich glaube, dass Damian Ainsley der Vater der Fae ist, die meinetwegen an das Trinity College geschickt wurde.«

»Kailey?«, fragte Sharni überrascht. »Bist du sicher?«

»Ziemlich. Sie haben die gleiche Haar- und Augenfarbe, ein Grübchen an genau der gleichen Stelle, die gleichen Gesichtszüge ... Die Ähnlichkeit ist nicht zu übersehen.«

»Hm.« Der König kratzte sich am Kinn. »Es ist nicht ungewöhnlich, dass die Tochter eines Fae-Abgesandten von der Fae-Königin auf eine Mission geschickt wird. Demnach hat sie allerdings noch bessere Fähigkeiten, als wir bisher vermutet haben. Sei ab jetzt vorsichtiger, was du ihr gegenüber sagst, Aiden.«

»Ich weiß«, grummelte er. »Ich fürchte, es ist mein Fehler, dass Damian bereits Bescheid wusste. Kailey gegenüber habe ich gestern erwähnt, dass Sharni gute Neuigkeiten hatte. Sie kannte zwar weder Details noch kann sie die Aufnahme von Niall und dem Obdachlosen gemacht haben, trotzdem hätte ich niemals so unvorsichtig sein dürfen.«

Sein Vater schloss für einen Moment die Augen und fuhr sich mit der Hand über das Gesicht. »Verstehe. Und was hat dich unvorsichtig werden lassen?«

»Ich …« Aiden stoppte. Gute Frage. Warum hatte er Kailey eine ehrliche Antwort gegeben, wo doch klar war, dass sie nur auf Informationen aus war? Er wusste es selbst nicht. Er hatte einen netten Abend mit Kailey verbracht, gute Laune gehabt und sich von dem Gefühl einlullen lassen, das der gemeinsame Kampf in ihm kurzzeitig ausgelöst hatte. Und ehrlicherweise hatte er sich auch nichts dabei gedacht, ihr diese winzige Kleinigkeit zu verraten. Für einen Moment hatte er wohl vergessen, dass sie Feinde waren, doch das würde ihm nicht noch einmal passieren. In der Hand des Gegners war jede noch so kleine Information wertvoll, das durfte er nie wieder aus den Augen verlieren. Er straffte die Schultern. »Tut mir leid, ich habe nicht aufgepasst. Es wird nicht wieder vorkommen.«

»Das will ich hoffen«, erwiderte sein Vater. »Versteh mich nicht falsch, Fehler macht jeder mal, aber hier geht es um einen Fehler, der dich das Leben kosten kann. Wenn du denkst, dass du dem Mädchen trauen kannst, wäre das etwas anderes.«

»Moment mal«, unterbrach Sharni. »Aiden hat selbst gesagt, dass Kailey keine Details kannte, Damian hingegen schon. Demnach muss er noch eine andere Quelle haben.«

»Trotzdem hätte ich ihr nichts verraten dürfen.« Einen Moment fragte Aiden sich, ob Kailey vielleicht doch nicht sofort zu Damian gelaufen war, aber er verbot sich den Gedanken und presste stattdessen die Kiefer aufeinander. So oder so – sie war eine Fae. Er musste nicht nur aufpassen, was er ihr gegenüber sagte, er durfte auch keinesfalls den Fehler machen, ihr zu vertrauen. Sein Vater hatte recht – es konnte ihn das Leben kosten. »Dad, hast du möglicherweise –«

»Bewahre«, rief der König aus, bevor Aiden seine Frage beenden konnte. »Ich habe keinem meiner Berater noch sonst jemandem von den Beweisen erzählt. Nicht einmal der Wissenschaftler, der die Erdprobe untersucht hat, kannte deren Fundort.«

»Seltsam«, murmelte Aiden. »Vielleicht eine Wanze? Du solltest auf jeden Fall selbst vorsichtig sein, Vater. Du siehst gar nicht gut aus.«

Der König machte eine wegwerfende Handbewegung. »Wie gesagt, ich bin nur etwas erschöpft.« Er wandte sich an Sharni. »Die Fae-Königin lässt uns ganz bestimmt nicht so einfach davonkommen. Ich bin mir ziemlich sicher, dass sie irgendwelche fadenscheinigen Beweise gegen uns findet, und sie wird sich herausreden, warum der Angriff auf dich im Holland Park kein Kriegsakt war. Auch was den Vorfall mit Aiden bei Limerick angeht, wird sie eine Erklärung liefern, um uns so oder so in den Krieg zu zwingen.«

»Warum hast du ihr die Möglichkeit dazu gegeben?«, fragte Sharni.

»Weil ich wütend war.« Der König schmunzelte kurz. »Das hätte ich vielleicht lieber lassen sollen, doch so haben wir immerhin noch etwas Zeit dazugewonnen. Du weißt, was das für dich bedeutet, Sharni?«

Sie nickte. »Ich werde einen handfesten Beweis für unsere Unschuld finden, Vater. Das verspreche ich dir. Und ich habe auch schon eine Idee, wie ich das anstelle.« Sie verabschiedete sich, und Aiden blieb mit seinem Vater allein in der Videokonferenz zurück.

»Was sie sich wohl ausgedacht hat?«, überlegte Aiden.

Sein Vater zuckte mit den Schultern. »Mir ist inzwischen alles recht, solange wir diesen Krieg nur verhindern können. Aiden?«

»Ja, Dad?«

»Sei vorsichtig. Unterschätz die Fae nicht.«

»Das werde ich nicht, wenn du auch auf dich aufpasst.«

»Mach dir keine Gedanken, Aiden, es geht mir gut. Also dann …«

»Warte«, sagte Aiden, als sein Vater die Verbindung beenden wollte. »Soll ich nicht besser nach Hause kommen? Hier in Dublin verschwende ich nur meine Zeit. Aus der Fae werde ich sowieso nichts herausbekommen.« Im Gegenteil, im schlimmsten Fall leistete er sich einen weiteren Fehler.

Der König schüttelte den Kopf. »Es ist nett, dass du mir beistehen willst, aber du kannst hier gerade ohnehin nichts tun. Außerdem habe ich das Gefühl, dass du in Dublin besser aufgehoben bist. Halt einfach Augen und Ohren offen.«

Sein Vater lächelte ihm noch einmal zu, dann wurde die Verbindung endgültig unterbrochen. Seufzend beendete Aiden das Programm und klappte den Laptop zu. Er sah auf die Uhr. Jetzt lohnte es sich nicht mehr, noch in den Kurs für englische Literatur zu gehen. Stattdessen ließ er sich rücklings auf sein Bett fallen. Wenn er nur wüsste, wie er seinem Vater helfen konnte. Er machte sich wirklich Sorgen, auch wenn sein Vater immer wieder beteuerte, es sei alles in Ordnung.

Aiden verschränkte die Arme hinter dem Kopf und starrte an die Decke. Die Wut auf Kailey wallte immer noch durch seinen Körper. Er hatte geglaubt, irgendetwas hätte sich zwischen ihnen geändert, auch wenn er es nicht hätte benennen können. Dabei hatte er sich nur von ihr um den Finger wickeln lassen. Sie verfolgte weiterhin eiskalt ihr Ziel, während er es zumindest für einen Moment aus den Augen verloren hatte. Das würde ihm nicht erneut passieren.

Eine Frage beschäftigte ihn allerdings: Warum, bei Voldragor, fühlte er sich, als hätte Kailey ihn hintergangen? Er war selbst schuld, wenn er geglaubt hatte, es bei der Fae mit Freundlichkeit zu etwas bringen zu können. Fae hatten seine Mutter ermordet, Fae wollten sein Volk in einen Krieg zwingen. Kailey war nicht anders oder besser als die anderen, das durfte er niemals wieder vergessen.

Kapitel 31

Kailey

»Können wir nicht zuerst die Kampfszene proben?« Aiden verschränkte die Arme vor der Brust.

»Es wäre mir bedeutend lieber, ihr würdet euch zuerst an die Liebesszene machen«, erwiderte Mr. Riley. »Ihr müsst harmonieren. Das Publikum muss euch abnehmen, dass ihr etwas füreinander empfindet.«

Aiden schnaubte. »Warum? D'Artagnan und Lady de Winter sind kein echtes Liebespaar. Er will nur Sex, und sie weiß nicht einmal, dass er es ist, mit dem sie schläft.«

Ich unterdrückte den Drang, Aiden gegen die Brust zu schlagen. Was war nur los mit ihm? Er verhielt sich geradewegs so, als hätte ich Herpes. Mir war klar, dass er keine große Lust verspürte, mich zu küssen, immerhin waren wir von Natur aus Feinde. Ich hatte auch keine Lust dazu, aber seit unserem gemeinsamen Abend im Pub hatte ich eigentlich geglaubt, wir ... Ja, was eigentlich? Wir wären uns nähergekommen? *Mach dich nicht lächerlich, Kailey.* Das traf es nicht, ganz und gar nicht. Allein der Gedanke ... Trotzdem hatte ich geglaubt, zwischen uns hätte sich etwas verändert. Dass mein Ziel endlich in erreichbare Nähe gerückt war. Tja, da hatte ich mich wohl getäuscht. Aiden machte jedenfalls ziemlich deutlich, dass er absolut keine Lust hatte, mit mir zusammen ein Liebespaar vorzutäuschen. In diesem Moment wollte er offensichtlich nicht einmal mit mir auf der Bühne stehen. Es war schon fast peinlich.

»Das ist so nicht korrekt, Aiden.« Mr. Riley kam mit langen Schritten auf die Bühne. »Was die erste Begegnung der beiden betrifft, mag deine Behauptung zutreffen, aber beim zweiten Mal ist sich D'Artagnan seiner Gefühle absolut sicher. Dumas spricht sogar von abgöttischer Liebe.«

Wieder schnaubte Aiden. »Armer Tor. Obwohl D'Artagnan weiß, dass Mylady nur mit ihm spielt, verliebt er sich in sie.«

»So ist das nun mal mit der Liebe«, sagte Mr. Riley ungerührt und begann zu philosophieren – von Romeo und Julia, von Elizabeth und Mr. Darcy, von Bella und Edward.

Mir lief es eiskalt den Rücken hinunter. Ich sah zu Aiden, der meinem Blick auswich. Konnte es vielleicht doch sein, dass …? Nein, völlig unmöglich. Der Drache hatte sich mit Sicherheit nicht in mich verliebt. Das wäre völlig absurd, und so verhielt sich Aiden nicht. Trotzdem wurde ich das Gefühl nicht los, dass er sich in diesem Moment mit D'Artagnan identifizierte. Irgendetwas war geschehen. Nur was?

Um ihm zu zeigen, dass ich zumindest hier und jetzt nicht sein Feind war – und auch, damit es für mich etwas weniger peinlich wurde –, eilte ich ihm zu Hilfe. Nachdem Mr. Riley seinen kleinen Exkurs zu den großen Liebespaaren unserer Zeit beendet hatte, sagte ich: »D'Artagnan und Mylady haben tatsächlich mehr Szenen, in denen sie sich gegenseitig an die Gurgel gehen als Szenen, in denen sie sich lieben, nicht wahr?«

»Eben«, pflichtete Aiden mir bei. »Außerdem sollten wir zuerst einmal schauen, ob Kailey überhaupt mit einem Degen umgehen kann. Wenn nicht, sollten wir sie lieber gleich neu besetzen, oder nicht?«

Wut floss durch meine Adern; dieses Mal unterdrückte ich sie nicht. So ein Idiot! Wenn er ein Problem mit mir hatte, sollte er es direkt ansprechen und nicht im wahrsten Sinne des Wortes auf der Bühne ausfechten. »Ich kann sehr gut mit dem *Dolch* umgehen, vielen Dank«, erwiderte ich und funkelte Aiden an.

»Du hast recht, Kailey, im Originaltext verwendet Mylady einen Dolch, aber ich würde dir und Aiden jeweils einen Degen geben, um die Kampfszene stärker gestalten zu können«, warf Mr. Riley ein und strich sich seufzend über den Bart. »Also, wir probieren heute beides, sowohl die Liebesszene als auch die anschließende Kampfszene. Einverstanden? Ihr entscheidet selbst, womit ihr anfangen möchtet.«

Aiden verdrehte die Augen. »Na schön, bringen wir es hinter uns. Starten wir mit der zweiten Liebesszene zwischen den beiden?«

»Sehr gern. Schert euch nicht um den Text, der muss an dieser Stelle nicht perfekt sitzen, ebenso wenig die Details. Wir überspringen den Beischlaf und das Gespräch, in dem es um die Rache an Myladys eigentlichem Geliebten geht, und kommen nach dem Kuss direkt zum Geständnis und dann zum Kampf, okay? Es geht zunächst nur darum, die richtigen Emotionen zu zeigen.« Mr. Riley stellte sich zwischen uns und legte Aiden und mir jeweils eine Hand auf die Schulter. »Ihr schafft das, ich glaube an euch.«

Er verließ die Bühne, und Aiden und ich brachten uns in Position. Im Raum wurde es mucksmäuschenstill; sämtliche Gespräche wurden eingestellt, und alle wandten sich der Bühne zu, auf der Aiden und ich uns gleich küssen mussten. Ein erneuter Schauer lief mir über den Rücken. Ich konnte Aiden wirklich verstehen, denn ich hatte genauso wenig Lust wie er, dass er mir gleich seine Zunge in den Hals rammen würde, aber ich hatte nun mal eine Aufgabe zu erledigen. Mein Ziel war es, dass Aiden mir vertraute, und wenn auch nur die Möglichkeit bestand, dass ich diesem Ziel mit einem Kuss näher kam, dann durfte ich mich davon nicht abschrecken lassen. Es war ja nicht so, als wären echte Gefühle im Spiel, auch wenn Mr. Riley diese nur zu gern sehen würde.

Ich holte einmal tief Luft, bevor ich so tat, als würde ich Aiden alias D'Artagnan die Tür öffnen und ihn hereinbitten. Nachdem Aiden vorher so einen Aufstand gemacht hatte, rechnete ich nicht damit, dass er seine Rolle gut spielen würde, doch das tat er. Ungestüm – so wie es im Skript stand – riss er mich in seine Arme und sah mir einen Moment lang tief in die Augen, bevor er mich nach hinten beugte und in perfekter Hollywood-Manier seinen Mund auf meinen drückte.

Trotz allem überlegte ich für den Bruchteil einer Sekunde, den Kuss gar nicht oder nur halbherzig zu erwidern, doch das konnte ich nicht. Jetzt nicht mehr. Mr. Riley erwartete mehr von uns, und nachdem Aiden alles gab, musste ich ebenfalls alles geben. Ich konnte schließlich nicht riskieren, dass jemand anderes meine Rolle bekam, also schlang ich meine Arme um Aidens Hals, öffnete leicht meine Lippen und erwiderte den Kuss. Aiden spürte es und zögerte einen Augenblick lang, doch dann küsste er mich weiter.

Es fühlte sich gar nicht mal so schlecht an, auch wenn ich das nur ungern zugab. Ich war zwar kein unbeschriebenes Blatt, hatte aber auch nicht allzu viel Erfahrung, da mir meine Ausbildung immer wichtiger gewesen war, als jemanden näher kennenzulernen, doch dieser Kuss … fühlte sich irgendwie gut an, das zumindest konnte ich sagen.

Ich hatte mit allem gerechnet – mit Mundgeruch, mit rauen Lippen, mit zu viel Zunge –, doch Aiden machte seine Sache gut. Müsste der Kuss eines Drachen nicht ein Gefühl von Ekel in mir auslösen? Aber so war es nicht, ganz und gar nicht, was mich verwirrte – und wütend machte.

Auch Aiden war verwirrt. Das spürte ich, und sein Blick sprach Bände, als wir uns voneinander lösten. Hatte er es etwa auch nicht so abstoßend gefunden wie zuvor erwartet? Doch der Triumph, den ich darüber empfinden sollte, wollte sich in diesem Moment nicht einstellen.

Eigentlich hätte mir Aiden an dieser Stelle als D'Artagnan ein Geständnis machen müssen, doch er schwieg. Ich fand schneller zurück in meine Rolle und fragte: »Ein Geständnis?«

Aiden nickte und sagte seinen Text auf. Mit viel Hin und Her gestand er Mylady, dass er sich beim ersten Mal als ihr Geliebter ausgegeben hatte, um sie zu verführen. Nun endlich konnte ich ihm gegen die Brust schlagen. Da wir momentan in keinem Bett lagen, aus dem ich hätte springen können, ging ich ein paar Schritte zurück. Aiden folgte mir und packte mich an meinem Oberteil. Ich wand mich aus seinem Griff. An dieser Stelle sollte mein Morgenmantel reißen, den ich als Lady de Winter auf der Bühne tragen würde, und ein geheimes Tattoo auf meiner Haut offenbaren, und so starrte Aiden mich fassungslos an.

»Ha, Elender!«, sagte ich, »du hast mich feige verraten, und noch mehr, du weißt nun mein Geheimnis und musst sterben!«

Ich packte den Degen und ging auf Aiden los, der verängstigt wirkte – wie im Skript vorgegeben –, bis er selbst seinen Degen hinter sich ertastete. Das Geräusch der aufeinanderschlagenden Klingen erfüllte daraufhin den großen Raum. Ich erwartete, dass Aiden die

Kampfszene nutzen würde, um mich zu fordern, doch überraschenderweise tat er es nicht. Professionell wie ein richtiger Schauspieler blieb er die ganze Zeit über in seiner Rolle. Wir kämpften ebenbürtig gegeneinander, wie verlangt, doch ich konnte es mir nicht verkneifen, ihm zu zeigen, dass er mich nicht unterschätzen sollte: Mit links konnte ich die Waffe genauso gut führen wie mit rechts, da ich im Kampf gegen Drachen ohnehin beidseitig kämpfte. Also warf ich den Degen hoch, der sich in der Luft einmal um sich selbst drehte, und fing ihn mit der linken Hand wieder auf, während ich Aidens Arm gleichzeitig mit meinem rechten Arm blockierte, sodass er mich nicht länger angreifen konnte. Seine Seite war ungeschützt. Bingo – in einem echten Kampf hätte ich ihn jetzt gehabt. Ich konnte mir ein Grinsen nicht verkneifen, doch Aiden hielt einen winzigen Moment lang inne und starrte mich an. Wut glomm in seinen Augen auf, woraufhin er mich erneut attackierte. Ich spürte den Unterschied sofort – aus unserem gespielten Kampf wurde Ernst. Aiden schenkte mir nichts mehr, stattdessen forderte er mich heraus, doch da biss er bei mir auf Granit. Ich parierte seinen Angriff, schlug zurück. Inzwischen nutzten wir die ganze Bühne und versuchten, den jeweils anderen in die Ecke zu treiben. Aus dem Augenwinkel bemerkte ich, wie sich die übrigen Studenten erstaunte Blicke zuwarfen. Bemerkten sie den Unterschied ebenfalls, oder waren sie einfach nur verwundert, dass Aiden und ich dermaßen gut mit dem Degen umgehen konnten? Es war mir egal. Ich wehrte Aidens Angriffe ab und schlug zurück, auch wenn ich gar nicht so genau wusste, was ich tun würde, sollte ich die Gelegenheit bekommen, mit einer richtigen Waffe zuzustechen. Würde ich es tun? Würde Aiden es tun? Ich hatte allerdings nicht vor, ihm diese Chance zu geben; Requisite hin oder her. Ich spürte eine ebenso große Wut auf Aiden wie er auf mich. Ich war sauer, weil er sauer auf mich war. Weil er mich angriff und sich aufführte wie ein betrogener Liebhaber, dabei hatte ich ihm nie etwas vorgespielt.

Weil mir der Kuss gefallen hatte.

Nachdem ich erfolgreich einen erneuten Schlag pariert hatte, schaffte ich es mit einer Drehung an Aiden vorbei, sodass ich nun auf der anderen Seite stand. Eigentlich hatte ich ihn bei dem Manöver entwaffnen wollen, doch Aiden war gut, zu gut. Ohne Probleme tauschte er mit mir den Platz, wieder prallten unsere Klingen gegeneinander.

Mr. Riley eilte auf die Bühne, wie ich gerade noch rechtzeitig aus dem Augenwinkel mitbekam. Nach kurzem Zögern ließ ich den Degen sinken, genau wie Aiden. Wir atmeten beide schwer.

»Hervorragend, wirklich hervorragend«, sagte Mr. Riley und klatschte in die Hände. Die anderen fielen in seinen Applaus ein. »Das hat doch schon ganz wunderbar geklappt. Ich würde sagen, ihr habt euch eine kleine Pause verdient. Amber, wollen wir mit deiner Szene weitermachen?«

Aiden ließ sich das mit der Pause nicht zweimal sagen. Während ich mich noch fragte, ob Mr. Riley spürte oder vielleicht sogar wusste, dass unser gespielter Kampf mehr als das gewesen war, warf Aiden seinen Degen auf das durchgesessene Sofa am Bühnenrand und rauschte an mir vorbei. Ich legte meinen Degen ebenfalls beiseite, lächelte kurz Mr. Riley zu, der mich auffällig unauffällig musterte, und folgte Aiden.

Ich hatte Mühe, ihn einzuholen, doch ich wollte ihn nicht bitten, stehen zu bleiben. Nicht, solange wir in Hörweite waren. Niemand sollte mitbekommen, dass wir auf der Bühne einen echten Kampf ausgefochten hatten, auch wenn ich selbst nicht so recht wusste, worum es dabei eigentlich gegangen war. Um verletzte Gefühle? Verletzten Stolz? Oder weil wir einfach nur Feinde waren?

»Aiden«, rief ich, als wir längst den Gang erreicht hatten.

Er blieb nicht stehen, ging im Laufschritt weiter, doch ich ließ mich nicht abschütteln. Ich wollte wissen, was los war. Warum war er auf einmal so wütend?

Er stieß die Tür auf, die hinaus auf den Campus führte. Es regnete, doch das hielt Aiden nicht davon ab, weiterzulaufen. Ich beschleunigte meine Schritte und bekam schließlich den Ärmel seines blauen Shirts zu fassen. Er riss sich los, rannte jedoch nicht weg, sondern wirbelte zu mir herum.

»Was willst du von mir?«, fauchte er mich an.

»Was ich von dir will? Ich will gar nichts von dir, allerdings würde ich gern wissen, was auf einmal in dich gefahren ist.« Ich konnte sehen, dass er fieberhaft überlegte, ob er etwas erwidern oder weitergehen sollte. Schließlich entschied er sich für eine Antwort.

»Möchtest du das wirklich wissen?« Er verschränkte die Arme vor der Brust.

»Ja, bitte. Spuck es aus.« Ich verschränkte ebenfalls die Arme.

Aidens Augen fixierten mich, sein Blick drückte unendliche Wut aus. Er kam einen Schritt näher, doch ich wich nicht zurück. Er konnte mich nicht einschüchtern. Ich hatte keine Angst vor Drachen und schon gar nicht vor ihm.

»Das warst doch du, oder? Gib es zu«, schrie er mich beinahe an. Wovon zum Teufel sprach er? Er fuhr bereits fort, bevor ich fragen konnte. »Die maskierte Fae, die plötzlich dazukam, als Celmar und ich in der Nähe von Limerick angegriffen wurden. Das warst du.«

Seine Stimme klang wütend, doch ich hörte noch etwas anderes heraus – Enttäuschung. Ich wollte seinem bohrenden Blick ausweichen, doch das wäre einem Schuldeingeständnis gleichgekommen, und ich hatte nichts falsch gemacht. Warum spürte ich dann ein schlechtes Gewissen ihm gegenüber? Ich schluckte, und die Enttäuschung trat nun auch in seine Augen. Jetzt wusste ich, was eben auf der Bühne passiert war: Er musste mich an meinem Kampfstil oder einem bestimmten Manöver erkannt haben.

Kopfschüttelnd wollte er sich abwenden, blieb aber stehen, als ich die Arme in die Luft warf. »Na schön, ich geb's zu. Das war ich.«

»Wusste ich es doch. Dabei muss dir klar gewesen sein, dass es sich bei den Drachen um Celmar und mich gehandelt hat.«

Nun trat noch eine Spur Verachtung in Aidens Stimme, und meine eigene Wut auf ihn wuchs. »Jetzt komm mal von deinem hohen Ross herunter. Was erwartest du von mir? Dass ich mich auf deine Seite stelle? Als ich dazukam, wart ihr mit den Fae längst in einen Kampf verwickelt. Natürlich eile ich meinen Landsleuten zu Hilfe.«

»Aber du hattest doch keine Ahnung, worum es überhaupt ging, oder? Es ist ziemlich dämlich, sich auf eine Seite zu schlagen, wenn man nicht weiß, warum man eigentlich kämpft. Wofür man kämpft.«

Ich schnaubte. »Sag mir nicht, du hättest dich an meiner Stelle anders entschieden und *mir* statt deinen Leuten geholfen. Außerdem, was hätte ich deiner Meinung nach tun sollen? Höflich auf mich aufmerksam machen? Wie gesagt, ihr habt längst gekämpft. Wie hätte ich herausfinden sollen, worum es geht? Außerdem erübrigt sich die Frage. Ihr seid Drachen, wir sind Fae.« Nur warum hatte ich mich dann schlecht gefühlt, als ich meine Leute unterstützt hatte? Und warum sagte mein Onkel, dem Thronfolger der Drachen dürfe auf keinen Fall etwas passieren?

»Ach, und das ist Grund genug, sich gegenseitig abzuschlachten?« Kopfschüttelnd wandte Aiden sich ab, wirbelte jedoch wieder zu mir herum, bevor er sich auch nur einen Schritt entfernt hatte. »Ich habe deinen Leuten mehrfach zugerufen, dass ich der Thronfolger der Draconis bin, mich sogar in meiner Menschengestalt gezeigt, obwohl das verdammt gefährlich war. Wir befanden uns auf neutralem Gebiet, und es gab überhaupt keinen Grund für einen Kampf. Auch darauf habe ich hingewiesen. Aber die Fae wollten es nicht hören. Sie wollten kämpfen.«

Ich brachte kein Wort über die Lippen und rief mir die Szene noch einmal in Erinnerung. Es war dunkel gewesen und hatte nach Rauch gerochen. Bereits von Weitem hatte ich die Pfeile durch die Luft fliegen gehört. Als ich die Lage erfasst hatte – zwei ausgewachsene Drachen gegen sechs Fae – war ich ihnen zu Hilfe geeilt. Besonders wohl war mir bei der ganzen Sache jedoch nicht gewesen; der Kampf hatte sich nicht richtig angefühlt, und wenn ich Aidens Worten Glauben schenkte, hatte es ganz offensichtlich wirklich keinen Grund gegeben. Ich erinnerte mich wieder, wie Aiden versucht hatte, den Fae etwas zu sagen. Und Aiden als Mensch, mitten in einem Angriff – das war mir gleich seltsam vorgekommen. In der Situation hatte ich mir nur keinen Reim darauf machen können. Die Fae jedenfalls hatten ihn tatsächlich nicht angehört und einfach weiter attackiert, obwohl Aiden nichts zustoßen durfte.

Was war Sinn und Zweck der ganzen Aktion gewesen? Immer wieder kam ich zurück zu dieser Frage. Ich ließ die Schultern sinken und gab meine Angriffsposition auf.

Aiden nickte. »Du weißt, dass es falsch war. Ihr hättet uns nicht angreifen dürfen. Allein die Tatsache, dass du eine Fae bist und ich ein Drache, gibt uns noch lange keinen Grund, uns gegenseitig fertigzumachen. Wir sind nicht im Krieg. Noch nicht jedenfalls.«

Ich schluckte erneut. »Wie meinst du das?«

»Jetzt frag doch nicht so blöd. Als wüsstest du nicht, was dein Volk im Schilde führt. In einen Krieg wollt ihr uns zwingen, warum auch immer, und du hilfst deinem Vater dabei. Vielen Dank, dass du gleich zu ihm gerannt bist, als ich gestern ehrlich zu dir war.«

»Mein Vater?«, fragte ich verwirrt.

Aiden ließ mich allerdings nicht zu Wort kommen. »Weißt du, nach dieser Nacht in der *Temple Bar* habe ich geglaubt, dass ... dass ...« Er brach ab. Regen tropfte von seinen dunklen Haaren, lief über sein Gesicht. Sein Shirt klebte nass an seiner Brust, sodass sich die Muskeln darunter deutlich abzeichneten. »Ach, egal. Ich bin selbst schuld. Fae haben meine Mutter getötet. Wie konnte ich nur auf die Idee kommen, du wärst anders?« Er wandte sich ab und schlug den Weg Richtung Wohnheim ein.

»Aiden, warte!«

Doch er drehte sich weder um noch blieb er stehen. Dieses Mal folgte ich ihm nicht.

Kapitel 32

Kailey

Ich schob die Tür zu meinem Zimmer zu und lehnte mich mit dem Rücken und geschlossenen Augen dagegen. Was war da gerade passiert? Warum fühlte ich mich dermaßen miserabel?

Und warum konnte ich nicht aufhören, mir immer und immer wieder dieselbe Frage zu stellen: Wieso hatten die Fae Aiden und Celmar grundlos attackiert? Tatsächlich glaubte ich Aiden, dass es keinen Grund für einen Kampf gegeben hatte, denn seine Wut eben hatte sich verdammt echt angefühlt.

Aidens Worte ließen mir keine Ruhe: *Als wüsstest du nicht, was dein Volk im Schilde führt. In einen Krieg wollt ihr uns zwingen, warum auch immer, und du hilfst deinem Vater dabei.* Ich hatte unzählige Möglichkeiten für den Angriff durchgespielt; keine ergab Sinn. Diese allerdings schon: Die Fae wollten die Drachen reizen und so einen Krieg provozieren. Wobei ich mich fragte, ob ein grundloser Angriff nicht bereits einem Kriegsakt gleichkam …

Inzwischen war mir jedenfalls klar, wen Aiden mit meinem Vater meinte: Er hatte Damian kennengelernt. Abwegig war es nicht, denn schließlich arbeitete Damian als Abgesandter der Fae, und Aiden war der zukünftige König der Draconis. Ich hatte Damian erzählt, dass Aidens Schwester in London gute Neuigkeiten gehabt hatte, und Damian musste die Drachen mittlerweile damit konfrontiert haben. Nur so konnte es sein. Aufgrund unserer äußerlichen Ähnlichkeit ging Aiden davon aus, dass Damian mein Vater war. Woher sollte er auch nur ahnen, dass ich keine Eltern mehr hatte? Dass sie von Drachen getötet worden waren? Wir wussten so gut wie nichts voneinander. Mir fiel wieder ein, was ich zu Hause in Fairyland beobachtet hatte: Die Schmiede stellten vermehrt Waffen her, und es gab mehr Soldaten, die noch intensiver gedrillt wurden als ohnehin schon. Hatte Aiden womöglich recht? Rüstete Fairyland sich für einen erneuten Krieg gegen die Drachen? Und war ich dabei zum Werkzeug geworden, ohne es zu wissen?

Ich stieß mich von der Tür ab und schüttelte den Kopf. Was sollte das Ganze? Es gab keinen Grund, etwas zu hinterfragen oder sich miserabel zu fühlen, denn ich hatte nichts Falsches getan. Aiden und ich standen auf unterschiedlichen Seiten, und es konnte mir egal sein, was er dachte oder wie es ihm bei alldem ging. Statt mich selbst schlecht zu fühlen, sollte ich lieber Luftsprünge machen. Aiden und mich verband weder Freundschaft noch etwas Tiefergehendes. Ganz offensichtlich hatte ich mich jedoch nicht getäuscht, und er sah inzwischen mehr in mir als nur einen Feind. Deshalb seine Reaktion. Genau da musste ich ansetzen. Ich durfte jetzt nicht lockerlassen. Es stand mir nicht zu, Dinge anzuzweifeln oder gar Befehle der Königin zu hinterfragen. Ich hatte eine Aufgabe, und ich kam meinem Ziel endlich näher. Und wenn die Königin einen Krieg mit den Drachen wollte, würde sie schon einen Grund dafür haben.

Frustriert zog ich mir das nasse Shirt über den Kopf. An dieser Stelle sollte ich es gut sein lassen, das wusste ich, doch ich konnte nicht. Ich konnte einfach nicht aufhören, darüber nachzudenken. Warum sollte die Königin einen Krieg mit den Drachen wollen? Das war absurd. Der letzte Krieg hatte ewig gedauert, sehr viele Leben gefordert und am Ende zu nichts geführt. Warum also sollte jemand so eine Situation erneut heraufbeschwören wollen?

»Na, bist du auch in den Regen gekommen?« Cassandra trat in einen Bademantel gewickelt aus dem Bad. Komisch, die geschlossene Badezimmertür war mir gar nicht aufgefallen.

Der grauenvolle Geruch ihres Duschgels stieg mir in die Nase – künstliche Grapefruit. In Fairyland mischten wir unsere Waschzusätze selbst, sodass alles so duftete, wie wir es aus der Natur kannten, doch dieses Zeug, das man bei den Menschen kaufen konnte ... Es schüttelte mich regelrecht.

»Sieht aber ganz so aus«, meinte Cassandra und sah von mir zur Tür, wo sich eine Pfütze aus Regenwasser auf dem Boden gebildet hatte.

»Ach so. Entschuldige, ich wische das gleich weg«, sagte ich, während ich mich weiter bis auf die Unterwäsche auszog und mir anschließend trockene Sachen aus dem Kleiderschrank holte.

»Kein Stress, deshalb frage ich nicht. Möchtest du auch einen Tee, oder musst du gleich wieder zu deiner Theater-AG?«

Mein Blick huschte zum Wecker auf der Fensterbank, wo auch drei Zitronen lagen. Nicht, dass ich abergläubisch war, doch ein bisschen Glück konnte nicht schaden.

Die Theater-AG hatte ich total vergessen. Nach dem Streit mit Aiden war ich sofort vor dem Regen in mein Zimmer geflohen, und vermutlich rechnete Mr. Riley ohnehin nicht mehr damit, dass wir zurückkommen würden.

»Ich nehme gern eine Tasse.« Ich schlüpfte in die frische Jeans und den blauen Pullover und ließ mich auf mein Bett fallen.

Cassandra ging hinüber zum Schreibtisch, wo sie eine Mini-Teeküche aufgebaut hatte. Kurz verschwand sie mit dem Wasserkocher im Bad, dann stellte sie ihn zurück auf die Station und schaltete ihn ein. Während das Wasser im Kocher immer lauter brodelte, holte sie sich bunt geringelte Wollsocken aus dem Schrank und zog sie über. Anschließend bereitete sie zwei Tassen Tee zu, stellte mir eine davon auf die Fensterbank und setzte sich mit der zweiten im Schneidersitz auf ihr Bett.

Forschend betrachtete sie mich. »Was beschäftigt dich?«

So gut kannte sie mich inzwischen? Ich wusste nicht, was ich davon halten sollte, außerdem konnte ich ihr ohnehin keine ehrliche Antwort auf diese Frage geben. Die Menschen hatten keine Ahnung, dass übernatürliche Wesen existierten, und das musste so bleiben. Dabei wäre es vielleicht sogar hilfreich gewesen, die Meinung eines Außenstehenden zu hören.

»Alles Mögliche«, sagte ich schließlich vage, als mir eine Idee kam. Vielleicht konnte Cassandra mir ja doch helfen, meine Gedanken ein wenig zu sortieren, ohne dass ich ihr etwas verraten musste. »Sag mal, vor ein paar Tagen im Kaufhaus hat Sharni dich auf die Ereignisse im Londoner Holland Park angesprochen, richtig?«

Cassandra sah mich überrascht an. »Das hast du mitbekommen? Warst du nicht in der Umkleidekabine?«

Ich zuckte mit den Schultern. »Na ja, ich hab ganz gute Ohren.« Was zugleich Segen und Fluch war. Als normaler Mensch hätte ich die Unterhaltung niemals belauschen können, aber ich hörte eben auch die Fliege an der Wand. Wobei mich Fliegen nicht so sehr störten wie zum Beispiel Schnarchgeräusche.

»Dann müssen deine Ohren aber verdammt gut sein.«

Wieder zuckte ich mit den Schultern. »Vermutlich. Wie dem auch sei, kannst du mir mehr davon erzählen? Den spannenden Teil habe ich leider verpasst.«

Sie trank einen Schluck Tee, obwohl der noch viel zu heiß sein musste, und beugte sich dramatisch ein Stück nach vorn. »Halt dich fest, im Holland Park wurde angeblich ein Drache gesichtet.«

Damit hatte ich nicht gerechnet. Sprachlos ließ ich mich mit dem Rücken gegen die Wand sinken. »Ein Drache in London? Bist du sicher?«

»Natürlich, ich weiß doch, was ich gelesen habe. Die Zeitungen in London waren voll davon. Wobei ich ehrlich gesagt nicht daran glaube, auch wenn es echt cool wäre. Der Augenzeuge, der den Drachen gesehen haben will, war nämlich betrunken und hat sich vermutlich nur irgendwas eingebildet. Die Erklärung dafür wird ganz einfach sein: Irgendjemand hat in dem Park randaliert, warum auch immer. Da war mit Sicherheit viel Alkohol und Brandstiftung im Spiel, denn der halbe Kyoto Garden ist abgebrannt.«

»Kyoto Garden?«

Cassandra nickte. »Quasi ein japanischer Garten im Park.«

»Verstehe. Krasse Geschichte.« Ich klang mit Sicherheit geistesabwesend. *Drachenaktivitäten in London.* Konnte das wirklich sein? »Wann genau war das noch mal?« Ich hatte Juni im Kopf, doch das war unmöglich, denn inzwischen war es Anfang September.

»Im Juni.«

»Juni?« Ich schüttelte den Kopf. Das passte vorn und hinten nicht zusammen. Und warum bitte hatte ich bis jetzt nichts davon gehört?

Wieder nickte Cassandra. »So Mitte, Ende Juni. Der Holland Park war danach eine ganze Weile gesperrt, aber inzwischen ist er wieder geöffnet. Zum Glück. Mein Vater arbeitet ja nicht weit davon entfernt in einer Anwaltskanzlei, und wenn er beruflich in London ist, verbringt er die Pause gern im Holland Park. Das ist auch gut so, mein Vater ist nämlich viel zu wenig an der frischen Luft, weißt du?«

»Tja, so ist das manchmal mit Vätern«, sagte ich wenig einfallsreich. Es fiel mir schwer, mich weiterhin auf Cassandras Worte zu konzentrieren, denn in meinem Kopf drehten sich die Gedanken.

Es war ganz klar gegen die Abmachung, dass sich die Fae oder die Drachen außerhalb ihrer Territorien beziehungsweise längerfristig außerhalb Irlands aufhielten. Den Fae gehörte der Süden Irlands, den Drachen der Norden. Das neutrale Gebiet stand prinzipiell jedem offen, doch alles Weitere war tabu. Waren die Drachen wirklich so dumm gewesen und nach England geflogen, um dort einen Park in Brand zu setzen? Warum? Wieso hätten sie das tun sollen? Das ergab überhaupt keinen Sinn. Und was hatte diese Aktion für Konsequenzen? Mir wurde klar, dass ich das nicht so genau wusste. War es verboten?

Eines wusste ich jetzt jedoch mit Sicherheit: Sharni und Niall mussten deshalb nach England gereist sein. Immerhin hatte sich Sharni brennend für die Ereignisse interessiert, die jetzt zwei Monate zurücklagen. Die Frage war allerdings: *Warum* hatte sie sich dermaßen dafür interessiert? Wenn die Drachen in London gewesen waren, müsste Sharni doch bereits sämtliche Einzelheiten kennen.

Und wie kamen wir Fae bei der ganzen Sache ins Spiel? Aiden hatte gesagt, mein Volk würde den Drachen einen Krieg aufzwingen wollen. Hingen die Drachenaktivitäten in London und der vermeintliche Krieg irgendwie zusammen? Aber warum reiste dann ausgerechnet Sharni nach England? Sie war die Nummer zwei in der Thronfolge der Draconis. Wenn die Fae wirklich einen Krieg wollten, wäre Sharni besser im Connemara-Nationalpark aufgehoben, bei ihresgleichen und innerhalb ihres Territoriums. Aiden im

Übrigen auch. Ich hatte mir nie Gedanken darüber gemacht, doch jetzt drängte sich mir die Frage regelrecht auf: Was tat Aiden hier in Dublin? War er meinetwegen hier? Das konnte nicht sein, schließlich war ich seinetwegen hier.

Seufzend griff ich nach meiner Tasse Tee. Ich verstand das alles nicht. Sollte ich meinen Onkel anrufen und ihn mit der Sache konfrontieren? Jetzt, wo ich Bruchstücke herausgefunden hatte, verriet er mir vielleicht die Zusammenhänge. Ich trank einen großen Schluck Tee und stellte die Tasse wieder weg. Nein, er würde mich bestimmt nicht einweihen. Er würde mich nur wieder mit der Ausrede vertrösten, dass mich das alles nichts anging und ich lediglich meine Befehle auszuführen hatte.

Befehle. Ich unterdrückte ein Schnauben. Als ob ich die Dinge hinterfragen würde, wenn Damian mir die Wahrheit sagen würde. Nein, meinen Onkel brauchte ich nicht darauf anzusprechen. Blieb nur Aiden, aber wie sollte ich ihm Informationen entlocken? Das versuchte ich seit Tagen, nur leider wenig erfolgreich. Allerdings hatte er mir vorhin einiges an den Kopf geworfen; vermutlich ging er davon aus, dass ich darüber Bescheid wusste. Konnte ich dort ansetzen?

»Hörst du mir eigentlich noch zu?« Cassandra wedelte mit der Hand in der Luft herum.

Ups. »Um ehrlich zu sein, nein. Tut mir leid.« Ich lächelte entschuldigend.

Sie verdrehte die Augen. »Na, immerhin bist du ehrlich.«

Ehrlich. Das Wort hallte in meinem Kopf wider und brachte mich auf eine Idee, wie ich Aiden ganz leicht aushorchen konnte. Und vielleicht würde er mir sogar noch mehr verraten.

Kapitel 33

Kailey

»Du!« Aiden verdrehte die Augen. »Was willst du?«

»Ein Friedensangebot?« Ich hielt den Sixpack Cola und die Pizzaschachtel, die einen köstlichen Duft verströmte, in die Höhe.

»Danke, ich habe keinen Appetit.« Aiden wollte mir die Tür vor der Nase zuschlagen.

»Es tut mir leid, dass ich meinem Onkel von deinem Telefonat mit Sharni erzählt habe«, sagte ich schnell.

»Ist mir egal.« Doch meine Worte verfehlten ihre Wirkung nicht. Aiden stutzte und schob die Tür wieder ein Stück auf. »Dein *Onkel*?«

Ich nickte. Durch das Gespräch mit Cassandra war mir einiges klar geworden: Obwohl ich nach Antworten suchte, wollte ich weiterhin meine Mission erfüllen. Ich war meinem Ziel näher gekommen, wenn ich aber Aiden nach unserem Streit nicht *verlieren* wollte, musste ich ihm selbst einige Informationen geben. Nur so konnte sich Vertrauen zwischen uns aufbauen. Geben und Nehmen. Ich würde ihm nichts mitteilen, das er gegen mich verwenden konnte, aber etwas musste ich ihm verraten, wenn er mir vertrauen sollte. Damian würde das verstehen.

Mit ihm musste ich auch noch reden. Es gefiel mir nicht, dass er Dinge, die ich ihm über die Drachen erzählte, sofort gegen sie verwendete. Auf diese Weise machte er alles zunichte, was ich uns hier mühsam aufbaute. Er musste mir Zeit geben, denn Vertrauen musste sich erst entwickeln. Ich war gerade einmal ein paar Tage in Dublin, und Aiden und ich waren Todfeinde. Was erwartete mein Onkel von mir? Ich war keine Hexe, ich war eine Fae. Da ich demnach nicht zaubern konnte, musste er verdammt noch mal Geduld haben, wenn er Informationen wollte.

»Richtig, Damian ist mein Onkel«, erklärte ich. »Meine Eltern leben nicht mehr, sie sind bei einem Drachenangriff gestorben. Damian hat mich großgezogen.« Ich hielt ihm noch einmal die Schachtel mit der Pizza hin und hoffte, dass Aiden dem Duft nicht widerstehen konnte. »Also, was meinst du?«

Er zögerte, doch dann öffnete er die Tür und ließ mich herein. Kurz blickte ich mich um. Das Zimmer der Drachen sah nicht viel anders aus als das Zimmer von Cassandra und mir: Es gab zwei Einzelbetten auf je einer Seite, einen Kleiderschrank, einen Schreibtisch und eine Tür, die ins Bad führte. Hier war es allerdings noch unordentlicher als bei uns, was wohl Celmars Schuld war. In seiner Zimmerhälfte lagen Bücher und Klamotten auf dem Boden und dem Bett verstreut, als hätte er etwas gesucht. Aber anstatt das Chaos aufzuräumen, lag er mit hinter dem Kopf verschränkten Armen auf dem Bett und hörte Musik mit zu viel Bass. Als er mich erblickte, setzte er sich auf, wobei ein Buch mit einem dumpfen Geräusch auf dem Boden neben den anderen landete. Er machte sich nicht die Mühe, es aufzuheben, zog nur die Ohrstöpsel heraus und betrachtete mich mit unverhohlener Missbilligung. Das Versteckspiel war damit wohl auch von seiner Seite aus vorbei.

»Pizza, ja?«

»Sieht so aus. Möchtest du ein Stück?« Es wäre mir bedeutend lieber, mit Aiden allein zu sein, statt mich mit zwei Drachen herumzuschlagen. Es reichte mir schon, das Vertrauen eines Drachen gewinnen zu müssen, aber das ließ sich nun mal nicht ändern. Celmar war Aidens Bodyguard. Er würde uns nicht allein lassen, es sei denn, Aiden forderte ihn dazu auf.

Zu meiner Überraschung tat Aiden genau das. »Lässt du uns allein?«

Celmar sah mindestens genauso überrascht aus, wie ich mich fühlte, denn im Gegensatz zu ihm zeigte ich in diesem Moment keine Reaktion. »Dein Ernst?«

Aiden nickte. »Ich komme klar.«

Prinzipiell sollte ich mich fragen, was Aiden damit bezweckte, wenn er seinen Bodyguard wegschickte, doch es war mir egal. Auf diese Weise hatte ich leichteres Spiel, und nur das zählte. Alles andere war unerheblich. Aiden würde mich schon nicht angreifen. Wenn das sein Ziel war, hätte er es längst tun können.

Celmar stand auf und schnappte sich seine Lederjacke, die auf dem Boden lag. Doch bevor er uns allein ließ, baute er sich in voller Größe vor mir auf. »Wenn du Aiden auch nur ein Haar krümmst, solltest du mit deiner leicht entflammbaren Polyesterkleidung lieber ganz weit weg sein, verstanden?«

Er wartete meine Antwort nicht ab, sondern rauschte Richtung Tür. Bevor er hindurchging, rief ich seinen Namen, und er drehte sich tatsächlich zu mir um. Ich warf ihm eine Dose Cola zu, die ich inzwischen aus dem Sixpack gelöst hatte und die er mühelos auffing.

»Kleine Wegzehrung gefällig? Cassandra ist übrigens in unserem Zimmer, solltest du sie suchen.«

Er warf Aiden noch einen Blick zu, verkniff sich allerdings jeden

Kommentar und zog die Tür hinter sich ins Schloss. Sehr gut, ein Problem weniger.

Aiden schob Celmars Sachen zusammen, und wir setzten uns vor sein Bett auf den Boden. Ich reichte ihm eine Cola und nahm mir selbst eine, während er die Pizzaschachtel aufklappte.

»Salami?« Seine Augenbrauen wanderten nach oben. »Ich dachte, du bist Vegetarierin.«

Das hatte er sich gemerkt? »Bin ich auch, aber als Friedensangebot kann ich wohl kaum mit Auberginen und Pilzen ankommen. Außerdem kann ich die Salami runternehmen.«

Aiden sammelte die Wurst von einem Stück Pizza und schob sich die Scheiben in den Mund, bevor er mir das Stück reichte und sich selbst eines nahm. »Seid ihr von Natur aus Vegetarier?«

Die beiläufig gestellte Frage zeigte mir, dass er das Prinzip verstanden hatte. Ihm war ebenso klar wie mir, dass ich ihm das eine oder andere über mich verraten musste, wenn das Ganze nicht in einer Sackgasse enden sollte, und das würde er gnadenlos ausnutzen. Trotzdem standen meine Chancen besser. Zum einen hatte ich selbst in der Hand, was ich ihm erzählte, zum anderen war mein Herz nicht involviert. Seines hingegen … Es musste einen Grund geben, warum er wegen der Sache mit meinem Onkel und dem Kampf in der Nähe von Limerick so wütend gewesen war. Und wenn ich mich nicht täuschte, lautete der Grund, dass ich ihm inzwischen nicht mehr vollkommen gleichgültig war. Wie er mich geküsst hatte, seine Reaktion danach … Ein kleines Flattern breitete sich in meinem Bauch aus. Ich kam meinem Ziel näher und näher. Wenn ich es jetzt geschickt anstellte …

»Die Mehrheit von uns schon, aber es gibt Ausnahmen. Mein Onkel zum Beispiel isst gern Einhornfleisch.«

»Einhornfleisch?« Aiden schüttelte es.

Das überraschte ihn? »Wieso, was esst ihr Drachen denn? Seid ihr keine Fleischfresser?«

Er zuckte mit den Schultern. »Doch, schon, aber Einhornfleisch? Ich wüsste gar nicht, wo man so etwas herbekommt.«

»Muss man das als Thronfolger denn wissen?«

Er brachte ein kleines Grinsen zustande, was ich irgendwie an ihm mochte. Sonst wirkte er immer so verbissen und ernst, doch das Grinsen ... Es machte ihn vielleicht etwas jünger, aber auch cooler, charmanter und – ja, ich gab es zu – attraktiver.

»Punkt für dich.«

»Warst du schon mal auf dem Basar für magische Artefakte in Mountshannon? Dort bekommst du so etwas zum Beispiel, sogar fertig zubereitet.«

»Da war ich noch nie.« Aiden nahm sich ein weiteres Stück Pizza.

»Wirklich nicht? Wobei ich zugeben muss, dass ich auch erst einmal dort war.« Eine kleine Information für eine hoffentlich wertvollere.

»Ich komme nicht allzu viel raus. Es ist quasi das erste Mal, dass ich ...« Er brach den Satz ab.

Ich setzte mich etwas schräger, um ihn besser ansehen zu können. »Das erste Mal, dass du von zu Hause fort bist? Geht mir ebenso.«

»Ach ja?« Er blickte mich eine ganze Weile an, doch dann sah er weg und widmete sich wieder seiner Pizza. »Du denkst wahrscheinlich, als Drache hätte man es so einfach, von zu Hause abzuhauen, hm? Das stimmt nicht, ganz und gar nicht. Zum einen bin ich Thronfolger, sodass ich ganz besonders unter Beobachtung stehe. Zum anderen weiß niemand von unserer Existenz. Wir können nicht einfach nach Lust und Laune durch die Gegend fliegen.

Einzig im Connemara-Nationalpark ist es für uns mehr oder weniger ungefährlich, uns in unserer wahren Gestalt zu zeigen. Doch auch dort dürfen wir nur im Dunkeln raus, und es gibt Orte, die wir meiden. Und jetzt wollt ihr …« Kopfschüttelnd warf er das angebissene Stück Pizza zurück in die Schachtel.

Irgendetwas hatte ihm gründlich den Appetit verdorben. Ich spürte, dass ich kurz davor war, endlich mehr herauszufinden. Das schlechte Gewissen, das sich in mir ausbreiten wollte, weil ich meinem Onkel nicht vertraute, wenn er sagte, dass mich das alles nichts anging, schob ich beiseite. Wenn ich Aiden wichtige Informationen entlocken wollte, musste ich wissen, was hier gespielt wurde. Und da Damian sich weigerte, mich einzuweihen, musste ich eben zu Maßnahmen greifen, die mir sonst nie in den Sinn gekommen wären.

»Was?«, fragte ich ruhig.

Aiden schnaubte. »Nun tu nicht so. Als ob du nicht Bescheid wüsstest. Das kaufe ich dir nicht ab.«

»Was hast du zu verlieren? Wenn ich es deiner Meinung nach ohnehin schon weiß, kannst du es mir genauso gut sagen.«

Aiden zögerte, doch ich wusste, dass ich ihn hatte, und schließlich begann er tatsächlich zu reden. »Ich finde es einfach nicht fair, verstehst du das nicht? Ich meine, ihr lebt in einer Parallelwelt zu den Menschen und braucht absolut keine Angst zu haben, dass sie hinter eure Existenz kommen. Ihr braucht euch nicht zu verstecken. Wir jedoch … Hast du eine Ahnung, wie es ist, den ganzen Tag in Menschengestalt in einem Höhlensystem eingesperrt zu sein? Und jetzt wollt ihr uns auch noch ein Drittel unserer Heimat streitig machen, wegen eines an den Haaren herbeigezogenen Grundes. Erklär mir das bitte.«

Ich blinzelte, schluckte. Darum ging es der Fae-Königin? Sie wollte einen Teil des Connemara-Nationalparks für unser Volk? Aber warum? Wir lebten auf der Dingle-Halbinsel im Südwesten Irlands. Das lag nicht nur geografisch viel zu weit entfernt, die Landschaft war auch völlig anders. Unser Volk würde sich im Connemara-Nationalpark niemals wohlfühlen. Ich war selbst zwar noch nie dort gewesen, doch die Bilder, die ich gesehen hatte, reichten, um das einschätzen zu können.

»Ich kann es dir nicht erklären«, sagte ich leise.

Aiden starrte mich an. »Du hast wirklich keine Ahnung, was dein Volk da treibt, oder?«

Ich holte tief Luft und nickte schließlich. Vielleicht war das der richtige Weg. Möglicherweise vertraute er mir, wenn er wusste, dass ich mit dem, was mein Onkel und die Königin planten, nichts zu tun hatte. Theoretisch zumindest, denn ich machte durchaus mit, ohne zu wissen, worum es eigentlich ging. »Es stimmt, ich habe keine Ahnung. Ich habe meinen Onkel mehrfach gefragt, was los ist, bekomme jedoch keine Antworten.«

Aiden schüttelte den Kopf. »Und du führst trotzdem seine Befehle aus, ohne Fragen zu stellen. Wie eine Marionette.«

Ich presste die Kiefer aufeinander. Wenn ich eines hasste, dann als Marionette bezeichnet zu werden. Aiden hatte einen wunden Punkt getroffen, denn ich verabscheute es mindestens genauso sehr, für etwas benutzt zu werden. Dumm nur, dass man im Auftrag der Fae-Königin meistens nicht wusste, worum es ging, sondern ordnungsgemäß jeden Auftrag ausführte. Bisher hatte ich das nie infrage gestellt. Warum jetzt? Hatte der Drachenprinz mehr Einfluss auf mich, als ich mir eingestehen wollte? Oder lag es gar nicht an ihm?

»Sag mir, was tatsächlich dahintersteckt«, bat ich Aiden, auch wenn ich wusste, dass es vielleicht ein Fehler war, die ganze Wahrheit zu kennen. »Dann kann ich selbst entscheiden, auf wessen Seite ich stehen will.«

Aiden schnaubte. »Woher soll ich wissen, was dahintersteckt? Das musst du schon deinen Onkel fragen.«

Ich verdrehte die Augen. »Dann sag mir wenigstens, was du weißt. Was hast du zu verlieren?«

Wieder zögerte Aiden, und wieder redete er. »Im Juni hat es in London Drachenaktivitäten gegeben. Dein Onkel kam vor ein paar Tagen zu uns, hat meinem Volk diese Aktivitäten in die Schuhe geschoben und mit Sanktionen gedroht. Er hat uns vor die Wahl gestellt: Wir können auf die Forderungen der Fae-Königin eingehen oder Krieg führen. Wir wollen keinen Krieg, sind aber auch nicht bereit, die Sanktionen zu akzeptieren, da wir nichts mit der Sache in London zu tun haben.«

Die Drachen hatten nichts mit den Drachenaktivitäten in London zu tun? Ich sah Aiden in die Augen, um herauszufinden, ob er log, konnte es jedoch beim besten Willen nicht einschätzen. Er sah frustriert aus, ja, aber inzwischen wusste ich, dass er ein guter Schauspieler war. »Ist Sharni deshalb in London?«

Aiden nickte. »Sie konnte tatsächlich Beweise für unsere Unschuld finden, doch dein Onkel hat mehrere Gründe vorgebracht, warum diese Beweise angeblich nichts wert sind.«

Das erklärte, warum Aiden vorhin so wütend auf mich gewesen war, und ich konnte ihn sogar in gewisser Weise verstehen. »Ich habe meinem Onkel nur gesagt, dass Sharni gute Neuigkeiten hatte. Von den Beweisen wusste ich nichts. Ich habe wirklich nichts damit zu tun.«

Aiden lächelte mitleidig, fast schon herablassend. »Das glaubst du wirklich, oder?«

»Ich bin keine Marionette, klar?«

Er zuckte mit den Schultern. »Wenn du meinst.«

Seufzend stellte ich meine Coladose beiseite und versuchte, ruhig zu bleiben, obwohl ich Wut verspürte. »Aiden, das bringt uns nicht weiter.«

»Ach nein? Und was bringt uns weiter?«

Gute Frage. »Du könntest mir zum Beispiel verraten, was das für Beweise sind, die Sharni gefunden hat.«

»Könnte ich, ja? Und was habe ich davon?«

Herrgott, war dieser Drache stur! Mir entfuhr ein Stöhnen. »Du glaubst mir vielleicht nicht, aber ich will genauso wenig wie du, dass ein Krieg zwischen unseren Völkern ausbricht.« Das war nicht einmal gelogen.

»Wenn du meinst«, sagte er wieder.

Fast hätte ich geschrien. »Aiden, was soll das? Damian weiß doch längst Bescheid, also kannst du mir die Details genauso gut verraten.«

Jetzt stöhnte er ebenfalls. »Wenn es dich glücklich macht. Der Drache im Holland Park hatte zwei Köpfe und hat zudem gelbes Feuer gespuckt. Meine Schwester fand in der Erde sogar Reste eines Alkalimetalls.«

»Das ist aber wirklich ein bisschen lahm.«

Aiden warf die Arme in die Luft. »Ich hab's ja gesagt, es bringt nichts.«

Er wollte aufstehen, doch ich zog ihn zurück auf den Boden. »Entschuldige, ich bin keine Drachenexpertin. Du musst mir das genauer erklären.«

Aiden verdrehte die Augen, tat aber, worum ich ihn bat. »Wir Drachen, egal ob Draconis oder Autonome, spucken weder gelbes Feuer noch haben wir zwei Köpfe. Niemals, und das weiß dein Onkel ebenso wie die Fae-Königin.«

»Verstehe. Und mit welcher Begründung hat mein Onkel die Beweise abgelehnt?«

»Der Zeuge war betrunken, weshalb er wahrscheinlich doppelt gesehen hätte, und Natrium würde man nicht nur zur Flammenfärbung verwenden.«

Ich runzelte die Stirn. Auch die Begründung zur Ablehnung der Beweise erschien mir lahm. Wenn der betrunkene Zeuge doppelt gesehen hat, warum dann nur den Drachenkopf und nicht das ganze Vieh? Und Natrium war vielleicht ein häufiges Element, fand sich aber dennoch nicht an jeder Ecke.

»Wer könnte denn sonst hinter den Drachenaktivitäten in London stecken, wenn dein Volk tatsächlich nichts damit zu tun hat?«

Seufzend fuhr Aiden sich durch die Haare. »Wenn wir das wüssten, wären wir ein ganzes Stück weiter.«

»Verstehe. Vielleicht ist die Frage blöd, aber warum kam mein Onkel erst vor wenigen Tagen zu euch, wenn das Ganze bereits im Juni passiert ist?«

»Bingo, das ist genau die richtige Frage. Wir vermuten, dass die Fae zuerst sämtliche Beweise vernichten wollten. Der Kyoto Garden musste neu angelegt werden, und inzwischen sieht er aus wie neu. Nichts deutet mehr auf die Verwüstung hin, was es schwierig macht, irgendetwas über den Vorfall vor zwei Monaten herauszubekommen. Im Übrigen haben Fae im Holland Park auf meine Schwester gewartet und sie angegriffen, bevor sie die Chance hatte, sich genauer umzusehen. Spricht für die Theorie der Beweisvernichtung, meinst du nicht?«

Ich ersparte mir jeden Kommentar und fragte stattdessen: »Und was sind das für Sanktionen? Die Fae-Königin will einen Teil eures Territoriums?«

»Unter anderem. Sie will ausgerechnet den südlichen Bereich, insgesamt ein Drittel des Nationalparks. Da sich vor allem im Norden die Menschen aufhalten, würde für uns nicht mehr viel Land übrig bleiben.«

Geistesabwesend nickte ich. So langsam verstand ich, warum die Drachen sich nicht auf die Sanktionen einlassen wollten. Sie würden kaum noch die Gelegenheit haben, sich in ihrer wahren Gestalt zu zeigen, geschweige denn Ausflüge zu machen, und das im wahrsten Sinne des Wortes. Die meisten meiner Fragen blieben jedoch unbeantwortet. Angenommen, ich glaubte Aiden, dass kein Drache in London gewesen war – wer oder was hatte dann den Holland Park verwüstet? Und wie konnte der Zeuge einen Drachen gesehen haben?

Die wichtigste Frage war für mich aber nach wie vor: Warum wollte die Fae-Königin unbedingt einen Krieg heraufbeschwören? Wollte sie das wirklich oder übersah ich irgendetwas? Ich trank einen Schluck Cola und blickte erneut zu Aiden, der mich aufmerksam musterte. »Darf ich dich noch etwas fragen? Warum bist du in Dublin?«

Er zögerte, schließlich sagte er: »Weil mich mein Vater in Sicherheit bringen wollte.«

Ich war nicht sicher, ob ich ihm das glauben sollte. Irgendwie hatte ich das Gefühl, dass er mir etwas verschwieg. Außerdem verstand ich nicht, wie er abseits von allen anderen Drachen und auf sich allein gestellt sicherer sein sollte als im Connemara-Nationalpark. Gut, er hatte einen Bodyguard an seiner Seite, und dennoch … Ich hakte trotzdem nicht weiter nach.

»Deine Mutter lebt nicht mehr, hast du gesagt?«, fragte ich stattdessen.

»Umgebracht von Fae, auch wenn der Schuldige nie gefunden wurde.«

»Wie kannst du dir dann so sicher sein?«

»Mehrere Pfeile durchs Herz. Reicht das als Antwort?«

Ich nickte mit einem beklommenen Gefühl in der Brust. Unsere Eltern waren jeweils durch die Hand des Feindes gestorben.

»Und deine Eltern wurden von Drachen getötet?« Seine Stimme klang ungläubig und gleichzeitig ungewöhnlich sanft, als täte es ihm wirklich leid.

»Richtig, aber das ist schon eine Ewigkeit her. Reden wir nicht drüber.« Ich wurde nicht gern an diesen Tag erinnert, den schlimmsten Tag in meinem Leben, und ich wusste ehrlich gesagt auch nicht viel über den Tod meiner Eltern. Damian hatte mir die grausamen Details erspart, und ich hatte nie nachgefragt.

»Es tut mir trotzdem leid.«

In Aidens Augen konnte ich erkennen, dass er es ganz und gar ehrlich meinte. Er hielt meinen Blick fest, bis ich schließlich selbst wegsah. »Danke, Aiden. Mir tut es auch leid um deine Mum.«

Er nickte. »Darf ich dich noch etwas fragen, Kailey?«

»Sicher.« Hoffentlich würde ich es nicht bereuen.

»Warum bist *du* hier?«

Seltsamerweise musste ich lächeln. »Ich soll dir Informationen entlocken«, antwortete ich ehrlich, da Aiden mit Sicherheit ohnehin davon ausging.

Er erwiderte das Lächeln nicht, stattdessen seufzte er leise. »Und? Hast du deine Informationen?«

Ich zuckte mit den Schultern. Wenn ich das wüsste. Zumindest waren es nicht die Informationen, die sich Damian erhofft hatte. Ich hatte keine Ahnung, was ich mit dem, was ich soeben erfahren hatte, anstellen sollte. Es verwirrte mich eher, als dass es Licht ins Dunkel brachte.

Vielleicht war es doch an der Zeit, offen mit meinem Onkel zu reden.

Kapitel 34

Sharni

»Bist du sicher, dass es okay ist, wenn wir deinen Onkel aufsuchen?«, raunte Niall mir zu. »Hat Aiden nicht gesagt, wir sollen uns von ihm fernhalten?«

»Hat er«, gab ich zu und schlich mich weiter.

Es war dunkel. Die Sonne war längst untergegangen, und der Mond versteckte sich hinter Wolken. Zwar gab es Straßenlaternen, aber die standen, wie der Name schon sagte, vorn an der Straße und nicht hinter den Häusern in den Gärten. Dort jedoch schlichen wir entlang, um nicht gesehen zu werden. Und ich hoffte inständig, dass uns niemand bemerkte. Das war eine gute Gegend, mein Onkel wohnte in Greenwich, und die Anwohner würden uns mit Sicherheit für Einbrecher halten und die Polizei rufen. Prinzipiell war das jedoch unser geringstes Problem; notfalls mussten wir abhauen und es morgen erneut versuchen. Wenn uns allerdings Fae hier sehen würden …

»Warum tun wir das Ganze dann?«, fragte Niall. »Meinst du nicht, dass wir nachher nur noch mehr Probleme am Hals haben?«

Ich zog Niall hinter einen Holunderstrauch, der mal wieder gestutzt werden müsste, uns jedoch Schutz bot. »Sicher könnte uns dieser Besuch in Schwierigkeiten bringen, aber jetzt mal ehrlich: Kann es wirklich noch schlimmer kommen?«

Niall überlegte nicht lange und nickte. »Ja, kann es. Stell dir vor, die Fae werden auf diese Aktion aufmerksam. Dein Onkel ist mit einer Murphy-Hexe verheiratet. Es gibt einen Grund, warum du ihn kaum kennst und wir uns von ihm fernhalten sollen.«

Ein Hund bellte in dem Haus, in dessen Garten wir gerade standen. Mein Herz begann zu rasen, ich zog Niall näher zu mir heran, und wir drückten uns tiefer in den Schatten des Holunders. Niall legte seine Arme um mich und vermittelte mir das Gefühl, mich vor allem zu beschützen, auch wenn wir nicht immer einer Meinung waren. Ich lauschte, doch außer dem Bellen war nichts zu hören, es wurde kein Licht im Haus eingeschaltet, und schließlich verstummte auch der Hund.

Ich wartete noch einen Moment, bevor ich Niall antwortete: »Das weiß ich.«

»Gut, dann lass uns gehen, mir ist nämlich gar nicht wohl bei der Sache.« Niall griff nach meiner Hand. »Die Fae werden unseren Besuch bei deinem Onkel als Kriegsgrund auslegen. Wir haben mehr zu verlieren, als wir gewinnen können, Sharni. Das ist dir klar, oder? Und bei unserem Glück werden wir mit Sicherheit erwischt. Die Fae sind uns die ganze Zeit auf den Fersen, die Wahrscheinlichkeit ist hoch, dass sie uns hier auflauern oder zumindest beobachten. Und wenn sie wieder diese tollen Aufnahmen von uns machen, haben sie Beweise, dass wir hier waren. Dann können wir uns nicht herausreden.«

Ich entzog Niall meine Hand. »Nicht so schnell. Das, was du sagst, stimmt, das will ich gar nicht abstreiten. Trotzdem ist Daragh unsere beste Chance. Glaub mir, ich bin alles andere als scharf darauf, ihn um Hilfe zu bitten, aber er ist ein Drache, und er lebt in London. Meinst du nicht, er hat den Drachenangriff im Juni mitbekommen? Und vermutlich sogar Nachforschungen angestellt? Er hat vielleicht die Beweise, die wir brauchen.«

»Schon, doch was sind diese Beweise wert, wenn die Fae unserem Volk den Krieg erklären, weil wir sie von Darragh haben?«

Ich stöhnte. »Niall, du übersiehst einen wichtigen Fakt: Die Fae werden uns so oder so den Krieg erklären, weil sie ihn wollen, und deshalb werden sie auch einen Grund finden, um ihn zu rechtfertigen. Ob es nun unser Besuch bei meinem Onkel ist oder etwas anderes. Aber mithilfe meines Onkels besteht zumindest die Möglichkeit, den Frieden zu wahren. Der Zweck heiligt die Mittel, und selbst wenn man uns erwischen sollte, können wir uns vielleicht mit Unterstützung des Murphy-Clans herausargumentieren. Die Hexen wollen diesen Krieg mit Sicherheit ebenso wenig wie wir Drachen.«

Doch Niall schüttelte den Kopf. »Wenn die Fae diesen Krieg so unbedingt wollen, wie du behauptest, werden sie keine Argumentation dulden. Aus ihrer Sicht haben wir hier nichts zu suchen, Punkt.«

»Wir werden sehen, doch wenn wir nichts tun, können wir gleich in die Schlacht ziehen. Denn in diesem Fall hätten wir längst verloren.«

Niall schwieg einen Moment, ehe er nickte. »Gut, es ist deine Entscheidung, Sharni. Ich möchte nur noch eins zu bedenken geben: Wenn dein Onkel tatsächlich entlastendes Beweismaterial hat – warum hat er sich dann nicht längst bei deinem Vater gemeldet?«

Ich schluckte, denn diese Frage hatte ich mir auch schon gestellt. Mein Onkel hatte die Familie damals nicht ohne Grund verlassen. Die Hexe war ihm wichtiger gewesen als die Zukunft seines Volkes, seiner eigenen Familie, und wahrscheinlich hatte sich daran nichts geändert. Trotzdem mussten wir es versuchen.

»Es gibt eine Menge mögliche Gründe, zum Beispiel, dass er sich die gleichen Gedanken macht wie du. Außerdem dürfte er keine Ahnung haben, dass wir in Schwierigkeiten stecken und uns die Fae die Pistole auf die Brust setzen. Warum also hätte er das Risiko eingehen sollen? Wir wissen schließlich, wo wir ihn finden können, wenn wir Fragen haben.«

Ich biss mir auf die Lippe. Kaum zu glauben, dass ausgerechnet ich Darragh so vehement verteidigen musste, doch es erfüllte seinen Zweck. Niall sagte nichts mehr. Er kannte mich gut genug, um einzusehen, dass er verloren hatte, also schlichen wir weiter. Hoffentlich behielt ich recht und die ganze Aktion lohnte sich. Ich konnte mir wirklich nicht vorstellen, dass mein Onkel nichts von den Drachenaktivitäten im Holland Park mitbekommen hatte. Cassandra hatte gesagt, dass die Zeitungen in London voll gewesen waren von den mysteriösen Ereignissen. Sie konnten nicht an Darragh vorbeigegangen sein, und er hatte sie bestimmt nicht ignoriert, selbst wenn er kein Interesse mehr an seinem Volk hatte. Er war immer noch ein Drache, das legte man nicht einfach ab. Und wenn er diese Hexe nicht kennengelernt hätte, wäre er heute König der Draconis. Das Schicksal unseres Volkes läge dann in seinen Händen. Das musste ihm doch etwas bedeuten, verdammt.

Dad sprach nicht oft von seinem älteren Bruder, und wenn er es tat, klang er alles andere als frustriert oder wütend. Die beiden waren nicht im Streit auseinandergegangen, auch wenn es mir schwerfiel, das nachzuvollziehen. Genau deshalb hoffte ich inständig, dass Darragh uns helfen würde, wenn er es konnte.

Schließlich erreichten wir den weitläufigen Garten, der zu seinem Grundstück gehören musste. Augenblicklich schlug mein Herz schneller, Zweifel stiegen in mir auf. Was, wenn ich mich irrte? Was, wenn Darragh uns nicht helfen konnte – oder wollte? Ich schob den Gedanken beiseite. Jetzt war es zu spät, um einen Rückzieher zu machen. Sollten die Fae uns tatsächlich beobachten und Beweisfotos machen, würden sie uns niemals glauben, dass wir unverrichteter Dinge wieder gegangen waren. Also konnten wir es genauso gut riskieren.

Niall und ich versteckten uns hinter einer wuchtigen Eiche. Von dort ließ ich meinen Blick über das Grundstück schweifen und konnte trotz der Dunkelheit einiges erkennen. Das Backsteinhaus mit den weißen Sprossenfenstern, hinter denen zum Teil noch Licht brannte, wirkte typisch englisch, und der Garten war sehr gepflegt. Es gab zahlreiche Rosensträucher und Hortensienbüsche und auch einige Bäume, allerdings bestand ein Großteil aus freier Rasenfläche. Ich fragte mich gerade, wie wir diese ungesehen überqueren sollten, als ich die Schaukel in einem Apfelbaum erkannte sowie eine Rutsche, die von dem Baum halb verdeckt wurde. Mein Onkel hatte Kinder? Warum hatte Dad das nie erwähnt? Oder hatte er selbst keine Ahnung? Mein Onkel schrieb zwar Postkarten zu Geburtstagen und Feiertagen, doch ein wirklicher Informationsaustausch fand auf diese Weise kaum statt. Ich wusste so gut wie nichts von ihm und verspürte keine große Lust, das zu ändern.

»Und wie sollen wir jetzt ins Haus kommen?«, riss Niall mich aus meinen Gedanken. »Wir können schlecht an der Haustür klingeln.«

»Ich dachte, wir spähen erst mal durchs Fenster. Irgendetwas fällt uns schon ein.« Uns *musste* etwas einfallen, denn ich war nicht umsonst hergekommen. Notfalls würden wir einfach an die Scheibe klopfen.

Niall zuckte mit den Schultern. »Wie du meinst, er ist *dein* Onkel.«

Wir lauschten noch einen Moment in die Stille und beobachteten unsere direkte Umgebung, bevor wir uns aus unserer Deckung wagten. Allerdings kamen wir nicht sehr weit, denn kaum hatten wir die Eiche hinter uns gelassen, als ich aus dem Augenwinkel bemerkte, wie plötzlich aus dem Nichts eine Gestalt hinter Niall auftauchte und ihm die Arme auf den Rücken drehte.

»Keinen Schritt weiter«, knurrte eine Stimme.

Kapitel 35

Kailey

Es war dunkel und kalt, und es regnete immer noch, auch wenn aus dem strömenden Regen inzwischen Nieselregen geworden war. Trotzdem blieb ich draußen stehen, anstatt in mein Zimmer zu gehen, in der Hoffnung, die frische Luft würde mir helfen, einen klaren Kopf zu bekommen. Zu Hause in Fairyland setzte ich mich gern an die Klippen, um nachzudenken, doch obwohl auch Dublin am Meer lag, war das Wasser in diesem Moment zu weit weg.

Immer wieder ging ich in Gedanken mein Gespräch mit Aiden durch, das einfach keinen Sinn ergab. Wenn ich wissen wollte, was hier los war, hatte ich keine Wahl. Ich musste meinen Onkel anrufen.

Um nicht wieder komplett durchnässt zu werden, stellte ich mich unter einen Baum, bevor ich das Handy hervorholte und Damians Nummer wählte. Wie zumeist in letzter Zeit war es bereits recht spät, doch davon ließ ich mich nicht aufhalten. Schließlich war es wichtig.

»Was gibt's?«, fragte mein Onkel, als er nach kurzem Klingeln das Gespräch entgegennahm.

»Hast du herausgefunden, was genau die guten Neuigkeiten von Sharni waren? Und hast du diese Informationen dann direkt an die Drachen weitergeleitet?«, kam ich ebenfalls sofort zum Punkt.

»Ähm, ja, das könnte man so sagen«, erwiderte mein Onkel irritiert. »Die Königin wollte deine Ergebnisse sehen. Sie hat weiter nachforschen lassen, um die Drachen mit dem Ergebnis konfrontieren zu können. Warum fragst du?«

»Das geht so nicht, Onkel Damian. Du willst doch, dass der Drachenprinz Vertrauen zu mir aufbaut. Wie soll ich das anstellen, wenn du die Informationen, die ich von ihm habe, auf der Stelle gegen ihn verwendest?«

»Wie redest du denn mit mir?« In Damians Stimme schwang plötzlich eine Spur Wut mit. »Im Übrigen bist du genau deshalb in Dublin – um Informationen zu sammeln und dir ein Bild von der Lage zu machen.«

Aber wofür? Die Frage lag mir auf der Zunge, doch ich schluckte sie hinunter. Es war zu früh dafür, noch. »Das ist mir bewusst, du musst mir allerdings ein bisschen Zeit lassen. Aiden war furchtbar wütend auf mich. Ich hatte große Mühe –«

»Er war wütend auf dich?« Damians eigene Wut war aus seiner Stimme verschwunden, stattdessen klang er mit einem Mal triumphierend. »Das ist ein hervorragendes Zeichen, Kailey. Gleichgültigkeit hätte mir Sorgen bereitet, doch wenn der Drachenprinz wütend auf dich war, bist du ihm offenbar nicht egal. Du scheinst auf einem sehr guten Weg zu sein.«

»Das bin ich.« Ich verspürte Stolz, jedoch mit einem bitteren Nachgeschmack. »Es tut mir leid, Onkel Damian, du musst mir ein paar Fragen beantworten. Aiden hat mich mit einigen Dingen konfrontiert, aus denen ich einfach nicht schlau werde.«

»Und die wären?«

»Es geht um die Drachenaktivitäten im Holland Park und alles, was damit zusammenhängt. Die Beweise, die Sharni gefunden hat und die ihr nicht akzeptieren wollt. Die Sanktionen, die den Draconis drohen, für etwas, das sie nicht getan haben.«

»Woher willst du wissen, dass die Draconis das Chaos im Holland Park nicht zu verschulden haben?«, fragte mein Onkel. »Weil ihr Thronfolger es dir gesagt hat?«

Ich schluckte. »Das auch, aber nicht nur. Warum hat sich ausgerechnet Sharni auf den Weg nach London gemacht? Die Aktion ist gefährlich, und sie ist die Prinzessin. Es hätte sicher einen anderen Draconi für diese Aufgabe gegeben. Und wieso hast du zwei Monate gewartet, bevor du die Drachen aufgesucht hast? Außerdem gibt es Beweise, dass es nicht die Drachen –«

»Leider schlechte Beweise«, fiel mir mein Onkel ins Wort.

Ich wusste, dass ich an dieser Stelle besser die Klappe halten sollte, doch mein Mund gehorchte mir nicht. Ich wollte endlich Antworten und vor allem Klarheit haben. »Die Beweise sind nicht viel schlechter oder besser als die Gründe, diese abzulehnen.«

Damian seufzte, anstatt wütend zu werden, womit ich eigentlich gerechnet hatte. »Kailey … Findest du es fair, mich zu beschuldigen und mit Vorwürfen zu bombardieren?« Seine Worte klangen nicht verärgert, sondern beinahe traurig. »Ich unterstehe der Königin ebenso wie du, vergiss das nicht.«

Ich schluckte erneut. Er hatte recht, ich hatte mich nicht unter Kontrolle und in Rage geredet, anstatt der Reihe nach zu gehen und ihm alles ruhig und gelassen zu erklären. Hoffentlich hatte ich nicht alles vermasselt. »Das stimmt. Es tut mir leid, Onkel Damian, ich möchte mich bei dir entschuldigen. Es ist nur … Ich bin verwirrt. Die ganze Zeit schon stelle ich dir Fragen –«

»Was dir leider nicht zusteht. Wenn die Königin das erfährt, bekommen wir beide Ärger, denn ich darf dir keine Antworten geben.«

»Ich weiß«, fuhr ich ruhig fort, »aber jetzt höre ich von Aiden diese Dinge, die uns Fae in gar keinem guten Licht dastehen lassen. Was soll ich da denken?«

Auch Damian blieb ruhig. »Er ist ein Drache, und Drachen äußern sich nicht positiv über Fae. Genauso wie Fae sich nicht positiv über Drachen äußern. Habe ich recht?«

»Natürlich hast du recht.«

»So ist es nun mal, es liegt in unserer Natur. Glaubst du nicht, der Drache würde dir *alles* erzählen, um dich auf seine Seite zu ziehen?«

»Er klang ehrlich und aufrichtig«, erwiderte ich leise.

Mein Onkel lachte mitfühlend. »Natürlich, Kailey. Auch Drachen können charmant sein, um an ihr Ziel zu kommen. Du sagtest, er sei wütend auf dich gewesen, aber möglicherweise hat er auch nur so getan, um dir ein schlechtes Gewissen einzureden und dich damit zu beeinflussen. Hast du schon einmal daran gedacht?«

Ich senkte den Blick und kickte mit dem Schuh einen Stein fort. Erneut musste ich Damian recht geben. Aiden war ein guter Schauspieler, das hatte ich selbst erlebt. Er spielte den D'Artagnan mühelos. Warum also sollte er es nicht mühelos schaffen, mich hinters Licht zu führen? Verdammt!

»Es tut mir leid, Onkel Damian«, wiederholte ich. »Ganz ehrlich.«

»Das kann ich hören, Kailey. Weißt du, du musst verstehen, dass wir uns in einer heiklen Lage befinden. Das weitere Vorgehen bestimmt unser aller Zukunft. Du musst dich für eine Seite entscheiden und darfst nicht zweifeln, ansonsten bewegst du dich wie ein Fähnchen im Wind hin und her, und jeder hätte ein leichtes Spiel mit dir. Verstehst du das? Mit deinen ewigen Zweifeln machst du dich für alle Seiten angreifbar. Wenn die Königin das mitbekommt, wird sie dich sofort abziehen, und das wollen weder du noch ich.«

»Ich stehe auf der Seite der Fae«, sagte ich. »Auf deiner Seite.«

»Bist du ganz sicher, Kailey? Wie gesagt, wir können uns keine Zweifel erlauben. Hier steht viel auf dem Spiel, sehr viel. Du darfst anderer Meinung sein. Warum auch nicht? Jeder hat ein Recht darauf. Du solltest aber vorher gründlich nachdenken, bevor du alles glaubst, was man dir auftischt, und du darfst nicht ständig deine Meinung ändern. Außerdem musst du dir der Konsequenzen bewusst sein, wenn du anderer Ansicht bist.«

»Ich bin mir sicher. Ich stehe auf der Seite der Fae«, wiederholte ich mit fester Stimme. Wie hatte ich nur eine Sekunde glauben können, dass Aiden die Wahrheit sagte und nicht mit mir spielte? Ich spielte schließlich auch mit ihm.

»Nachdem wir das geklärt haben, darfst du mir deine Fragen stellen. Aber ich mache nur in diesem speziellen Fall eine Ausnahme. Du bist meine Nichte, und ich möchte, dass du mir vertraust. Im Moment kann dir jeder Flausen in den Kopf setzen, und das kann für uns alle gefährlich werden.«

Ich holte tief Luft. Einen Moment lang überlegte ich, zurückzurudern, um Damian zu beweisen, dass ich voll und ganz hinter ihm stand, doch ich konnte es nicht. Das war meine Chance, die bestimmt nicht so schnell wiederkommen würde. »Ich möchte nur eines wissen: Will die Fae-Königin einen erneuten Krieg mit den Drachen erzwingen?«

»Sie will nicht, dass man ihr auf der Nase herumtanzt. Zu einem erneuten Krieg darf es nicht kommen, aber du weißt sehr wohl, dass unter der Bevölkerung auf beiden Seiten viele dafür plädieren.«

»Dann wollen die Drachen einen Krieg?« Ich hielt die Luft an.

»So sieht es aus, nicht wahr? Wir können nur versuchen, die Zeichen richtig zu deuten. So wie sich die Situation darstellt, wollen die Draconis unsere Königin unbedingt provozieren.«

Mein Herz schlug schneller. »Warum?«

Damian seufzte. »Das kann ich dir nicht sagen, Kailey. Vielleicht fragst du den Drachenprinzen, wobei du dir vorher sicher sein solltest, ob du ihm vertrauen kannst und willst. Möglicherweise nehmen sie es uns übel, dass wir sie auf die Sache im Holland Park angesprochen haben.«

»Darf ich erfahren, warum das erst nach zwei Monaten geschehen ist?«

»Jetzt stellst du doch mehr als eine Frage«, erwiderte mein Onkel mit einem Schmunzeln in der Stimme. »Wir mussten uns bezüglich des Vorfalls ganz sicher sein. Falsche Anschuldigungen können schließlich schnell einen größeren Konflikt auslösen. Du weißt, wie empfindlich der Frieden zwischen uns Fae und den Drachen seit Jahren ist. Ein falsches Wort, und die Sache fliegt uns um die Ohren. Ich nehme an, wir haben trotz allem zu früh gehandelt, ansonsten wären wir jetzt nicht in dieser Lage.«

»Angenommen, die Drachen waren wirklich im Holland Park aktiv. Was wäre so schlimm daran? Abgesehen von einem verwüsteten Park und einem Betrunkenen, der glaubt, einen Drachen gesehen zu haben, scheint nichts weiter passiert zu sein.«

»Es spielt für uns keine große Rolle, dass der Drache gesehen wurde, und auch der Holland Park ist uns herzlich egal. Es geht allein um die Tatsache, dass ein Drache in London aktiv war. Es sieht so aus, als wollten die Drachen ihr Territorium erweitern, und das ist verboten, wie du weißt. Das kann und will die Fae-Königin nicht zulassen, auch nicht, um den Frieden zu wahren.«

»Wenn der Drache sich also nicht verwandelt hätte, gäbe es jetzt kein Problem?«, hakte ich nach.

»Sofern die Fae-Königin nichts von alldem erfahren hätte … Du siehst, das Ganze ist eine äußerst knifflige Angelegenheit.«

»Ich verstehe.« Ich wartete einen Moment, weil eine Gruppe Studentinnen lachend an dem Baum vorbeilief, unter dem ich stand. »Darf Sharni eigentlich in London sein oder ist das ein Regelverstoß?«

Mein Onkel atmete hörbar aus, klang dabei allerdings nicht genervt. »Schwieriges Thema, da die Regeln nicht immer klar formuliert sind. Soweit wir wissen, ist sie nicht in der Stadt, um das Drachenterritorium zu erweitern, sondern um Beweise zu finden, dass die Drachen im Juni eben nicht in London aktiv waren. Wenn sie so den Krieg verhindern kann, habe ich absolut kein Problem damit. Zudem ist es prinzipiell beiden Seiten gestattet, zumindest für kurze Zeit in die Menschenwelt zu reisen. Du bist momentan auch nicht in Fairyland, nicht wahr? Für gewöhnlich ist es allerdings üblich, das jeweils andere Volk darüber zu informieren, damit es keine Probleme gibt.«

»Vielleicht ist der Drache im Juni nur verreist?«, gab ich leise zu bedenken.

»Das denkt die Fae-Königin eben nicht, weil er sich in seiner wahren Gestalt gezeigt hat und aggressiv vorgegangen ist. Außerdem wurde diese Reise vorher nicht angekündigt.«

Ich schloss die Augen und massierte mir die Stelle zwischen den Augenbrauen. Das war alles höllisch kompliziert, und ich war froh, keine Thronfolgerin zu sein. Ich beneidete Aiden nicht, dass er sich eines Tages mit diesen Dingen herumschlagen musste. »Aber wenn wir den Krieg auf jeden Fall vermeiden wollen, warum akzeptieren wir dann nicht die Beweise, die Sharni gefunden hat?«

Damian seufzte. »Weil sie leider alle widerlegt werden können. Zwei Köpfe und gelbe Flammen? Ich bitte dich, Kailey. Die Königin fürchtet, dass uns die Drachen auf der Nase herumtanzen, wenn sie ihnen das durchgehen lässt. Glaub mir, ich wäre froh, wenn die Drachenprinzessin Beweise für die Unschuld der Draconis finden würde, aber sie müssen hieb- und stichfest sein.«

»Verstehe.« Doch damit war für mich noch längst nicht alles geklärt. Warum zum Beispiel suchte Sharni Beweise für die Unschuld der Draconis, wenn sie den Krieg wollten? Eine Ablenkungstaktik? Oder schätzten die Berater der Fae-Königin die Lage falsch ein und die Drachen wollten gar keinen Krieg? Allerdings würde Damian mir diese Frage vermutlich ohnehin nicht beantworten können, und ich wollte seine Nerven keinesfalls überstrapazieren. Er hatte recht, ich musste der Königin vertrauen, so wie ich es früher immer getan hatte. Es gab keinen Grund, an ihren Entscheidungen zu zweifeln.

»Willst du sonst noch etwas wissen?«, hakte Damian nach.

»Nein. Nein, das passt. Vielen Dank, dass du so offen zu mir warst.«

»Gut. Ich hoffe, du hast keine Zweifel mehr an deiner Mission. Für dich sollte nach wie vor im Vordergrund stehen, das Vertrauen des Drachenthronfolgers zu gewinnen.«

»Keine Sorge, ich weiß Bescheid«, antwortete ich schnell. »Der Drache hat mich durcheinandergebracht, weil ich ihm seine Scharade abgekauft habe. Das kommt nicht wieder vor.«

»Gut«, sagte Damian erneut und seufzte. »Hast du noch Informationen für mich oder ging es nur um deine Unterhaltung mit dem Drachen über uns Fae?«

Ich spürte die Hitze in den Wangen. Dämlich von mir, absolut dämlich, dass ich auf Aidens Spiel hereingefallen war. Ein Anfängerfehler, der mir niemals hätte passieren dürfen. Ich konnte nur hoffen, dass Damian nicht mit der Königin darüber sprach, sonst war ich meinen Job los und konnte meine Karriere an den Nagel hängen. Dann blieb mir vielleicht noch, Gärtnerin zu werden oder bei einem Schmied in die Lehre zu gehen, doch bei der Königin wäre ich unten durch. Sie würde mich nie wieder auf eine Mission schicken.

»Ich habe tatsächlich ein paar interessante Informationen erhalten«, beeilte ich mich zu sagen, um ihm eindeutig zu zeigen, auf wessen Seite ich stand. »Der Drache hat sich ziemlich aufgeregt, dass ihnen ein Drittel ihrer Heimat streitig gemacht werden soll, und sich darüber ausgelassen, wie wenig Platz sie hätten, sowohl im Nationalpark als auch in dem Höhlensystem, in dem sie hausen. Es klang ganz so, als wäre es ihnen zuwider, den ganzen Tag eingesperrt zu sein und sich nicht jederzeit in ihrer wahren Gestalt zeigen zu können.«

»Das würde für die Theorie sprechen, dass sie ihr Territorium ausweiten wollen.«

Aber warum hatten sie sich ausgerechnet London ausgesucht?, schoss es mir durch den Kopf. London war eine dicht besiedelte Stadt, in der die Drachen selbst bei Nacht Probleme damit haben dürften, sich zu verwandeln und einen Ausflug zu machen. Doch ich biss mir auf die Zunge. *Keine Zweifel mehr, Kailey.* Wer wusste schon, was die Drachen planten. Vielleicht war der Anschlag auf den Holland Park nur eine Ablenkung und ihr Ziel lag ganz woanders.

»Kann sein. Aiden war, wie gesagt, ziemlich frustriert. Er hat erwähnt, dass er nicht oft rauskommt und außerdem behauptet, er sei in Dublin, weil sein Vater ihn in Sicherheit wissen wolle. Aber ich hatte das Gefühl, er verschweigt mir etwas.«

Mein Onkel machte ein zustimmendes Geräusch, und ich fragte mich erneut, wie ich überhaupt auf die Idee gekommen war, an meiner Mission zu zweifeln.

»Sonst noch was?«, fragte er.

»Aidens Mutter wurde von Fae getötet«, platzte ich heraus, auch wenn ich nicht so genau wusste, was ich damit bezweckte.

Damian schwieg eine Weile. Als er schließlich wieder etwas sagte, hatte es nichts mit dem Tod von Aidens Mutter zu tun. »Gut, Kailey, dann bleib am Ball. Wenn du auf das Spiel des Drachen eingehst, erfährst du möglicherweise mehr. Viel mehr.«

Meine Kleidung fühlte sich klamm an, als ich zurück Richtung Wohnheim ging. Schlimmer war allerdings, dass meine Knochen schwer wie Blei waren. Es war spät, und ich war müde. Dazu das ungewohnte Gefühlschaos … Wobei ich selbst schuld daran war. Einem Drachen zu glauben, also ehrlich. Ich schnaubte. Damian war allerdings auch nicht ganz unschuldig an der Sache. Mehrfach hatte ich ihn um Informationen gebeten und ihn darauf hingewiesen, dass es nicht schaden könnte, wenn ich über alles im Bilde wäre. Wenn ich die Informationen vorher gehabt hätte, hätte Aiden meine Zweifel nicht ausnutzen können.

Ich schüttelte den Kopf. Dass ich überhaupt Zweifel gehabt hatte, ging allein auf mein Konto; das konnte ich niemand anderem in die Schuhe schieben. Ich musste fokussiert bleiben und durfte keinesfalls zulassen, dass so etwas erneut passierte, sonst setzte ich meine ganze Zukunft aufs Spiel.

Ich stieß die Zimmertür auf und fragte mich gerade, ob meine Mitbewohnerin schon schlief, als ich sah, wie Cassandra und Celmar auseinanderfuhren. Irritiert zog ich die Augenbrauen hoch.

Celmar war tatsächlich hergekommen und hatte Cassandra Gesellschaft geleistet? Da bemerkte ich, wie ertappt die beiden aussahen. Zerwühltes Laken, strubbelige Haare, und Celmars kariertes Hemd war nur auf einer Seite in die Jeans gestopft – die Situation war ziemlich eindeutig. Schmunzelnd lehnte ich mich an den Türrahmen. Cassandra und Celmar, wer hätte das gedacht? Wobei sie schon auf der Party deutliches Interesse aneinander gezeigt hatten.

Celmar fuhr sich durch die Haare. »Ich nehme an, mein Zimmer ist wieder frei? Wird auch Zeit, ich muss dringend ins Bett. Ähm …« Er wandte sich an Cassandra und fummelte schon wieder an seinen Haaren herum. »Schlaf gut. Wir sehen uns.« Er durchquerte das Zimmer und schob sich an mir vorbei, ohne mich eines weiteren Blickes zu würdigen.

Ich schloss die Tür und betrachtete Cassandra einen Moment. Sie wich meinem Blick aus. War ihr das Ganze unangenehm?

»Alles okay?«, fragte ich.

»Alles bestens.« Sie schenkte mir ein schnelles Lächeln, dann stand sie auf, um das Laken glatt zu ziehen.

»Das muss dir nicht peinlich sein. Celmar … sieht doch ziemlich gut aus.« Auch wenn er überhaupt nicht mein Typ war – und das lag nicht ausschließlich daran, dass Drachenblut durch seine Adern floss.

Cassandra schüttelte den Kopf. »Das hätte nicht passieren dürfen. Ich weiß nicht, was ich mir dabei gedacht habe.«

Ich runzelte die Stirn. »Warum so verzweifelt? Es war nur ein Kuss. Beziehungsweise …« War mehr zwischen ihnen passiert? Nicht, dass es mich etwas anging, allerdings war Celmar ein Drache, und auch wenn Cassandra nicht meine Freundin war, fragte ich mich, was ich von einer Beziehung zwischen den beiden halten sollte. Ich würde sie gern warnen, aber wie sollte ich das anstellen, ohne zu viel zu verraten?

Mit großen Augen erwiderte sie meinen Blick. »Was? Nein, Gott, das wäre ja noch schöner. Es war wirklich nur ein Kuss, und es wird nicht wieder vorkommen.« Entschlossen zog sie sich den Pullover über den Kopf.

Einen Moment betrachtete ich sie, doch sie sagte nichts weiter dazu, also machte ich mich ebenfalls daran, meine feuchten Klamotten gegen einen Schlafanzug zu tauschen.

Kapitel 36

Sharni

»Keinen Schritt weiter, oder ich breche dir die Arme«, sagte die Stimme erneut zu Niall.

Ich zögerte nicht und wirbelte herum. Gleichzeitig versuchte Niall, sich zu befreien, doch er hatte keine Chance gegen den Mann, der ihm die Arme auf den Rücken gedreht hatte. Er war nicht nur größer als Niall, er war auch breiter gebaut und kräftiger. Die Muskeln spannten unter dem dunklen Poloshirt.

Ein unschönes Geräusch war zu hören, als der Mann seinen Griff verstärkte. Niall stöhnte auf.

Dieser Bastard! Mit Schwung riss ich ein Messer aus meiner Jackentasche – da fiel mein Blick auf das Gesicht des Mannes. Ich zögerte. Die markanten Gesichtszüge, die dunklen Haare und Augen ... Irgendwie kam er mir bekannt vor, und jetzt nahm ich auch wahr, dass wir keinen Menschen vor uns hatten. Er war ein Drache.

»Das würde ich an deiner Stelle lieber lassen«, brummte er.

Ich ließ das Messer unverrichteter Dinge sinken. »Onkel Darragh?«

»Onkel Darragh?« Seine zusammengekniffenen Augen suchten meine. Er war nach wie vor angespannt und bereit, mich jederzeit anzugreifen, als ihm die Familienähnlichkeit aufzufallen schien.

Wir O'Rourkes hatten allesamt die gleiche Nase – leider. »Sharni? Bei Voldragor, bist du es wirklich?«

Er ließ Niall los, die aufgerissenen Augen weiterhin auf mich gerichtet. Niall brachte etwas Abstand zwischen sich und meinen Onkel und versuchte, seine Gliedmaßen zu sortieren. Ein Ächzen entfuhr ihm, und sein Gesicht war schmerzverzerrt.

Ich stellte mich neben ihn, sollte Darragh erneut auf uns losgehen wollen. Man konnte schließlich nie vorsichtig genug sein. »Alles okay, Niall?«

»Ich fürchte, er hat mir den Arm gebrochen.«

Wütend sah ich zu meinem Onkel. Immerhin besaß er den Anstand, ein zerknirschtes Gesicht aufzusetzen. »Tut mir leid, ich hatte dich gewarnt.« Er sah wieder zu mir. »Was macht ihr überhaupt hier? Weiß dein Vater, dass ihr mich besucht?«

Bevor ich antworten konnte, eilte eine Frau über den Rasen auf uns zu. Sie war klein und zierlich und wirkte im Vergleich zu meinem Onkel nahezu zerbrechlich. Die braunen Haare wehten hinter ihr her, und zum Schutz vor dem frischen Wind hatte sie sich schnell einen breiten Schal um die Schultern geworfen. Darunter trug sie ein blassblaues Kleid, und sie war barfuß. Ein seltsames Paar gaben die beiden ab.

»Was ist passiert?«, fragte sie mit hörbar irischem Akzent.

Darragh seufzte leise. »Darf ich vorstellen: unsere Nichte Sharni. Sharni, deine Tante Isla.«

»Unsere … Nichte?«

Ihre blauen Augen musterten mich, und auch ich starrte sie regelrecht an. Ich war ihr bisher nicht begegnet, hatte sie nur auf einem Bild gesehen. Das war also meine Tante Isla, eine Hexe des Murphy-Clans? Wegen ihr hatte mein Onkel die Familie verlassen? Widerwillig musste ich zugeben, dass sie recht hübsch war. Vermutlich hatte sie meinem Onkel mit ihrer Schönheit den Kopf verdreht.

Sie löste sich als Erste aus der Starre und fiel mir unvermittelt um den Hals, als würden wir uns ewig kennen. »Sharni, o mein Gott! Ist alles okay bei euch?«

Ich trat einen Schritt zurück, als sie mich wieder freigab. »Wie man's nimmt. Mein Freund Niall hat sich den Arm gebrochen.« Das war zwar nicht der Grund, weshalb wir hier waren, aber alles Weitere bedurfte einer längeren Erklärung.

»Ach, Darragh.« Isla seufzte.

Abwehrend hob mein Onkel die Hände. »Hey, ich hatte die beiden gewarnt. Warum schleichen sie auch mitten in der Nacht hier herum?«

Eine pampige Antwort lag mir auf der Zunge, doch Isla kam mir zuvor. »Aus dem gleichen Grund, weshalb wir lieber schnell hineingehen sollten.« Ihr Blick suchte die Umgebung ab; zum Glück schien ihr nichts Merkwürdiges aufzufallen. »Na kommt, ihr könnt sicher einen Tee vertragen, und ich möchte mir Nialls Arm genauer ansehen.«

»Also ich brauche jetzt definitiv etwas Stärkeres als Tee«, murmelte mein Onkel.

Auf dem Couchtisch aus Holz standen eine Kanne Tee, dazu vier Tassen samt Untertassen – feines Porzellan mit Blümchenmuster – und eine Flasche Whiskey. Connemara Peated Single Malt. *Heimweh?* Die Frage lag mir auf der Zunge, doch ich schluckte sie hinunter.

Darragh und ich saßen jeweils auf einem Sessel, während Isla auf dem Sofa Nialls Arm untersuchte. Zu diesem Zweck hatte er unter Schmerzen sein T-Shirt ausgezogen.

»Dein Körper beginnt bereits, sich selbst zu heilen, deshalb können wir dich unmöglich in ein Krankenhaus bringen«, sagte Isla gerade zu ihm. »Ich kann dir einen Kräuterverband machen, um die Schmerzen zu lindern und die Heilung zu beschleunigen, ansonsten können wir nur warten. Ein, maximal zwei Tage, dann bist du wieder ganz der Alte, aber bis dahin solltest du deinen Arm ruhig halten.«

»Wo wohnt ihr?«, wollte mein Onkel wissen. »Habt ihr überhaupt eine Bleibe hier?«

Er machte keinen Hehl daraus, uns schnellstmöglich wieder loswerden zu wollen, und nichts anderes hatte ich erwartet. Ich sah ihm fest in die Augen. »Keine Sorge, wir haben ein Hotel in der City.«

Isla schüttelte den Kopf. »Dahin könnt ihr nicht zurück. Das Risiko ist zu hoch, dass die Fae euch sehen, außerdem braucht Niall vor allem heute Nacht absolute Ruhe. Ihr bleibt hier. Ich richte euch gleich das Gästezimmer her, doch vorher hole ich die Kräuter.«

»Das ist wirklich nicht nötig«, rief ich ihr hinterher, während Isla bereits das Wohnzimmer verließ.

»Keine Widerrede«, hörte ich sie aus dem Flur sagen.

Ich warf meinem Onkel einen Seitenblick zu, doch er wich mir aus und schwieg. Konzentriert goss er sich einen Schuss Whiskey in die leere Teetasse. Nicht nur der rauchige Geruch bescherte mir Übelkeit. Ich biss mir auf die Lippe, um ihn nicht zu fragen, warum er uns loswerden wollte, denn ich kannte die Antwort längst: Die Familie bedeutete ihm nichts. Stattdessen nahm ich meine eigene Tasse in die Hand und blickte mich erneut im Wohnzimmer um. Das Haus meines Onkels und meiner Tante war genauso, wie man sich ein englisches Cottage vorstellte, auch wenn ich bisher nur einen Teil des Erdgeschosses gesehen hatte: Möbel, die auf den ersten Blick nicht zusammenzupassen schienen, ein offener Kamin, ein Bücherregal. Auf jeder freien Fläche standen Blumen, Lampen, Bilderrahmen oder irgendwelcher Nippes herum. Obwohl das Haus vollgestopft wirkte und ich mich fragte, wie sich mein Onkel als Drache hier wohlfühlen konnte, strahlte es mit jeder Faser pure Gemütlichkeit aus. Und genau diese Gemütlichkeit ließ Wut in mir aufsteigen. Warum durfte er ein normales Leben fernab von den Fae führen, während Dad, Aiden und ich für den Frieden kämpfen mussten?

Mein Blick fiel auf die Bilder, die auf dem Kaminsims und der Kommode standen und an den Wänden hingen. Sie zeigten Isla und Darragh sowie zwei Mädchen, die mit jedem Bild älter wurden. Schließlich kam ein kleiner Junge dazu, der kaum älter als drei Jahre sein durfte.

»Ihr habt Kinder?«, fragte ich mit kühler Stimme, nachdem ich einen Schluck Tee getrunken und die Tasse wieder abgestellt hatte. Das Porzellan klirrte.

»Zwei Mädchen, Chloe und Olivia. Inzwischen haben wir unser erstes Enkelkind bekommen. Barry, er ist im Sommer drei geworden.«

Die Stimme meines Onkels nahm einen liebevollen Ausdruck an, als er von seinen Kindern erzählte, und erneute Wut stieg in mir hoch. Wie konnte er es wagen, in meiner Gegenwart in dieser Weise von seiner neuen Familie zu sprechen, während ihm seine alte vollkommen egal war?

»Wie geht es Roarke?« Isla kam zurück ins Wohnzimmer, in der einen Hand einen Eimer, in der anderen Verbandszeug. Sie brachte den Duft von Salbei und Kamille, Thymian und Brennnessel mit.

Darragh tat gelangweilt, ich konnte jedoch spüren, wie sehr er auf die Antwort brannte. Ich schnaubte, doch bevor ich etwas sagen konnte, beugte sich mein Onkel in seinem Sessel nach vorn und sah mich direkt an. »Was ist los, Sharni?«

»Was los ist? Fragst du mich das ernsthaft? Dad geht es schlecht, okay? Verdammt schlecht. Er will zwar nicht, dass Aiden und ich das mitbekommen, aber wir sind nicht blöd. Ist ja auch kein Wunder bei dem, was im Moment um uns herum passiert, und das ist alles deine Schuld. Wenn du die Familie damals nicht verlassen hättest, wäre das jetzt dein Problem und nicht Dads.«

»Sharni«, ermahnte Niall mich.

Doch es war zu spät. Ich hatte mich längst in Rage geredet, auch wenn es vielleicht nicht das Klügste war, wenn Darragh uns helfen sollte. »Ist doch wahr. Du sitzt hier in deinem kleinen niedlichen Cottage fernab von allem, während ich mir wirklich Sorgen um Dads Gesundheit mache. Und nicht nur das – sollte es wirklich zum Krieg kommen, werden die Fae alles daransetzen, ihn umzubringen. Das ist nicht fair.«

Isla und Darragh tauschten einen Blick. »Du hast recht, Sharni, das ist nicht fair.« Islas Stimme war sanft. Sie tunkte den Verband in den Eimer mit Wasser und Kräutern und wickelte anschließend Nialls Arm damit ein. »Erzähl uns, was passiert ist.«

Die Tatsache, dass sie so freundlich blieb, machte mich noch wütender, und mein Onkel saß einfach nur da und wich meinem Blick aus. Fast war ich versucht, aufzustehen und zu gehen. Darragh wollte uns nicht helfen, das machte er mehr als deutlich, und Isla hatte keine Ahnung von diesen Dingen. Außerdem hatte sie zugelassen, dass meine Familie auseinandergerissen wurde.

»Es geht um die Fae«, sagte Niall, bevor ich tatsächlich aufstehen konnte. »Sie machen der Königsfamilie Druck und wollen uns Draconis mit allen Mitteln in einen Krieg zwingen.«

Als ich schwieg, erzählte er weiter – von den Gesprächen mit dem Fae-Abgesandten, von den Drachenaktivitäten in London, die uns zur Last gelegt wurden, und von den Beweisen, die wir gefunden hatten, die von den Fae jedoch nicht anerkannt wurden. Schließlich sprang ich ein und berichtete von den Verrätern in Dads Beraterstab und von Kailey, die Aiden das Leben in Dublin schwer machte.

Isla und sogar Darragh hörten aufmerksam zu, ohne uns zu unterbrechen oder Fragen zu stellen. Erst, als wir geendet hatten, stand Darragh auf. Verwirrt beobachtete ich, wie er im Wohnzimmer auf und ab tigerte, wobei er überraschenderweise weder einen Beistelltisch umwarf noch gegen eine Vase stieß. War ihm unser Schicksal etwa doch nicht gleichgültig?

»Die verfluchten Fae!« Mit einer verzweifelten Geste fuhr er sich über das Gesicht und erinnerte mich damit an meinen Vater. »Erst machen sie *uns* das Leben zur Hölle, sorgen dafür, dass wir fernab von unseren Familien leben müssen, und jetzt wollen sie einen Krieg heraufbeschwören wegen eines an den Haaren herbeigezogenen Grundes. Es ist an der Zeit, ihnen das Handwerk zu legen.«

»Beruhige dich«, sagte Isla.

»Ich will mich nicht beruhigen. Sharni hat vollkommen recht, das ist auch meine Sache, denn eigentlich wäre ich jetzt König der Draconis und nicht Roarke. Roarke ist mein Bruder, er soll wissen, dass ich für ihn da bin. Wir sind schließlich nicht im Streit auseinandergegangen. Einzig und allein die Fae haben es zu verantworten, dass ich meine Familie zurücklassen musste. Andernfalls hätten sie niemals akzeptiert, dass wir zusammenbleiben.« Er warf Isla einen liebevollen Blick zu, den sie ebenso liebevoll erwiderte. »Aber jetzt ist Schluss. Bis hierhin und nicht weiter.«

»Du wirst es nur schlimmer machen, wenn du dich jetzt einmischst, Darragh. Nichts für ungut, Sharni, ich will euch auch helfen.«

Ich konnte nichts erwidern, saß einfach nur auf meinem Sessel und versuchte zu realisieren, was um mich herum geschah.

»Sharni und ich verstehen das«, sprang Niall wieder ein. »Wir dürfen den Fae keinesfalls einen weiteren Grund für einen Krieg geben. Deshalb sind wir auch nicht hier, es geht einzig und allein um die Drachenaktivitäten im Holland Park. Sharni und ich müssen handfeste Beweise finden, die die Fae nicht abtun können.«

»Die Drachenaktivitäten.« Mein Onkel ließ sich zurück in seinen Sessel fallen, goss erneut Whiskey in seine Teetasse und stürzte ihn in einem Schluck hinunter. »Die Zeitungen waren voll davon und haben tagelang von nichts anderem berichtet. Ich hatte schon befürchtet, dass es Ärger mit den Fae geben könnte, aber nachdem mittlerweile einige Wochen vergangen sind, ohne dass ich von euch gehört hatte …« Er zuckte mit den Schultern und sah mich traurig an.

Dieses Mal wich *ich* seinem Blick aus; ich fühlte mich schlecht. »Es tut mir leid, ich wollte nicht unfair sein. Ich dachte …«

»… dass ihr mir egal seid?« Darragh stieß ein Seufzen aus, das alles sagte. »Du musst dich nicht entschuldigen, Sharni, ich kann dich verstehen. Du bist inzwischen achtzehn, und wir haben uns in all den Jahren nur ein einziges Mal gesehen. Das war allerdings nicht meine Entscheidung; es ging nicht anders, des Friedens wegen. Prinzipiell hätte ich euch nicht mal Geburtstags- oder Weihnachtskarten schicken dürfen. Isla hat sie verhext, damit für Außenstehende nicht ersichtlich ist, dass sie von mir stammen. Aber woher hättest du das alles wissen sollen? Ich habe Roarke gebeten, euch nicht einzuweihen. Ich hielt es für besser, weil ich dachte, es sei einfacher für euch, wenn ihr wütend auf mich sein könnt.«

Ich schluckte. »Dad hat uns inzwischen von damals erzählt. Wobei er es Aiden verraten hat, und mein Bruder konnte wie immer seinen Mund nicht halten.« Ich wollte lachen und konnte es nicht.

»Es ist okay, Sharni, ich verstehe dich. An deiner Stelle wäre ich auch wütend. Du kennst mit Sicherheit nicht alle Einzelheiten, und wir können später gern darüber sprechen, doch vorher sollten wir überlegen, wie es weitergeht.«

Er hatte recht. Zwar wollte ich zu gern hören, was er zu sagen hatte, aber das musste warten. Ich rutschte an die Kante meines Sessels. »Kannst du dir einen Reim auf die ganze Sache machen? Hast du eine Ahnung, was da im Holland Park passiert ist?«

Mein Onkel seufzte, und ich verlor jede Hoffnung.

»Ich habe versucht, es herauszufinden. Fehlanzeige. Im Gegensatz zu euch konnte ich nicht einmal den Augenzeugen ausfindig machen, da ich sehr diskret vorgehen musste. Ich bin mir allerdings sicher, dass es sich um keinen echten Drachen gehandelt hat. Die zwei Köpfe und das gelbe Feuer sprechen für sich, aber Beweise? Es tut mir wirklich leid. Ich wünschte, ich könnte euch helfen.«

Ich konnte meine Frustration nicht verbergen. »So ein Mist! Ich hatte gehofft, du hättest zumindest eine Theorie.«

Darragh straffte die Schultern. »Gib die Hoffnung nicht auf, Sharni. Du hast viel von deinem Vater, und das ist weder seine Art noch deine. Irgendeinen Beweis werden wir doch wohl –«

Ich schüttelte den Kopf. »Das ist zu gefährlich; Niall und ich schaffen das allein. Du und Isla müsst euch weiterhin aus der Sache heraushalten. Herzukommen war riskant genug, wobei ich es nicht bereue. Es war schön, dich zu sehen, und ich habe mich sehr gefreut, dich kennenzulernen, Isla.« Beide schenkten mir ein warmes Lächeln, das ich erwiderte. »Hoffentlich hab ich euch mit unserem Besuch nicht in Schwierigkeiten gebracht. Ich hatte nur gehofft, ihr würdet irgendetwas wissen, das uns weiterhelfen könnte.«

Das Lächeln auf Islas Gesicht erstarb mit einem Mal. Nialls Arm war inzwischen verbunden, und sie trocknete sich die Hände an einem Handtuch ab. Dabei wirkte sie nachdenklich, beinahe geistesabwesend.

Darragh runzelte die Stirn. »Du weißt etwas, Isla, hab ich recht?«

Sie knetete ihre Hände und traute sich kaum aufzusehen. »Ich habe so eine Ahnung.«

Mein Herz schlug schneller, Niall und ich tauschten einen Blick. Waren wir doch nicht umsonst hergekommen?

Nun rutschte auch Darragh an die Vorderkante seines Sessels. »Du hast so eine Ahnung? Warum hast du nichts gesagt?«

Isla presste die Lippen aufeinander und schloss für einen Moment die Augen. »Es tut mir leid, ganz ehrlich. Mit Mühe haben wir es geschafft, uns ein neues Leben aufzubauen und uns aus allem herauszuhalten. Wenn wir uns jetzt einmischen ... Ich habe Angst. Um dich, um unsere Töchter und unseren Enkel. Aber ...« Traurig schüttelte sie den Kopf, Tränen schimmerten in ihren Augen. »Es war egoistisch von mir, das weiß ich. Es geht hier um die Familie.«

»Ach, Isla.« Darragh stand auf, setzte sich neben seine Frau und legte einen Arm um sie. »Glaub mir, ich verstehe dich, aber wenn es wirklich zu einem Krieg kommen sollte, können wir uns nicht länger heraushalten. Nicht auf Dauer.«

»Ich weiß.« Sie legte den Kopf an seine Schulter.

Darragh streichelte über ihr Haar und gab ihr einen Kuss auf den Scheitel, und in dieser einen Geste lag so viel Liebe, dass ich zum ersten Mal verstand, warum Darragh die Familie verlassen und meinem Vater die Verantwortung aufgehalst hatte. Die beiden liebten einander über alles, das spürte ich mit jedem Atemzug, den sie taten.

»Ich möchte nicht, dass unsere Kinder und Enkel in einer Welt leben müssen, in der sich die Fae mit meinem Volk bekriegen«, fuhr Darragh fort. »Wenn du eine Vermutung hast, musst du sie uns sagen.«

Isla nickte, brauchte allerdings einen Moment, ehe sie zu sprechen begann. Sie wandte sich an Niall und mich. »Sind euch die Morgans und Merlins ein Begriff?«

»Die Hexenclans, die hier in London beheimatet sind?«

Ich kramte in meinem Gedächtnis. Während des letzten Krieges waren die Merlins die Verbündeten der Drachen gewesen, die Morgans hatten den Fae geholfen. Viel mehr war mir über die beiden Hexenclans nicht bekannt, dennoch lief mir ein Schauer über den Rücken. Hatten sie etwas mit den derzeitigen Machenschaften der Fae zu tun?

»Die Morgans und Merlins gehören zu den mächtigsten Clans Londons. Bis vor Kurzem herrschte zwischen ihnen ein ebenso fragiler Frieden wie zwischen euch und den Fae, doch während der letzten Wochen haben sich die Clans plötzlich bekriegt. Es ging um eine uralte Prophezeiung von Merlin selbst, in deren Mittelpunkt ein Mädchen stand – Caroline. Es würde zu weit führen, euch alles zu erklären, und ich kenne selbst nicht sämtliche Details. Ich kann euch aber sagen, dass Alkalimetalle Einfluss auf Magie haben. Die Hexenjäger, die sogenannten Maleficarier, haben vor vielen Hundert Jahren Kochsalz während der Hexenverbrennungen eingesetzt, damit die Opfer keine Magie mehr wirken und sich nicht aus dem

Feuer befreien konnten. Außerdem lässt sich mit Magie ein Drache heraufbeschwören. Und diese Drachen haben nicht selten zwei Köpfe.«

Meine Augen wurden größer. »Du glaubst, dass die Hexenclans während ihres Streits einen Drachen herbeigezaubert haben?«

Isla nickte. »Es war mehr als ein Streit, aber ja. Das glaube ich. Und war euer Augenzeuge nicht betrunken?« Dieses Mal nickte ich, und auf Islas Gesicht breitete sich ein verschmitztes Lächeln aus. »Interessanterweise verhält es sich mit herbeigezauberten Drachen so, dass nur Kinder und Betrunkene sie sehen können.«

Erleichterung durchflutete mich. Triumphierend sah ich zu Niall, der abwehrend eine Hand hob. »Ja, du hattest recht. Wolltest du das hören? Es hat sich definitiv gelohnt, hierherzukommen, auch wenn ich auf den gebrochenen Arm hätte verzichten können.«

Entschlossen stand ich auf. Wenn Islas Theorie stimmte und die Clans bereit waren, eine Aussage zu machen, hatten die Fae nichts mehr gegen uns in der Hand und der Krieg war hoffentlich vom Tisch. »Wo wohnen die Merlins oder Morgans?«

»Moment, junge Dame, hast du mal auf die Uhr gesehen?«

Ich folgte Darraghs Blick zu der altmodischen Bahnhofsuhr, die über dem Kamin hing. Es war schon fast ein Uhr nachts. Verdammt, um diese Zeit bei den Clans aufzuschlagen, wäre äußerst unhöflich. Zwar ging es darum, einen Krieg zu verhindern, allerdings war die Angelegenheit nicht so dringend, dass es einen Besuch um diese Uhrzeit rechtfertigte, und wir brauchten die Hilfe der Clans unbedingt. Keinesfalls wollte ich es riskieren, sie zu verärgern.

»Mist!« Gefrustet ließ ich mich zurück in den Sessel sinken.

»Du kannst dich gleich morgen früh auf den Weg machen. Soweit ich weiß, ist George Merlin Frühaufsteher.« Isla schmunzelte, dann holte sie tief Luft. »Okay, ich weiß, was wir jetzt machen: Wir rufen Roarke an.«

Ich sah, wie mein Onkel schluckte, doch nach kurzem Zögern nickte er. »Das machen wir. Er wird sicher wissen wollen, was seine Tochter so treibt.«

Kapitel 37

KAILEY

Ein Brummen ließ mich aufschrecken. Ich sah auf den Wecker, der mich allerdings nicht so unsanft aus dem Schlaf gerissen hatte. Er würde erst in einer halben Stunde klingeln. Da registrierte ich, dass es mein Handy war, das die Geräusche von sich gab. Mit jedem Brummen bewegte es sich etwas weiter auf die Kante der Fensterbank zu. Ich schnappte es mir und nahm den Anruf von Damian entgegen, während ich ins Bad schlich. Zum einen schlief Cassandra, und ich wollte sie nicht wecken, zum anderen war mein Gespräch mit Damian – was auch immer er mir zu sagen hatte – geheim.

Warum rief er überhaupt so früh an, nachdem wir erst letzte Nacht gesprochen hatten? Ein mulmiges Gefühl beschlich mich. Hatte ich es endgültig versiebt? Wollte mich die Königin von der Mission abziehen? Vielleicht hatte Damian ihr von meinen Zweifeln berichtet. Immerhin hatte er mir gegenüber nicht versprochen, über mein *Versagen* zu schweigen, und es war mir falsch vorgekommen, ihn darum zu bitten.

Lautlos klickte die Badezimmertür ins Schloss, und ich versuchte, die Nervosität aus meiner Stimme herauszuhalten, als ich ihn mit einem »Guten Morgen« begrüßte.

»Guten Morgen, Kailey.«

Ich erstarrte. Das war nicht Damian. Das war eine weibliche

Stimme, die ich bisher nur selten gehört hatte und dennoch sofort erkannte. Ich hatte mit allem gerechnet, nur nicht damit. Mein Herz raste. Wollte sie mich für meine Zweifel zur Rechenschaft ziehen?

»Eure Majestät.« Ich war versucht, einen Knicks zu machen oder mich zu verbeugen, was lächerlich gewesen wäre, da mich die Königin nicht einmal sehen konnte.

»Dein Onkel hat mir erzählt, es läuft gut. Schön zu hören, immerhin bist du auf deiner ersten Mission.«

»Vielen Dank, Eure Majestät. Ja, es läuft gut. Damian und ich sind zufrieden.« Ich war erleichtert, dass mein Onkel der Königin offenbar nichts von meinen Zweifeln berichtet hatte, trotzdem blieb ich vorsichtig. Warum rief sie höchstpersönlich an? Was wollte sie von mir, und wusste Damian davon? Damian! Plötzlich beschlich mich ein ungutes Gefühl. Warum hatte ich nicht vorher daran gedacht? »Geht es meinem Onkel gut?«

»Deshalb rufe ich nicht an, aber ja. Es geht ihm gut.«

»Verzeiht.«

»Schon in Ordnung. Dein Instinkt täuscht dich nicht, denn letzte Nacht ist tatsächlich etwas passiert. Es gab einen Großbrand an der nördlichen Grenze zu unserem Territorium in der Nähe von Limerick. Dabei hat unser Botschaftsgebäude Feuer gefangen.«

Ein Feuer in der Nähe von Limerick? Auch der Kampf zwischen Aiden und mir hatte dort in der Nähe stattgefunden. Seit wann war dieser Ort zum Hotspot der Auseinandersetzungen zwischen uns Fae und den Drachen geworden?

»Darf ich fragen, ob die Drachen dahinterstecken?«

»Wer sonst? Vermutlich ein Ablenkungsmanöver, denn es hat Stunden gedauert, das Feuer unter Kontrolle zu bekommen. Kailey, ist dir der Burren-Nationalpark ein Begriff?«

»Natürlich, Eure Majestät.« Alles in mir spannte sich an, eine ungute Vorahnung erfasste mich.

Die Drachen wollten sich den Burren-Nationalpark schon lange einverleiben. Er war zwar nur halb so groß wie der Connemara-Nationalpark und grenzte nicht direkt an diesen an, aber über das Meer war er für die Drachen leicht zugänglich und würde ihnen mehr Platz bieten. Der Park bestand aus einer mondähnlichen Landschaft mit ausgedehnten Felsformationen, außerdem wurde er von einem Höhlensystem durchzogen. Demnach war er prinzipiell perfekt für die Drachen. Das Problem war nur: Er lag im Westen Irlands, gar nicht weit vom Brandort entfernt, auf neutralem Gebiet. Den Drachen war es ebenso wie uns Fae untersagt, grundlos und ohne Absprache neues Territorium zu erschließen.

»Die Draconis haben den Park eingenommen. Es ist nicht verwunderlich und war nur eine Frage der Zeit, bis das passiert.«

Ich biss mir auf die Zunge, um das Ganze weder zu kommentieren noch Fragen zu stellen. Der Zeitpunkt war von den Drachen äußerst dämlich gewählt. Die Lage war inzwischen dermaßen zugespitzt – ein falsches Wort, und der Frieden war hinfällig. Die Konsequenzen schienen den Drachen allerdings herzlich egal zu sein. Wollten sie den Krieg möglicherweise doch?

»Meine Berater sind der Meinung, dass wir eingreifen müssen«, fuhr die Königin fort. »Ich sage es nur ungern, aber wir können das den Drachen nicht durchgehen lassen. Sie denken sonst, sie können sich alles erlauben.«

»Herrscht jetzt Krieg zwischen unseren Völkern?« Die Frage entschlüpfte mir.

»Unsere Truppen haben den Burren-Nationalpark umstellt, die Drachen allerdings nicht angegriffen. Unter Umständen können wir den Ausbruch noch verhindern. Dafür müssen wir jedoch drastische Maßnahmen ergreifen, und an dieser Stelle kommst *du* ins Spiel, Kailey.«

Mein Herz schlug schneller. Endlich hatte die Königin eine weitere Aufgabe für mich, eine äußerst wichtige Aufgabe sogar, denn es klang so, als würde sie über Krieg oder Frieden entscheiden. Was auch immer ich tun sollte, dieses Mal würde ich weder zögern noch Fragen stellen. »Gern, Eure Majestät. Wie kann ich helfen?«

»Du musst den Thronfolger der Drachen töten.«

Kapitel 38

Sharni

Das Anwesen des Merlin-Clans sah aus wie einem Gruselfilm entsprungen: grauer Stein, viele kleine Sprossenfenster, Erker und Türme, die Mauern teils mit Efeu bewachsen. Im Vorgarten gab es zwei Steinskulpturen in Form von Löwen, je eine auf jeder Seite des Weges, der zum Haupteingang führte. Wobei man nicht von einem Vorgarten reden konnte. Das Grundstück glich einer Parkanlage, und hinter dem Haus ging es mit Sicherheit noch viel weiter. *So ein Anwesen an der Stadtgrenze wäre perfekt für uns Drachen. Wenn nur die ganzen Menschen nicht wären …*

Als ich vor dem Tor stand und läutete, war es bereits acht Uhr, also eine völlig humane Uhrzeit. Die Nacht war kurz gewesen, dennoch verspürte ich keine Müdigkeit – im Gegenteil. Von diesem Besuch hing die Zukunft meines Volkes ab.

Warum öffnet denn niemand? Ich versuchte, mich damit zu beruhigen, dass es bei einem Gebäude dieser Größe dauern konnte, bis endlich jemand an der Tür war. Ich konnte mir jedenfalls nicht vorstellen, dass niemand da war. Hier gab es mit Sicherheit einen Butler oder andere Bedienstete oder wenigstens einen Gärtner oder eine Putzfrau.

Endlich waren Schritte zu hören, und ein junger Mann, der ein bisschen älter zu sein schien als ich, öffnete die Tür. Ich musterte ihn, auch wenn es möglicherweise unhöflich war: dunkelblonde Haare, groß, recht gut gebaut, wobei durchaus Potenzial nach oben bestand.

Mit hochgezogenen Augenbrauen musterte er mich ebenfalls von oben bis unten. »Wir kaufen nichts«, sagte er und wollte mir die Tür vor der Nase zuschlagen.

Was hatte der denn für ein Problem? Mit Leichtigkeit fing ich die Tür ab und unterdrückte ein Schmunzeln, als ich bemerkte, wie er mit aller Kraft gegen das schwere Holz drückte. Er schien zu zaubern, jedenfalls setzte er einen ähnlich verklärten Gesichtsausdruck auf wie Isla, als sie mich für meinen Ausflug hierher für die Fae unsichtbar gehext hatte, dann riss er die Tür plötzlich auf. Hatte er sie leichter gehext? Seinem Gesichtsausdruck nach zu urteilen hatte er damit gerechnet, mich zum Stolpern zu bringen. Ich rührte mich nicht vom Fleck.

»Führ mich zu George Merlin.«

Der Typ musterte mich erneut, dann verschränkte er die Arme vor der Brust und lehnte sich an den Türrahmen. »Hör mal, Grünkäppchen, der große Meister empfängt dieses Jahrhundert keine Vagabunden mehr. Versuch es im nächsten noch mal.«

Entgeistert starrte ich ihn an. Er besaß tatsächlich die Frechheit, unverschämt zu grinsen. Der hielt sich wohl für besonders lustig. *Na warte, dich werde ich … Nein, Sharni, zuerst nachdenken,* riss ich mich zusammen. Was wäre effektiver? Eine Vorführung meiner Talente oder Höflichkeit? Im Grunde kannte ich die Antwort. Wir brauchten die Hilfe der Clans mehr als alles andere, demnach wäre es wenig hilfreich, an dem Kerl das Kokeln auszuprobieren. Hm, vielleicht sollte ich es mit Tränen versuchen? Nein, die sparte ich mir lieber für den schlimmsten Fall auf; trotzdem gab ich meiner Stimme einen weinerlichen Klang.

»Es ist wirklich dringend. Ich brauche George Merlins Hilfe, er ist unsere einzige Hoffnung.« Damit hatte der Typ nicht gerechnet, zumindest blickte er mich verblüfft an. Hervorragend, jetzt durfte ich nur nicht nachlassen. Ich zog meinen Ring vom Finger und hielt ihn dem Möchtegern-Türsteher entgegen. »Bitte gib diesen Ring deinem Oberhaupt und frag ihn, ob er mich empfängt.«

Im Hintergrund waren Stimmen und lautes Lachen zu hören. Wenigstens schien ich niemanden aufgeweckt zu haben. Währenddessen betrachtete mein Gegenüber neugierig den Ring. Auf Außenstehende wirkte er stets ein bisschen protzig, und er war schwerer, als er auf den ersten Blick aussah, denn er bestand aus massivem Gold. Ihn zierten unzählige kleine Diamanten, und in der Mitte befand sich eine Drachenfigur, die in meinem Fall aus einem Smaragd gefertigt war.

Ich trat einen Schritt zurück. »Bitte geh jetzt, es eilt. Ich werde draußen warten.« Mit diesen Worten zog ich die Tür ins Schloss.

Ich unterdrückte ein Seufzen. Hoffentlich würde er wiederkommen, und hoffentlich bekam ich meinen Ring zurück. Ich brauchte ihn, sollte ich während meiner Rückreise erneut auf Fae oder autonome Drachen stoßen – und das würde ich. Da machte ich mir keinerlei Illusionen.

Kapitel 39

Aiden

»Aiden, aufwachen!« Jemand rüttelte ihn an der Schulter. »Wie kann man so tief schlafen? Dein Handy klingelt seit gefühlt fünf Minuten.«

Aiden öffnete nur ein Auge und griff nach dem Handy, das Celmar ihm nahezu vorwurfsvoll entgegenhielt.

»Ja?«, meldete er sich, während er ein Gähnen unterdrückte.

»Ich besorg uns mal Kaffee.« Celmar, der trotz der frühen Stunde bereits in Jeans und T-Shirt steckte, verschwand aus dem Zimmer.

Am anderen Ende der Leitung sagte der König: »Aiden, Voldragor sei Dank! Ich versuche es schon den ganzen Morgen bei dir und deiner Schwester.«

Ruckartig setzte Aiden sich auf; er war auf einen Schlag hellwach. »Was ist passiert?«

»Die *Queen's Arrows* wurden nach London geschickt, um deine Schwester zu töten.«

»Bitte was?« Aiden sprang aus dem Bett und ging hinüber zum Fenster. Nur am Rande nahm er wahr, dass die Sonne bereits aufgegangen war, sich jedoch hinter Wolken versteckte. »Wie geht es Sharni? Ist alles in Ordnung?«

»Das hoffe ich. Noch konnte ich sie nicht erreichen, doch das muss nichts bedeuten. Sie war heute Nacht bei eurem Onkel und ist laut Darragh gerade bei den Merlins.«

»Okay, ich scheine einiges verpasst zu haben. Ist es ein Problem, dass Sharni bei Darragh war?«

»Ist es nicht, tatsächlich hatte Isla sogar den entscheidenden Hinweis für uns. Es sieht ganz so aus, als hätte der Morgan- beziehungsweise der Merlin-Clan den Drachen im Holland Park auf magische Weise erschaffen. Ich hoffe nur, dass Sharni mit den Clans spricht und deshalb nicht an ihr Telefon geht.«

In Aidens Kopf wirbelten die Gedanken durcheinander, und er war sich nicht sicher, welchen er zuerst aussprechen sollte. Er lehnte seine Stirn an die kühle Fensterscheibe. »Wenn das stimmt und die Clans bereit wären, das zu bezeugen …«

»Mal schauen, inwiefern uns das jetzt noch etwas nützt. Ich hoffe es dennoch.«

»Wie meinst du das? Wird es Konsequenzen haben, dass Sharni bei Darragh und Isla war?« Hoffentlich hatten sie diesbezüglich keine neuen Komplikationen am Hals, denn sie hatten schon mehr als genug davon.

»Bisher scheinen die Fae nichts mitbekommen zu haben. Vielleicht können wir Sharnis Besuch in Greenwich tatsächlich geheim halten. Ehrlich gesagt spielt das aber keine Rolle mehr, denn es gibt ganz andere Dinge, um die wir uns jetzt erst einmal kümmern müssen. Deine Schwester.«

Aidens Mund fühlte sich trocken an. »Und wenn Sharni nicht an ihr Handy geht, weil die Fae sie längst erwischt haben?«

Sein Vater schwieg einen Moment. »Wie gesagt, Darragh hat sie zu den Clans geschickt. Isla hat sie unsichtbar gezaubert. Bei Magiern funktioniert dieser Trick nicht, bei Drachen und Fae scheint er allerdings zu wirken. Die Chancen stehen also gut, dass sie unbeobachtet bleibt.«

»Und wenn nicht?« Aidens Stimme war kaum mehr als ein Flüstern. Die Alternative wollte er sich nicht vorstellen.

»Daran wollen wir nicht denken, Aiden. Die Beweise für unsere Unschuld, etwaige Konsequenzen, dass Sharni bei Darragh war ... Das spielt alles keine Rolle mehr. Am wichtigsten ist eure Sicherheit. Gleich nach unserem Gespräch versuche ich noch einmal, Sharni zu erreichen. Notfalls rufe ich bei George Merlin persönlich an. Deine Schwester soll sich vorerst bei Darragh in Sicherheit bringen. Er und Isla werden sie beschützen.«

»Was ist mit den Murphys?«, fragte Aiden. »Langsam ist es an der Zeit, sie einzuweihen, meinst du nicht?«

»Doch, das meine ich. Ich rede mit Isla, vielleicht kann sie ihre Familie informieren. Das scheint mir der beste Weg zu sein.«

Aiden nickte, das war ein erster Schritt. Der Murphy-Clan würde hoffentlich einschreiten, bevor die Fae seiner Schwester oder jemand anderem, der ihnen wichtig war, etwas antun konnten. Er versuchte, seine Gedanken zu sortieren. »Woher weißt du eigentlich, dass die *Queen's Arrows* auf Sharni angesetzt wurden?«

»Ich habe meine Quellen.«

»Deine Quellen?« Aiden lehnte sich mit dem Rücken gegen die Fensterbank.

»So ist es. Vertrau mir, mehr kann ich dir im Moment nicht sagen.«

Aiden runzelte die Stirn. Hatte sein Vater möglicherweise einen Spion unter den Fae, so wie die Fae einen Spion auf der Seite der Drachen hatten? Er zögerte, konnte und wollte das Ganze jedoch nicht auf sich beruhen lassen.

»Vater, glaubst du nicht, es ist an der Zeit, mich einzuweihen? Die Lage ist kritisch. Sollte …« *Dir etwas zustoßen.* Er zögerte erneut, denn so eindeutig wollte er es nicht sagen. Nur nichts heraufbeschwören. Es reichte, dass seine Schwester sich in diesem Moment in akuter Gefahr befand. »Sollte mehr passieren, muss ich wissen, wer auf unserer Seite steht und wer nicht, oder?«

Sein Vater überlegte eine Weile. »Möglicherweise hast du recht. Also schön, ich werde dir alles sagen, was du wissen musst, sobald du hier bist. Am Telefon ist es zu riskant.«

Aiden ging hinüber zum Bett und ließ sich darauffallen. »Und wann wird das sein? Ich will nicht drängen, aber –«

»Du kommst nach Hause«, unterbrach ihn der König. »So schnell wie möglich, denn dein Auftrag ist nicht mehr wichtig. Wahrscheinlich war es doch keine so gute Idee, dich nach Dublin zu schicken und in der Nähe dieser Fae zu lassen.«

Aiden schluckte. »Wurde auch auf mich ein Mordkommando angesetzt?«

»Das weiß ich nicht, und ich lasse es nicht darauf ankommen. Du bist in Dublin nicht länger sicher. Also pack deine Sachen, aber sei vorsichtig. Es hat heute Nacht an der Grenze zum Fae-Gebiet in der Nähe von Limerick gebrannt.«

»Schon wieder ein Kampf zwischen unseren Leuten und den Fae?«

Sein Vater schnaubte wenig königlich. »Wenn's das wäre. Das Botschaftsgebäude der Fae stand in Flammen, und nun wollen sie *uns* das Feuer in die Schuhe schieben, genauso wie die Drachenaktivitäten in London.«

»Ernsthaft? Diese verfluchten Fae!«

»Das ist lange nicht das Schlimmste, Aiden. Die Fae haben den Vorfall zum Anlass genommen, um den Burren-Nationalpark zu besetzen. Sie behaupten, wir hätten das Feuer gelegt, um den Nationalpark einnehmen zu können. Um das angeblich zu verhindern, sind sie uns zuvorgekommen.«

Aiden schloss die Augen und versuchte, einen erneuten Fluch zu unterdrücken – zwecklos. »Was wollen sie damit, verdammt? Die Fae lieben Flüsse und Täler, Blumen und Bäume und keine karge Landschaft.«

»Ich weiß, Aiden, ich weiß. Die Fae sind mit Sicherheit nicht an dem Gebiet an sich interessiert. Es geht ihnen einzig und allein darum, uns aus der Reserve zu locken.«

»Es ändert nichts, oder?«, fragte Aiden frustriert. »Selbst wenn Sharni endlich den Beweis für unsere Unschuld gefunden hat, wird es absolut nichts ändern.«

Der König seufzte. »Ich fürchte, so ist es. Trotzdem kann es nicht schaden, den Beweis zu haben, allein für die Murphys. Du weißt, wie die Fae sind. Sie können sehr charmant und überzeugend sein, wenn es sein muss. Wer kann schon sagen, welchen Trumpf sie noch gegen uns in der Hand haben? Die Fae-Königin ist auf Krawall aus, das hat sie endgültig bewiesen.«

»Hast du eigentlich Truppen in den Burren-Nationalpark geschickt?«

»Bisher nicht, wobei Callahan es mir schwer angeraten hat.«

Aiden schnaubte. »Natürlich. Ich verstehe nicht, warum du diesen Hochverräter nicht längst geköpft oder zumindest vor die Tür gesetzt hast.«

»Das ist kompliziert, Aiden. Wir sind diesbezüglich im Vorteil, da wir wissen, dass er uns verrät. Das können wir zu unserem Nutzen einsetzen, wir müssen es nur klug anstellen.«

»Tja, Chance vertan, würde ich sagen.«

»Das stimmt so nicht, denn wir können die Fae immer noch mit falschen Informationen füttern.«

»Inzwischen scheint der Krieg allerdings unvermeidbar zu sein, oder willst du den Fae das alles durchgehen lassen?«

Wieder seufzte der König. »Ich weiß nicht, was wir machen sollen, ganz ehrlich. Zuerst habe ich dazu tendiert, das Ganze auszusitzen, in der Hoffnung, dass die Fae irgendwann einsehen, dass wir uns von ihnen nicht in einen Krieg zwingen lassen. Doch jetzt ...«

»Das hätte nichts gebracht, denn die Fae wollen diesen Krieg offensichtlich unbedingt. Sie werden nicht lockerlassen. Jetzt haben sie es auf Sharni abgesehen und vielleicht sogar auf mich.«

»Ich weiß, und das Volk schreit längst nach Vergeltung. Die Sache mit dem Feuer hat sich herumgesprochen, auch wenn ich versucht habe, es geheim zu halten.«

»Callahan«, murmelte Aiden.

»Ich wette nicht dagegen. Er stachelt das Volk auf, denn natürlich wollen die meisten, dass wir zurückschlagen. Aber du weißt genauso gut wie ich, dass wir diesen Krieg nicht beginnen dürfen. Dann hätten die Fae uns erst recht in der Hand, und das darf unter keinen Umständen geschehen.«

Aiden holte tief Luft. »Dann werden *sie* den Krieg beginnen. Oder schlimmer: so weitermachen, bis etwas passiert, das wir nicht länger ignorieren können. Oder wirst du dem Krieg auch noch aus dem Weg gehen, wenn sie Sharni umgebracht haben?«

»Aiden, bitte.«

»Nein, Dad. Du musst das in Betracht ziehen, denn die Fae werden nicht aufhören, im Gegenteil.«

»Wir werden vorbereitet sein. Es geht immerhin um die Sicherheit meines Volkes. Natürlich rüsten wir uns längst für eine Schlacht, und ich bin mir bewusst, dass wir nicht gänzlich unbeschadet aus der Sache herauskommen. Ein Krieg würde jedoch viele Leben fordern, und dazu bin ich nicht bereit. Ich will keinen Krieg, Aiden.«

»Ich genauso wenig, Dad, aber ich will auch nicht Sharnis Leben opfern.« *Oder meins.* Aiden ließ sich nach hinten auf die Matratze fallen. »Uns gehen langsam die Alternativen aus.«

»Ich weiß, deshalb habe ich einen Plan. Dafür brauche ich allerdings deine Hilfe.«

»Was auch immer du verlangst.«

»Gut. Was hältst du von Kailey?«

»Kailey?«

»Ja, Kailey. Was hältst du von der Fae? Denkst du, sie hasst uns Drachen genauso sehr wie vor ein paar Tagen, bevor sie dich kennengelernt hat?«

»Ich bezweifele, dass sie ihre Meinung über die Drachen meinetwegen geändert hat, aber witzig, dass du fragst. Ich habe mich nämlich gestern Abend ziemlich lange mit ihr unterhalten, und es machte den Anschein, dass sie gar nicht weiß, was ihr Volk da im Hintergrund treibt.«

»Ist es möglich, dass sie nur so getan hat, als wüsste sie nichts davon, damit sie dir sympathischer ist oder du vielleicht sogar Mitleid mit ihr hast?«

Aiden unterdrückte ein Seufzen. Natürlich war es möglich. Kailey hatte ihm in dem Gespräch einige Informationen entlockt, indem sie das Unschuldslamm gespielt hatte, und genau deshalb war sie nach eigenen Angaben hier in Dublin: um an Informationen zu kommen. Das hatte sie offen zugegeben. Und trotzdem … Er wollte nicht glauben, dass sie ihn nur benutzt hatte, um ihre eigenen Ziele zu verfolgen. War das naiv? War es Instinkt? Er dachte an den Kuss, den sie auf der Bühne getauscht hatten. Dieser hatte ihr mit Sicherheit in die Hände gespielt, und doch hatte die erzwungene Intimität sie nicht vollkommen kaltgelassen – ebenso wenig wie ihn. Er gestand es sich nicht gern ein, doch es hatte sich besser angefühlt als erwartet. Und er hatte gespürt, dass es Kailey ebenso ergangen war.

»Möglicherweise hat sie Zweifel an dem, was sie hier tut, aber ich kann mich auch irren. Kailey ist schwer zu durchschauen. Vielleicht war sie ausnahmsweise mal ehrlich zu mir, vielleicht auch nicht. Was spielt es überhaupt für eine Rolle, wenn ich sofort nach Hause kommen soll?«

»Du sollst Kailey mitbringen.«

Ruckartig setzte Aiden sich wieder auf. »Ich soll Kailey entführen? Glaubst du wirklich, das kann einen Krieg verhindern? Die Fae werden eine Entführung erst recht als Kriegsgrund nehmen.«

»Ganz ruhig, Aiden, ich habe nicht gesagt, dass du das Mädchen entführen sollst, und ihr darf unter keinen Umständen etwas passieren, ist das klar? Versprich mir das.«

»Okay«, sagte Aiden gedehnt. »Jetzt verstehe ich ehrlich gesagt gar nichts mehr.«

Der König atmete hörbar aus. »Du wirst es verstehen. Wie gesagt, ich habe einen Plan, und ich weihe dich in sämtliche Details ein, sobald du hier bist. Rede mit Kailey. Überzeuge sie, dass wir unschuldig sind. Du kannst das, ich vertraue dir, und sie kann dir ebenso vertrauen. Sei einfach du selbst.«

»Und dann? Was hast du vor, wenn wir im Connemara-Nationalpark sind?«

»Wenn Kailey auf unserer Seite ist, kann sie uns helfen, ihren Onkel von unserer Unschuld zu überzeugen. Auf Damian Ainsley wird die Fae-Königin hoffentlich hören.«

Aiden nickte nachdenklich. »Verstehe, keine blöde Idee. Und was mache ich, falls Kailey nicht mitspielt?«

»Das wird sie. Du kannst sie überzeugen, Aiden, das weiß ich.«

»In Ordnung.« Aiden war sich nicht sicher, ob er das wirklich konnte, denn Kailey war unglaublich stur. Da er allerdings keine bessere Idee hatte, schluckte er die Erwiderung hinunter, die ihm auf der Zunge lag.

»Du schaffst das, Aiden. Aber sei vorsichtig! Wir wissen wie gesagt nicht, ob es auch jemand auf dein Leben abgesehen hat.«

»Ich bin vorsichtig, versprochen, und jetzt ruf lieber Sharni an, um sie zu warnen.«

Nachdem Aiden aufgelegt hatte, kam ihm ein Gedanke, den er nicht länger abschütteln konnte: Was, wenn er tatsächlich auf der Abschussliste der Fae stand und ausgerechnet Kailey den Auftrag bekam, ihn zu töten?

Kapitel 40

KAILEY

Mit Schwung stieß ich die Tür des Nebengebäudes auf und lief den Korridor entlang. Je näher ich dem Vorlesungsraum kam, desto voller wurde es im Gang, dabei blieb genügend Zeit bis zum ersten Kurs. Ich hielt inne und reckte den Hals. Aiden war nirgends zu entdecken. Mist, wo steckte er nur? Also noch mal zurück. Ich drehte um und prallte gegen Amber aus der Theater-AG, die zusammen mit zwei anderen Mädchen mitten im Gang stehen geblieben war und plauderte.

»Sorry«, murmelte ich und unterdrückte den Fluch, der mir auf den Lippen lag. Wo kamen nur all die übereifrigen Studenten her, die alles verstopften? Sie standen in Grüppchen zusammen und lachten, verspeisten ihr schnell mitgenommenes Frühstück oder liefen in Eile an mir vorbei. Warum ausgerechnet heute? Sonst ließen sich die meisten bis auf den letzten Drücker Zeit.

Ich trat hinaus auf den Campus, um es noch einmal in der Dining Hall zu versuchen. Dort hatte ich gleich heute Morgen als Erstes nach Aiden gesucht. Vielleicht hatte ich jetzt Glück. Die Drachen waren gute Esser und hielten sich oft bis zur letzten Minute in der Mensa auf.

Ich warf einen Blick in den Himmel, an dem sich die Wolken türmten – helle Wolken, keine Regenwolken. Es sah ganz so aus, als würde es ein schöner Tag werden. Ich musste Aiden finden, bevor die Sonne herauskam und sich erst recht überall Studenten tummelten. Oder bevor Aiden im Kurs für englische Literatur verschwand. Sobald er im Vorlesungsraum saß, würde ich ihn nicht so einfach herauslocken können. Ich konnte wohl schlecht zu ihm sagen: »Kommst du kurz mit? Ich muss dich umbringen, tut mir echt leid.« Außerdem wollte ich nicht, dass jemand sah, wie wir zusammen verschwanden. Nach der Tat sollte ich zwar umgehend nach Fairyland zurückkehren, und die Drachen würden mit Sicherheit nicht die menschliche Polizei einschalten, trotzdem wollte ich keine Zeugen. Und zu guter Letzt hatte ich der Königin versprochen, mich meiner neuen Aufgabe sofort zu stellen. Warum das Ganze hinauszögern? Am Ende würde ich mir nur wieder etwas einreden, aber es musste sein – ich opferte ein Drachenleben und konnte damit viele Leben retten. Es war richtig.

Als die Fae-Königin mir höchstpersönlich offenbart hatte, ich müsse Aiden töten, um das Gleichgewicht zwischen den Fae und den Draconis wiederherzustellen, hatte ich trotz meines Vorsatzes, keine Zweifel mehr zu haben, zuerst gezögert. Es hatte mich all meine Willenskraft gekostet, ihr keine Fragen zu stellen, obwohl mir so viele auf dem Herzen gelegen hatten. Die Wichtigste davon: Warum hatte *sie* mich angerufen? Warum war der Auftrag nicht von meinem Onkel gekommen? Wusste er von der neuen Mission? Nach der Sache in Limerick hatte er noch zu mir gesagt, dem Thronfolger dürfe nichts passieren …

Glücklicherweise hatte die Königin Verständnis gezeigt und nach einer Weile des Schweigens von sich aus erklärt: »Du wirst dich bestimmt fragen, wie der Mord am Thronfolger der Drachen für Frieden sorgen kann.«

»Ehrlich gesagt ja, aber ich weiß, dass mir diese Zweifel nicht zustehen, Eure Majestät.«

»Perfekte Antwort. Wir müssen den Drachen deutlich machen, dass wir ihr Verhalten nicht tolerieren. Da sie unser Volk nicht ernst nehmen und nicht glauben, dass wir ihnen gefährlich werden können, müssen wir sie vom Gegenteil überzeugen, was uns nur mit einer drastischen Maßnahme wie dem Tod des Drachenprinzen gelingen wird. Auf diese Weise verdeutlichen wir dem König, dass er im Falle eines Krieges viel mehr verlieren würde. Er wird hoffentlich vernünftig genug sein und seine Drachen aus dem Burren-Nationalpark abziehen sowie unsere Forderungen akzeptieren, sollte er in der Zwischenzeit keine Beweise für die Unschuld seines Volkes gefunden haben.«

Hoffentlich behielten die Berater der Fae-Königin recht und der König der Draconis nahm den Mord an seinem Sohn hin. Wenn er schon sterben musste, dann sollte Aidens Tod wenigstens nicht umsonst sein und den Krieg nicht noch schüren.

Warum machte ich mir überhaupt Gedanken über das Schicksal des Drachenprinzen? Er war nicht besser als der Rest seiner Sippe. Er hatte mich belogen, meine Zweifel ausgenutzt und mir eiskalt Lügen aufgetischt, nachdem er mir auf der Bühne vorgespielt hatte, dass ihn der Kuss nicht kaltließ. Ich hatte ihm aus einem unbestimmten Gefühl heraus geglaubt, weil auch ich während des Kusses keinen Ekel verspürt hatte, doch diese Schwäche würde ich kein weiteres Mal zulassen.

Ich wollte gerade die Tür zur Dining Hall öffnen, als sie von innen aufging und Aiden und Celmar beinahe in mich hineinliefen. Na super, auch das noch. Celmars Gegenwart verkomplizierte das Ganze unnötig, aber gut – ich kam auch mit zwei Drachen zurecht.

»Hoppla! Bisschen spät dran fürs Frühstück, oder?«, meinte Celmar.

Ich schenkte ihm ein nicht ernst gemeintes Lächeln und wandte mich an Aiden. »Wir müssen reden.«

Okay, vielleicht nicht die klügste Taktik, um ihn zum Mitkommen zu überreden. Ich hätte vorher besser über meine Worte nachdenken sollen, Zeit genug hatte ich gehabt, doch zu meiner Überraschung stimmte Aiden mir zu.

»Das sollten wir.«

Bisher hatte ich es nicht in Erwägung gezogen, doch jetzt fragte ich mich, ob Aiden Bescheid wusste, dass die Fae seine Leute eingekreist hatten. Hatte er möglicherweise ebenfalls eine Aufgabe von seinem Vater bekommen? Egal, das änderte nichts. Ich würde Aiden zuvorkommen, sollte er wie ich einen Plan verfolgen. Meine Schwerter hatte ich griffbereit, aber versteckt dabei, und für alle Fälle hatte ich sogar Pfeil und Bogen mitgenommen. Auch diese Waffe verkleinerte sich automatisch auf magische Weise, um sie besser transportieren zu können. Ich war gut, ich war die Beste; nicht umsonst hatte die Fae-Königin mich für diese Mission ausgesucht. Endlich konnte ich ihr beweisen, dass sie die richtige Wahl getroffen hatte, nachdem ich so viel falsch gemacht hatte.

»Ähm, Aiden?« Celmar stellte sich seinem Schützling in den Weg.

Aiden selbst wirkte weder sauer noch alarmiert, doch natürlich witterte sein übervorsichtiger Bodyguard wie immer Gefahr. Das kümmerte den Prinzen allerdings wenig. »Alles gut, ich komme zurecht«, sagte er.

Er schien tatsächlich nicht zu glauben, dass in diesem Moment Gefahr von mir ausging. Das war gut; er würde es mir leicht machen, was mir nur recht war.

Celmar blieb skeptisch. »Mir ist nicht wohl bei der Sache. Wofür bin ich eigentlich hier, wenn du immer alles allein machen willst?«

»Kein Grund zur Panik.« Aiden klopfte Celmar auf die Schulter und schob sich an ihm vorbei über den gepflasterten Weg.

Ich folgte ihm, Celmar blieb hinter uns zurück. Ob er uns heimlich folgen würde? Oder respektierte er Aidens Wunsch? Auf jeden Fall musste ich vorsichtig sein. Vielleicht wollten die beiden mich in falscher Sicherheit wiegen und in einen Hinterhalt locken. Ganz abwegig war es jedenfalls nicht. Ich traute Aiden mittlerweile alles zu. Nur eine kleine Stimme in meinem Hinterkopf sagte mir, dass er gar nicht so schlimm war. Ich brachte sie zum Schweigen. Meinetwegen hatte er nicht selbst den Burren-Nationalpark eingenommen, aber er war ein Drache, und die Drachen taten gerade alles, um uns Fae das Leben zur Hölle zu machen. Zeit, es ihnen zurückzuzahlen.

Aiden schlug den Weg links ein, weg von den ganzen Bibliotheken und dem wichtigsten Teil des Campus rund um den Parliament Square. Wenn ich raten müsste, würde ich sagen, er war auf der Suche nach einem abgelegenen Ort. Normalerweise hätten bei mir sämtliche Alarmglocken schrillen müssen, doch es war mir egal, denn auch ich brauchte so einen Ort, um Aiden töten zu können.

Kapitel 41

Sharni

Es dauerte nicht lange, bis die doppelflügelige Tür erneut geöffnet wurde. Dieses Mal stand mir nicht der blonde Typ gegenüber, sondern ein großer Mann um die vierzig mit haselnussbraunen Haaren und Augen. Einen Moment lang fürchtete ich, er wäre nur gekommen, um mich fortzujagen. Stattdessen verbeugte er sich vor mir. Erleichterung durchflutete mich wie die Themse London, wenn Hochwasser herrschte. Voldragor sei Dank, sie würden mich zumindest anhören.

»Brian Merlin«, stellte der Magier sich vor.

»Sharni O'Rourke.« Ich schlug die Kapuze meines Umhangs zurück, den mir Isla extra aus dem Hotel gehext hatte. Das war immerhin ein offizieller Anlass.

Brian Merlin bat mich mit einer Geste seiner rechten Hand herein, und ich betrat eine riesige Eingangshalle mit hohen Decken. Wahnsinn, hier würde ich wahrscheinlich in meiner wahren Gestalt hineinpassen, und das ohne die Pflanzenkübel neben der Tür mit dem Schwanz kaputt zu schlagen.

Direkt mir gegenüber gelangte man über eine breite Treppe in die oberen Etagen, doch der Magier führte mich an der Treppe vorbei einen Flur entlang, der mit bordeauxroten Teppichen ausgelegt war. Stimmen drangen zu mir ans Ohr.

»Er hat sie vor der Tür stehen lassen, ich fasse es nicht«, sagte ein älterer Mann in diesem Moment.

»Findest du nicht, du übertreibst ein wenig? Es war immerhin ihre eigene Idee, vor der Tür zu warten, und selbst wenn …« Okay, das war eindeutig der blonde Kerl.

Jemand schnalzte mit der Zunge; vermutlich der ältere Mann, denn er war es auch, der nun sprach. »Übertreiben? Du hast keine Ahnung, Junge. Es ist immer dasselbe mit dir. Groß das Maul aufreißen und nichts kapieren.«

»Was ist denn los?«, mischte sich eine junge weibliche Stimme ein.

Bevor jemand antworten konnte, betraten Brian Merlin und ich einen Salon durch eine weitere doppelflügelige Tür. Bordeauxrote Vorhänge hingen an den Fenstern, Kronleuchter baumelten von der Decke, und die Wände zierten unzählige Porträts. Nur die Ballons, Luftschlangen und Girlanden, die überall drapiert waren, wollten nicht so recht zum Ambiente passen.

Mein Blick fiel auf den meterlangen Tisch, an dem ein ganzer Clan Platz hatte – und dort schien auch ein ganzer Clan zu sitzen. Auf die Schnelle zählte ich mindestens ein Dutzend Leute. Sämtliche Augenpaare waren in diesem Moment auf mich gerichtet. Selbst die des blonden Typen, der als Einziger weiteraß. Er hatte offenbar wie ich eine Vorliebe für Black Pudding, doch ich schenkte ihm keinerlei Beachtung und musterte stattdessen den üppig gedeckten Tisch: Eier und Speck, Toast und Würstchen, Obst und Kuchen. Neben Kaffee und Saft gab es sogar Whiskey und Sekt. Was war hier los, so früh am Morgen? Die ganze Gesellschaft wirkte ziemlich müde.

Ein Mann und eine Frau standen von der Tafel auf und eilten auf uns zu. Der Mann musste um die siebzig sein, wobei ich das Alter von Menschen schlecht einschätzen konnte. Auf jeden Fall waren seine Haare grau und sein Gesicht faltig. Trotzdem wirkte er am fittesten von allen.

Die Frau war deutlich jünger, höchstens ein paar Jahre älter als Brian Merlin, wenn ich raten müsste. Die dunklen Haare fielen ihr auf die Schultern, sie hatte feine Gesichtszüge und war für eine Frau recht groß. Beide verbeugten sich vor mir. Ich erwiderte die Geste, weil ich nicht unhöflich sein wollte, denn eigentlich hielt ich nichts von diesem zeremoniellen Zeug.

»Mylady, das ist George Merlin, das Oberhaupt unserer Familie, und das ist May Morgan, Oberhaupt des Morgan-Clans«, stellte Brian mir die beiden vor. »Meinen Neffen Jared habt Ihr bereits kennengelernt.« Er deutete auf den blonden Kerl. »Auch alle anderen Versammelten sind Mitglieder beider Clans. Bitte entschuldigt, wir feiern heute den Geburtstag unseres Clan-Oberhaupts.«

»So früh am Morgen?«, rutschte es mir heraus.

»Der gute George ist Frühaufsteher und sieht es nicht ein, seine Gepflogenheiten für den Rest der Sippe zu ändern.« Jared machte eine wegwerfende Handbewegung und aß weiter.

Hm, vielleicht war es gar nicht so blöd, dass auch Mitglieder des Morgan-Clans anwesend waren. Das ersparte mir unter Umständen einen weiteren Weg, schließlich wusste ich nicht, welcher Clan für den ganzen Schlamassel verantwortlich war. »Sharni O'Rourke. Vielen Dank, dass Sie mich dennoch empfangen. Und natürlich meine besten Wünsche zum Geburtstag!«

»Eure Königliche Hoheit, bitte entschuldigt die vollkommen unangebrachte Behandlung, die Euch durch meinen unwissenden Enkel zuteilwurde.« George Merlin bedachte Jared mit einem bösen Blick, bevor er sich an die versammelte Mannschaft wandte.

»Erweist Ihrer Königlichen Hoheit, Prinzessin Sharni, Tochter von König Roarke dem Fünften und Nummer zwei in der Thronfolge der Draconis, den gebotenen Respekt.«

»Draconis? Drachen?«, murmelte ein junger Mann mit dunkelblonden Haaren, die beinahe braun wirkten. Seine Gesichtszüge ähnelten denen von May Morgan, während er mit Brian oder George Merlin keinerlei Ähnlichkeit hatte. Daher ging ich davon aus, dass es sich bei ihm um ein Mitglied des Morgan-Clans handelte. Er und das Mädchen neben ihm warfen sich einen kurzen Blick zu. Sie war hübsch, passte jedoch mit ihren dunklen Locken und dem cappuccinofarbenen Hautton nicht wirklich hierher.

Sämtliche Anwesende neigten ehrerbietig die Köpfe, nur Jared Merlin nahm sich in aller Seelenruhe Nachschlag von dem Black Pudding.

George Merlin unterdrückte ein Stöhnen. »So ist es. Prinzessin Sharni stammt vom königlichen irischen Drachengeschlecht ab. Was können wir für Eure Königliche Hoheit tun?«

Er reichte mir den Ring zurück, und ich steckte ihn an meinen Finger. »Es tut mir leid, dass ich Sie so früh am Morgen stören muss, noch dazu an Ihrem Geburtstag. Doch die Angelegenheit ist wirklich dringend und duldet keinen Aufschub.«

Die Clan-Oberhäupter wechselten einen Blick. »Hol Ihrer Königlichen Hoheit bitte ein Glas Wasser«, wandte George sich an Brian und deutete zu den mit rotem Samt bezogenen Sofas. »Möchtet Ihr Euch setzen?«

»Gern.« Ich ging hinüber zu einem der Sofas und ließ mich auf der äußersten Kante nieder.

George Merlin folgte mir, May Morgan zögerte. »Sollten wir uns an dieser Stelle verabschieden?«

»Du hast recht.« George drehte sich zu May um. Er schien froh zu sein, dass sie selbst anbot, mit dem Rest ihrer Clanmitglieder das Feld zu räumen.

Ich räusperte mich. »Unter Umständen wäre es besser, wenn Sie bleiben würden, Mrs. Morgan.«

Die beiden Clan-Oberhäupter wechselten erneut einen Blick, während Jared einen Pfiff durch die Zähne ausstieß, den niemand beachtete. Schließlich setzten sich die Anführer der beiden mächtigsten Hexenclans Londons zu mir. Vorher warf George Merlin seinem verzogenen Enkel allerdings noch einen finsteren Blick zu. Direkt darauf ließ Jared seine Gabel geräuschvoll fallen und verschränkte die Arme vor der Brust. Ich betrachtete seinen Teller genauer. Die Reste des Black Puddings sahen nun viel dunkler aus. Wenn ich raten müsste, würde ich sagen, George Merlin hatte sie in ein Stück Kohle verzaubert. Ich unterdrückte ein Schmunzeln und trug stattdessen mein Anliegen vor.

»Ich muss ein bisschen weiter ausholen, um alles erklären zu können. Ist Ihnen bekannt, dass mein Volk seit Ewigkeiten in gespannter Koexistenz mit den Fae lebt?«

»Das kommt mir tatsächlich sehr bekannt vor«, mischte sich Jared ein. »War bei uns Merlins und den Morgans bis vor Kurzem nicht anders.«

»Drachen und Elfen? Hier in London?«, fragte das Mädchen mit dem cappuccinofarbenen Teint neugierig.

Auch wenn ich lieber gleich zum Punkt gekommen wäre, ging ich darauf ein und schüttelte den Kopf. Die Clan-Oberhäupter wussten, mit wem sie es zu tun hatten, doch offensichtlich teilten nicht alle Anwesenden dieses Wissen. »Nein, nicht hier. Wir leben in Irland. Mein Volk besiedelt den Norden der Insel, während die Fae den

Süden Irlands für sich beansprucht haben. In der Mitte der Insel, zwischen Limerick und Galway, liegt neutrales Gebiet. Missverständnisse haben die Situation zwischen unseren Völkern immer weiter hochgeschaukelt, doch es würde zu weit führen, das alles zu erklären. Momentan sind wir nur einen Schritt von einem Krieg entfernt.«

»Das tut uns sehr leid, Mylady, aber ich verstehe nicht ganz, wie wir an dieser Stelle ins Spiel kommen«, unterbrach mich George Merlin.

Ich faltete die Hände in meinem Schoß zusammen, auch wenn ich es hasste, so förmlich zu sein. »Nun, die Fae lassen sich derzeit keine Gelegenheit entgehen, um diesen Krieg zu forcieren. Sie wollen uns schon lange beweisen, dass sie ein starkes Volk sind und sich durchaus mit uns Draconis messen können, und ein Krieg wäre die Gelegenheit dazu.«

»Was zum Geier hat das mit uns zu tun?«, meinte Jared, woraufhin George Merlin erschrocken die Augen aufriss.

»Jared! Entschuldige dich sofort bei Ihrer Königlichen Hoheit.«

»Natürlich, verzeiht vielmals. Ich dachte nur, wir sollten zum eigentlichen Thema kommen, weil Ihr eingangs erwähnt habt, dass es so eilig sei.«

Ich glaubte ihm kein Wort und bedachte ihn mit einem eiskalten Blick. Okay, dann eben auf die harte Tour.

»Vor etwa zwei Monaten wurde hier in London ein illegaler Drachenzauber ausgesprochen, und ich konnte diesen Zauber zu Ihren Hexenclans zurückverfolgen.«

Okay, es gab keinen illegalen Drachenzauber, und ich wusste nicht einmal, ob es stimmte, doch den ertappten Gesichtern nach zu urteilen, hatte Isla mit ihrer Vermutung ins Schwarze getroffen.

Brian Merlin, der mit einem Glas Wasser in der Hand zurückkehrte, blieb einen Moment wie angewurzelt mitten im Raum stehen, ehe er seinen Weg fortsetzte und mir das Glas reichte. Auch die anderen wirkten ertappt oder zerknirscht. Leise bedankte ich mich bei Brian, ohne die anderen aus den Augen zu lassen. Am erschrockensten wirkte Jared Merlin, auch wenn er seine Mimik schnell wieder unter Kontrolle hatte. Trotzdem konnte ich wohl davon ausgehen, dass der Drachenzauber auf sein Konto ging.

Das Merlin-Oberhaupt ballte die Hände zu Fäusten. Ob er wütend war, weil ich die Tatsache an sich aufgedeckt hatte oder weil dieser Zauber überhaupt ausgesprochen worden war, konnte ich nicht sagen.

»Das ist richtig«, gestand er. »Wir hatten selbst familiäre Probleme, wie mein Enkel bereits erwähnte, und das Ganze ist etwas außer Kontrolle geraten. Doch inzwischen hat sich alles aufgeklärt. Ich kann Euch versprechen, dass sich so etwas nicht wiederholen wird. Wir hatten gewiss nicht die Absicht, Euer Volk –«

»Darum geht es nicht«, unterbrach ich ihn und versuchte dennoch, freundlich zu klingen. »Die Völker der Draconis und Fae haben eine Abmachung: Wir halten uns in unseren Territorien in Irland auf, jede nicht vorher abgesprochene Grenzüberschreitung wird geahndet. Nun fordern die Fae Wiedergutmachung für eine Tat, die wir nicht begangen haben. Sie haben einen ganzen Katalog an Forderungen aufgestellt, die wir nicht erfüllen können.« *Oder besser gesagt wollen,* aber das brauchte die Hexenclans nicht zu interessieren.

»Verstehe. Die Fae denken, Euer Volk sei hier in London aktiv gewesen.«

Ich nickte ernst.

»Aber es war doch nur ein harmloser Zauber, der niemandem schaden sollte.«

Der Kerl mit den dunkelblonden Haaren sprang von seinem Stuhl auf und stützte sich mit den Händen auf dem Tisch ab. »Nur ein harmloser Zauber? Der Drache sollte Caroline töten!«

Jared verdrehte die Augen. »Nimm nicht immer alles so persönlich, Ash. Okay, ich hab ein paarmal versucht, meine liebe Cousine umzubringen, aber das war doch nur wegen dieser dämlichen Prophezeiung und ist inzwischen Schnee von gestern. Darf ich dich außerdem daran erinnern, dass *du* –?«

»Schluss jetzt, Jungs.« May Morgans Tonfall war ruhig, doch bestimmt. »Wir haben das Kriegsbeil begraben, oder habt ihr das vergessen?«

Danach sah es allerdings nicht aus. Jared und dieser Ash warfen sich vernichtende Blicke zu, während Ash beschützend seinen Arm um das Mädchen neben sich legte. Das war dann wohl Caroline, die im Zentrum von Merlins Prophezeiung gestanden hatte.

Die hatten doch alle einen Knall! Veranstalteten eine wilde Hexenjagd mitten in London, zauberten einen Drachen herbei, und jetzt saßen sie am frühen Morgen hier zusammen und feierten George Merlins Geburtstag, während die Spannung zwischen den Clans nach wie vor greifbar war. Nicht zu fassen.

»So einfach ist das leider nicht«, sagte ich diplomatisch, obwohl ich ihnen zu gern meine ehrliche Meinung gesagt hätte. »Ich bin nicht hier, um Sie zu verurteilen, aber wer auch immer den Drachenzauber ausgesprochen hat, muss mich nach Irland begleiten, um eine Zeugenaussage vor den Fae zu machen.«

George seufzte erneut. »In Ordnung, das sehe ich ein. Jared? Du wirst Ihre Königliche Hoheit nach Irland begleiten.«

Jared stöhnte. »Ernsthaft? Reicht es nicht, wenn ich meine Aussage aufschreibe? Meinetwegen können wir auch eine Videokonferenz mit den Elfen machen.«

Einen Moment lang dachte ich darüber nach. Schneller gehen würde es definitiv, doch so wie ich die Fae kannte, würden sie mir nachher vorwerfen, ich hätte Jared zu dieser Aussage gezwungen. Ich schüttelte den Kopf. »Es ist besser, wenn du mich begleitest, und es ist wirklich dringend. Wir müssen sofort los.«

Jareds Augen bohrten sich in meine. »Darf ich fragen, warum du erst jetzt kommst, wenn das Ganze bereits zwei Monate her und angeblich so dringend ist?«

George Merlin zuckte zusammen. »Jared! Wie kannst du es wagen, Ihre Königliche Hoheit zu duzen?«

Okay, nur die Ruhe bewahren. Zwar war es dreist, dass der Jungmagier sich nicht an die förmliche Anrede hielt, das störte mich aber nicht weiter. Trotzdem verspürte ich eine unglaubliche Wut auf ihn. Dem würden seine blöden Sprüche schon vergehen. Eine kleine Notlüge, und er überlegte sich zweimal, ob er meine Bitte erneut abschlug. Ich wandte mich an George Merlin. »Ihnen ist bekannt, dass illegale Drachenzauber eigentlich unter Strafe stehen? Der König der Draconis, mein Vater, ist bereit, darüber hinwegzusehen, wenn Sie uns helfen.«

»Jared, du wirst Ihre Königliche Hoheit *sofort* nach Irland begleiten«, wiederholte George Merlin. »Ich wünsche keine weitere Diskussion darüber.«

Geräuschvoll erhob sich Jared Merlin vom Tisch. »Wenn's denn sein muss. Aber aufs Klo darf ich vorher schon noch, Eure Königliche Hoheit?«

Kapitel 42

KAILEY

Einen abgelegenen Ort auf dem Campus des Trinity Colleges zu finden, war so einfach wie eine freie Mädchentoilette zwischen den Kursen zu erwischen. Zwar galt der Campus als Oase der Ruhe inmitten des Stadtzentrums, was prinzipiell stimmte, doch an jeder Ecke schien ein möglicher Zeuge zu lauern.

Aiden bahnte sich einen Weg zwischen Dining Hall und Botany Bay, wo die Tennisplätze des Colleges lagen. Mir war klar, dass wir an dieser Stelle niemals fündig werden würden, trotzdem lief ich ihm eine Weile hinterher, um möglichst viel Abstand zwischen Celmar und uns zu bringen. Dabei kannte ich tatsächlich einen abgelegenen Ort mitten auf dem Campus – den kleinen Innenhof, den ich zufällig in der Nacht gefunden hatte, als ich Aiden und Celmar zuerst nach Malahide und dann nach Limerick gefolgt war. Inzwischen hatte ich mich schlau gemacht. Bei der sogenannten Challoner's Corner handelte es sich um den kleinsten Friedhof Irlands. Er war nahezu perfekt für mein Vorhaben. Bestimmt kannte kaum ein Student den Minifriedhof. Er war vom Parliament Square aus nicht einsehbar und obendrein so winzig, dass Aiden sich kaum würde verwandeln können. Wenn er in seiner Menschengestalt blieb, hatte ich viel leichteres Spiel mit ihm.

Zu meiner Überraschung schien Aiden doch keinen abgelegenen

Ort zu suchen, denn er steuerte das Wohnheim an. Jetzt verstand ich gar nichts mehr. Hatte ich mich geirrt? Wollte er wirklich nur mit mir reden? Schnell ging ich Vor- und Nachteile eines unserer Zimmer durch. Der Vorteil bestand auch hier darin, dass Aiden sich nicht würde verwandeln können, doch die Nachteile überwogen. Celmar oder Cassandra könnten uns überraschen beziehungsweise stören, andere Studenten könnten uns hören, denn die Wände waren nicht unbedingt die dicksten. Und was sollte ich am Ende mit Aidens leblosem Körper anstellen? Ich brauchte Zeit, um Dublin zu verlassen, demnach wäre es ungeschickt, wenn jemand über Aidens Leiche stolpern würde, während ich mich noch auf dem Collegegelände befand. Nein, das Wohnheim war keine Option.

Ich blieb stehen. »Was hast du vor?«

»Reden?« Aiden blieb ebenfalls stehen und drehte sich zu mir um. »Warte mal, du vertraust mir nicht. Ausgerechnet du?«

Ich verdrehte die Augen. Ging es bei seinem Kommentar um die Sache, die sich heute Nacht in der Nähe von Limerick abgespielt hatte? Doch es war mir egal. Er und sein Volk hatten ständig eine andere Sicht auf die Dinge, und ich wollte sie nicht hören. »Ich vertraue dir so sehr wie du mir.«

»Na, hör mal, ich habe Celmar weggeschickt. Wenn ich dir so sehr misstrauen würde wie du mir, hätte ich das kaum getan, oder? Ich will wirklich nur mit dir reden, aber wenn du einen besseren Vorschlag hast …«

»Lass uns in ein Café gehen, dort sind wir ungestört. Anonymität in der Masse.« Es war gewagt. Was, wenn Aiden meinen Vorschlag annahm? Ein Ort in der Öffentlichkeit war das Letzte, was ich jetzt brauchte, doch ich spekulierte darauf, dass Aiden ebenfalls einen Plan verfolgte, in dem es nicht nur um Reden ging. Und die Challoner's Corner konnte ich unmöglich als ersten Vorschlag anbringen. Zuerst musste ich Aiden das Gefühl geben, dass ich die Öffentlichkeit nicht meiden wollte, sonst würde er niemals zustimmen.

Er zögerte und spannte mich damit auf die Folter, doch zu meiner Erleichterung sagte er dann: »Keine gute Idee. Wie sollen wir uns in einem vollen Café über Drachen- und Fae-Angelegenheiten unterhalten? Es wird ja wohl eine bessere Alternative geben, wenn du nicht ins Wohnheim willst.«

Bingo! Ich atmete demonstrativ aus, um ihm nicht zu zeigen, dass ich mein Ziel erreicht hatte. »Im Wohnheim werden wir früher oder später von Cassandra oder Celmar gestört, und darauf habe ich keine Lust. Zufälligerweise kenne ich einen Ort hier auf dem Campus, der wenig frequentiert ist und dennoch zentral liegt.«

Aiden zog die Augenbrauen hoch. »Tatsächlich?«

»Tatsächlich. Komm mit.«

Ich lief voraus, der Drache folgte mir. Der Campus hatte sich inzwischen geleert, denn jeden Moment starteten die ersten Kurse. Trotzdem waren noch genug Studenten unterwegs. Hoffentlich irrte ich mich nicht und die Challoner's Corner war so unbekannt, wie ich vermutete.

»Wohin willst du?«, fragte Aiden, als wir den Parliament Square erreichten.

»Schon mal was von der Challoner's Corner gehört?«

»Sollte ich?«

Ich ignorierte die Frage und schlüpfte an den wenigen Autos vorbei, die vor der Kapelle parkten. An der Stelle, an der die Gebäude der Dining Hall und der Kapelle im rechten Winkel zueinander standen, blieb ich stehen und zeigte in den versteckten Gang. »Bitteschön.«

Aiden sah mich zweifelnd an. »Ladies first.«

Er traute mir nicht, auch wenn er vorher das Gegenteil behauptet hatte. Ich drängte das schlechte Gefühl zurück, das deshalb in mir aufstieg. Ich wollte ihn immerhin töten – es war besser, mir nicht zu trauen.

Kurz dachte ich an die Worte meines Onkels: *Dem Thronfolger der Drachen darf nichts passieren.* Was würde er dazu sagen, wenn er wüsste, dass ich im Begriff war, den Prinzen umzubringen? Oder wusste er davon? Wieder fragte ich mich, warum der Auftrag direkt von der Königin und nicht von meinem Onkel gekommen war. Konnte es sein, dass er … anderer Meinung war als die Königin? War das möglich? Ich erinnerte mich daran, wie er mir gesagt hatte, ich dürfe anderer Meinung sein, müsse mir nur absolut sicher und zudem der Konsequenzen bewusst sein, denn man *war* nicht anderer Meinung als die Königin. Die Fae-Bettlerin auf dem Basar für magische Artefakte hatte mir deutlich gemacht, was mit Verrätern passierte, und das war eines der besseren Beispiele. Im schlimmsten Fall drohte die Todesstrafe. Ich durfte nicht zweifeln, denn am Ende hatte die Königin das letzte Wort – und die Königin wollte den Drachenprinzen tot sehen.

Nachdem ich mich vergewissert hatte, dass uns niemand beobachtete, ging ich selbst voraus. Dabei hielt ich mich seitlich, damit Aiden keine Chance bekam, mich von hinten zu überrumpeln – sofern er das überhaupt vorhatte.

Als wir den kleinen Innenhof erreichten, verlor Aiden jede Vorsicht, dermaßen fasziniert war er von diesem Ort. Er ging an mir vorbei und sah sich neugierig um. »Was, sagtest du, ist das hi–«

Er hatte seine Frage noch nicht zu Ende gestellt, da zog ich die beiden Schwerter aus meinem Hosenbund. Aiden wirbelte zu mir herum und sah mich mit großen Augen an. Darin lag nicht nur

Enttäuschung, sondern auch Verachtung. Fast hätte ich erneut ein schlechtes Gewissen verspürt, doch ich drängte es wie zuvor zurück.

Aiden schien zu wissen, dass er sich hier aus Platzgründen nicht verwandeln konnte, denn er versuchte es gar nicht erst. Stattdessen griff er blitzschnell in seine Hosentaschen. Ich schnaubte. So viel dazu, er schien also auch Waffen bei sich zu haben. Demnach hatte er entweder mit einem Angriff meinerseits gerechnet – oder er wollte mich ebenfalls töten. Wut stieg in mir auf, als Aiden plötzlich einen Schlüsselbund nach mir warf. Irritiert drehte ich mich weg, um das Ding nicht an den Kopf zu bekommen.

Er ist doch nicht bewaffnet?

Sein Portemonnaie flog in meine Richtung, und ich zögerte nicht länger. Es würde schnell gehen, denn was konnte Aiden schon mit dem Kram in seiner Hosentasche ausrichten? Ich hingegen hatte neben meinen Schwertern immer noch Pfeil und Bogen dabei. Ich holte mit meinen Schwertern aus, doch so leicht machte Aiden es mir nicht. Jetzt warf er auch noch eine Handvoll Kleingeld nach mir. *Mach nur so weiter.* Irgendwann würde ihm der Krempel ausgehen, und dann war mein Zeitpunkt gekommen. Ich wich immer wieder aus, während Aiden sein Handy und sogar eine Packung Taschentücher in meine Richtung schleuderte. Zu spät bemerkte ich, was er vorhatte. Mit jedem Wurf war er ein Stück näher gekommen. Nun trat er von unten gegen meinen linken Arm, und eines meiner Schwerter fiel scheppernd zu Boden. Aiden tauchte regelrecht danach. Okay, es war vielleicht nicht die feine englische Art, jemanden hinterrücks zu erstechen, aber das war mir egal. Ich ließ mein Schwert auf Aidens gebückten Körper sausen, der jedoch damit gerechnet hatte. Er rollte sich zur Seite und kam geschmeidig auf die Füße, mein zweites Schwert in der Hand.

»Wollen wir jetzt reden?«

Ich hatte ihn unterschätzt, aber das würde mir nicht erneut passieren. Allerdings musste ich mir eingestehen, dass es nicht so einfach werden würde. Jetzt nicht mehr, nachdem ich so dumm gewesen war, mir eine meiner Waffen abnehmen zu lassen. Aiden war ein hervorragender Degenfechter, das musste ich neidlos zugeben, und sicher konnte er auch mit dem Schwert umgehen. Er schien mich jedoch nicht umbringen zu wollen und würde sicher Skrupel haben. Das war mein Vorteil.

Ich packte den Griff meines verbliebenen Schwertes mit beiden Händen und trieb den Drachen vor mir her, indem ich ihn mit Schlägen eindeckte. Meine Klinge prallte gegen seine, immer und immer wieder. Hoffentlich war das Geräusch nicht bis zum Parliament Square zu hören.

Aiden und ich drehten uns im Kreis, wobei er hauptsächlich parierte. Er war gut darin, und genau deshalb war das Ganze wenig effektiv. Ich vergeudete Zeit, deshalb musste ich Aiden die Möglichkeit zum Gegenschlag geben, um hinter seine Deckung zu kommen. Ich spielte das Spiel eine Weile mit, um Aiden mürbe zu machen. Dann ließ ich ihm die Chance zum Angriff, die er sofort nutzte. Ich machte einen Schritt nach hinten und wich aus, bevor ich von der anderen Seite zuschlug. Absichtlich hielt ich meine Hände zu tief, woraufhin Aiden versuchte, mich mit der Spitze seines Schwertes am Hals zu treffen. Ich hatte mit diesem Ablauf gerechnet und trat erneut einen Schritt zurück. Die Klinge meines Schwertes umkreiste Aidens, und ich unternahm einen halbherzigen Versuch, Aidens Bauch zu treffen. Mir war klar, dass es nicht funktionieren würde, und natürlich nahm Aidens Schwert meines auf und riss es hoch. Seine Schwertspitze wollte daraufhin mein Schulterblatt erwischen, doch ich machte gleichzeitig einen Schritt nach hinten und zur Seite. Meine Waffe sauste von oben auf Aiden herab. Er riss seine eigene hoch, und unsere Klingen prallten über unseren Köpfen aufeinander. Jetzt hatte ich ihn: Aidens Torso war ungeschützt, ich musste nur schnell genug sein. Ich drehte das Schwert in der Luft auf die andere Seite und ließ es im Bogen auf Aidens rechte Seite hinabsausen. Doch Aiden blieb nicht untätig. Schon früh hatte ich genau diese Schrittfolge des Schwertkampfes gelernt, und Aiden schien sie ebenfalls zu kennen. Das ganze Manöver hatte nämlich einen entscheidenden Nachteil – meine rechte Seite war nun ebenfalls ungeschützt. Aiden nutzte den Moment und riss sein Schwert herum. Unsere Blicke waren aufeinander geheftet, statt uns auf die verwundbare Stelle des jeweils anderen zu konzentrieren.

Im Bruchteil einer Sekunde wägte ich ab: Ich könnte den Drachen verletzen, aber dann würde er auch mich verletzen, und das würde mich schwächen. Also brach ich den Angriff ab und zog mein Schwert zurück. Der Drache blieb fair, auch er zog sein Schwert zurück.

»Kailey, ich will wirklich nur …«

Ich ließ ihn nicht zu Wort kommen, denn ich hatte einen Auftrag zu erledigen. Das Risiko, dass Aiden mir wieder irgendwelche Flausen in den Kopf setzte, war zu groß. Er durfte nicht die Chance zum Reden bekommen, und keinesfalls würde ich mich mit meinem eigenen Schwert töten lassen. Das wäre erbärmlich und peinlich. Daher gönnte ich Aiden keine Verschnaufpause und griff ihn erneut an. Wieder erfüllte das Geräusch unserer aufeinanderprallenden Klingen den Innenhof. So schnell würde ich dem Drachen keine weitere Gelegenheit zum Gegenangriff geben. In den letzten Jahren hatte ich nichts anderes getan, als mich den ganzen Vormittag lang im Schwertkampf zu üben. Ich konnte das stundenlang durchhalten, wenn es sein musste. Aiden hingegen … Er war zwar ein Drache und hatte allein deshalb viel Kraft und Ausdauer, außerdem war er im Kampf mit herkömmlichen Waffen durchaus versiert, aber eben weil er ein Drache war, verließ er sich garantiert nur darauf. Im Kampf gegen uns Fae hatten die Drachen für gewöhnlich keine Schwerter dabei, sie griffen uns in ihrer wahren Gestalt an. Deshalb hatte Aiden mit Sicherheit nicht so viel Erfahrung im Schwertkampf wie ich, und das würde sich früher oder später bemerkbar machen. Auch wenn ich zugeben musste, dass er gut war. Aber ich war besser.

Aidens Atem ging schneller. Ich hatte recht, dieses Tempo war er nicht gewohnt. Meine Schläge kamen ebenfalls schneller, und der Drache hatte immer mehr Mühe, mitzuhalten. Keine Ahnung, wie lange wir uns inzwischen bekämpften. Ich tat so, als zöge ich mich zurück, stattdessen sprang ich auf das Steingrab. Kurz überlegte ich, auf Pfeil und Bogen umzusteigen, um das Überraschungsmoment zu nutzen, doch mit dem Schwert war ich besser. Außerdem war es hier zu beengt; Pfeile gehörten zu den Distanzwaffen. Ich stieß mich von dem Grab ab und hechtete mit dem Schwert voraus auf Aiden zu. Er konnte nicht mehr rechtzeitig ausweichen. Zwar wehrte er meinen Schlag ab, doch er verlor das Gleichgewicht und stürzte nach hinten. Mit voller Wucht schlug ich zu, erwischte dabei jedoch nur den Boden, weil Aiden sich zur Seite rollte. Im Liegen trat er gegen mein Schwert, und nun verlor ich selbst das Gleichgewicht. Ich fiel vornüber. Hastig drehte ich mich auf den Rücken, um meinen Feind wieder im Blick zu haben, doch bevor ich aufspringen konnte, hockte Aiden plötzlich auf mir. Verdammt! Ich hatte ihn erneut unterschätzt. Für einen Drachen, der sich normalerweise auf seine Masse und sein Feuer verließ, war Aiden unglaublich geschickt und schnell – und das würde mir jetzt zum Verhängnis werden. Aidens Beine fixierten meine, das Schwert hielt er mit ausgestreckten Armen über mir. Die Schwertspitze war direkt auf meine Kehle gerichtet; ich konnte fühlen, wie sie dort die Haut berührte. Automatisch atmete ich flacher, obwohl mein Herz wie wild schlug. Mit der Hand tastete ich nach dem anderen Schwert, ohne Aiden aus den Augen zu lassen, doch ich bekam es nicht zu fassen. Aiden musste es weggekickt haben, und auch Pfeil und Bogen waren in diesem Moment unerreichbar. Ich wollte ihm in den Magen boxen, mich irgendwie wehren, doch ich schaffte es nicht, ohne dass ich mich selbst aufgespießt hätte.

Worauf wartet er? Seine Augen bohrten sich in meine, das Schwert tat es nicht.

»Können wir jetzt endlich miteinander reden?«

Seine Frage kam völlig unvermittelt, doch ich sah meine Chance und ging darauf ein. »Können wir.«

Aiden zögerte, und dann – genauso plötzlich, wie er mich am Boden hatte – gab er mich frei.

Warum hat er mich nicht getötet?

Ich gönnte mir nur eine Sekunde der Irritation, bevor ich aufsprang und mir mein Schwert schnappte, um Aiden erneut anzugreifen. Wenn ich dachte, dass er sich nicht länger wehren würde, hatte ich mich getäuscht. Ich trieb ihn erneut vor mir her und deckte ihn mit Schlägen ein.

»Ist dein Wort denn gar nichts wert?«

Ich gab keine Antwort, griff Aiden weiterhin an. Er parierte, wurde aber langsamer, unpräziser. Wie ich es vorausgesagt hatte, verlor er an Kondition und Konzentration – und vielleicht auch an Motivation. Jetzt war mein Zeitpunkt gekommen, ich musste es nur geschickt anstellen. Erneute Zweifel wollten in mir hochsteigen, doch ich drängte sie ebenso wie Aiden zurück. Mir blieb gar keine Wahl, als ihn umzubringen, wenn ich nicht selbst sterben wollte.

Ich ließ meine Schläge schneller werden, während ich mich mit Aiden im Kreis drehte. Und dann hatte ich ihn endlich so weit: Er stolperte. Obwohl er sich sofort wieder fing, konnte ich den Moment seiner Unachtsamkeit nutzen, um ihm das Schwert aus der Hand zu schlagen. Scheppernd fiel es zu Boden, ich ließ es liegen. *Ein* Schwert reichte mir, um Aiden zu töten. Ich zwang ihn, rückwärts zu gehen, bis er die Mauer der Kapelle im Rücken hatte und nicht mehr entkommen konnte. Ich presste ihn gegen den Stein, fixierte seine Arme. Mein Schwert lag an seiner Kehle, Blut lief seinen Hals hinunter.

Das war's, ich hatte es geschafft. *Hoffentlich ist die Königin stolz auf mich.*

Kapitel 43

Sharni

Jared Merlin und ich saßen am Flughafen nebeneinander auf unbequemen Stühlen und warteten darauf, endlich zum Boarding aufgerufen zu werden. Im Hintergrund dudelte Popmusik, es roch nach Kaffee, Schweiß und Putzmittel. Trotz der unappetitlichen Mischung knurrte mein Magen. Vor lauter Aufregung und aus Zeitmangel hatte ich heute Morgen nicht gefrühstückt. Vielleicht sollte ich mir schnell etwas holen, ein paar Minuten hatten wir noch.

»Du hättest mich ruhig eine Tasche packen lassen können«, maulte Jared in dem Moment neben mir.

Mir riss der Geduldsfaden. »Kannst du endlich mal die Klappe halten? Du bist schließlich nicht ganz unschuldig an dem ganzen Desaster.«

Es war nicht das erste Mal, dass er sich beschwerte. Während der gesamten Taxifahrt hatte er immer wieder herumgemault, wenn er nicht gerade auf das Display seines Smartphones gestarrt hatte. Dabei war ich selbst nicht gerade glücklich, London Hals über Kopf verlassen zu müssen. Ich hätte mich gern von Darragh und Isla verabschiedet, außerdem war Niall nach wie vor bei ihnen. Sein Arm war noch nicht komplett geheilt, sodass er wahrscheinlich erst morgen nachkommen konnte, doch so lange durfte ich nicht warten. Ich hatte mir nicht einmal die Zeit nehmen können, mein eigenes

Gepäck aus dem Hotelzimmer zu holen. Isla oder Darragh würden sich darum kümmern, ansonsten konnte Niall die Sachen später mitbringen.

Zwischenzeitlich hatte ich versucht, meinen Vater zu erreichen, doch bei ihm war besetzt gewesen. Dafür hatte er während meines kurzen Besuchs bei den Merlins mehrfach angerufen, was ich zu dem Zeitpunkt ignoriert hatte. War er neugierig oder war etwas passiert? Nicht auszudenken, wenn die Fae den Aufenthalt bei meinem Onkel doch mitbekommen hatten und uns Draconis einen erneuten Regelverstoß vorwarfen. Ich beruhigte mich selbst damit, dass mein Vater sicher nur wissen wollte, wie es bei den Merlins gelaufen war.

Jared starrte mich sprachlos an. Offensichtlich war er erstaunt darüber, dass ich auch anders konnte. Auf dem Merlin-Anwesen hatte ich mich zusammengerissen, um die Etikette zu wahren, doch Jared war ungehobelt und respektlos, auch wenn ich durchaus darauf verzichten konnte, dass er sich mir gegenüber standesgemäß verhielt. Trotzdem, er benahm sich unmöglich. Nicht einmal entschuldigt hatte er sich bei mir. Kaum zu glauben, dass dieser Typ für das Chaos zwischen meinem Volk und den Fae verantwortlich sein sollte. Aber gut, was sollte man auch von einem Magier wie ihm erwarten? Er war zwar ein oder zwei Jahre älter als ich, aber seine Arroganz ließ ihn unreif handeln.

»Das kannst du mir wirklich nicht in die Schuhe schieben«, beschwerte er sich erneut. »Das war ein normaler Drachenzauber. Kann ich wissen, dass der gleich zu einem Krieg zwischen Drachen und Elfen führt?«

»Einfach mal nachdenken?«, schlug ich vor. »Scheint nicht deine Stärke zu sein, denn generell halte ich es für ziemlich dämlich, einen Drachen mitten in der Menschenwelt heraufzubeschwören.«

Jared schnaubte und verschränkte die Arme vor der Brust. Das schien er gern zu tun. In der kurzen Zeit, die wir zwangsweise zusammen verbringen mussten, hatte ich es oft beobachtet.

Am Gate tat sich etwas. »Die Passagiere des Fluges Ryanair FR 805 zum Ireland West Airport werden zum Boarding gebeten«, kam die erlösende Durchsage.

Na endlich, auch wenn ich mir jetzt wohl nichts mehr zu essen holen konnte. Aber je eher wir das Ganze hinter uns brachten – Jared wieder im Flieger zurück nach England saß und die Fae Ruhe gaben – desto besser.

Während ich mich bereits mit Jared im Schlepptau zum Gate vorarbeitete, klingelte mein Handy. Ich fischte es aus meinem Umhang – es war mein Vater.

»Hi, Dad, ich habe super Neuigkeiten. Ich bin gerade im Begriff, mit dem Verantwortlichen für das ganze Chaos in den Flieger zu steigen. In ein paar Stunden –«

»Sharni, die Mission ist abgeblasen.«

Die Stimme meines Vaters klang gefasst, aber hektisch, was mein Herz veranlasste, schneller zu schlagen. Ich hatte eine böse Vorahnung. »Es ist zu spät, oder?«

»Nicht zwingend, doch es ist nicht mehr wichtig. Es hätte von vornherein nicht wichtiger sein dürfen als dein Leben oder das deines Bruders.«

»Was ist mit Aiden?«

»Deinem Bruder geht es gut, ich habe ihn jedoch nach Hause beordert. Und du musst dich ebenfalls in Sicherheit bringen. Die *Queen's Arrows* sind hinter dir her.«

Meine Knöchel traten weiß hervor, so fest umklammerte ich das Handy. Ich musste mich verhört haben. Ich war gewiss nicht ängstlich veranlagt, aber die *Queen's Arrows* waren die Eliteeinheit der Fae, in die es nur die besten Krieger schafften. Wenn die Fae-Königin diese Truppe auf mich angesetzt hatte, meinte sie es ernst – dann wollte sie mich tot sehen. Ich schluckte.

Hinter mir hörte ich, wie sich jemand beschwerte, ich solle in der Schlange endlich weiter vorrücken, doch ich konnte mich nicht bewegen, bis mich Jared schließlich aus der Menschenmasse schob.

»Es tut mir leid, Sharni, ich hätte euch niemals dieser Gefahr aussetzen dürfen«, sagte mein Vater ungewöhnlich leise.

Ich bemerkte Jareds fragenden Gesichtsausdruck und dass mich einige Leute um uns herum besorgt musterten, als würde ich mich an Ort und Stelle übergeben müssen. Wut stieg in mir auf und verdrängte jeden Funken Angst, den ich möglicherweise verspürt hatte, und ich hieß sie willkommen. Alles war besser als Angst, und Wut war wenigstens produktiv.

»Haben wir jetzt Krieg?« Meine Stimme war fest.

»Sharni, nein, stürz dich bitte nicht in gefährliche Manöver. Ich will dich nicht verlieren.«

Ich schloss die Augen und holte tief Luft. Mein Vater hatte recht, doch die Wut wollte nicht verschwinden. Diese verfluchten Fae waren auf der Jagd nach mir, und sie würden nicht aufgeben, bevor sie ihren Auftrag erfüllt hatten. Ich musste ihnen zuvorkommen. »Was ist mit Aiden? Warum soll er zurück nach Hause?«

»Aus Sicherheitsgründen. Ob die Fae auch Jagd auf ihn machen, kann ich nicht sagen, doch ich werde kein Risiko eingehen.«

Das bedeutete, dass mein Bruder möglicherweise ebenso zur Zielscheibe der Fae geworden war wie ich. »Soll ich wirklich nicht mit dem Zeugen nach Irland kommen? Wir müssen den Fae Einhalt gebieten. Wenn wir den Beweis für unsere Unschuld haben, können wir den Murphy-Clan –«

»Sharni, du darfst auf keinen Fall in dieses Flugzeug steigen. Es ist nicht sicher. Wenn die Fae dir dort auflauern, gibt es kein Entkommen.«

»In der Luft werden sie mich schon nicht –«

»Nein!«, unterbrach mein Vater mich scharf. »Außerdem ist das nicht wichtig. Nicht mehr. Ich bitte dich, tu nichts Unüberlegtes.«

»Aber ich wurde zum Kämpfen ausgebildet, Dad.«

»Es reicht!« Mein Vater war laut geworden, er atmete schwer. Einen Moment lang schwiegen wir. »Es tut mir leid, Sharni, bitte verzeih mir. Ich habe nur solche Angst um dich und Aiden. Möglicherweise ist es genauso gefährlich, dich in London zu lassen, und natürlich hätte ich dich am liebsten hier bei mir, doch das ist zu riskant. Bitte, Sharni, geh zurück zu Darragh und Isla, solange Islas Unsichtbarkeitszauber wirkt. Dort bist du vorerst in Sicherheit, und dann sehen wir weiter. Vielleicht kann Darragh dich zurück nach Irland begleiten oder zumindest Niall, aber ich möchte keinesfalls, dass du den Weg allein auf dich nimmst.«

Es widerstrebte mir, mich irgendwo zu verstecken, trotzdem nickte ich. »Okay, Dad. Ich rufe dich an, wenn ich dort bin.«

Mein Vater atmete erleichtert aus. »Danke, Sharni. Pass auf dich auf!«

Ich steckte das Handy weg. Herrschte nun eigentlich Krieg zwischen uns Drachen und den Fae? Dad hatte mir keine Antwort gegeben, genau wie die Fae, die sich grundsätzlich vor klaren Aussagen drückten. Hatte das einen Grund? Verschwieg er mir etwas? Kopfschüttelnd entfernte ich mich vom Gate. *Krieg.* Ich hielt es nicht für ausgeschlossen, und nun sollte ich mich verstecken, obwohl das überhaupt nicht meine Art war. Dad wusste das, er wollte es nur nicht hören. Zwar hatte er Aiden und mich in der Kunst des Kampfes ausbilden lassen, damit wir uns im Falle eines Falles verteidigen konnten, aber er hatte nie gewollt, dass wir am Tag X auch wirklich kämpften. Das sah ich anders. Ich *wollte* kämpfen, vor allem, wenn mir jemand nach dem Leben trachtete. Ich sah es als meine Pflicht an, das Drachenvolk zu beschützen. Zudem würde es mich wahnsinnig machen, nur herumzusitzen. Das war einer der Gründe, warum ich nicht zur Königin taugte.

»Hey, was ist los?« Jared hatte Probleme, mit mir Schritt zu halten, obwohl er deutlich größer war als ich.

»Du kannst gehen.« Kaum zu glauben, dass ich das wirklich sagte. Und dabei hatte ich so sehr gehofft, dass sich alles zum Guten wenden würde, nachdem ich endlich den Beweis für die Unschuld meines Volkes gefunden hatte.

»Gehen?« Jared machte einen Schlenker, weil er fast in einen Mann mit riesigem Koffer hineingelaufen wäre. »Was meinst du damit?«

»Gehen halt. Ge-hen.« Ich zog das Wort absichtlich in die Länge, obwohl mir dafür eigentlich die Geduld fehlte. »Wir kommen vermutlich noch mal auf dich zu, doch für den Moment bist du frei.«

»Ach, ich wusste gar nicht, dass ich dein Gefangener war«, grummelte Jared. »Dann ist die Sache mit der Strafe wegen des Drachenzaubers vom Tisch? Ich hab nämlich keinen Bock auf eine Falle oder etwas in der Art.«

Trotz der Anspannung musste ich schmunzeln. Da schien jemand Angst zu haben. »Es gibt keine illegalen Drachenzauber. Das war erfunden, um dich zum Mitkommen zu bewegen.«

»Na, vielen Dank auch. Was ist überhaupt passiert? Eben war ich noch deine einzige Hoffnung.«

Ich blieb so abrupt stehen und wirbelte zu ihm herum, dass er gegen mich prallte. »Meine einzige Hoffnung? Du bist mein schlimmster Albtraum. Mit deinem dämlichen, ach so harmlosen Drachenzauber hast du alles kaputt gemacht. Deinetwegen machen die Fae jetzt Jagd auf mich.«

Jared sah erschrocken aus. »Moment mal, sie … wollen dich umbringen?«

»Ja, umbringen. Bist du jetzt zufrieden? Das hast du super hinbekommen, Jared Merlin.«

Und da war sie wieder, seine arrogante Haltung, die er zumindest für den Bruchteil einer Sekunde abgelegt hatte.

»Jetzt mach mal einen Punkt, ich kann wirklich nichts dafür, dass –«

Ich trat so nah an ihn heran, dass sich unsere Nasenspitzen fast berührten. »Wag es ja nicht zu behaupten, du könntest nichts dafür. Und jetzt verschwinde.« Ich drehte mich um und lief weiter.

»Nichts lieber als das«, rief er mir hinterher.

Einen Moment lang blieb ich erneut stehen und ballte die Hände zu Fäusten. Am liebsten hätte ich an Ort und Stelle Grillkohle aus diesem Jungmagier gemacht. Wenn er im Juni nicht diesen bescheuerten Zauber ausgesprochen hätte … Trotz meiner Wut wusste ich jedoch, dass ich es nur schlimmer machen würde, wenn ich jetzt die Nerven verlor und alles an Jared Merlin ausließ.

Ich wollte weitergehen, doch bevor ich auch nur einen Schritt tun konnte, schnellte mein Adrenalinpegel noch mehr in die Höhe. Verdammt, sie waren hier!

Wie haben die Fae mich so schnell gefunden?

Kapitel 44

Aiden

Kailey hatte es geschafft; sie hatte Aiden in die Enge getrieben wie die Katze eine Maus. Obwohl er in der Allegorie eigentlich die Katze hätte sein sollen, konnte er sich nicht länger zur Wehr setzen. Ihr Schwert lag direkt an seiner Kehle, während sie ihn mit ihrem ganzen Körper gegen die harte Steinwand presste. Er spürte warmes Blut seinen Hals hinunterlaufen, dabei übte sie bisher nur leichten Druck mit ihrer Waffe aus. Wenn sie etwas mehr Kraft investieren würde …

Sie tat es nicht, zögerte, so wie er zuvor gezögert hatte, als er die Chance gehabt hatte, sie zu töten. Es war nicht sein Auftrag, außerdem hatte sein Vater klipp und klar gefordert, das Fae-Mädchen dürfe nicht sterben. Trotzdem hatte Aiden einen Moment darüber nachgedacht, aber nur, um sein eigenes Leben zu retten. Jetzt ärgerte er sich, dass er sie verschont hatte; dass er Celmar weggeschickt hatte. Was hatte er sich dabei gedacht? Er hatte gewusst, dass Kailey unter Umständen zur Gefahr werden konnte, und sie hatte sich noch dazu ziemlich merkwürdig verhalten. Es war naiv von ihm gewesen, nicht sofort dahinterzukommen, dass tatsächlich *sie* den Auftrag bekommen hatte, ihn aus dem Weg zu räumen.

Naiv oder dämlich. Wenn er ehrlich zu sich selbst war, war er tatsächlich überrascht gewesen, als sie ihn hinterrücks angegriffen hatte. Warum hatte er sich nur darauf eingelassen, mit Kailey an diesen Ort zu gehen, anstatt sie, wie geplant, mit auf sein Zimmer zu nehmen? Er sah ihr direkt in die Augen. Warum schlug sie nicht zu und machte dem Ganzen ein Ende?

»Na los, worauf wartest du?« Seine Stimme klang trotzig, wütend, traurig, enttäuscht. Alles zugleich. Er hatte sich lediglich gewehrt, während sie die ganze Zeit nur ein Ziel verfolgt hatte: ihn zu töten.

Ihre grünen Augen verengten sich noch mehr, der Druck des Schwertes nahm zu. Aidens Herz schlug ihm bis zum Hals. *Das war's,* dachte er. Warum hatte er sie auch provozieren müssen?

»Verdammt!«

Völlig unerwartet drehte sie sich weg von ihm. Das Schwert schleuderte sie in hohem Bogen von sich, sodass es scheppernd auf dem Boden aufkam. Langsam wandte sie sich ihm wieder zu. Sie sahen einander an, keiner von beiden sagte ein Wort. Aidens Herz raste immer noch. Schwer atmend rutschte er die Wand hinunter.

»Warum hast du es nicht getan?«, fragte er nach einer Weile und sah zu ihr auf.

»Aus dem gleichen Grund, aus dem du auch mich verschont hast, nehme ich an.« Sie setzte sich neben ihn, auch ihr Atem ging viel zu schnell. Einen Moment lang lehnte sie den Kopf in den Nacken, bevor sie ihn von der Seite ansah. »Und was nun? Wie soll es weitergehen?«

»Keine Ahnung. Ich weiß es wirklich nicht.« Aiden tastete nach der Wunde an seinem Hals. Blut, das bereits zu gerinnen begann, bedeckte seine Finger.

»Lass mal sehen.« Kaileys Gesicht kam seinem sehr nah, als sie sich zu ihm beugte, um die Wunde genauer zu betrachten. Er spürte ihren warmen Atem auf seiner verschwitzten Haut. »Tut's weh?«

Er grinste gequält. »Du hast zum Glück nur meinen Stolz verletzt.«

Sie zuckte mit den Schultern. »Tja, was soll ich sagen? Ich bin die beste Elfenkriegerin Fairylands, deshalb haben sie *mich* auf dich angesetzt.«

Aiden konnte ein Lachen nicht unterdrücken. »Du hast wohl vergessen, dass ich dich zuerst hätte töten können.« Die Anspannung fiel von ihm ab, doch dieses Gefühl hielt nicht lange an. Gleich darauf wurde er wieder ernst. Laut ausatmend lehnte er den Kopf gegen die Wand. »Wie lautete dein Auftrag? Du solltest mich umbringen, habe ich recht?«

Sie nickte. »Und deiner?«

»Ich soll deine Zweifel schüren und dich bitten, mich in den Connemara-Nationalpark zu begleiten. Mein Vater hofft, dass du uns helfen kannst, deinen Onkel zu überzeugen, wie dumm ein Krieg wäre. Und dein Onkel soll wiederum eure Königin überzeugen. Ich habe dich nie angelogen, Kailey. Glaub mir, mein Vater tut alles, um diesen Krieg zu verhindern.«

»Beweis es.«

Wortlos krempelte Aiden seine Taschen um, in denen sich nichts weiter befand außer Staub und ein paar loser Fäden. »Siehst du? Ich habe nichts bei mir; kein Chloroform, keine Waffen. Mein Vater hat mir ausdrücklich befohlen, dir kein Haar zu krümmen, weil er weiß, was das für Konsequenzen hätte.«

Kailey schien ihm tatsächlich zu glauben, denn sie wandte sich nachdenklich ab und starrte auf den Boden vor sich.

»Warum solltest du mich umbringen, Kailey?«, fragte Aiden vorsichtig.

»Um diesen Krieg zu verhindern.« Ihre Stimme war leise. Offenbar wusste sie selbst, wie dämlich sich das anhörte, trotzdem konnte er ein Auflachen nicht unterdrücken.

»Das ist total bescheuert. Denkst du, mein Vater würde das auf sich sitzen lassen?« Wobei Aiden sich diesbezüglich selbst unsicher war. Als sie vorhin über Sharni geredet hatten, war sein Vater mehr als deutlich geworden, was seine Meinung über diesen Krieg anging.

Kailey zuckte mit den Schultern. »Im ersten Moment klang es gar nicht so abwegig, als die Königin es erklärt hat. Sie meinte, ihr bräuchtet nur eine deutliche Warnung, um mit dem Wahnsinn aufzuhören.«

»Was für ein Blödsinn.« Aiden schnaubte. »Erzähl mir von Limerick. Wie ist dein Stand der Dinge?«

Sie zögerte. »Die Königin hat mir von dem Brandanschlag auf unsere Botschaft erzählt, und dass dein Volk den Burren-Nationalpark eingenommen hat. Sie behauptet, ihr würdet euer Territorium erweitern wollen, weshalb ihr auch in London aktiv gewesen wärt. Dein Gemaule über eure eigentliche Heimat, und dass sie ohnehin zu klein für euch Drachen sei, hat ihre Worte unterstrichen, auch wenn ich das zuerst nicht gesehen habe. Aber aus diesem Grund habe ich der Königin vertraut.« Sie wandte sich ihm wieder zu. »Es passt alles zusammen, Aiden, das musst du zugeben. Außerdem wolltet ihr den Burren-Nationalpark schon lange für euch.«

Stöhnend legte er die Hände auf seine Knie. »Das gebe ich ja zu, aber wir würden uns dieses Gebiet nie mit Gewalt holen, schon gar nicht in der derzeitigen Situation. Die Königin lügt, Kailey, und dein Onkel auch. Wir Drachen haben den Burren-Nationalpark nicht besetzt.«

»Damian kann nicht lügen und die Königin ebenso wenig.«

»Und das glaubst du so einfach?« Aiden lächelte beinahe mitleidig. »Ich behaupte nicht, dass dein Onkel es mit Absicht tut. Vielleicht bekommt er falsche Informationen zugespielt. Doch das, was er und die Königin über mein Volk behaupten, stimmt nicht. Man will uns die Sache in London in die Schuhe schieben, genau wie das Feuer in der Nähe von Limerick. Wir haben es nicht gelegt, aber die Fae behaupten es. Und jetzt halten sie den Burren-Nationalpark besetzt; angeblich, um uns davon abzuhalten, dass wir es tun.«

Einen Moment starrte Kailey ihn an. »Das ist absurd.«

Er nickte. »In der Tat, das ist es.«

Sie taxierten einander. Jeder schien in den Augen des anderen ablesen zu wollen, wie viel Wahrheit darin lag.

»Ihr könnt mit der mondähnlichen Landschaft doch gar nichts anfangen«, fügte Aiden schließlich hinzu. »Ihr würdet euch dort niemals wohlfühlen.«

»Natürlich nicht«, gab Kailey zu. »Woher hast du eigentlich deine Informationen? Von deinem Vater?« Er nickte. »Was, wenn er –«

»Willst du meinem Vater unterstellen, dass *er* lügt?« Aiden schüttelte den Kopf. »Auf keinen Fall. Warum sollte er das tun?«

»Aus demselben Grund, weshalb du meinem Onkel und der Fae-Königin Lügen vorwirfst.« Kailey zuckte mit den Schultern. »Irgendjemand verbreitet anscheinend falsche Informationen. Aber wer? Und warum?«

Aiden seufzte. »Wenn wir das wüssten, wären wir ein ganzes Stück weiter. Aber ... glaubst du mir, dass *ich* dir die Wahrheit sage?«

Sie lächelte zaghaft. »Habe ich eine Wahl?«

»Natürlich. Du könntest mir weiterhin misstrauen, doch ich schwöre dir, dass ich dich nicht belüge. Offensichtlich hast du selbst deine Zweifel, sonst hättest du mich getötet. Oder nicht?«

»Ich war unsicher, weil ich den Auftrag von der Königin und nicht wie sonst von Damian bekommen habe. Außerdem hat mein Onkel vor nicht allzu langer Zeit klipp und klar gesagt, dass dir nichts zustoßen darf. Das hat mich nachdenklich gestimmt. Aber um das noch mal deutlich zu machen: Ich glaube dir und nicht grundsätzlich allen Drachen.« Ihr Lächeln wuchs in die Breite, und mit einem Mal wirkte sie verlegen. »Dein Glück, dass du nicht so schlimm bist, wie es von euch immer behauptet wird.«

Leise lachend schüttelte er den Kopf. »Das Kompliment gebe ich gern zurück.«

Lächelnd sahen sie einander an, was sich für Aiden total surreal anfühlte. Bis vor wenigen Minuten hatten sie sich noch bekämpft, und nun saßen sie hier und wussten nicht so recht, wie es weitergehen sollte. Kailey hatte ihren Auftrag nicht erfüllt, und die Fae würden nicht lockerlassen. Sie wollten nicht nur Sharnis Kopf, sondern auch seinen, und sie würden keine Ruhe geben, solange er und seine Schwester lebten.

Er fuhr herum, als auf einmal Cassandra in den Innenhof gerannt kam. Sie erblickte die beiden und hielt sich die Hand aufs Herz. Ihr Atem kam stoßweise, aber sie wirkte erleichtert. »O mein Gott, ihr lebt«, keuchte sie und stützte sich mit den Händen auf ihren Oberschenkeln ab.

Aiden und Kailey warfen sich einen überraschten Blick zu. Was hatte das nun wieder zu bedeuten?

»Ähm, klar. Warum sollten wir nicht leben?« Aidens Stimme klang unschuldig, denn Cassandra konnte unmöglich die Wahrheit über sie kennen.

Sie pustete sich eine Strähne aus dem Gesicht und sah hoch, ein amüsiertes Lächeln auf den Lippen. »Vielleicht sollte ich mich noch mal ganz offiziell vorstellen: Cassandra Murphy.«

»Murphy?«, entfuhr es Aiden und Kailey fast gleichzeitig.

Cassandra lachte. »Eure Gesichter ... unbezahlbar. Ja, ihr habt richtig gehört, Murphy. Ich bin eine Hexe.«

Aiden schüttelte den Kopf, er konnte es nicht fassen. Cassandra war ihm sympathisch, keine Frage, aber sie war ihm auch stets ein wenig naiv vorgekommen. Und jetzt stellte sich heraus, dass sie ein Mitglied des mächtigen Murphy-Clans war? »Moment mal, heißt das etwa, du wusstest die ganze Zeit, wer wir sind?«

Cassandra nickte. »Natürlich. Meine Familie hat mich hergeschickt, damit ich auf euch aufpasse. Offensichtlich habt ihr das aber ganz gut selbst im Griff.«

»Deine Familie?«, fragte Kailey. »Dann wusste dein Clan sowohl von meiner als auch von Aidens Anwesenheit hier in Dublin?«

Schmunzelnd setzte sich Cassandra zu den beiden auf den Boden. »Wir wissen mehr, als ihr denkt.«

Erneut schüttelte Aiden den Kopf, er spürte Wut in sich aufsteigen. »Warum hat dein Clan nicht längst eingegriffen?«

»Das ist nicht unsere Aufgabe. Wir gehen nur im äußersten Notfall dazwischen, und außerdem piesackt ihr einander seit Jahrhunderten. Wer kann denn ahnen, dass es euch auf einmal so ernst damit ist?«

Aiden schnaubte. »*Du* hast gerade behauptet, ihr wüsstet so viel. Und warum, bitte schön, wusstest du jetzt, wie ernst die Lage geworden ist?«

Sie zuckte mit den Schultern. »Instinkt. Ihr seid schon die ganze Zeit umeinander herumgeschlichen, wobei ich zuerst dachte, dass ihr euch allmählich sympathisch findet. Doch dann seid ihr nicht in eurem Literaturkurs aufgetaucht, und Celmar meinte, ihr wärt echt wütend aufeinander gewesen. Er hat sich Sorgen gemacht. Nachdem ich den Lokalisierungszauber gesprochen und gesehen habe, dass ihr euch an diesem entlegenen Ort aufhaltet, habe ich eins und eins zusammengezählt. Es hätte mich jedenfalls sehr überrascht, wenn ihr nur hergekommen wärt, um ungestört rummachen zu können.« Sie sah sich um. »Übrigens: Wo sind wir hier? Ist das ein Friedhof?«

Kailey grinste und ignorierte Cassandras Frage. »Jetzt ist mir klar, warum du so ein schlechtes Gewissen hattest, nachdem du mit Celmar rumgeknutscht hast.«

»Sie hat was?« Aiden sah von Kailey zur Hexe.

Cassandra wurde rot und winkte ab. »Eine einmalige Sache. Das wird nicht wieder vorkommen, und ich will auch nicht darüber reden. Erzählt mir lieber, was passiert ist. Warum seid ihr jetzt plötzlich aufeinander losgegangen?«

Kailey warf Aiden einen fragenden Blick zu. »Sollen wir?«

Er zuckte mit den Schultern. »Warum nicht?« Schlimmer konnte es kaum werden, und vielleicht wusste Cassandra einen Weg aus der Zwickmühle, in der sie sich befanden.

»Also habe ich das richtig verstanden?«, resümierte die Hexe, nachdem Kailey und Aiden ihre Ausführungen beendet hatten. »Aiden dürfte nicht mehr leben, und du, Kailey, solltest dich in Aidens Gefangenschaft befinden?«

»Ich sollte sie nicht gefangen nehmen, sondern dazu überreden, mich in den Connemara-Nationalpark zu begleiten«, fiel Aiden ihr ins Wort.

»Aus Sicht der Fae könnte man das auch so hindrehen, dass du sie entführt und einer Gehirnwäsche unterzogen hast. Das macht keinen Unterschied.« Cassandra pfiff durch die Zähne. »Schöner Schlamassel.«

»Ist es. Und was nun?«, fragte Kailey.

Cassandra hob abwehrend die Hände. »Hey, versteht mich nicht falsch. Ich bin froh, dass ihr lebt, aber ich darf mich nicht einmischen. Das ist nicht meine …«

»… Aufgabe, ja, ja.« Aiden stieß die Luft aus. »Kannst du denn unter Umständen mal mit deiner Familie reden? Mein Vater wollte die Murphys ohnehin kontaktieren.«

Cassandra seufzte. »Klar, ich rede mit ihnen. Sie erwarten sowieso einen ausführlichen Bericht, und keiner von uns will, dass ihr einander bekriegt. Irgendjemand scheint hier allerdings zu intrigieren, und ich bezweifele, dass derjenige aufhört, nur weil sich mein Clan einmischt. Irgendetwas geht hier vor sich, und wir sollten herausfinden, was.«

Aiden seufzte leise. »Ich hätte vielleicht einen Plan. Der ist allerdings gewagt.«

»Lass hören«, platzte Kailey heraus.

Er musste schmunzeln, denn er hatte es geschafft – Kailey vertraute ihm. Und nicht nur das: Er konnte nicht länger leugnen, dass auch er ihr vertraute. Ihr Auftrag war es gewesen, ihn umzubringen, die Fae-Königin selbst hatte es befohlen, doch als sich ihr die Gelegenheit bot, hatte Kailey ihn verschont.

»Wir könnten meinen Tod vortäuschen.«

Kailey schüttelte den Kopf, noch ehe er den Satz beendet hatte. »Auf keinen Fall. Ist dir bewusst, was du da vorschlägst? Dein Vater müsste wirklich glauben, dass du tot bist, damit seine Reaktion authentisch ist, wenn mein Onkel oder wer auch immer ihn damit konfrontiert. Und wenn er dann in den Krieg zieht, haben wir nichts gewonnen.«

»Mein Vater wird diesen Krieg nicht beginnen, das glaube ich nicht.« Hoffentlich irrte Aiden sich nicht.

»Wie kannst du da so sicher sein?«, fragte Kailey.

»Wir haben darüber geredet, und er hat mir klargemacht, dass er das unter keinen Umständen will.«

»Theorie und Praxis sind zweierlei«, gab Kailey zu bedenken.

Aiden nickte. »Ich weiß, aber Vater ist überlegt und bedacht. Selbst wenn ich mich irre, wäre er im ersten Moment zu geschockt, um euch Fae sofort den Krieg zu erklären. Das verschafft uns die Zeit, die wir brauchen.«

»Viel zu riskant«, meinte Cassandra. »Auch wenn du deinen Vater gut kennst, kannst du nicht wissen, wie er in so einer Extremsituation reagieren wird.«

»Und wenn wir Vater vorher einweihen?«

Cassandra verzog den Mund. »Ich weiß nicht, denn ich sehe das wie Kailey. Er müsste verdammt gut schauspielern können, damit man ihm seine Reaktion abnimmt. Und sind wir doch mal ehrlich: Es ist völlig unrealistisch, dass Kailey dich umbringt und dein Vater gar nichts tut. Außerdem haben wir Kaileys Seite dabei nicht bedacht. Wirst du deiner Königin nicht irgendwie beweisen müssen, dass Aiden wirklich tot ist? Ich weiß nicht, ihr sein Herz bringen oder etwas in der Art?«

Kailey machte ein angewidertes Gesicht. »Ernsthaft? Für wie brutal hältst du uns Fae?«

»Ganz unrecht hat Cassie nicht. Wie sollst du der Königin meinen Tod beweisen? Oder reicht ihr dein Wort?«

»Das kommt vermutlich darauf an, ob Kailey lügen kann oder nicht.« Cassandra zuckte mit den Schultern.

»Es wurde mir beigebracht«, gab Kailey zu.

Aiden nickte abermals. Das hatte er längst vermutet, nachdem sie während des Kampfes zugestimmt hatte, mit ihm zu reden, es dann aber doch nicht getan hatte. Es fühlte sich seltsam an, zu wissen, dass sie ihn jederzeit belügen konnte. Andererseits wusste sie auch nie, wann er die Wahrheit sagte.

»Die Königin und ich haben nicht darüber geredet, aber irgendeinen Beweis wird sie fordern«, fuhr Kailey fort. »Nicht nur deshalb ist es eine blöde Idee.«

»Was dann?«, fragte Aiden. »Irgendetwas müssen wir tun.«

Kailey straffte die Schultern. »Ich begleite dich zu deinem Vater.«

»Das würdest du?« Aiden spürte Erleichterung. Seinen eigenen Tod vorzutäuschen, war ihm alles andere als recht. Er hatte es nur vorgeschlagen, weil es ihm seltsamerweise schwergefallen war, Kailey darum zu bitten, mit ihm zu kommen. Immerhin wusste sie längst davon und hatte nicht darauf reagiert – bis jetzt.

»Warum nicht? Im Moment ist es die beste Option, die wir haben.«

»Das sehe ich ebenso«, stimmte Cassandra zu. »Ich wollte mich nicht einmischen, doch jetzt, da Kailey es selbst vorschlägt … Ihr solltet es zumindest versuchen, vielleicht erreicht ihr damit etwas. Auf jeden Fall ist das Risiko überschaubar.«

»Also ich weiß ja nicht. Kailey riskiert damit nur ihre Zukunft.« Aidens Stimme hatte einen sarkastischen Unterton angenommen. Er sah zu Kailey. »Oder was passiert, wenn du deinen Auftrag ignorierst und dich stattdessen offen auf die Seite des Feindes stellst?«

Für eine Millisekunde senkte sie den Blick. »Auf Verrat steht in Fairyland die Todesstrafe.«

Todesstrafe. Das Wort hallte in Aidens Kopf wider, und für einen Moment breitete sich eine angespannte Stille zwischen ihnen aus. Kailey könnte mit ihrem Leben bezahlen, und dennoch war sie bereit, ihn zu begleiten?

»Bist du sicher, dass du das durchziehen willst?«

»Haben wir eine Wahl? Du hast recht, irgendetwas müssen wir tun. Wir können nicht dabei zusehen, wie unsere Völker in ihr Verderben rennen. Außerdem scheint in erster Linie mein Volk falsch zu spielen. Insofern ist es nur fair, wenn ich das Risiko eingehe und nicht du.«

Aiden konnte nicht anders, er musste lächeln. »Es ist deine Entscheidung. Ich würde mich freuen, wenn du mich begleitest, doch ich werde dich nicht dazu zwingen. Wie hoch ist die Wahrscheinlichkeit, dass sich dein Onkel überzeugen lässt? Was meinst du?«

Kailey zuckte mit den Schultern. »Keine Ahnung, ehrlich gesagt. In seinen Ansichten ist er auf jeden Fall nicht so extrem wie viele andere, und er wollte deinen Tod genauso wenig wie dein Vater meinen.«

»Es besteht zumindest Grund zur Hoffnung«, sagte Aiden, um sich selbst zu beruhigen.

»Wofür auch immer ihr euch entscheidet, ihr solltet es schnell tun«, mischte sich Cassandra wieder in das Gespräch ein. »Wenn die Fae-Königin Aidens Kopf will, wird sie bald Ergebnisse sehen wollen.«

»Es gibt da nur ein Problem.« Aiden blickte in den Himmel, an dem sich keine einzige Wolke mehr befand. Ausgerechnet heute war das schöne Wetter nach Dublin zurückgekehrt. »Wir können nicht tagsüber fliegen, nicht bei dieser Witterung. Das ist zu riskant.«

Cassandra grinste. »Wenn's weiter nichts ist. Wetter hexen ist eine meiner leichtesten Übungen.« Sie hob die Hände in die Luft, aus denen gelbe Funken sprühten, und am Himmel zogen plötzlich einige Quellwolken auf.

Aiden war beeindruckt, trotzdem sagte er: »Die paar Wölkchen werden nicht reichen, um einen Drachen am Himmel unsichtbar zu machen. Tut mir leid.«

»Ganz ruhig, ich habe eine Stunde Zeit, um dunkle Wolken aufziehen zu lassen. Schließlich müsst ihr erst mal nach Malahide kommen, um von dort aus losfliegen zu können. Vertraut mir, ich mache das nicht zum ersten Mal. Es ist viel zu auffällig, wenn sich das Wetter von jetzt auf gleich ändert.« Cassandra stand auf. »Ich schlage vor, ihr macht euch schon mal auf den Weg und klärt unterwegs die letzten Details. Ich weihe unterdessen Celmar ein und packe eure Sachen. Wir sehen uns in Malahide.«

»Vergiss meine Königinnenlibelle nicht«, rief Kailey der Hexe hinterher, die bereits den kleinen Friedhof verließ. »Sie ist in einem Einmachglas in –«

»Ich weiß«, antwortete Cassandra mit amüsierter Stimme, ohne sich noch einmal umzudrehen.

Kailey schüttelte ebenso amüsiert den Kopf. »Diese Hexe weiß anscheinend echt alles. Irgendwie mag ich sie.«

Aiden blieb ernst. Er war dankbar, dass Kailey helfen wollte, doch das Wort *Todesstrafe* wollte ihm nicht aus dem Kopf gehen. Der Gedanke, sie könnte sterben, umgebracht von ihrem eigenen Volk … Sie riskierte viel, sehr viel. War es das wert? Er rutschte näher an Kailey heran und griff nach ihrer Hand. Überrascht blickte sie einen Moment auf ihre ineinander verschlungenen Finger, bevor sich ihre Blicke trafen. Sie schluckte, entzog ihm ihre Hand jedoch nicht.

»Bist du sicher, dass du das tun willst, Kailey? Für mich, einen Drachen?«

»Du bist viel mehr als das.« Ihre Stimme klang belegt, was ihm einen Schauer über den Rücken jagte.

Wann hatte er angefangen, diese Fae zu mögen?

Kapitel 45

Sharni

Auf jeder Seite des Flughafenganges standen zwei Fae und beobachteten mich. Sie hatten sich nicht einmal die Mühe gemacht, ihren Fae-Glamour zu verstärken. Ihre bunte Aura und die spitzen Ohren waren zumindest für mich deutlich zu sehen. Trotz olivgrünem Lederwams fügten sie sich mit Jeans und Sneaker besser in die Menschenwelt ein als ich mich mit meinem smaragdgrünen Kapuzenumhang. Bösartig grinsten sie mich an, als hätten sie mich bereits überwältigt. Mist, Tante Islas Unsichtbarkeitszauber schien inzwischen seine Wirkung verloren zu haben. Ich unterdrückte ein Knurren.

Okay, was nun? Sie waren in der Überzahl, selbst wenn sich hier am Flughafen nicht noch mehr dieser elenden Kreaturen versteckten, und sie warteten nur auf ihre Chance, mir den Hals umzudrehen.

Vater würde sicher wollen, dass ich zu fliehen versuchte, doch das war so gut wie aussichtslos. Es ging hier immerhin um die *Queen's Arrows*, und die waren verdammt gut ausgebildet. Aber das war ich auch, und außerdem war Angriff die beste Verteidigung, das hatte ich schon früh gelernt. Nur wie sollte ich die Fae mitten im Flughafengebäude vor all den Menschen angreifen? Ich konnte mich schlecht in einen Drachen transformieren und sie mit Feuer attackieren, auch wenn ich genau das am liebsten getan hätte.

Binnen Sekunden hatte ich mich entschieden, einen der Grundsätze meines Vaters im Ohr: *Wenn du nicht angreifen kannst, verschaffe dir Zeit.* Und genau das tat ich jetzt: Ich rannte in Richtung Parkhaus. Irgendwie würde ich die Überwachungskameras schon außer Gefecht setzen – vermutlich konnte ich diesbezüglich sogar auf die Hilfe der Fae zählen, denn sie wollten die Menschen ebenso wenig auf den Plan rufen –, und dann konnte ich sie angreifen. Im Parkhaus würde ich zwar aus Platzgründen nicht fliegen können, und Feuer – unsere stärkste Waffe – half nur bedingt gegen die Fae, denn einige von ihnen konnten Drachenfeuer in Rauch umwandeln, dennoch konnte ich als Drache mehr gegen die Fae ausrichten als in meiner Menschengestalt.

Dummerweise musste gerade eine Maschine gelandet sein, denn die Passagiere strömten samt Gepäck Richtung Ausgang und versperrten überall den Weg. So schnell ich konnte, schlängelte ich mich durch die Menschenmassen hindurch, obwohl ich keine Hoffnung hatte, die Fae auf diese Weise abschütteln zu können. Sie waren flink und folgten mir mühelos, und ein Teil von mir wollte sie auch gar nicht abschütteln, denn selbst wenn ich es jetzt doch schaffte, würden sie mir ein weiteres Mal auflauern.

Schließlich erreichte ich den Zugang zum Parkhaus und stieß die Tür so heftig auf, dass sie aus den Angeln flog. Ein paar Meter weiter landete sie scheppernd auf dem Boden. Nur wenige Autos parkten auf diesem Deck, dafür war eine Familie vor Ort. Der Vater sah erschrocken in meine Richtung, scheuchte seine Kinder in den Fiat und warf das Gepäck regelrecht in den Kofferraum, bevor er mit quietschenden Reifen davonfuhr.

In der Zwischenzeit war ich stehen geblieben und hatte mich zu meinen Verfolgern umgedreht, die ebenfalls verharrten und darauf warteten, dass die Zeugen verschwanden. Wie vermutet, waren aus den vier Fae inzwischen acht geworden.

Ich legte meinen Umhang ab und warf ihn beiseite, da er mich im Kampf nur behindern würde. Außerdem brauchte ich ihn später, wenn ich mich zurückverwandelte.

Die Fae und ich taxierten einander. Mein Vater hätte diesen Moment genutzt, um sich einen ganzen Schlachtplan zurechtzulegen, aber für mich hatte Kämpfen mehr mit Intuition zu tun.

Sobald das Motorgeräusch des davonbrausenden Fiats leiser wurde, brachten die Fae ihre Bogen in Position und setzten die Überwachungskameras außer Gefecht, bevor sie ihre Pfeile auf mich richteten. Zwei von ihnen zogen derweil die berüchtigten Zauberschwerter aus ihren Wamstaschen. Gleichzeitig verwandelte ich mich im Bruchteil einer Sekunde. Dieses Gefühl war unbeschreiblich. Endlich war ich wieder ich selbst; frei. Ich wuchs in die Höhe, Breite und Länge und musste mich ducken, um nicht gegen die Decke der Parkebene zu stoßen. Doch das kam mir gelegen, denn ich ging sofort in Angriffsstellung. Die Kraft pulsierte wie Blut in meinen Adern, ich fühlte mich unbesiegbar.

Mein Schwanz war noch nicht ausgewachsen, als ich ihn bereits zu Hilfe nahm. Während der erste Pfeilhagel auf mich niederging, schleuderte ich ein Auto quer durch das Parkdeck direkt auf die Gruppe Fae zu, die noch beisammenstand. Leider waren die Fae nicht nur flink, sie reagierten auch schnell und sprangen aus dem Weg beziehungsweise über das sich überschlagende Auto hinweg, das kurz darauf gegen die Mauer prallte und wie eine Ziehharmonika zusammengeschoben wurde. Ich schickte das nächste Auto hinterher, das sein Ziel ebenfalls verfehlte, und setzte meinen Schwanz erneut als Waffe ein, indem ich die Fae damit von den Füßen reißen wollte. Allerdings geriet nur einer von ihnen ins Straucheln, die anderen sprangen über meinen Schwanz hinweg, als handelte es sich dabei um ein Springseil. Bevor ich ihn zurückziehen konnte, spürte ich den Schmerz. Einer der Fae hatte mich mit seinem Schwert erwischt, außerdem steckte ein Pfeil in meinem Rücken. Mit dem Maul entfernte ich den Pfeil, dann stieß ich ein Fauchen aus, gefolgt von einem Flammenstrahl. Wie zuvor befürchtet, war ein Feuerwandler unter den Fae. Die orangeroten Flammen kräuselten sich und verwandelten sich in Rauch, der jede Sicht verhinderte und in den Augen brannte.

So ein Mist, ich musste schnellstens wieder meine Menschengestalt annehmen, sonst hatten die Fae jeden Vorteil auf ihrer Seite. Sie konnten einfach ihre Pfeile auf mich abfeuern. Aufgrund meiner Größe als Drache würden sie mich nicht verfehlen, während ich so gut wie keine Chance hatte, die flinken Fae zu fassen zu bekommen, wenn ich sie nicht sehen konnte. Ich hörte bereits das Spannen der Bogen, das Zischen der durch die Luft fliegenden Pfeile, und noch ehe ich mich zurückverwandelt hatte, spürte ich mehrere Pfeilspitzen, die sich fast gleichzeitig durch meine Schuppenschicht bohrten. Nur wenige Sekunden später trafen mich ein paar heftige Schwerthiebe. Warmes Blut lief an meiner Flanke hinunter und tränkte den Boden. Ich stieß erneut ein Fauchen aus und schlug blindlings um mich – mit den Krallen und dem Schwanz. Ein unschönes Knacken drang an mein Ohr; zumindest einen Fae schien ich außer Gefecht gesetzt zu haben, doch die anderen feuerten weiterhin ihre Pfeile auf mich ab, die mittlerweile an jeder freien Stelle meines Rückens zu stecken schienen. So fühlte es sich zumindest an. Einer bohrte sich in meine Wirbelsäule, doch mir blieb keine Zeit, um ihn herauszuziehen, denn weitere Schwerthiebe trafen mich, die immer präziser und schmerzvoller wurden. Mich jetzt noch zurückzuverwandeln, würde wahrscheinlich tödlich enden, denn als Mensch war ich deutlich weniger widerstandsfähig. Also kämpfte ich als Drache weiter. Ich breitete meine Flügel aus, um sie ebenfalls als Waffen einzusetzen. Wie wild schlug ich um mich und hoffte, dabei den einen oder anderen Fae zu töten oder wenigstens zu entwaffnen. Tatsächlich schien ich ein oder zwei Fae erwischt zu haben, aber es waren immer noch zu viele übrig. Außerdem steckten nun auch noch in meinen Flügeln zwei Pfeile, was besonders fies war. Verdammt, was sollte ich nur tun?

Zum Glück lichtete sich allmählich der Rauch. Während ich mich mit Schwanz und Krallen zur Wehr setzte und zur selben Zeit zumindest einige Pfeile mit dem Maul aus meinen Flügeln rupfte, verschaffte ich mir einen Überblick. Vier Fae lagen reglos im Parkhaus verteilt, doch die anderen vier ließen nicht von mir ab. Vielleicht sollte ich noch einmal Feuer speien und versuchen, in dem Rauch zu verschwinden? Doch ich entschied mich sofort dagegen. Die Erfolgschancen waren gering, denn ich konnte schlecht als Drache das Parkhaus verlassen und davonfliegen, und mit den Pfeilen im Rücken konnte ich mich nicht zurückverwandeln.

Nun hielten die zwei Fae mit ihren Schwertern direkt auf meine Flanke zu, meine empfindlichste Stelle, die zu allem Überfluss ungeschützt war, da ich die Flügel ausgebreitet hatte. Mehrere Schläge konnte ich abwehren und dabei einen weiteren Fae außer Gefecht setzen, während ich mir den einen oder anderen Pfeil einfing, doch dann erwischte mich ein Schwert nicht weit vom Herzen entfernt. Brüllend sackte ich auf die Vorderbeine. Ich wollte mich sofort wieder aufrappeln, doch der Schmerz war zu groß. Langsam ließ die Kraft nach, was auch die Fae zu spüren schienen, die sich jetzt erst recht auf meine Schwachstellen konzentrierten. Weitere Hiebe trafen mich, weitere Pfeile prasselten wie Hagelkörner auf mich nieder, und ich schaffte es nicht, den Großteil davon wie zuvor mit den Flügeln abzuwehren. Ich brüllte vor Schmerzen, sodass das ganze Parkhaus erzitterte. Mein Blick verschleierte sich; ich durfte keinesfalls bewusstlos werden, denn dann war ich so gut wie besiegt. Ich hatte nichts mehr zu verlieren und hoffte, dass sich der Feuerwandler unter den Verletzten befand, also attackierte ich die übrig gebliebenen Fae mit Flammen. Mein Plan ging auf. Einen konnte ich in Brand setzen, die anderen beiden brachten sich jedoch rechtzeitig in Sicherheit, um mich gleich darauf erneut anzugreifen; einer mit Pfeilen, der andere mit Schwertern. Eine äußerst ungünstige Kombination, die meinen Tod bedeuten konnte, aber ich würde nicht aufgeben. Ich setzte bereits zu einem neuen Feuerstoß an, als plötzlich ein Auto durch die Luft flog, direkt auf die Fae zu. Wo kam das Auto her? Die Fae duckten sich. Während sich einer von ihnen mit seinen Pfeilen auf den Neuankömmling konzentrierte, behielt der andere mich im Auge. Der nächste Flammenstrahl verfehlte ihn, sein Schwert jedoch traf. Zum Glück nicht tief, trotzdem schmerzte es, und nun rappelte sich ein Fae wieder auf, der anscheinend nur kurz das Bewusstsein verloren hatte. Um mir die Fae vom Leib zu halten, spuckte ich in einer Tour Feuer, was auf die Dauer allerdings anstrengend wurde. In Drachengestalt verbrauchte ich viel mehr Energie, als ich als Mensch aufnehmen konnte.

Aus dem Augenwinkel beobachtete ich, wie weitere Autos durch die Luft flogen. Im nächsten Moment wurden die Fae entwaffnet, ohne dass sich ihnen jemand näherte. Sie ließen Pfeil und Bogen oder Schwerter einfach fallen, als würden sie mit einem Mal Tonnen wiegen. Dann sauste die aus den Angeln gerissene Tür auf die Fae zu und riss zwei von ihnen zu Boden. Der letzte noch stehende Fae wurde unter einem herabfallenden Auto begraben.

Die plötzlich einsetzende Stille klingelte in meinen Ohren. Ich gönnte mir eine kurze Verschnaufpause, bevor ich mich suchend umblickte. Wer auch immer mir geholfen hatte, würde wohl keine Gefahr für mich darstellen, trotzdem musste ich vorsichtig sein.

Zuerst entdeckte ich niemanden, dann löste sich aus den Schatten eine Gestalt: männlich, groß, gut gebaut und mit dunkelblonden Haaren. Jared Merlin. Ich wollte nicht, dass er mich länger als nötig als Drache sah, doch mit den ganzen Pfeilen, die überall in meinem Rücken, der Flanke und den Flügeln steckten, hatte ich keine Chance, mich lebend zurückzuverwandeln.

Jared kam mit seiner üblichen Arroganz auf mich zu, doch die verging ihm, als er den schmerzerfüllten Blick in meinen Augen sowie die Pfeile registrierte. »Scheiße.«

Ich zuckte zusammen, als er den ersten Pfeil aus meiner Schuppenschicht zog – wegen des Schmerzes und wegen der Berührung seiner Hand. Mich hatte noch nie ein Mensch berührt; nicht, wenn ich ein Drache war.

Nach und nach befreite Jared mich von den Pfeilen. Nachdem er den letzten aus meinem Panzer gezogen hatte, verwandelte ich mich automatisch zurück in einen Menschen. In einen nackten Menschen, doch nachdem Jared mich als Drache gesehen hatte und mir alles wehtat, spielte das auch keine Rolle mehr. Ich biss mir auf die Lippe, konnte ein Ächzen jedoch nicht unterdrücken, während ich versuchte, mich aufzurappeln. Ich rechnete damit, dass Jared meinen Menschenkörper unverhohlen betrachten würde, stattdessen hielt er mir eine Hand hin, um mir aufzuhelfen. Ich ignorierte sie.

»Danke, ich komme allein zurecht.« Ich war ein Drache, verflucht, das mächtigste Wesen auf diesem Planeten. Im Moment machte ich allerdings einen ziemlich schwachen Eindruck, und das passte mir gar nicht.

Der Magier lachte, eine Mischung aus Belustigung und Schnauben. »Ja, das konnte ich sehen. Ich hab dir deinen verdammten Hintern gerettet. Übrigens ein sehr hübsches Exemplar.«

Ich stieß ein Schnauben aus, wobei ein wenig Rauch aus meiner Nase kam. »Deine Hilfe kam nicht ungelegen, das gebe ich zu, aber die letzten verbliebenen Fae hätte ich auch allein in Schach halten können.«

»Wenn du das sagst, Prinzessin.«

Ich schleppte mich an den reglosen Fae vorbei zu meinem Umhang, doch als ich mich danach bückte, verlor ich das Gleichgewicht und landete auf den Knien. Verdammt, ich war schwerer verletzt als befürchtet. Jared kam auf mich zu und musterte mich einen Moment lang skeptisch, ehe er den Umhang aufhob und mir über die Schultern legte.

»Und was nun?«, fragte er.

Ich rappelte mich erneut auf. »Nun mache ich mich auf den Weg nach Greenwich.« Isla würde mir hoffentlich mit ihrem Kräuterwissen helfen, denn in meiner Verfassung konnte ich mich unmöglich einem weiteren Kampf stellen. Erst einmal musste ich mich in Sicherheit bringen.

»Schön, und wie hast du das vor, so ohne Kleidung und blutüberströmt?«

Ich sah an mir hinab. Meine nackten Beine und Füße ragten unter dem smaragdgrünen Stoff hervor, Blut lief an ihnen herunter. So konnte ich mich nicht unter die Menschen wagen, sie würden mich verhaften lassen oder ins Krankenhaus bringen, und beides war keine Option.

»Ich schaffe das schon irgendwie«, sagte ich trotzdem, um mir zumindest ein bisschen Würde zu bewahren.

Jared schüttelte den Kopf. »Nun sei nicht so stur und lass dir helfen. In diesem Zustand bist du leichte Beute für die Elfen.«

Er hatte recht, das war mir klar. »Dein Clan wird wenig begeistert sein, in den Krieg hineingezogen zu werden.«

Jared zuckte mit den Schultern. »Wer sagt, dass wir uns in diesen Krieg hineinziehen lassen? Außerdem scheine ich dir wegen des Drachenzaubers was schuldig zu sein.«

Das stimmte allerdings, und vielleicht war die Idee, Jared Merlins Hilfe anzunehmen, gar nicht so dumm. Vielleicht konnten uns die Magier wie damals im Krieg gegen die Fae unterstützen. Wenn wir dieses Mal beide Hexenclans auf unserer Seite hätten …

Ich versuchte, die Schultern zu straffen. »In Ordnung, ich nehme dein Angebot an. Das heißt jedoch nicht, dass ich auf deine Hilfe angewiesen bin, klar?«

Der Hexenjunge lachte nur, zog das Smartphone aus der Tasche seiner Jeanshose und wählte eine Nummer. Dabei ließ er mich nicht aus den Augen. »Hallo, Cousinchen. Es gab einen Zwischenfall am Flughafen, deshalb könnten wir deine Hilfe gebrauchen. Kannst du herkommen? … Hey, ich kann nichts dafür, okay? Die Fae haben die Prinzessin angegriffen. Sie muss so schnell wie möglich zu ihrem Onkel nach Greenwich … Warte mal.« Jared sah sich um. »Wir sind im Premiumparkhaus für Kurzparker, Nordterminal. Du findest uns dann schon. Und beeil dich. Ich hab keine Ahnung, ob die Fae hier alle tot oder nur bewusstlos sind.« Er legte auf und steckte das Handy weg.

»Deine Cousine kommt her?«

Jared nickte. »Ich dachte mir, dieses Mal hat Eure Hoheit nichts dagegen.«

Caroline beherrschte das Teleportieren. Tatsächlich hatte sie vor unserem Aufbruch angeboten, Jared und mich unkompliziert nach Irland zu bringen, doch ich hatte abgelehnt, weil ich ihr keinen Gefallen schuldig sein wollte. Isla hatte mir verraten, dass Caroline zur Hälfte von einem Voodooclan abstammte, und die Voodoonsi nahmen es sehr genau, was das Einfordern von Gefallen anbelangte. Mittlerweile kam ich mir allerdings ziemlich blöd vor, denn Caroline hatte einen sehr netten Eindruck gemacht. Außerdem hätte ich mir einiges an Ärger erspart.

Ich ignorierte Jareds bissigen Kommentar und sein überhebliches Grinsen. »Hoffentlich braucht sie nicht allzu lange. Die Fae sind mit Sicherheit nicht alle tot.«

Bevor Jared antworten konnte, hörten wir jemanden seinen Namen rufen.

»Wir sind hier«, rief er zurück.

Nur ein paar Sekunden später kam Caroline angerannt, zusammen mit Ash.

Jared verdrehte die Augen. »Was macht Morgan hier?«

»Ich dachte mir, Unterstützung könne nicht schaden, falls die Fae wieder zu sich kommen.« Caroline trat zu mir. »Alles okay?«

»Es geht schon, danke. Und danke, dass ihr gleich hergekommen seid.«

»Das Timing war perfekt; Alice hat gerade alte Fotos von George herausgekramt.« Ash grinste, während Jared stöhnte.

»Wollen wir dann mal los? Der da fängt an, sich zu regen.« Er zeigte auf einen Fae, der versuchte, sich aufzurappeln.

Ash machte eine wegwerfende Handbewegung. »Kein Problem.«

Keine Sekunde später lag der Fae wieder am Boden und rührte sich nicht. Ich runzelte die Stirn. Irgendetwas hatte ich verpasst.

»Ash kann die Zeit manipulieren«, erklärte Caroline. »Na los, gebt mir eure Hände. Dann bringe ich euch nach Greenwich.«

Kapitel 46

Kailey

Meine Arme umfassten Aidens Taille, und meine Wange berührte fast seine Lederjacke, während wir über die M50 und die M1 Richtung Küste fuhren. Ich genoss die Nähe, seinen Duft, auch wenn ich das niemals für möglich gehalten hätte. Ich hatte tatsächlich angefangen, diesen Drachen zu mögen. Dass mir der Kuss gefallen hatte, anstatt Ekel in mir auszulösen, hatte längst alles gesagt. Ich hatte es mir nur nicht eingestehen wollen, doch jetzt konnte ich meine Gefühle für diesen Drachen, der eigentlich mein natürlicher Feind war, nicht länger ignorieren. So wie Damian es schaffte, mich auf den richtigen Weg zu lenken, so schaffte es Aiden jedes Mal, neue Zweifel in mir zu säen. Und dennoch …

Tue ich das Richtige? Immer wieder sagte ich mir, dass ich keine Zweifel mehr haben durfte, doch ich hatte sie, und allmählich machte mich diese Frage mürbe. Ich glaubte Aiden, das tat ich wirklich. Doch er war weder bei dem Brandanschlag auf die Fae-Botschaft dabei gewesen noch hatte er nachgesehen, wie die Lage im Burren-Nationalpark tatsächlich war. Diese Informationen kamen von seinem Vater, weshalb ich mir im Endeffekt die Frage stellen musste, ob ich Aidens Vater traute – einem Drachen, den ich nicht kannte. Und das fiel mir verdammt schwer, denn wenn ich das tat, musste ich im gleichen Atemzug hinnehmen, dass mein Onkel und die Königin mich zum Spielball für ihre Zwecke gemacht hatten. Zum ersten Mal in meinem Leben fühlte ich mich überfordert. Ich wusste nicht, wem ich glauben, wem ich vertrauen sollte. Was war richtig, was falsch? Wer sagte die Wahrheit, wer log? Es war an der Zeit, es endlich herauszufinden. Nur – auf welchem Weg? Aiden in den Connemara-Nationalpark zu begleiten, war zwar mein eigener Vorschlag gewesen, doch konnte ich das wirklich tun? Damit setzte ich zweifelsohne alles aufs Spiel, wofür ich jemals gekämpft hatte – und es gab kein Zurück mehr. Ich sollte mir zu einhundert Prozent sicher sein, dass ich richtig handelte, aber das war ich nicht. Und so war die Entscheidung gefallen. Es tat mir leid für Aiden, doch … es ging nicht anders. Es musste sein.

Inzwischen versteckte sich die Sonne hinter Wolken. Es war merklich kühler geworden; der Wind hatte aufgefrischt, vor allem hier, nahe der Küste. Neben meinen Waffen hatte ich zumindest meine Jeansjacke dabei, und Aiden hatte es sich nicht nehmen lassen, an einer Tankstelle anzuhalten, um etwas zu trinken zu besorgen. *Wir müssen schließlich darauf anstoßen, dass wir endlich einer Meinung sind.* Wenn er wüsste, dass ich mir schon wieder Gedanken machte …

Die Küste von Malahide kam in Sicht, und Aiden drosselte die Geschwindigkeit, bis er das Motorrad ganz zum Stehen brachte. Ich stieg ab und lief voraus, den Weg entlang Richtung Strand. Noch weigerten sich einige Badegäste, ihre Sachen zu packen, und trotzten dem Wetter, doch spätestens wenn Cassandra kam, würden sie hoffentlich das Weite suchen. Dunkle Wolken allein reichten nicht, damit Aiden und ich losfliegen konnten. Bei unserem Start durften wir keine Zuschauer haben.

Es herrschte Flut, doch das Meer war noch nicht auf seinem

Höchststand und gab relativ viel vom Strand preis. In vereinzelten Pfützen spielten ein paar kleine Kinder. Der Wind riss an meinen Haaren und meiner Kleidung, und es fröstelte mich, während ich die Kleinen in ihren Badesachen im Matsch beobachtete.

Aiden trat neben mich und stellte die Einkaufstasche mit den Limoflaschen in den Sand. Eine Weile blickten wir schweigend Richtung Horizont, dann fragte ich, ohne ihn anzusehen: »Denkst du, wir tun das Richtige?«

Sein leises Seufzen war im Rauschen des Windes kaum zu hören. »Ich hoffe es. Wir müssen herausfinden, was hier gespielt wird.«

»Glaubst du denn wirklich, dass die Fae ein falsches Spiel spielen? Ist es so unwahrscheinlich, dass dein Vater dich anlügt?«

»Das würde mein Vater nie tun, Kailey.«

»Woher willst du das wissen?«

»Weil ich bei den Gesprächen mit deinem Onkel dabei war. Die Fae lügen, die Königin oder dein Onkel.«

»Damian hat es nie gelernt, Aiden, das sagte ich dir bereits. Und auch die Königin kann es nicht.« Meine Stimme wurde schärfer.

»Dann verschleiern sie die Wahrheit.« Aiden wandte sich mir zu. »Ich sage ja gar nicht, dass dein Onkel es absichtlich macht, aber hier geht etwas vor sich. Das spürst du doch auch.«

Ich strich mir die Haare aus dem Gesicht, die mir der Wind unablässig in die Augen wehte, und legte den Kopf in den Nacken. Selten hatte ich mich so hilflos gefühlt. Was sollte ich nur machen?

»Ganz ruhig.« Aiden griff nach meiner Hand, doch ich zog sie weg.

»Ich wünschte, es gäbe einen anderen Weg. Es tut mir leid, Aiden, ganz ehrlich.«

»Wofür entschuldigst du dich? Ich verstehe dich ja, aber –«

»Nein, du verstehst mich nicht. Das kannst du gar nicht. Ich …«, setzte ich an, auch wenn ich nicht wusste, was ich noch sagen sollte.

»Pst. Es ist okay. Wir machen es jetzt wie besprochen, und dann sehen wir weiter.«

Nichts war okay, doch ich brachte kein Wort mehr über die Lippen, und zum Glück schien Aiden auch nichts weiter hören zu wollen.

Vielleicht war es besser so. Die Entscheidung war gefallen, und ich konnte meine Meinung nicht ständig ändern. Das war zu nervenaufreibend und brachte nichts, und irgendwann *mussten* wir zu einer Lösung kommen. So war es am besten für uns alle – zumindest versuchte ich, mir das einzureden. Ein Opfer, um endlich ein paar Antworten zu erhalten und zu wissen, wie es weitergehen sollte.

Ich atmete tief durch und beruhigte mich allmählich, während die klare, salzige Luft meine Lunge mit Sauerstoff füllte. Der Wind pustete meine Haare erneut nach vorn; dieses Mal flatterten die Spitzen Aiden ins Gesicht.

»Sorry«, murmelte ich und hatte Mühe, die Strähnen zu sortieren.

»Die hier noch«, sagte er und strich eine Haarsträhne sanft auf die andere Seite meines Scheitels, ohne dass es ihm unangenehm zu sein schien. Dabei berührte er flüchtig meine Wange; unsere Blicke trafen sich. Ich wollte wegsehen, und normalerweise hatte ich mich sehr gut unter Kontrolle. Trotzdem konnte ich es in diesem Moment nicht.

Es war schon seltsam. Aiden und ich sollten einander hassen. Von klein auf hatten wir nichts als Schlechtes über das jeweils andere Volk gelernt, doch so furchtbar, wie Drachen angeblich sein sollten, war Aiden nicht. Ganz und gar nicht. Er konnte charmant sein, war freundlich und hilfsbereit, selbst zu mir. Trotz seines berechtigten Misstrauens mir gegenüber hatte er mich nie schlecht oder von oben herab behandelt. Obwohl er ein Drache war, fand ich ihn attraktiv, und … er roch ziemlich gut. Im Vorfeld hatte ich angenommen, dass ich ihn im wahrsten Sinne des Wortes nicht würde riechen können, doch das war nicht der Fall, im Gegenteil.

Mein Blick fiel auf seinen Mund, und ich musste an den Kuss denken, den wir uns auf der Bühne gegeben hatten. Ein Kribbeln breitete sich in meinem Inneren aus, und ich verspürte den unbändigen Drang, Aiden noch einmal zu küssen. Nicht weil Mr. Riley es von uns verlangte oder ich damit etwas zu erreichen hoffte, sondern nur, weil ich es wollte. Doch das konnte ich nicht tun. Oder?

Aiden machte einen Schritt auf mich zu, sodass wir nun nah voreinander standen, und berührte erneut meine Wange. Seine Augen nahmen einen liebevollen Ausdruck an. Und dann tat ich es einfach, ohne weiter darüber nachzudenken.

Ich stellte mich auf die Zehenspitzen, denn Aiden war ein ganzes Stück größer als ich, und schlang meine Arme um seinen Hals. Er wich nicht zurück, umschlang mich stattdessen ebenfalls mit seinen kräftigen Armen, als hätte er nur auf diesen Moment gewartet. Unsere Lippen fanden zueinander, und ich stieß unbewusst ein leises Seufzen aus. Daraufhin zog Aiden mich noch enger an sich und vertiefte den Kuss. Seine Lippen waren weich und warm, und er schmeckte nach Pfefferminz. Wie konnte sich etwas Verbotenes dermaßen gut anfühlen? Wärme durchfuhr mich, wurde zu einem Prickeln, und ich wünschte, dieser Kuss würde niemals enden. Denn sobald er endete, musste ich mich der Realität stellen – einer Realität, die mir nicht länger gefiel, und doch konnte ich nichts daran ändern.

In der Ferne hörte ich ein Motorrad, gleich darauf fielen die ersten Regentropfen vom Himmel. Cassandra war hier. Widerwillig löste Aiden sich von mir. Kurz drückte er seine Stirn gegen meine und strich mir eine letzte Haarsträhne hinters Ohr, ehe er mich ganz freigab. Um mich davon abzuhalten, erneut an meiner Entscheidung zu zweifeln, ließ ich meinen Blick über den Strand wandern und bemerkte eine Mutter, die zwei kleine Kinder zu sich winkte und hastig ihre Sachen zusammenpackte. Gleich darauf eilte Cassandra zusammen mit Celmar auf uns zu. Celmar trug das Gepäck – drei Reisetaschen und einen Koffer, die er achtlos in den Sand fallen ließ. Er musterte mich, doch ich schaffte es, seinem Blick standzuhalten und mein schlechtes Gewissen tief in meinem Inneren zu verbergen. Genau dafür war ich ausgebildet worden.

Ich hatte damit gerechnet, dass er Cassandra begleiten würde, auch wenn ich insgeheim gehofft hatte, er würde auf dem Campus bleiben. Aber warum hätte er das tun sollen? Aiden beteuerte zwar immer wieder, dass er keinen Bodyguard brauchte, doch ich hatte ihm vor nicht einmal zwei Stunden das Gegenteil bewiesen.

Celmars Augen verengten sich zu Schlitzen. »Ich habe gehört, du hast die Seiten gewechselt?«

»Sieht so aus.«

In der nächsten Sekunde hatte er mich plötzlich in den Schwitzkasten genommen. Obwohl meine Instinkte gut waren und mir von vornherein klar war, dass Celmar Ärger bedeutete, hatte ich es nicht kommen sehen. Mit seinen Armen presste er mich so fest an sich, dass mir fast die Luft wegblieb. Celmar war stark, doch ich war es gewohnt, gegen Drachen zu kämpfen, auch wenn sie mich zumeist in ihrer wahren Gestalt angriffen. Natürlich hätte ich mich aus seinem Griff befreien können, aber ich unterdrückte diesen Impuls, was mir verdammt schwerfiel. Ein Kampf wäre nicht hilfreich, um Celmar von meiner Loyalität zu überzeugen. Er wollte mich prüfen, sichergehen, dass ich keine Gefahr darstellte. Das war sein Job, und er nahm ihn ernst. Vermutlich machte es ihm zu schaffen, dass er Aiden vorhin aus den Augen gelassen und mir damit die Chance gegeben hatte, seinen Schutzbefohlenen zu töten.

Cassandra sprang erschrocken zur Seite. »Was machst du denn da?«

»Celmar, was soll das?«, fragte auch Aiden alarmiert.

»Kann ich dir trauen?« Celmars Frage kam knurrend.

»Sie steht auf unserer Seite.«

»Ich würde es gern von ihr hören«, sagte Celmar zu Aiden.

»Ja, verdammt«, antwortete ich. »Ich will genauso wie ihr wissen, was hier gespielt wird.«

Einige Sekunden lang hielt Celmar mich weiterhin fest, dann stieß er mich von sich. Ich holte tief Luft. Aiden und ich wechselten einen kurzen Blick.

Vermutlich um abzulenken, deutete Aiden auf die Reisetaschen, die nicht nur wuchtig aussahen, sondern mit Sicherheit auch schwer waren. »Nachdem wir das geklärt haben: Wie stellt ihr euch das mit dem Gepäck vor? Wer bitte schön soll das alles transportieren?«

Cassandra machte eine wegwerfende Handbewegung. »Das ist das geringste Problem, das Zeug kann ich euch zurechthexen.« Sie holte das Einmachglas mit Puck aus ihrer Tasche und reichte es mir, während sie sich kopfschüttelnd umsah. »Der Strand ist das größere Problem. Ich habe mir schon gedacht, dass er immer noch nicht menschenleer ist.« Sie spannte einen Schirm auf, gelbe Funken folgten, und keine Sekunde später wurde der Regen stärker.

Wir anderen machten uns nicht die Mühe, uns irgendwo unterzustellen, denn früher oder später würden wir ohnehin nass werden. Aiden holte sogar die Getränke aus der Tragetasche und verteilte sie unter uns, nachdem er sie geöffnet hatte.

Celmar zog die Stirn kraus. »Was soll das werden?«

»Wir stoßen an, was sonst?«

»Mit Limo?«

Aiden verdrehte die Augen. »Wir haben eine lange Reise vor uns. Es kann nicht schaden, einen klaren Kopf zu behalten, oder?«

Celmar grummelte etwas Unverständliches, doch schließlich klirrten unsere Flaschen gegeneinander, und wir tranken alle einen Schluck.

Inzwischen fühlte sich meine Jeansjacke ziemlich klamm an, doch auch die dickeren Tropfen reichten nicht aus, um sämtliche Menschen vom Strand zu vertreiben. Einige hatten wie Cassandra Regenschirme aufgespannt, andere ihren Kindern Matschsachen angezogen. Cassandra schüttelte erneut den Kopf.

»Ist das zu fassen? Da muss ich wohl schwerere Geschütze auffahren. Keine Sorge, nur so lange, bis wir endlich freie Bahn haben.«

Bevor ich fragen konnte, was sie meinte, zuckte der erste Blitz über den Himmel. Das Donnern ließ einen Moment auf sich warten, allerdings war ich mir sicher, dass Cassandra das Gewitter notfalls würde näher kommen lassen.

»Wir sollten uns schon mal voneinander verabschieden«, sagte sie, während sich der Strand endlich nach und nach leerte.

»Unglaublich, gestern haben sie noch von einem sonnigen Tag gesprochen«, sagte ein Mann mit amerikanischem Akzent, der zusammen mit einer Frau den Weg zum Parkplatz entlangeilte. Sie hatten keinen Schirm dabei und waren bereits pitschnass.

»*Du* wolltest unbedingt nach Irland«, warf die Frau ihm vor. »Wir hätten jetzt auf Hawaii unter Palmen liegen können, aber du musstest ja deinen Horizont erweitern.«

Cassandra schmunzelte, dann zog sie mich in ihre Arme. »Du warst eine tolle Mitbewohnerin. Ich fänd's schön, wenn wir uns bald wiedersehen. Allerdings würde das auch bedeuten, dass die Sache noch nicht ausgestanden ist. Hier.« Sie reichte mir einen pinkfarbenen Zettel, nicht viel größer als ein Post-it.

Ich runzelte die Stirn. »Danke, aber was soll ich damit?«

»Wenn du den verbrennst, weiß ich, dass du meine Hilfe brauchst. Das Gleiche gilt für dich.« Auch Aiden bekam einen Zettel; seiner war grün.

»Kann *ich* den grünen haben?«, fragte ich. »Grün ist meine Lieblingsfarbe. Und sagtest du nicht, Pink wäre deine, Aiden?«

»Sagte ich das?« Ebenfalls schmunzelnd faltete er seinen Zettel auf Maikäfergröße zusammen und zog eine Silberkette hervor, die er unter seinem Shirt versteckt trug. Sie hatte unten keinen Anhänger, sondern eine Art Behälter, den er aufschraubte, um den zusammengefalteten Zettel hineinzustecken. Er wandte sich an Cassandra. »Und woher weißt du, wo du uns findest?«

Sie grinste. »Du weißt doch, wir Hexen wissen so einiges. Passt auf euch auf, ihr beiden.«

»Und was ist mit mir?«, fragte Celmar.

»Du bist der Bodyguard, du musst auf die beiden aufpassen«, erwiderte Cassandra immer noch grinsend. Sie steckte Celmar einen gelben Zettel zu. »Hier, der ist für dich.«

»Gelb, prima. Ich stehe auf Gelb.«

Er zögerte und überlegte wohl, ob er Cassandra in den Arm nehmen sollte. Im Gegensatz zu ihm tat sie es einfach und zog danach auch Aiden in ihre Arme. Dann wandte sie sich noch einmal mir zu.

»Mach dir keinen Kopf, wir schaffen das. Sollte deine Familie dich verstoßen, kommst du bei meiner unter. Wir Murphys beschützen dich.«

»Danke, Cassie.« Ich glaube, es war das erste Mal, dass ich sie mit ihrem Spitznamen anredete. Kaum zu glauben, aber ich mochte sie wirklich. Im Nachhinein war ich froh, dass mein Onkel mir kein Einzelzimmer organisiert hatte, wobei ich mir durchaus vorstellen konnte, dass Cassandra ihre Finger im Spiel gehabt hatte.

Inzwischen hatte sich der Strand vollständig geleert, und wir warteten nur noch darauf, dass sich die Strandbesucher weit genug entfernt hatten.

»Wir sollten uns beeilen, bevor sich der Strand wieder füllt«, sagte Cassandra nach einer Weile.

Sie hatte recht. Es gewitterte zwar noch, aber das Unwetter entfernte sich bereits wieder, damit wir gleich gefahrlos losfliegen konnten.

Ich wandte mich Aiden zu. »Möchtest du zuerst?«

»Wenn es dir nichts ausmacht …«

Ich schüttelte den Kopf und ließ ihm mit einer Handbewegung den Vortritt.

Währenddessen kümmerte Cassandra sich um das Gepäck. Sie zauberte es so klein, dass alles problemlos in einen Rucksack passte, den Celmar an sich nahm. »In zwölf Stunden löst sich der Zauber von allein, und eure Sachen haben wieder die ursprüngliche Größe. Bis dahin solltet ihr also lieber im Nationalpark angekommen sein. Ach, und ich schicke euch die Regenwolken hinterher.«

»Danke für deine Hilfe.« Aiden hatte bereits seine Lederjacke und die Sneaker ausgezogen und reichte mir die Jacke. »Vielleicht magst du die hier anziehen? Die hält den Regen sicher besser ab als dein Jeansstoff.«

»Sehr großzügig von dir. Möchtest du die anderen Sachen vielleicht auch ausziehen? Ich meine, bevor sie bei der Verwandlung zerreißen …«

»Wenn du mich so nett bittest …«

Ich hielt es für einen Scherz, als er nach dem Saum seines Shirts griff, doch er zog es sich tatsächlich über den Kopf. Anschließend knöpfte er die Jeans auf und stand kurz darauf nur noch in schwarzen Retroshorts da. Nebenher zog auch Celmar sich bis auf die Unterhose aus, doch ich hatte nur Augen für Aiden, obwohl ich ihn nicht anstarren wollte. Er sah gut aus, so ohne Kleidung. Durchtrainiert, sehnig, mit überraschend gebräunter Haut … Ich dachte an unseren Kuss, und ein bisher ungekanntes Gefühl von Verlangen pulsierte durch meine Adern.

»Soll ich deine Jeansjacke auch klein hexen?« In Cassandras Stimme schwang ein Schmunzeln mit.

»Klar, gern.«

Schnell wandte ich mich von Aiden ab. Während ich die Jacken tauschte und Cassandra die restlichen Klamotten auf Reisegröße schrumpfte, entfernte Aiden sich einige Meter von uns, bis er mit den Füßen in der Brandung stand. Er warf uns einen letzten Blick zu, federte mit den Beinen, und als er über dem Sand schwebte, verwandelte er sich im Bruchteil einer Sekunde in einen Drachen mit bordeauxroten Schuppen, zwei Hörnern und einem stachelartigen Kamm dazwischen, der sich bis zu seinem Schwanz zog. Sand und Wasser spritzten hoch, als er die Schwingen ausbreitete und sich in die Luft erhob.

So ein schönes Wesen. Ich hätte nie für möglich gehalten, dass ich das jemals denken würde, doch so war es. Aiden gab wirklich einen herrlichen Drachen ab, der noch dazu unglaublich nett und charmant war. Wenn ich nur einen Ausweg sehen würde …

Kapitel 47

Sharni

Ich schluckte die Tränen hinunter, die mir in die Augen schießen wollten, als Isla meine Wunden mit einem Waschlappen reinigte. Die Kräutertinktur roch durchdringend nach Menthol und brannte in meinen Augen und meinem Rachen. Ich fühlte mich bis aufs Blut gedemütigt. Ich gab es nicht gern zu, schon gar nicht vor Jared, doch vermutlich hatte er mir das Leben gerettet. Ob ich es ohne ihn geschafft hätte, die Fae zu besiegen und mich von sämtlichen für einen Menschen tödlichen Pfeilen zu befreien? Ich wusste es nicht und war fast dankbar, als Isla erneut mit dem Lappen über die Wunde an meinem Arm tupfte. Das Brennen lenkte mich ab, denn es war nicht nur die Demütigung, die mir zu schaffen machte.

Niall saß schräg neben mir auf dem Sessel. Seinem Arm ging es deutlich besser, in den letzten Stunden war er fast vollkommen geheilt. Trotzdem wirkte auch er hibbelig. Onkel Darragh stand am Kamin, mein Handy am Ohr, während Jared Merlin mit verschränkten Armen am Türrahmen lehnte und die Szene beobachtete. Caroline und Ash hatten sich gleich wieder verabschiedet und waren zu George Merlins Geburtstagsfeier zurückgekehrt. Die Stimmung war angespannt, niemand sprach ein Wort. Nur das Geräusch des Waschlappens, den Isla regelmäßig in das Kräuterwasser tauchte und auswrang, war zu hören.

Seufzend legte Darragh das Handy auf den Kaminsims.

»Wieder nichts?«, fragte ich. Er schüttelte den Kopf, und ich stieß die Luft aus. »Ich verstehe das nicht. Warum gehen weder Dad noch Aiden ans Telefon? Dad hat gesagt, ich solle ihn anrufen, sobald ich in Greenwich bin.«

»Dein Vater ist sicher nur verhindert und ruft gleich zurück.«

Obwohl Islas Stimme tröstend klang, schaffte sie es nicht, mich zu beruhigen. Ich war den Fae gerade so entkommen, doch ich hatte Hilfe gehabt. Was war mit Aiden? Ich machte mir keinerlei Illusion, er war mit Sicherheit auch in Gefahr, und obwohl er Celmar an seiner Seite hatte, machte ich mir Sorgen um ihn. Allein würde ich die Situation nicht durchstehen, ich brauchte ihn. Dad brauchte ihn.

»Herrscht denn jetzt Krieg zwischen euren Völkern?«, wollte Jared wissen.

»Ich weiß es nicht, okay?«, fuhr ich ihn an. Zwar hatte er mir geholfen, aber ich war immer noch sauer, weil wir wegen ihm erst in dieser Lage steckten. »Zeit, es herauszufinden.«

Ich wollte aufstehen, doch Niall drückte mich zurück auf das Sofa und setzte sich neben mich. »Du bringst dich nur selbst in Gefahr, wenn du in dem Zustand nach Hause fliegst.«

»Er hat recht.« Darragh stieß sich vom Kaminsims ab und setzte sich mir gegenüber auf den Sessel. »In dem Zustand bist du leichte Beute für die Fae. Du kannst froh sein, dass du so glimpflich davongekommen bist.«

»Hab ich gern getan«, meinte Jared grinsend.

Ich verdrehte die Augen. »Die paar Kratzer.«

»Das sind mehr als ein paar Kratzer, Liebes«, sagte Isla. »Gib deinem Vater ein bisschen Zeit, er wird sich schon melden.«

»Und Aiden?«

»Aiden geht es gut«, beharrte Darragh. »Wir wissen nicht einmal, ob auch er in der Schusslinie der Fae steht. Und selbst wenn, haben es nicht die *Queen's Arrows* auf ihn abgesehen, und er hat einen Bodyguard an seiner Seite. Wir können im Moment nichts tun, außer abzuwarten.«

Geräuschvoll atmete ich aus. Überzeugt war ich nicht. Ich hasste es, untätig herumzusitzen, außerdem wurde ich das Gefühl nicht los, dass irgendetwas nicht stimmte. Warum hatte ich Caroline nicht gebeten, mich in den Connemara-Nationalpark oder wenigstens zu Aiden nach Dublin zu bringen? Doch jetzt war es zu spät dafür, und solange ich vier Aufpasser an meiner Seite hatte, konnte ich nichts tun. Ich musste bis heute Nacht warten, bevor ich etwas unternehmen konnte.

»Was ist eigentlich mit den Murphys?«, fragte Jared unvermittelt. Sein Blick war auf Isla geheftet, als wüsste er ganz genau, wer sie war.

»Die Murphys?«, fragte ich zurück.

»Ja, die Murphys.« Er fixierte Isla weiterhin. »Du bist doch Isla Murphy, oder?«

Isla sah kurz zu mir, und ich schüttelte den Kopf. »Ich habe nichts gesagt, ehrlich.«

Jared stieß sich vom Türrahmen ab. »Auf der Taxifahrt zum Flughafen habe ich ein bisschen in unserem Archiv recherchiert, das der alte George praktischerweise vor einer Weile hat digitalisieren lassen. Jedenfalls standen da ein paar interessante Dinge über eure Familiengeschichte. Wenn ich nicht völlig blöd bin – und das bin ich nicht –, hätte der Murphy-Clan längst eingreifen müssen, um den Frieden zu wahren.«

»Keine Sorge, die Murphys werden eingreifen. Isla hat inzwischen mit ihrer Familie telefoniert, nicht wahr, Darling?« Darragh warf ihr einen Blick zu.

»Natürlich.« Isla erwiderte seinen Blick kaum und lächelte gezwungen.

Darragh runzelte die Stirn. Selbst ich spürte, dass hier etwas im Busch war, auch wenn ich meine Tante kaum kannte. »Isla?«

»Es ist alles in Ordnung, wirklich. Ich geh den mal kurz ausleeren.« Sie griff nach dem Eimer und wollte das Wohnzimmer verlassen, kam jedoch nicht weit. Darragh sprang auf und hielt sie am Arm fest.

»Was ist los, Darling?«

Isla schloss für einen Moment die Augen und atmete hörbar aus. »Ich fürchte, es gibt da etwas, das ich euch erzählen sollte.«

Kapitel 48

Kailey

Ich schwang mich auf Puck und erhob mich in die Luft. Aiden und Celmar drehten bereits ihre Kreise über dem Meer, hoch über den Regenwolken, und warteten auf mich. Ein letztes Mal sah ich mich zu Cassandra um, die am menschenleeren Strand stand und uns zuwinkte. Dann flog ich zu Aiden und Celmar. Hier oben über den Wolken war es kühl, obwohl wir der Sonne näher waren, und es regnete kaum, denn die meisten Regenwolken befanden sich unter uns.

Als ich Aiden und Celmar zuletzt in ihrer wahren Gestalt gesehen hatte, gab es kaum Gelegenheit, sie genauer zu betrachten. Jetzt nahm ich mir kurz Zeit dazu und musste zugeben, dass selbst Celmar mit seinen grauen Schuppen einen ansehnlichen Drachen abgab.

Biest, Monster, Ungetüm – in Fairyland Synonyme für Drachen. Wie konnte das sein? Diese Wesen wirkten eher majestätisch und schön.

Ich schüttelte den Kopf, um sämtliche Gedanken und Zweifel zu verscheuchen. Ich hatte einen Plan auszuführen und durfte mich nicht ablenken lassen. Es musste sein, einen anderen Weg gab es nicht. Wieder und wieder war ich im Stillen die Alternativen durchgegangen, doch nichts wäre auch nur ansatzweise so effektiv. Und wenn ich es mir noch so sehr wünschte.

Aidens Blick ruhte auf mir – sanfte Augen in einem warmen Braunton –, und ich nickte ihm mit einem Kloß im Hals zu. Doch bevor wir richtig losfliegen konnten, verlor Celmar plötzlich an Höhe. Sehr gut, die Tropfen in seinem Getränk zeigten endlich Wirkung. Nun wieder unterhalb der Regenwolken wechselten er und Aiden ein paar Worte, von denen ich nichts verstand, aber ich konnte mir meinen Teil denken. Die Sprache klang rauchig, kehlig, wenn auch nicht abstoßend. Celmar sah unvermittelt zu mir. Er blieb stumm, da er wusste, dass ich ihn ohnehin nicht verstehen würde, doch sein Blick sprach Bände: *Lass es mich nicht bereuen.* Dann drehte er um und taumelte zurück zu Cassandra. Er wirkte nahezu betrunken, doch ich wusste es besser.

Als er den Strand so gut wie erreicht hatte, verließ ihn endgültig die Kraft. Er stürzte regelrecht ab und landete mit einem lauten Platsch in der Brandungszone, wo er sich augenblicklich zurückverwandelte. Cassandra stürzte auf ihn zu und zog ihn aus dem Wasser auf den Sand.

Ich blickte zu Aiden, der keine Anstalten machte, umkehren zu wollen. Stattdessen bedeutete er mir, dass wir weiterfliegen sollten – ohne Celmar. Der Plan ging auf.

Ich schluckte; es war so weit. Jetzt oder nie. Während Aiden sich bereits abwandte, um sich auf den Weg zu machen, zog ich meine Schwerter unter der Lederjacke hervor. Ich stieß die Klingen gegeneinander, um Aiden zu warnen. Mir blieb nichts anderes übrig, als dieses Vorhaben in die Tat umzusetzen. Trotzdem konnte ich ihn nicht einfach aus dem Hinterhalt angreifen. Das wäre nicht fair gewesen, und ich wollte nicht länger unfair gegen ihn kämpfen.

Mit einem Ruck drehte Aiden sich zu mir um und riss die Augen auf. Er wollte etwas sagen, überlegte es sich jedoch anders. Vermutlich weil ihm einfiel, dass ich die Drachensprache sowieso nicht beherrschte. Vielleicht fehlten ihm auch nur die Worte. Ich ließ ihm keine Zeit, lange nachzudenken, sondern rammte ihm eines meiner Schwerter in die Flanke, während ich gleichzeitig sämtliche Empfindungen tief in mir einsperrte. Aiden stieß ein ohrenbetäubendes Brüllen aus und sackte ein paar Meter tiefer. Ich hörte Cassandra kreischen, bekam mit, wie Celmar sich aufrappeln und wieder in die Luft erheben wollte, um seinem Schützling zu Hilfe zu eilen. Doch nach nur wenigen unsicheren Schritten gaben seine Knie unter ihm nach. Aiden war auf sich allein gestellt, und ich hatte freie Bahn.

Statt Aiden eine Verschnaufpause zu lassen, verfolgte ich ihn auf Puck und verpasste ihm einen weiteren Hieb mit dem Schwert. Blut tropfte in die tosenden Wellen. Aiden brüllte nicht erneut. Dieses Mal sparte er sich die Energie und spie Eisflammen nach mir. Geschickt wich ich mit Puck aus, als plötzlich ein Blitz über den Himmel zuckte, direkt an meinem Ohr vorbei. Verdammt, Cassandra! Ich hatte nicht damit gerechnet, dass sie das Gewitter erneut heraufbeschwören würde. Immerhin brachte sie damit auch Aiden in Gefahr.

Von meinem Onkel wusste ich, dass jede Hexe und jeder Magier eine besondere Fähigkeit besaß, eine Art Superkraft. Welche Fähigkeit besaß Cassandra? Konnte sie die Zeit manipulieren, sich unsichtbar zaubern oder teleportieren? Mist, ich hätte daran denken sollen, sie zu fragen. Nun war es zu spät, aber ich musste sie auf jeden Fall im Auge behalten. Sie hatte deutlich gemacht, dass sie Aiden beschützen würde.

Als mich zwei weitere Blitze kurz nacheinander nur knapp verfehlten und der Donner ausblieb, war mir klar, dass das kein natürliches Gewitter sein konnte. Das war also Cassandras Fähigkeit:

Sie konnte Blitze erzeugen. In einem fort schleuderte sie die Dinger auf mich, und ich hatte große Mühe, ihren Blitzen und gleichzeitig Aidens Eisfeuer auszuweichen. Zum Glück schaffte ich es, meine Schwerter sicher zu verstauen, denn an einen erneuten Angriff war in diesem Moment nicht zu denken. Mit Puck vollführte ich ein waghalsiges Manöver nach dem anderen – bis ich dabei plötzlich von ihrem Rücken rutschte. Ich versuchte, mich festzuklammern, fand an Pucks glatter Haut jedoch keinen Halt. Erst im letzten Moment bekam ich mit einer Hand einen der Flügel zu fassen. Puck zuckte zusammen und verlor an Höhe, wie vor ihr schon Celmar und Aiden. Sie hatte Schmerzen, ließ mich allerdings nicht fallen. Mit den Beinen schwang ich hin und her und landete wieder auf der Königinnenlibelle, um direkt dem nächsten Blitz auszuweichen. Wenigstens hatte Cassandra ihre Angriffe unterbrochen, während ich hilflos in der Luft gehangen hatte. Das zeigte mir, dass sie nicht nur Aidens Leben retten wollte – sie war auch nicht gewillt, mein Leben leichtfertig zu opfern. Sie betrieb lediglich Schadensbegrenzung und war nicht darauf aus, mich zu töten. Noch nicht. So oder so verkomplizierte sie das Ganze. Ihre Blitze würden mir vielleicht keinen Schaden zufügen, aber nur, solange ich mich darauf konzentrierte. Und genau das lenkte mich von meinem eigentlichen Ziel ab: Aiden. Nur gut, dass Celmar mir nicht in den Plan hineinpfuschen konnte.

Ich wich weiteren Attacken aus und versuchte gleichzeitig, so nah wie möglich an Aiden heranzukommen. Auf diese Weise würde ich es Aiden und Cassandra gleichermaßen erschweren, mich weiterhin anzugreifen. Ich trieb Puck in die Höhe und brachte sie dazu, in der Luft eine Rolle zu vollführen, wobei ich mich an ihr festklammerte, um nicht erneut abzustürzen. Als wir direkt über dem Drachen waren, Puck mit dem Bauch nach oben, ließ ich los. Ich drehte mich während des Falls und landete geschmeidig auf Aiden, der nicht schnell genug reagieren konnte. Doch sobald er mich auf sich spürte, bewegte er sich wild hin und her wie ein wütender Bulle. Wenigstens kamen keine weiteren Blitze, denn für Cassandra war das Risiko viel zu hoch, aus Versehen Aiden statt mich zu treffen.

Mit einer Hand packte ich eines von Aidens Hörnern, das glatt und rutschig war. Trotzdem gelang es mir, mich festzuhalten. Währenddessen zog ich mit der freien Hand eines meiner Schwerter und wollte es Aiden in den Nackenbereich rammen. Ich holte bereits aus, als plötzlich Hagelkörner, so groß wie Tischtennisbälle, auf uns niederprasselten. Aiden machte das nicht viel aus, ich allerdings musste mich in Deckung bringen. Ich wollte das Schwert wieder verstauen, doch Aidens ohnehin schon rutschiger Panzer wurde durch die Nässe noch rutschiger. Er bäumte sich auf, woraufhin ich den Halt verlor. Das Schwert fiel mir aus der Hand und verschwand in der Tiefe. Ich versuchte, mich auszubalancieren, und scheiterte. Hintenüber glitt ich von Aidens Schuppenschicht und stürzte selbst Richtung Meer.

Im Fallen riss ich meinen Bogen vom Rücken, spannte den ersten Pfeil ein und feuerte ihn auf Aidens empfindliche Bauchpartie ab. Noch während der erste Pfeil flog, schoss ich zwei weitere hinterher. Aiden versuchte abzudrehen, doch er war zu langsam, und so trafen auch meine nächsten beiden Pfeile seinen Unterleib.

Ich war eine Elfenkriegerin und dazu ausgebildet worden, Drachen zu töten – auf jede nur erdenkliche Art und Weise. Doch nie hätte ich gedacht, dass es mir einmal so schwerfallen würde, das Leben eines dieser Wesen auszulöschen.

Aiden stieß ein Brüllen aus, so laut, dass das tosende Meer kaum zu hören war. Der Hagel hörte schlagartig auf, warmes Blut rann auf mich herab und ließ mich frösteln.

Während ich auf Puck landete, fiel Aiden neben mir vom Himmel. Für einen kurzen Moment trafen sich unsere Blicke. Stumm versuchte ich ihm zu sagen, wie leid mir das Ganze tat. Dann prallte er auf dem Wasser auf. Eine Fontäne spritzte hoch und erwischte mich und Puck, bevor wir ausweichen konnten. So wurde wenigstens Aidens Blut von mir abgespült.

Ich trieb Puck ein letztes Mal in die Höhe, während Aiden immer weiter in die Tiefe sank. Cassandra warf mir wüste Beschimpfungen und einige Blitze hinterher.

Als Puck und ich schließlich außer Reichweite waren, erfüllte ein ohrenbetäubendes Donnergrollen den Himmel. Ich drehte mich nicht noch einmal um und flog mit rasendem Herzen und Tränen in den Augen Richtung Fairyland.

Epilog

Damian betrat den Garten, in dem sich die Königin gern unter dem mit Blumen umrankten Pavillon aufhielt. Überall blühten Rosen, Hortensien und Feenkelche in bunten Farben, und das Summen der Bienen und anderer Insekten war hier so laut, dass es mit Leichtigkeit das Plätschern des Baches und Sausen der fliegenden Pfeile übertönte. Das Training der Armee wurde immer intensiver und besser. Schon bald waren die Soldaten für ihren ersten Einsatz bereit, was Damian alles andere als behagte. Allmählich lief ihm die Zeit davon.

Er näherte sich der Königin und verbeugte sich. In einem weißen Spitzenkleid lag sie mehr auf der Chaiselongue, als dass sie saß, und steckte sich genüsslich Weintrauben in den Mund, während vier Fae gleichzeitig um sie herumwuselten, um ihre langen Haare zu flechten oder ihre Nägel zu feilen. Damian verstand nicht, wie sie das aushielt. Er wurde schon wahnsinnig, wenn er beim Barbier saß, auch wenn er sich das nicht nehmen ließ. Er war immerhin Berater der Königin, ein gepflegtes Äußeres gehörte zum guten Ton.

»Eure Majestät. Was kann ich für Euch tun?«

»Habt Ihr etwas von Eurer Nichte gehört?«

»Letzte Nacht, seitdem habe ich nichts Neues erfahren.«

»Dann habt Ihr heute noch nicht mit ihr gesprochen?«, hakte die Königin nach.

Damian unterdrückte ein Stirnrunzeln. Er hatte befürchtet, dass die Königin ungeduldig werden würde. Es war riskant gewesen, ihr die eine oder andere Information vorzuenthalten, und nun schien sie misstrauisch zu werden. Allerdings wirkte sie in diesem Moment eher besorgt. Was war los? Doch er würde sich hüten, diese Frage direkt zu stellen. Er musste vorsichtig vorgehen.

»Bisher nicht, nein.«

»Das ist nicht gut.« Gereizt scheuchte die Königin ihre Untergebenen fort wie lästige Fliegen und setzte sich auf.

»Darf ich fragen, was passiert ist?« Nun konnte Damian sich nicht länger zurückhalten.

»Ich habe Eurer Nichte einen Auftrag gegeben und hatte gehofft, sie würde sich bei Euch melden, um Bericht zu erstatten.«

Zu Beginn seiner Beratertätigkeit war es Damian noch schwergefallen, doch inzwischen war er es gewohnt, äußerlich ruhig zu bleiben, während sein Inneres in Aufruhr war. So auch jetzt. Warum zum Teufel hatte die Königin Kailey hinter seinem Rücken einen Auftrag erteilt? Und warum hatte seine Nichte nicht mit ihm Rücksprache gehalten?

»Ich versuche gern, meine Nichte zu erreichen, wenn Ihr das wünscht.«

»Ich bitte darum.«

Damian nickte und entfernte sich ein paar Schritte, während er das Handy aus seiner Hosentasche zog. Dabei sah er, dass Kailey bereits heute Morgen angerufen worden war. Die Königin musste ihm das Handy entwendet haben, ohne dass er es mitbekommen hatte. Mist, das hätte ihm auffallen müssen.

»Eure Majestät«, meldete Kailey sich am anderen Ende der Leitung.

Er hörte, dass sie in der Luft war, stellte jedoch keine Fragen, auch wenn sie ihm auf der Zunge brannten. »Kailey, hier ist dein Onkel. Die Königin möchte wissen, ob du deinen Auftrag erfüllt hast.«

»Habe ich.« Er hoffte, sie würde weitersprechen, und nach einer Weile fuhr sie tatsächlich fort. »Der Drachenprinz ist tot.«

Das Blut gefror in Damians Adern, und dieses Mal fiel es ihm schwer, keinerlei Reaktion zu zeigen. Der Thronfolger der Drachen war tot? Aber ... wie konnte das sein? Kailey hatte Zweifel gehabt, sie hatte allmählich Vertrauen zu dem Drachenprinzen gefasst. Damian hatte auf sie gesetzt, und nun war Aiden O'Rourke tot? Das durfte nicht sein, das machte seinen ganzen Plan zunichte. Er spürte Verzweiflung ebenso wie Wut, weil man ihn nicht darüber in Kenntnis gesetzt hatte und weil er nicht versucht hatte, dem Ganzen vorzubeugen. Immerhin waren die *Queen's Arrows* ausgerückt, um die Drachenprinzessin zu töten. Er hatte jedoch nicht damit gerechnet, dass die Königin so skrupellos war, auch den Thronfolger eliminieren zu wollen – und es noch dazu hinter seinem Rücken veranlasste.

Traute sie ihm nicht mehr?

»Ich werde es der Königin mitteilen. Bist du auf dem Rückweg?« Nur mit Mühe konnte er die äußere Ruhe aufrechterhalten.

»Bin ich.«

»Gut, wir reden später.« Nachdem er aufgelegt hatte, steckte er das Handy weg und näherte sich der Königin, die inzwischen wieder Weintrauben aß, als wäre alles in bester Ordnung. »Meine Nichte hat den Auftrag ausgeführt, Eure Majestät.«

Das Gesicht der Königin nahm einen triumphierenden Ausdruck an. »Sehr gut.«

Dank

»Flame & Arrow« ist etwas ganz Besonderes für mich. Innerhalb einer Autofahrt von Fehmarn zur LoveLetter Convention nach Berlin habe ich die Geschichte mit meinem Mann geplottet. Eigentlich hatte ich etwas ganz anderes schreiben wollen, aber die Geschichte um Kailey und Aiden floss nur so aus mir heraus. Ich war unglaublich enthusiastisch und hätte mich am liebsten sofort an den Schreibtisch gesetzt, um sie niederzuschreiben, doch auch wenn ich den Vertrag für das Projekt schon längst unterschrieben hatte, dauerte es fast ein ganzes Jahr, bis ich mich endlich den Drachen und Fae widmen durfte.

Obwohl ich die Geschichte nach wie vor liebte, hatte ich zu Beginn arge Probleme, Zugang zu ihr zu finden. Zum einen hatte ich dieses Mal keine Hauptfigur, die die Welt der Fae und Drachen zusammen mit euch zunächst kennenlernt, zum anderen sollten Kailey und Aiden eigentlich erst am Ende von Band 1 die Identität des jeweils anderen erfahren – und das funktionierte so gar nicht.

Ich wich vom Exposé ab, schrieb die Geschichte um. Als sie fertig war, änderte ich noch einmal das komplette Ende, weil meinem Mann und mir eine bessere Idee kam. Als das Manuskript endlich an den Verlag ging, hatte ich das Gefühl, das Lektorat bereits hinter mir zu haben. So viel habe ich vorher noch nie überarbeitet. Zeitweise habe ich das Buch verflucht, doch am Ende sind die Romane oder Passagen, die mich als Autorin vor die größten Herausforderungen stellen, für gewöhnlich die besten. Und ich hoffe, dass es auch dieses Mal so ist.

Ich liebe »Flame & Arrow« und bin froh, dass ich mich nicht ins Bockshorn habe jagen lassen – wofür ich mich in erster Linie bei meinem Mann bedanken muss. Er schafft es immer wieder, mich aufs Neue für meine eigenen Geschichten zu begeistern und zu motivieren, sodass ich es kaum erwarten kann, mich wieder an den Schreibtisch zu setzen. Egal wie müde er ist oder wie viel er selbst zu tun hat – er nimmt sich stets Zeit für mich und meine Sorgen, liest meine Texte ein ums andere Mal, um sie gemeinsam mit mir zu verbessern. Dafür danke ich dir von Herzen. Ohne dich und dein Vertrauen in mich wäre ich nie so weit gekommen. Danke, dass ich meinen Traum leben darf!

Ebenfalls von Herzen möchte ich mich bei Ravensburger bedanken! Inzwischen habe ich mit einigen Verlagen zusammengearbeitet, doch Ravensburger ist und bleibt mein Lieblingsverlag. Das Team ist einfach nur wundervoll, und ich bin nach wie vor sprachlos, dass »Flame & Arrow« Spitzentitel ist. Danke für diese Chance und die Erfüllung meines Traums!

Explizit möchte ich mich bei meinem Ansprechpartner Valentino Dunkenberger bedanken, der mir immer mit Rat und Tat zur Seite steht. Als ich für »December Dreams« überlegt habe, ob ich ein Spin-off zu »Clans of London« oder zu »Flame & Arrow« machen soll, hatte er die Idee, beide Welten zusammenzulegen. Meine

Adventskalendergeschichte hat sich zwar am Ende in eine andere Richtung entwickelt, doch die Idee, Drachen, Fae und Magier aufeinandertreffen zu lassen, ist geblieben. Es war so schön, die Clans wiederzusehen. Außerdem ist auf diese Weise Sharni entstanden, meine absolute Lieblingsfigur. Vielen Dank, Valentino!

Dann möchte ich mich bei meiner Lektorin Franziska Jaekel bedanken. Als ich erfahren habe, dass »Flame & Arrow« ins Außenlektorat geht, hatte ich gemischte Gefühle, doch die Sorge war unbegründet. Liebe Franziska, die Zusammenarbeitet mit dir hat mir sehr viel Spaß gemacht, und ich freue mich schon, mit dir an Band 2 zu feilen, auch wenn ich ihn erst noch zu Ende schreiben muss.

An dieser Stelle auch schon einmal vielen lieben Dank an Stefanie Böhmer. Zwar haben wir noch gar nicht mit dem Marketing zu »Flame & Arrow« begonnen, aber ich weiß, dass du das ganz großartig machen wirst! Danke, Steffi.

Dann möchte ich mich noch bei Niklas und Betty bedanken. Ich weiß, dass es nicht immer einfach ist und ihr oft sehr viel Geduld zeigen müsst. Und auch wenn das mit der Geduld nicht immer so hinhaut, akzeptiert ihr die Umstände ganz wunderbar. Ich hab euch sehr lieb!

Nicht zu vergessen meine Agentin Diana Itterheim von der litmedia.agency. Liebe Diana, ich kann es nicht oft genug wiederholen: Es war eine der besten Entscheidungen meines Lebens, zu dir zu gehen. Danke für alles!

Und dann möchte ich mich noch bei euch bedanken. Ich hoffe sehr, dass ihr »Flame & Arrow« genauso sehr mögt wie ich. In Band 2 wird es ein erneutes Wiedersehen mit den Clans geben, dieses Mal auch etwas ausführlicher. Und wer sich für die Geschichte rund um Darragh und Isla interessiert, kann sie in »December Dreams« nachlesen. Und jetzt bleibt mir nur noch, Danke zu sagen, dass ihr euch für dieses Buch entschieden habt! Passt auf euch auf!

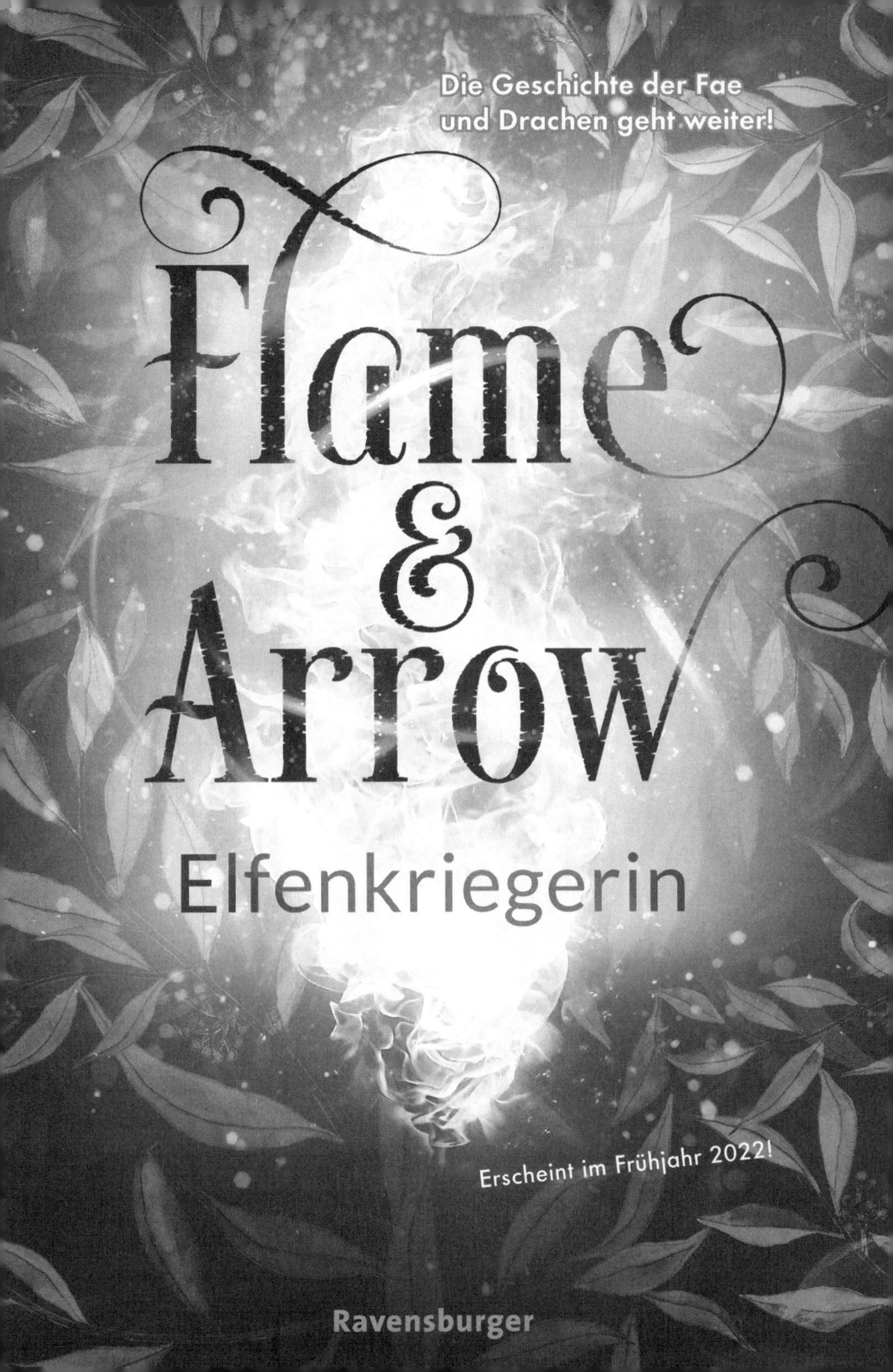
Die Geschichte der Fae
und Drachen geht weiter!
Flame
&
Arrow
Elfenkriegerin
Erscheint im Frühjahr 2022!
Ravensburger

LESEPROBE

Flame & Arrow, Band 2: Elfenkriegerin
von Sandra Grauer

ISBN 978-3-473-40209-0

KAILEY

Cassandra musste mich hassen für das, was ich getan hatte. Ich hasste mich selbst dafür. Trotz allem schienen mir Regenwolken zu folgen und mir weiterhin Deckung zu geben, während ich mit Puck über Irland flog. Waren es echte Regenwolken? Oder hatte die Hexe in all der Aufregung vergessen, ihren Zauber zurückzunehmen?

Ich vermied es, darüber nachzudenken, was in Malahide passiert war, doch dann stieg mir der Duft von Aidens Lederjacke in die Nase, gemischt mit seinem Eigengeruch, was mir Tränen in die Augen trieb. Ich wollte nicht weinen, schon gar nicht um einen Drachen. Es war überhaupt nicht meine Art, so gefühlsduselig zu sein, aber ich konnte die Emotionen einfach nicht unterdrücken. Das schlechte Gewissen überrollte mich und raubte mir die Luft zum Atmen. Verzweifelt schloss ich die Augen, öffnete sie jedoch sofort wieder – denn ich sah Aiden vor mir, wie er in das tosende Meer stürzte und nicht wieder auftauchte.

Ich hatte mich entschieden, und es gab kein Zurück mehr. Außerdem wusste ich tief in mir, dass es die richtige Entscheidung gewesen war. Trotzdem bereute ich es mehr als alles andere in meinem Leben. Ich wünschte so sehr, es hätte einen besseren Weg gegeben. Doch selbst wenn mir jetzt noch etwas einfallen würde – es war vorbei. Ich musste endlich aufhören, an Aiden zu denken, und mich dem stellen, was vor mir lag. Ablenkung war jetzt pures Gift, zudem durfte niemand auch nur ahnen, wie schwer es mir gefallen war, den Auftrag der Königin auszuführen.

Inzwischen war ich in der Nähe von Limerick angekommen und drosselte instinktiv Pucks Tempo. Sollte ich einen Umweg über den Burren-Nationalpark nehmen, um mir selbst ein Bild der Lage zu machen? Doch was, wenn ich dahinterkommen würde, dass Aidens Vater die Wahrheit gesagt und ich der falschen Seite getraut hatte? Nein! Kopfschüttelnd trieb ich Puck wieder an. Die Gefahr war zu groß, trotz der Wolkendecke von Drachen oder Fae entdeckt zu werden. Die Nachricht vom Mord am Drachenthronfolger war mit Sicherheit längst zum Drachenvolk durchgedrungen, und meine Landsleute würden sich fragen, was ich dort zu suchen hatte. Das durfte unter keinen Umständen passieren, denn dann wäre alles umsonst gewesen.

Schließlich erreichte ich die Dingle-Halbinsel und verlangsamte meinen Flug ein weiteres Mal. Eine Weile kreiste ich in der Luft, um sicherzugehen, dass mich niemand beobachtete, bevor ich landete und Puck im Einmachglas verstaute. In ausreichendem Abstand betrachtete ich den Zugang zu Fairyland. Alles blieb ruhig, hier war niemand; weder Fae noch Mensch. Dabei ging es mir in erster Linie gar nicht darum, dass mich jemand sah. Ich brauchte einen Moment, um mich zu sammeln, bevor ich der Königin und meinem Onkel gegenübertreten konnte. *Du darfst dir unter keinen Umständen etwas anmerken lassen, Kailey.*

Es fröstelte mich, und ich schlang die Arme um meinen Oberkörper. Dabei ertastete ich in der Tasche von Aidens Lederjacke die Sonnenbrille, mit der man angeblich durch verstärkten Fae-Glamour hindurchsehen konnte. Auf dem Weg nach Malahide hatte mir der Drachenprinz davon erzählt. Ich zögerte, doch meine Neugier war zu groß, also holte ich sie hervor. Als Fae konnte ich den Zugang zu Fairyland ohne Probleme erkennen. Was für Menschen oder Drachen nur ein gewöhnlicher Baumstamm war, war für mich eine Tür, die sich im Stamm deutlich abzeichnete. Was würde passieren, wenn ich die Brille aufsetzte? Kurzerhand tat ich es, woraufhin der Zugang grün-bläulich schimmerte und damit auch für den Brillenträger sichtbar wurde. Es überraschte mich, dass der Zauber bei mir überhaupt funktionierte.

Nachdem ich mich noch einmal vergewissert hatte, allein zu sein, straffte ich die Schultern und ging auf die Trauerweide zu. Ich schob die tief hängenden Triebe zur Seite und trat durch die schimmernde Stelle im Stamm – nur um völlig perplex stehen zu bleiben. Das war nicht Fairyland, zumindest nicht das Fairyland, das ich vor etwa einer Woche verlassen hatte. Schockiert sah ich mich um. Wo war das satte Grün der Wiesen? Das kräftige Blau des Himmels und des Meeres? Die intensiven Farben des Feenkelchs? Hatte es in den letzten Tagen zu wenig geregnet? Doch das würde nicht den blassen Himmel erklären, an dem im Gegensatz zur Menschenwelt keine einzige Wolke zu sehen war. Außerdem hatten wir in Fairyland noch nie zu wenig Wasser gehabt, hier herrschte stets die perfekte Harmonie. Momentan war allerdings nichts harmonisch. Es roch kräftig, würzig, süß, so wie immer, doch der Geruch stand in krassem Gegensatz zu dem Bild, das sich mir bot. Die Wiese wirkte verdorrt, die Trauerweide hinter mir schien zu verfaulen, und die Blumen ließen geradezu trostlos die Köpfe hängen. Außerdem entdeckte ich auf den ersten Blick kein einziges Insekt und hörte auch kein Surren oder Summen. Was zum Teufel war geschehen?

Da wurde mir bewusst, dass ich nach wie vor die Sonnenbrille auf der Nase trug. Augenblicklich schlug mein Herz schneller, und ich nahm sie mit zitternden Fingern ab. Als ich mich erneut umsah, war die Wiese saftig grün, der Himmel strahlend blau und der Feenkelch, der direkt neben der Trauerweide wuchs, von einem intensiven Rot, wie ich es gewohnt war. Ein ungutes Gefühl beschlich mich, und ich schob mir die Brille erneut auf die Nase, woraufhin sich mir wieder ein Trauerspiel bot. Einige Male sah ich abwechselnd durch die Brillengläser und darüber hinweg – der Effekt blieb derselbe.

Verdammt! Irgendetwas stimmte hier ganz und gar nicht. Natürlich verfälschten die getönten Gläser der Sonnenbrille die Farben, aber es konnte unmöglich sein, dass dieser Eindruck dermaßen ausgeprägt war. Das ließ nur einen logischen Schluss zu: Jemand hatte einen Schleier über Fairyland gelegt, um den wahren Zustand vor uns Fae zu verbergen – verstärkter Fae-Glamour, denn nur das erklärte, warum mir die Brille ein unverschleiertes Bild bot.

In der Ferne hörte ich Soldaten aufmarschieren, doch ich konnte mich nicht von der Stelle rühren. Schwer atmend, als hätte ich einen Marathon hinter mir, lehnte ich mich an den Stamm hinter mir und schloss die Augen. Verdammt, verdammt, verdammt! Aiden und sein Vater hatten recht gehabt, mein Onkel hatte mich für seine Zwecke benutzt. Ein Gefühl von Verwirrung und Panik machte sich in mir breit, als mir klar wurde, was ich getan hatte. Und das nur, weil ich nicht bereit gewesen war, zu glauben, dass man mich tatsächlich als Marionette missbraucht hatte. Die Welt, wie ich sie gekannt hatte – die mir so vertraut war, dass ich dafür gestorben wäre –, hörte mit einem Schlag endgültig auf zu existieren.

Beruhige dich, Kailey, sonst kannst du nicht klar denken. Ich versuchte, meinen schnellen Atem unter Kontrolle zu bekommen, nahm die Sonnenbrille ab und verstaute sie sicher in Aidens Jackentasche. Es dauerte einen Moment, bis ich das Gesehene verarbeiten und die logische Konsequenz daraus ziehen konnte: Um Glamour über Fairyland zu legen und sämtliche Fae zu täuschen, brauchte es Macht, sehr viel Macht.

Die Königin! Nur die Fae-Königin war dazu fähig.

Offensichtlich lag Fairyland im Sterben. Um neue Gebiete erschließen zu können, reizte die Fae-Königin die Drachen bis aufs Blut und provozierte einen Krieg. Deshalb veranstaltete sie auch dieses Theater um die Drachenaktivität in London und ließ keinen Beweis für die Unschuld der Drachen gelten. So musste es sein. Nur so ergab das alles Sinn.

Mir wurde plötzlich eiskalt – die Fae-Königin spielte ein falsches Spiel. Zwar hieß es offiziell, dass sie nicht lügen konnte, doch das musste selbst gelogen sein. Sie führte uns allesamt hinters Licht, und ich hatte ihr vertraut. Wie hatte ich so naiv sein können, jahrelang all das zu glauben, was die Königin und mein Onkel mir aufgetischt hatten? Wie hatte ich blind ihre Befehle ausführen können? Aiden hatte recht gehabt, mit allem, und in diesem Moment wünschte ich mir nichts sehnlicher, als ihm genau das sagen zu können.

»Ergreift sie!«

Zu spät bemerkte ich die mit Schwertern bewaffneten Wachen, die sich auf mich stürzten und mich festhielten, bevor ich durch den Zugang im Stamm aus Fairyland flüchten konnte.

Sharni

Ich wollte Hoffnung haben, mich an diesen Strohhalm klammern. Hatte Isla möglicherweise doch recht? Wenn mich Cassandra anrief, musste das bedeuten, dass sie meinem Bruder tatsächlich beistand. Doch ihre seltsam gepresste Stimme passte überhaupt nicht zu ihrer sonst so fröhlichen Art. Sie ließ jegliche Hoffnung aus mir weichen und jagte mir einen Schauer über den Rücken. Ich umklammerte das Handy so fest, dass meine Knöchel weiß hervortraten.

»Was ist passiert?«

Alle Augenpaare richteten sich auf mich, und ich wandte mich ab. Ich wollte keine Zeugen, sollte Cassandra schlechte Nachrichten für mich haben. Und dass dem so war, spürte ich mit jeder Faser meines Körpers. Den guten Instinkt hatte ich von meinem Vater geerbt – eines der wenigen Dinge, die wir gemeinsam hatten.

»Dein Bruder. Er … er …«

»Was ist mit Aiden?«

»Er ist tot, Sharni. Es tut mir so leid.« Cassandra begann hemmungslos zu weinen.

Die Welt hörte auf, sich zu drehen, und einen Moment lang fürchtete ich, in Ohnmacht zu fallen. Ich suchte Halt und krallte mich am Kaminsims fest. Wie durch Nebel hörte ich Nialls Stimme, der sich erkundigte, ob alles in Ordnung sei. Ich konnte mich weder rühren noch antworten.

Bestimmt hatte ich mich verhört. Cassandra war angeblich

eine mächtige Hexe, und Celmar war nicht umsonst als Aidens Bodyguard ausgewählt worden. Es konnte einfach nicht sein, dass Aiden …

»Tot?«, flüsterte ich so leise, dass ich meine Stimme selbst kaum hören konnte.

»Sharni, es tut mir leid, dass ich es nicht verhindern konnte. Du musst wissen, dass ich eine Murphy-Hexe bin. Wenn ich auch nur geahnt hätte …« Sie schluchzte erneut auf.

Mein Hals fühlte sich dermaßen eng an, dass ich kaum Luft bekam. »Wie … wie konnte das passieren?«

»Kailey, sie hat ein falsches Spiel gespielt. Sie wollte deinen Bruder in den Connemara-Nationalpark begleiten, um dabei zu helfen, ihren Onkel Damian von eurer Unschuld zu überzeugen, damit der wiederum die Fae-Königin überzeugen kann. Wir haben ihr vertraut. Doch als sie mit den Drachen in der Luft war und ich nichts mehr ausrichten konnte …«

Kailey? Kailey hat meinen Bruder auf dem Gewissen? Langsam erwachte ich aus meiner Schockstarre. Aus dem Augenwinkel bemerkte ich Jareds fragenden Blick, spürte die Stille, die plötzlich um mich herum herrschte. Meine Fassungslosigkeit wich unbändiger Wut.

»Was hat dieses Miststück getan?«

»Kailey muss Celmar auf dem Weg nach Malahide irgendetwas in die Getränkeflasche gemixt haben, jedenfalls kam er wieder zurückgeflogen und verlor für kurze Zeit das Bewusstsein. Und als sie freie Bahn hatte … Sie hat Aiden abgeschossen, einfach so vom Himmel geholt wie einen verdammten Vogel. Dein Bruder ist ins Meer gestürzt und nicht wieder aufgetaucht.«

Ich unterdrückte das beklemmende Gefühl, das sich in mir ausbreiten wollte, als mir die Parallelen zum Mord an meiner Mutter bewusst wurden. Stattdessen horchte ich auf.

»Dann könnte er noch leben?«

»Wie denn, Sharni? Kailey hat ihn schwer verletzt. Außerdem hätten wir ihn doch gesehen, wenn er sich irgendwie an die Wasseroberfläche hätte kämpfen können.«

»Dann habt ihr nicht nach ihm gesucht?«

»Natürlich habe ich einen Zauber gesprochen, doch der hat nichts bewirkt. Dein Bruder ist tot, Sharni, und es tut mir unendlich leid.«

»Wie geht es Celmar?«

Meine Stimme klang mit einem Mal kühl. Warum hatte Cassandra meinen Bruder nicht retten können? Laut Isla war sie doch im Gegensatz zum Rest der Sippe so machtvoll. Stattdessen hatten sie, Aiden und Celmar einer Fae vertraut. Was war nur in sie gefahren?

»Er ist noch ein bisschen wackelig auf den Beinen, und ihm ist ziemlich schlecht, aber ansonsten geht es ihm gut.«

»In Ordnung. Danke für deinen Anruf.«

Ich legte einfach auf, auch wenn es der Hexe gegenüber nicht fair war, doch ihre Gefühle waren mir egal. Sie hatte versagt, hatte Kailey nicht davon abgehalten, Jagd auf meinen Bruder zu machen. Langsam drehte ich mich zu den anderen um, und das leise Stimmengemurmel, das zwischenzeitlich eingesetzt hatte, verstummte. Anhand von Nialls Blick erkannte ich sofort, dass Isla dieselbe Nachricht erhalten und bereits an die anderen weitergegeben hatte.

Für einen Moment herrschte absolute Stille, dann kam Niall zu mir. Er zog mich an seine Brust und umarmte mich so fest wie nie zuvor. »Es tut mir so leid, Sharni.« Seine Stimme war kaum mehr als ein Flüstern.

Seine Reaktion fachte meine Wut weiter an, und ich stieß ihn von mir. »Vielleicht ist Aiden gar nicht tot, vielleicht können wir ihn noch retten.«

Islas Blick wurde noch mitleidiger. »Er ist tot, Liebes. Je eher du das akzeptierst, desto besser. Ich habe dieselbe Nachricht von meiner Mutter bekommen.«

»Und woher hat *sie* diese Information? Doch bestimmt von Cassandra.« Ich schüttelte den Kopf. »Die Hexe hat Aidens leblosen Körper nicht gesehen. Wir müssen ihn suchen. Wenn er irgendwo da draußen ist, schwer verletzt …«

»Wenn er noch leben würde, hätte er sich an den Strand gerettet. Dann hätten sie ihn bestimmt gefunden. Auf der anderen Seite ist schließlich nur das offene Meer«, bemerkte Jared.

Ich wirbelte zu ihm herum. »*Du* hältst dich da raus, verstanden? Du hast schon genug angerichtet.« Meine Stimme war eine Mischung aus Fauchen und Knurren.

Bevor Jared etwas erwidern konnte, ging Darragh dazwischen, was vermutlich das Beste war. Ich hätte sonst für nichts garantieren können. »Ich verstehe, dass du das nicht wahrhaben willst«, sagte er ruhig, »aber die Augen vor der Wahrheit zu verschließen, bringt nichts. Die *Queen's Arrows* hatten es auf dich abgesehen, und es ist nur logisch, dass die Fae auch Aiden ins Visier genommen haben. Immerhin ist er der Thronfolger.«

»Das sagst ausgerechnet *du*, der mir vor höchstens einer halben Stunde noch weismachen wollte, dass es meinem Bruder gut geht?«

»Ja, weil ich niemanden verrückt machen wollte ohne Beweise, doch nun haben wir sie. Islas Nichte war dabei, als diese Fae Aiden umgebracht hat, und natürlich konnte sie Aiden danach nicht mehr sehen. Er ist schließlich ins Meer gestürzt.«

Ich schüttelte nach wie vor den Kopf. Möglicherweise hatten sie recht, doch ich wollte nicht daran glauben. Ich war nicht bereit, meinen Bruder gehen zu lassen, die Wut gehen zu lassen, denn dann würden Traurigkeit und Verzweiflung nach mir greifen, und dem durfte ich nicht nachgeben. Nicht hier, vor all den anderen, nicht jetzt.

Niall packte mich an den Schultern. »Hör zu, ich wünschte auch, dass es anders wäre, aber wir müssen es akzeptieren und überlegen, wie es weitergehen soll.«

»Ich will nach Malahide und mich selbst von Aidens Tod überzeugen.«

»Und wenn es eine Falle ist?«, fragte Isla. »Was, wenn dich die Fae dort erwarten?«

»Cassandra hätte mir gesagt, wenn Kailey noch dort wäre oder andere Fae.«

Jared schnaubte. »Wenn ich das richtig sehe, hast du sie weder danach gefragt noch zu Wort kommen lassen. Außerdem ist es jetzt so oder so zu spät, selbst wenn dein Bruder seinen Verletzungen nicht sofort erlegen ist.«

Wütend funkelte ich ihn an und versuchte, mich zu beherrschen. Ich versuchte es wirklich, aber es war zwecklos. Mit seiner arroganten, selbstgefälligen Art strapazierte Jared meine Nerven schon die ganze Zeit. Anfangs hatte ich es noch ignorieren können, weil wir auf seine Hilfe angewiesen waren. Jetzt, wo das Worst-Case-Szenario eingetreten war und er sich weder schulbewusst zeigte noch bereit war, uns aus dem Schlamassel zu helfen, in dem wir nur seinetwegen steckten, konnte ich es nicht länger – und wollte es auch nicht. Ich brauchte endlich ein Ventil für meine Wut, und Jared war genau der Richtige dafür.

© privat

Sandra Grauer wurde in den bunten 80ern im Ruhrgebiet geboren, wo sie auch heute nach Stationen wie Heidelberg und Karlsruhe mit ihrem Mann und den beiden Kindern wieder lebt. Bücher, alte Filme und amerikanische Serien sind ihre Leidenschaft. Außerdem liebt sie Weihnachten und alles, was mit Tanzen zu tun hat. So hätte sie sich als Plan B eine Karriere als Balletttänzerin oder Rhythmische Sportgymnastin vorstellen können – leider ist sie dafür viel zu ungelenkig. Ihren Traum vom Schreiben jedoch konnte sie sich erfüllen, denn ihr Motto lautet: Gib niemals deinen Traum auf! Für diverse Verlage schreibt sie Fantasy, Liebesromane und Bodenseekrimis. Ihr Fantasy-Roman »Clans of London – Hexentochter« wurde 2020 für den DeLiA-Jugendliteraturpreis nominiert.

Unter www.sandra-grauer.de und auf Instagram hält sie euch auf dem Laufenden.

Draconis

Murphy-Clan

Fae

N
W O
S

Norden Irlands
GEBIET DER DRACONIS
(Hauptsitz Connemara-Nationalpark)

Dublin und Howth
SITZ DES MURPHY-CLANS

zwischen Limerick und Galway
NEUTRALES GEBIET

Süden Irlands
GEBIET DER FAE
(Hauptsitz Dingle-Halbinsel/Fairyland)